약편

仙道 체험기

5

신선神仙되는 길이 보인다
경이적인 현상이 눈앞에 펼쳐진다!!
선도수련의 현장을 체험으로 파헤친 충격과 화제의 소설

글터
GEUL TEO

약편 선도체험기 5권을 내면서

약편 선도체험기 5권은 『선도체험기』 14권부터 17권까지의 내용에서 선별하여 구성하였다. 시기적으로는 1991년 11월부터 1993년 5월까지 수련하면서 일어난 이야기가 되겠다.

현묘지도는 신라 때 고운 최치원 선생의 난랑비서에서 언급한 우리나라 고유의 심신수련 체계이다. 국난이 계속되면서 현묘지도는 암암리에 전수되며 명맥이 유지되었다고 한다. 마지막 전수자가 『선도체험기』를 읽고 나에게 현묘지도 수련을 권유함으로써 그 맥을 잇게 되었다. 그것은 대주천 이후, 8가지 화두로 명과 성을 차례로 닦는 수련 체계이다.

이 수련을 통해 맥과 운기가 바뀌며 자성(自性)을 보게 된다. 즉 견성을 하게 되지만 오랜 기간 윤회를 거듭해 오는 동안에 뿌리내린 아집과 습기(習氣), 아상(我相)이 완전히 깨어져 나가야 된다. 그래서 수련을 계속해야 하는 것이다. 아상이 가리고 있는 진아(眞我) 즉 참나는 하늘, 하느님, 한, 공(空), 도(道), 진리와 같은 것이다. 이것은 또한 예수가 말하는 하느님이나 석가가 말하는 열반과도 같은 뜻이다. 이는 참선에서 말하는 공(空)이다.

하느님은 어떤 인격을 갖춘 숭배나 기복(祈福)의 대상이 아니라 우주 생명의 근원이다. 우주생명이 바로 참나 즉 진아(眞我)인 것고, 대행스님이 말한 주인공(主人空)이기도 하다. 그런데 수행을 많이 한 사람만이 견성을 하는 것은 아니다. 일상생활 속에서 진리를 실천하는 사람이 바로 견성한 사람이다. 탐욕이 없으므로 상부상조할 줄도 알아 남을 유익하게 만든다.

한편으로는 견성을 꼭 해야겠다는 생각 자체도 하지 않고 일체의 집착을 놓아야 한다. 몽땅 다 참주인에게 맡겨버려야 한다. 이는 마음을 완전히 비운다는 말과 같다. 나중에는 내가 마음을 완전히 비웠다는 것 자체까지도 잊어야 한다. 모든 집착이 말끔히 없어진 진여(眞如)의 경지를 체득한 사람이 바로 견성한 사람이다. 단전호흡을 일상생활화하고 그때그때 부닥쳐 오는 난관을 남의 탓으로 돌리지 말고 전부 다 안으로 수용하여 내 탓으로 돌리고 참주인인 자성(自性)에게 전부 다 맡겨버리면 되는 것이다.

『약편 선도체험기』 5권을 통하여 견성을 하는 공부가 되기를 바란다. 이 책이 나오는 데 있어서 작업을 도와준 조광, 책을 출판해 준 글터 한신규 사장님에게 감사의 뜻을 전한다.

단기 4353년(2020년) 11월 10일
서울 강남구 삼성동 우거에서 김태영 씀

차 례

▩ 약편 선도체험기 5권을 내면서 _ 3

15권

▩ 무소유처와 비비상처 _ 7
▩ 이선(二仙)의 도(道) _ 11
▩ 스웨덴보르그의 영계(靈界) _ 22
▩ 몰락 놓아라 _ 27
▩ 지는 것이 이기는 것 _ 33
▩ 선(禪)과 구도(求道) _ 39
▩ 초능력이 나타난다 _ 51
▩ 공아(空我) _ 55
▩ 양파껍질 벗기기 _ 66
▩ 정도(正道)냐 외도(外道)냐 _ 71
▩ 참주인을 찾아라 _ 80
▩ 신(神)과 사람은 둘이 아니다 _ 86
▩ 『천부경』 풀이 _ 106
▩ 세 가지 가르침 _ 129

16권

▩ 방하착(放下着)이란 _ 140
▩ 세 가지 조식법 _ 155
▩ 깨달음은 어떻게 오는가 _ 164
▩ 대행스님을 관(觀)한다 _ 179
▩ 선도체험기 읽다가 병 고친 얘기 _ 194

▪ 등산 중에 떠오른 생각들 _ 204
▪ 생활선도(生活仙道) _ 213
▪ 고락(苦樂)의 차이 _ 230
▪ 무조건 속으로 삭여야 하나 _ 233

17권
▪ 달리기(조깅) _ 236
▪ 평온한 마음 _ 254
▪ 고뇌를 관하다 _ 268
▪ 빙의와 접신 _ 282
▪ 심기신(心氣神)에서 벗어나기 _ 289

18권
▪ 성명정삼수 _ 301
▪ 끊임없는 관찰과 감시 _ 311
▪ 잡념과 번뇌 _ 316
▪ 견성과 성통 _ 329
▪ 이유있는 고해(苦海) _ 332

〈15권〉

무소유처와 비비상처

단기 4326(1993)년 1월 12일 화요일 −7∼−2℃ 구름 조금

보림 공부에 들어가려고 했지만, 진허 도인이 그전에 알려준 화두가 자꾸만 머릿속에 떠올랐다. 식처 다음엔 무소유처인데 그때 염송해야 할 화두까지 미리 다 알려준 것이다.

아침 6시 30분. 인당에 흰빛의 둥근 고리가 보였다.

오전 8시 45분부터 9시 15분 사이에 나는 마치 누구의 재촉이라도 받듯 무소유처 화두를 암송하기 시작했다. 아니 저절로 암송이 되었다고 하는 편이 옳다. 끌고 가던 수레가 언덕에서 저절로 내리막으로 굴러 내려가듯 화두가 굴러가고 있었다. 여느 때 같으면 집필을 해야 하는데도 그렇게 되지 않았다. 화두를 암송하자 서서히 화면이 나타나기 시작했다.

무소유처(無所有處)는 나 자신의 본질을 추구하는 과정이다. 공처(空處)에서 내 정체를 알아내었고, 식처(識處)에서는 내 출처(出處)를 알아냈다면, 무소유처에서는 내 본질을 알아내는 것이다. 내가 인간이기 이전에도 나는 어떤 존재로 생활을 했을 것이 아닌가. 그 실상을 알아내는 과정인 것이다.

처음엔 아무것도 비치지 않던 화면에 차츰 형상이 나타나기 시작했다. 지금의 내 모습이 제일 먼저 나타나고 면류관 쓴 임금의 모습과 대표적인 전생의 모습들이 비친 후에 어른에서 어린이로, 어린이에서 유아로 유아에서 한 단계 뛰어 넘어 동물들이 나타난다. 양, 사슴, 기린, 범, 사자, 늑대, 물소, 하마, 악어, 약간의 간격이 있는 뒤에 독수리가 나타나 유유히 하늘을 날고 있다. 잠시 후 이 모든 형상들이 한데 뒤섞이어 거대한 레미콘 속에서처럼 빙빙 돌아간다.

드디어 액체로 바뀐다. 액체는 기체로 바뀌어 하늘로 퍼져 오른다. 어느덧 그 기체도 점점 엷어지더니 드디어 맑은 창공이 한없이 펼쳐진다. 기체와 창공… 기체와 창공이 번갈아 나타난다. 인당이 욱신욱신 터질 것만 같다. 드디어 화면이 사라졌다.

내 본질은 무엇인가? 아무것도 없는 공(空)에서 시작되어 기체와 액체로 바뀌었다가 지구상에 존재하는 온갖 동물로 환생되어 무수한 윤회를 거듭해 왔음을 화면들은 나에게 일깨워 주고 있었다. 과거 수련을 통해서 이미 머릿속으로는 깨닫고 있었던 일들을 몸으로 한층 더 명확하게 일깨워 정리해 주는 것 같았다.

공처를 마친 뒤까지도 나는 내 전생을 인간으로 한정하고 있었다. 그러나 알고 보니 인간이기 이전에 이미 온갖 종류의 동물의 과정을 겪어온 것이다. 오행생식원의 김춘식 원장이 내 모습에서 독수리 형상을 보았다고 했던 말이 실감이 났다. 그러나 아직도 무엇인가 미진한 구석이 있는 것 같은 느낌이 들었다. 이것 이외에도 무엇인가 분명 더 있어야 하는데 하는 막연한 느낌이 들었다. 그러나 화면은 더 이상 펼쳐지지 않았다. 나는 집필을 시작했다. 내 수련을 도우려는 듯 방문객이 한 사람도 없어서 다행이었다.

오후 4시 15분부터 5시 10분 사이에 다시금 선정에 들었다. 오전에 보였던 화면에서 빠졌던 부분들이 보충이 되는 것 같은 느낌이 들었다. 독수리를 비롯하여 각종 조류가 나타나기 시작했다. 독수리, 매, 까마귀, 까치, 공작, 기러기, 그밖에 무수한 조류가 나타난다. 그다음에는 각종 물고기와 곤충이 나타난다. 개구리 같은 양서류가 나오고 뱀도 나온다. 수많은 어종들이 나온다. 드넓은 숲이 나오고 그 속에 자라는 각종 식물들이며 꽃들이 보인다. 지금까지 보아온 동물과 식물이 전부 한데 뒤섞여 빙빙 돌다가 물로 변한다. 물은 수증기로 변하여 하늘로 오르고 구름이 되거나 안개로 바뀐다.

그것은 다시 기체로 변하고 높푸른 창공으로 바뀐다. 창공이라는 것을 어떻게 알 수 있는가? 그냥 푸르기만 하다면 그것이 창공인지 무엇인지 분간을 할 수 없을 것이다. 그런 오해를 없애기 위해서인지 산들과 건물의 지붕들이나 구조물의 상층이 아래쪽에 배경으로 깔려 있어서 창공임을 여실히 보여 주었다. 높푸른 창공이 한동안 보이다가 평범한 일상생활을 하는 내 모습이 보이고는 화면은 꺼져 버렸다.

공처정(空處定)은 색(色)의 세계를 부정하여 공(空)의 경지를 깨닫는 과정이라면, 식처정(識處定)은 이것을 깨달은 것 자체도 부정하고, 무소유처정(無所有處定)에서는 이러한 분별까지도 초월하는 것이다. 그렇게 되면 마음속에 은연중 기쁨이 일어나 아무런 생각도 없고 심상

(心相) 자체도 보지 못하는 것이다. 다시 말해서 허공을 없애버리기 때문에 공처정(空處定)이라 하고, 공을 파괴해 버림으로써 식처정(識處定)이라고 하는데, 무소유처정(無所有處定)은 식(識)까지도 파괴해 버린다.

비유상비무상처정(非有想非無想處定)은 생략해서 비비상처정(非非想處定)이라고도 하는데, 비유상(非有想) 즉 유에 대한 생각을 부정하고 비무상(非無想) 무에 대한 생각 자체도 부정하는 것을 말한다. 유라는 생각, 무라는 생각 자체까지도 없어지면 마음에 일체의 요동까지도 일어날 수 없게 되어 드디어 열반경(涅槃境)에 도달한다는 것이다. 그러나 이것은 어디까지나 불교의 참선의 경우고 현묘지도에서는, 나의 경우 이처럼 화면을 통하여 깨달음을 얻게 되고 그때마다 호흡과 운기 상태가 바뀌는 것이 특징이라고 할 수 있겠다.

이선(二仙)의 도(道)

1993년 1월 27일 수요일 −6∼−3℃ 가끔 흐림

오후 5시 30분부터 6시 10분 사이에 나는 또 다시 선정에 들었다. 비비상처의 화두를 계속 염송하자, 이번에는 먼저 호흡이 크게 변하기 시작했다. 전에 없던 일이었다. 공처, 식처, 무소유처까지는 화면을 통하여 깨달음이 온 뒤에 호흡이 변하기 시작했는데, 이번에는 먼저 호흡부터 변한 것이다.

호흡만 변한 것이 아니고 내 온몸이 짜릿짜릿 감전 현상이 일어나고 운기가 활발해지면서 화면이 나타났다. 마치 우주 전체를 삼켜버릴 것 같은 거대한 회오리바람이 일면서 사람이고 건물이고 동물이고 식물이고 천체고 우주 삼라만상이 거대한 원형을 그리고 한데 뒤섞이어 빙빙 돌아간다. 대형 레미콘 속의 시멘트와 모래처럼, 아니면 대형 용광로 속에서처럼 모든 것이 한데 뒤섞여 녹아버려 액체로 바뀌어 계속 빙빙 돌아가다가 홀연 사라져버리고는 빈 공간만 남았다. 잠시 후 그 빈 공간까지도 사라지고 화면은 꺼져 버렸다.

나는 그대로 앉아 있었다. 무어라고 말할 수 없는 환희와 법열에 싸여 멍청히 앉아 있었다. 시간이 갈수록 운기 상태가 점점 더 강화된다. 지금까지 수련 중에 이때처럼 황홀하고도 강한 운기가 되어본 일이 없었다. 갑자기 열한 가지 호흡이 발동되기 시작했다. 이른바 삼매호흡

11

이다. 도리도리 끄떡끄떡 전후좌우로 흔들흔들하는 열한 가지 종류의 호흡이 작동되기 시작했다. 그런가 하면 학춤이 갑자기 추고 싶어졌다. 학처럼 양팔을 넓게 펴고 어깨를 구부리고 으쓱 으쓱하면서 장단도 없이 방안을 맴돌았다. 이때 인당과 상단전 전체에서 황금 빛살이 사방팔방으로 찬연하게 뻗쳐나갔다.

석가모니 부처가 말한 "천상천하유아독존(天上天下唯我獨尊) 삼세개고오당안지(三世皆苦吾當安之)"가 실감이 나는 순간이었다. 마치 이 세상엔 나 이외엔 아무 것도 없는 것 같았다. 그러나 이것은 오만(傲慢) 때문이 아니고 나 자신이 그대로 삼라만상 그 자체이므로 나 자신과 다른 개체가 구분되는 것이 아니었다. 나와 우주 전체가 그저 하나였다. 모든 것이 나 자신인데, 무슨 구별이 따로 있을 수 있단 말인가? 하늘과 나, 우주와 나, 남과 내가 하나임을 깨닫고 확인하는 순간이기도 했다. 아니 그 깨달음 자체도 잊어버리는 망아(忘我)와 무심(無心)의 경지였다.

나 혼자만의 환희와 법열에 들떠 있을 수는 없는 일이었다. 이 세상에 누가 내 이런 심중을 이해해 줄 수 있을까? 진허 도인이 떠올랐다. 나는 그에게 전화를 걸었다. 지금까지, 솔직히 말해서 그가 나에게 전화를 걸었지 내가 그에게 전화를 거는 일은 거의 없었다. 그러나 이번만은 달랐다. 그는 내 얘기를 다 듣고 나서,

"이제 다 끝났군요. 좌우간 대단하십니다. 어떻게 제가 20년 동안이나 해 온 수련을 불과 두 달도 채 안 되어 완전히 마치셨습니까? 선계의 스승님들도 야속하시지. 어쩌면 그럴 수가 있습니까 글쎄. 정말 축

하드립니다."

"모두가 진허 도인께서 도와주셨기 때문입니다."

"저야 뭐 심부름꾼 역할밖에 더 했나요. 이미 다 그렇게 되기로 예정된 일이었는데요. 지금의 바로 그 자리가 생사시종유무(生死始終有無)를 떠난 해탈의 자리입니다. 그러나 견성의 큰 고비는 이제 넘겼지만 이제부터가 본격적으로 수련이 다시 시작된다는 것을 아셔야 합니다. 이선(二仙)의 도가 아직도 더 남아 있습니다. 마음으로 견성을 하신 거니까 앞으로 신(神)으로 한 번 더 닦고 우화(羽化)로 한 번 더 닦아야 완전하게 됩니다. 이제 마음으로 자성(自性)을 보신 겁니다.

그러나 단지 자성을 보시기만 했을 뿐 아상(我相)이 깨어져 나간 것은 아닙니다. 비록 자성은 보았다고 하지만 수 억겁 만년을 두고 진화와 윤회를 거듭해 오는 동안에 자기도 모르게 뿌리내린 아집과 습기(習氣)와 아상은 앞으로 평생을 두고 싸워서 이겨내야 할 대상입니다. 이 아상이 완전히 깨어져 나가야 비로소 성인(聖人)의 반열에 들 수 있습니다. 견성까지는 지극히 초보 단계이고 이 아성을 깨어내는 일은 평생을 싸워야 할 도전의 대상입니다. 김 선생님과 저와 누가 그 최후 목표에 먼저 도달하게 될지는 아무도 모릅니다."

"거 얘기를 들으니 환희와 법열도 한순간이군요."

"그러나 지금의 선생님의 경지에 도달한 사람이 몇이나 됩니까? 남한 천지에도 그런 분들이 산속 깊은 동굴 속에서 때를 기다리고 있다는 말이 들리기는 하지만 저는 아직 그런 분들을 직접 만나보지는 못했습니다. 20년 동안 도판에서 커온 저 역시 아직은 김 선생님만큼의 경지에 오른 사람을 만나보지 못했습니다. 전부가 다 저 잘났다고 떠들 뿐입니다. 그러나 막상 만나보면 그게 아닙니다. 간혹 가다가 초견성 정도에 이른 사람도 있었습니다.

그러나 그런 사람들은 하도 오만방자해서 저 같은 것은 접근도 할 수 없었습니다. 그분들은 목구멍까지 오만이 꽉 차 있어서 도저히 더 이상 비비고 들어갈 틈이 없습니다. 그 사람들은 자기가 그야말로 성통공완한 것으로 착각을 하고 있습니다. 그런 오만에 빠져있는 한 그 이상의 발전은 없습니다."

"그러니까 벼는 익을수록 머리를 숙인다는 말이 옳군요."

"옳다마다요."

"무거운 짐을 실은 수레일수록 소리가 나지 않는 대신에 빈 수레일수록 소리만 요란하다고 하지 않습니까?"

"정확합니다. 만약에 김 선생님께서도 그 사람들처럼 오만했더라면 저 같은 것은 더 이상 접근조차 할 수도 없었을 겁니다. 그러니까 겸손이 언제나 최대의 미덕입니다. 깨달음은 언제나 한순간에 그치고 맙니다. 그러나 그 순간은 영원히 머릿속에 확실하고 명확하게 기록이 되게 마련입니다. 지금의 그 깨달음의 순간을 영원히 잊지 않도록 하시고 지금 얻으신 호흡을 계속 놓치지 않고 유지 발전시켜야 합니다. 많은 사람들이 견성까지는 했으면서도 성인이 될 수 없었던 것은 아상(我相)을 타파하지 못하고 오만으로 흘러버렸기 때문입니다. 정말 축하드립니다. 이따 곧 가서 뵙겠습니다."

한 시간쯤 뒤에 그가 곧바로 달려 왔다.

"그런데 김 선생님의 경우는 저하고는 각(覺)을 하시는 순간이 다릅니다."

"어떻게 다릅니까?"

"저는 공처 때는 화면을 보았고 식처 때와 무소유처 때는 천리전음(千里傳音)으로 깨달음이 왔거든요. 그런데 김 선생님의 경우는 식처 때만 천리전음이 오고 전부 다 화면으로만 왔습니다. 그와 동시에 호흡이 변했으니까 각(覺)을 얻으신 것은 틀림없는데, 좀 특이한 데가 있는 것 같습니다."

"그 말은 옳습니다. 어떤 사람은 갑자기 눈앞이 번쩍하면서 삼라만상의 물리(物理)가 확 트이면서 모르는 것이 없게 되었다고 말하는가 하면, 만공 스님 같은 분은 심중(心中)에 문득 번개가 번쩍이며 뇌성이 업(業)의 하늘을 찢으면서 깨달은 바가 있어 오도송(悟道頌)을 읊었다고 했습니다. 원효 대사 같은 분은 간밤에 꿀처럼 달게 마신 물이 해골 썩은 물이라는 것을 안 순간 구역질을 하면서도 일체유심조(一切唯心造)라는 큰 깨달음을 얻었다고 했습니다.

경허 스님은 공안(公案)에 집중하다가 막다른 골목에 이르렀을 때 방 앞을 지나가는 어느 중이 '소는 소로되 구멍 없는 무쇠로다' 하는 소리를 듣는 순간 마음속에 무시무시한 우레 소리가 들렸는데 그것은 소리 없는 벼락 소리였다고 했습니다. 우주를 갈갈이 찢어버리는 듯하는 그 우레 소리와 함께 아집의 벽이 산산이 부서져 버렸다고 했습니다. 그리고 주관과 객관을 나눈다는 것이 한낱 허깨비에 지나지 않는다고 했습니다.

달마 대사를 비롯하여 수많은 조사들이 활연대오(豁然大悟)니 확철
대오(廓徹大悟)니 하는 말로 깨닫는 순간을 표현하고 있습니다. 진허
도인께서는 주로 천리전음으로 깨달음을 얻으셨다고 하셨죠. 그러고
보니 깨달음의 순간은 사람마다 조금씩 다른 것이 아닐까요?"

"구도자의 근기(根機)와 체질과 학식이나 성격 그리고 전생의 공덕
에 따라 다른 것이 자연스럽다고 봅니다. 문제는 그 깨달음이 있은 뒤
에 심신에 확실한 변화가 와야 한다고 봅니다. 이것 없이는 알맹이 없
는 빈껍데기죠."

"물론입니다. 그런데 이번에 삼매에서 사공처까지 여덟 개 단계를
거치는 동안 각 단계를 겪을 때마다 강약에는 약간씩 차이가 있지만
호흡과 운기가 변하고 어떤 때는 필설로 표현하기 힘든 황홀감과 법열
은 맛보았지만 눈에 빛이 번쩍하면서 오도송이 저절로 나왔다든가 마
음속에 우주를 갈갈이 찢는 것 같은 엄청난 우레 소리를 들었다든가
하는 일은 없었습니다. 내가 수련을 시작한 것은 1986년부터인데 오히
려 초기에 이번보다 더 큰 깨달음의 경지를 경험한 것 같습니다."

"어떤 일이 있었습니까?"

"수련 초기 그러니까 1987년도 가을인가 도장에서 수련 중에 갑자기
내 몸이 산산이 분해되면서 안개로 변하고 기체로 바뀌다가 아무것도
없는 공(空)으로 변하는 순간을 화면으로 처음엔 보았는데, 나중에는
나 자신이 무수한 안개의 입자로 다음에는 공으로 변하는 것을 몸으로
겪은 일이 있었습니다.

그때의 황홀한 법열은 이번 것에다가 댈 수 없을 만큼 강렬한 것이

었습니다. 그다음에는 1991년 4월에 21일 단식이 끝날 무렵에도 특이한 경험을 했습니다. 그때는 나 자신이 소용돌이치는 구형의 에너지의 발광체로 변하는 것을 몸으로 겪었습니다. 『선도체험기』 4권은 이러한 경험을 하고 난 뒤에 쓰게 되었습니다.

그때 나는 다니구찌 마사하루의 『생명의 실상』이라는 책을 감명 깊게 읽고 있었는데, 그가 말하는 신(神)이 바로 우리 민족이 아득한 옛날부터 품어온 인내천(人乃天) 사상에 나오는 하늘이라는 것을 알았습니다. 하늘, 하느님, 한, 공(空), 도(道), 진리는 동일한 뜻을 지닌 말이라는 것을 깨닫게 되었습니다. 이것은 또한 예수가 말하는 하느님이나 석가가 말하는 열반과도 같은 뜻이라는 것도 알게 되었습니다.

하느님은 다른 것이 아니고 바로 우리 인간들 자신의 진아(眞我) 즉 참나라는 것을 알게 된 것이죠. 이것이 바로 참선에서 말하는 공(空)입니다. 하느님은 어떤 인격을 갖춘 숭배나 기복(祈福)의 대상이 아니라 우주 생명의 근원이라는 것이죠. 우주생명이 바로 참나 즉 진아(眞我)인 것입니다. 그래서 『선도체험기』 4권 이후에 나오는 얘기들을 잘 읽어보시면 나의 이러한 깨달음이 잘 반영되어 있습니다. 특히 두 개의 문장으로 된 대각경은 나의 이러한 깨달음을 요약 함축한 것입니다.

나는 하느님의 분신으로서 하느님의 무한한 사랑, 무한한 지혜, 무한한 능력과 생명력을 구사하고 있다. 이 큰 깨달음을 통하여 나는 뜬구름과 같은 오감의 세계를 벗어나 상부상조하는 대조화의 세계, 하느님과 나, 남과 나, 우주와 내가 하나로 합쳐지는 실상의 세계 속에 살고 있다.

　　여기서 '나'는 진아를 말합니다. 이 두 개의 문장 속에 진리는 다 들어 있다고 봅니다."

　　"요컨대 그 하느님이 무엇이냐 하는 것입니다. 하느님을 숭배나 기복의 대상으로 삼느냐 아니면 진공묘유(眞空妙有)의 공(空)으로 보느냐에 따라 그 의미와 해석이 달라집니다."

　　"물론 아까도 말씀드렸지만 여기서 말하는 하느님은 공(空), 도(道), 진리(眞理), 한, 또는 우주생명 자체를 말합니다. 그리고 우리 각자의 가슴속에 있는 진아(眞我) 즉 참나를 말합니다."

　　"그렇다면 김 선생님은 제가 보기에는 이미 견성을 하신 겁니다. 그러니까 새삼스레 활연대오니 확철대오니 하는 경지는 이미 오래 전에다 겪으신 겁니다. 다만 아쉬운 것은 그때 올바른 스승을 만나시지 못했기 때문에 선생님의 견성을 확인해 드리지도 못했고 보임 공부를 하게 하지도 못했을 뿐입니다. 그러나 이미 사실상 초견성은 처음에 공(空)을 보셨을 때 이미 끝난 겁니다."

　　"그렇다면 이번의 삼매와 사공처 8단계 공부는 무엇을 말하는 것일까요?"

　　"엄격히 말해서 지금까지 무의식적으로 해 오신 견성 공부를 현묘지도의 정통 수련법을 통해서 확인하여 새롭게 정립해 드린 겁니다. 그리고 이보다 더 중요한 것은 명(命) 공부를 완성할 수 있었다는 겁니다. 천지인삼재(天地人三才)를 뚫고 유위삼매를 마침으로써 김 선생님은 이제 성명雙수를 완벽하게 마칠 수 있었다는 겁니다. 천지인삼매와 유위삼매는 현묘지도의 핵심 비결입니다. 이것은 선계의 스승님들의 인가가 없이는 아무에게나 전수할 수 없는 겁니다. 이번 8단계 수련을 통해서 김 선생님은 이제 명실공히 현묘지도를 계승하시게 된 겁니다. 저는 어디까지나 김 선생님을 스승님들이 계시는 문 앞까지만 인도해 드렸을 뿐이고 실제 수련은 전부 다 스승님들이 해 주신 겁니다.

지금까지 혼자서 초견성을 하시긴 했지만 미흡했던 것을 이번에 완전히 보강하시게 된 것이죠. 앞으로 열한 가지 삼매호흡이 그대로 유지될 겁니다. 보림 공부가 진행되면서 지금까지보다 한층 더 심한 몸살도 겪게 될 것입니다. 아상(我相)이 깨어져 나가는 고통입니다. 그러니까 항상 정력이 충만해야 합니다. 정력이 모자라면 힘든 고비를 뚫지 못합니다. 그래서 여자는 될수록 갱년기 전에 수련을 해야 됩니다. 영양 보충을 언제나 든든히 해 두셔야 합니다. 물론 남자는 가능한 한 혈기왕성할 때 수련을 하는 것이 좋습니다. 그리고 방사는 삼가는 게 좋습니다."

"방사는 잊어버린 지 1년이 넘었습니다."

"사모님께서 불편하시지 않습니까?"

"여자는 갱년기가 지나면 성욕은 없어지는 것 같습니다."

"참 그렇겠군요."

"진허 도인께서는 아직 한창 나이신데 어떻게 지내십니까?"

"전 몇 개월에 한번 마누라 옆에 갈까 말까 합니다."

"그럼 애기 엄마가 불편해 할 텐데요."

"젊었을 때부터 도 닦는다고 하도 많이 돌아다녀서 그런지 그런데 별로 신경을 쓰지 않는 것 같습니다. 으레 그렇겠거니 하고 지내는 것 같습니다."

"그건 참 다행이네요. 비록 접이불루(接而不漏)할 수 있다고 해도 방사는 수련에 보탬이 될 수는 없으니까요. 어떤 책에 보니까 사랑을 하는 방법에는 다섯 가지가 있다고 합니다."

"그거 재미있는 얘깁니다. 어떤 것이 있는데요."

"첫째는 성기와 성기가 접촉하는 사랑입니다. 가장 원초적이고 본능적이고 또한 동물적인 사랑이라고 할 수 있습니다. 그렇기는 하지만 이 방법은 자손을 번식시키는 데는 필수불가결한 방법입니다. 두 번째는 피부와 피부가 접촉하는 사랑입니다. 서구 사람들이 포옹을 하고 키스를 하는 사랑을 말합니다. 입과 입을 서로 맞추는 것도 있지만 볼과 볼을 부비고 이마와 이마를 맞대는 것도 이러한 범주에 든다고 할 수 있겠죠. 그다음에는 도인들이 하는 세 번째 사랑입니다."

"그렇습니까. 어떤 것인데요?"

"세 번째 사랑이야말로 성기와 성기가 접촉하는 것도 아니고 피부와 피부가 맞닿는 것도 아닌 순전히 기(氣)와 기가 서로 교류되는 사랑입니다. 선도수련이 일정한 단계에 올라 운기를 할 수 있는 사람은 누구나 가능한 아주 편리하기 짝이 없는 사랑의 방법입니다. 이 방법은 당사자끼리만 통하면 하등의 도덕이나 윤리상의 제재를 받지 않고도 얼마든지 가능한 전연 새로운 획기적인 사랑의 방법입니다. 이것은 서로 쳐다 볼 수 있는 거리에 있어도 얼마든지 가능합니다. 전연 물리적인 접촉이 필요 없는 사랑의 수단이니 얼마나 편리합니까?"

"전 무슨 뜻인지 이해가 갑니다."

"물론 그러시겠죠. 서로 쳐다볼 수 있는 거리가 아니더라도 얼마든지 사랑은 가능합니다. 시간과 공간은 전연 구애받지 않고 마음만 서로 맞으면 얼마든지 사랑을 나눌 수 있는 편리하기 짝이 없는 방법입니다. 이 지구상 어디에 있든지 가능합니다. 이 지구상뿐만 아니라 다른 천제에서도 가능한 일입니다.

어떤 사람의 말을 들으면 은하계 내에서는 가능하다고 합니다. 그러나 실제로 실험을 해 보지 않아서 모르겠는데, 내 경험에 의하면 지구상에서는 어디라도 가능하다고 봅니다. 호주와 남미의 니카라과에 있는 내 독자와 직접 기운을 교류해 본 경험이 있으니까 자신 있게 말할 수 있습니다.

스웨덴보르그의 영계(靈界)

18세기 유럽에서 천문, 물리, 생리, 경제, 철학 등 다방면에 걸쳐서 최대의 학자로 알려진 스웨덴의 귀족인 스웨덴보르그가 쓴 『나는 영계(靈界)를 보고 왔다』라는 책을 보면 재미있는 얘기들이 많습니다. 영계에서는 사랑을 나눌 때 어떻게 하는지 아십니까?"

"글쎄요."

"그야말로 시간과 공간을 초월해서 어느 때 어디에 있든지 간에 사랑의 상대를 머릿속에 떠올리는 것만으로 즉각 사랑의 행위가 이루어진다는 겁니다. 기를 운용하는 세 번째 방법이야말로 도인들만이 나눌 수 있는 진정한 사랑의 방법이 아닐 수 없습니다. 서화담 선생이 황진이의 기를 취했다는 말이 무슨 뜻인지 이해가 됩니다. 두 사람은 물리적인 접촉 없이 사랑을 나눈 겁니다. 그럼 네 번째는 무엇인지 아십니까?"

"어디 말씀해 보세요."

"이것은 세 번째 방법에서 한 차원 높아진 경지입니다. 한 남성은 모든 여성을 차별 없이 사랑할 수 있고, 한 여성은 모든 남성을 차별 없이 사랑할 수 있는 것을 말합니다. 이것이 한 차원 더 발전하면 남자고 여자고 할 것 없이 모든 사람을 다 같이 사랑할 수 있게 됩니다. 이른바 기독교에서 말하는 박애정신의 구현이라고 할 수 있습니다.

다섯 번째는 대자대비입니다. 인간뿐만이 아닙니다. 동물이나 식물

즉 생물뿐만이 아니고 광물까지 포함한 삼라만상을 전부 다 사랑하는 것입니다. 왜냐하면 삼라만상은 따지고 보면 '참나' 그 자체이기 때문입니다.

여기에서 한 차원 더 발전하면 육안으로 보이는 것뿐만 아니라 육안으로는 보이지 않는 모든 것, 지옥과 천국에 있는 온갖 생명체, 욕계, 색계, 무색계 그리고 유계, 영계, 신계, 그리고 선계에 있는 모든 신령들, 마군과 악마와 사탄을 전부 다 사랑하는 겁니다. 따지고 보면 이러한 생명체들 역시 참나의 변형이며 나툼(나타남)이기 때문입니다."

"맞습니다. 정확한 얘깁니다. 그럼 김 선생님이 비비상처를 마친 것을 기념하는 뜻에서 도호(道號)를 하나 지어드리겠습니다. 김 선생님께서는 정확히 현묘지도 12단계를 오늘 부로 마치신 겁니다."

"12단계라구요?"

"그렇습니다."

"그렇게 되나요?"

"그렇구말구요. 생각해 보십시오.

제1단계는 수식법 호흡을 시작하여 행주좌와 어묵동정을 막론하고 마음과 호흡의 문이 열리는 과정입니다.

제2단계가 바로 축기 단계입니다.

제3단계가 소주천입니다.

제4단계가 대주천입니다. 여기까지는 호흡방법은 달라도 혜명경 수련법과 대차 없습니다. 그러나 5단계와 6단계는 현묘지도에만 있는 특이한 방법이죠.

제5단계가 천·지·인 삼재를 뚫는 천지인삼매입니다.

제6단계가 오장육부를 관통하여 오운육기를 완성하는 유위삼매 과정인데, 명(命) 공부는 여기서 끝납니다.

제7단계가 무위삼매인데, 여기서부터는 실질적으로 성(性) 공부가 시작됩니다.

제8단계가 무념처삼매입니다.

제9단계가 공처,

제10단계가 식처,

제11단계가 무소유처,

제12단계가 비비상처입니다.

그럼 도호를 드리겠습니다. 선생님께서는 앞으로 도호를 무공(無空)이라고 하시는 게 좋겠습니다."

"무공(無空)이라. 공(空)도 없다는 얘기군요."

"어떻습니까. 이 도호만 보아도 수련의 경지를 금방 파악할 수 있지 않겠습니까?"

"고맙습니다. 그렇게 도호까지 지어주시니."

"현묘지도의 역대 스승님들이 실천해 온 관례를 따랐을 뿐입니다."

"한 가지 물어보고 싶은 것이 있습니다."

"말씀하십시오."

"진허 도인께서는 처음에 우리집에 오셨을 때 약속하신 대로 정말 담배를 끊으셨습니까?"

"왜 그런 질문을 하시죠?"

"어쩐지 요즘은 담배 탁기가 조금밖에 스며들지 않기 때문입니다."

"네, 이젠 거의 끊었습니다."

"정말 대단하십니다."

"그거야 뭐 간단한 일이죠."

그러나 그는 뒤에 스스로 다짐한 이 약속을 깨어버리는 인간적인 약점을 드러냈다.

"진허 도인께서는 간단한 일일지도 모르지만 보통 사람들에게는 그게 그렇게 간단히 끝나는 일이 결코 아니거든요. 정말 축하드립니다. 그리고 한 가지 더 질문을 드리겠습니다."

"어서 말씀하십시오."

"아까 말씀하신 12단계 수련 중 제 5단계와 6단계는 다른 어느 종교나 심신수련 단체에도 없는 현묘지도에만 있는 수련 비결이라고 했고, 이 수련은 선계의 스승님들의 허락 없이는 아무에게도 전수할 수 없다고 했는데, 그렇다면 일반 수련자들에게는 하나의 장벽이 아닌가 하는 느낌이 듭니다. 어떻게 생각하시는지요?"

"물론 장벽이 될 수도 있습니다. 그러나 지성이면 감천이라는 말이 있지 않습니까? 선계의 스승님들은 오히려 지상의 스승들보다도 더 정확하게 수련자를 평가할 수 있을 것입니다."

"그러니까 모든 것은 수련자 자신의 지성(至誠)과 노력 여하에 달려 있다는 말씀이군요."

"정확합니다. 공부 열심히 하면 자연 주변에 그 실력이 알려져서 귀중한 인재로 발탁이 되는 것과 똑 같은 이치죠. 인간계나 영계나 선계는 차원만 다를 뿐 서로 통하게 되어 있습니다. 수련 정도가 낮고 영안이 뜨이지 않은 사람들에게는 보이지 않을 뿐이지 영계나 선계는 엄연히 존재하고 있습니다. 특히 수련자들은 선계의 스승들과 밀접한 관련을 맺고 있다는 것을 알아야 합니다.

열심히 수련을 하여 생명력이 크게 진화된 영혼은 틀림없이 선계의 스승님들에게도 알려지게 되어 있습니다. 단지 오감의 세계, 물질과 시공의 한계를 극복 못한 사람에게만 허무맹랑한 것으로 보일 뿐이지 이 한계를 극복한 수련자들은 필요할 때는 언제나 선계의 스승들과 의사소통이 된다는 것을 알아야 합니다. 그것은 순전히 수련자 자신의 깨달음과 능력에 달려 있습니다. 영격이 진화된 수련자는 필요할 때는 언제나 선계의 스승님과 파장이 일치하므로 의사소통이 가능합니다."

"잘 알겠습니다. 그러니까 일반 수련자들도 조금도 소외감을 느낄 필요 없이 열심히 수련만 하면 좋은 소식을 들을 수 있다는 말씀이군요."

"정확합니다."

"잘 알겠습니다. 그동안 수련하는 나 자신보다도 더 열심히 수련을 시켜주신 진허 도인에게 진심으로 감사드립니다."

"고맙습니다."

몰락 놓아라

1993년 1월 28일 목요일 -10~-3℃ 구름 조금

작년(1992년) 12월 2일부터 금년(1993년) 1월 27일까지 꼭 55일간에 걸쳐서 현묘지도 12단계 수련 중 5단계부터 12단계까지 8단계 수련을 마쳤다. 그동안 나는 독자의 편의를 위해서 수련에 관한 얘기만 해왔다. 그러나 그렇다고 해서 나는 이 사이에 수련만 해 온 것은 아니었다. 일상생활을 그전과 조금도 다름없이 하면서 수련을 병행해 왔을 뿐이다. 그렇다면 이 55일 사이에 어떠한 일들이 일어났는지 정리를 해 보고 다음으로 넘어가는 것이 순서라고 생각된다. 사소한 일들은 다 빼버리고 눈에 띄는 사건들만 간추려 볼까 한다.

1992년 12월 12일. 지난 여름에 한번 찾아왔던 도운 스님의 소개로 이윤희라는 직장 여성이 찾아왔다. 모 정부 기업체에 근무하고 있고 나이는 서른셋인데도 아직 미혼이고 몸은 깡 마르고 얼굴은 길쭉한 목형이다.

그녀가 들어와 내 앞 3미터 되는 자리에 앉기가 바쁘게 그녀의 몸에 깃들어 있던 신령이 떨어져 나왔다. 눈을 뜨고도 그 신령의 모습이 보였다. 전에는 대개 눈을 감아야만이 영안으로 신령들이 보였는데 이제는 눈을 뜬 채로도 보였다. 천지인삼매, 유위삼매 그리고 무위삼매 수련을 마쳤기 때문에 영능력이 향상된 탓이라고 생각되었다. 치우립 쓰

27

고 활옷입고 무당춤을 추는 신령이 떨어져 나와 그녀의 머리 위에 떠 있었다.

"이윤희 씨는 혹시 무당이나 무당기 있는 사람하고 만난 일 없습니까?"

"선생님 그걸 어떻게 아세요?"

"다 아는 수가 있습니다. 묻는 말에 대답이나 하세요."

"네, 그런 일이 있습니다. 제가 나가는 사찰에서 일하는 분인데, 저하고는 연대가 맞지 않는지 자주 마찰을 빚고 있습니다."

"그분도 단전호흡을 하고 있습니까?"

"네, 그분한테서 단전호흡법을 배운 일이 있습니다."

"그분이 혹시 신수 보아주고 점치고 하는 거 본 일이 없습니까?"

"있습니다. 단전호흡을 가르치기도 하지만 가끔 점도 치고 하는 걸 보았습니다."

"그렇다면 그분이 혹시 박수로 있었던 일은 없었나요?"

"그런 것 같지는 않는데, 무당이나 박수들이 만든 단체에서 간부로 일을 보았다는 말을 들었습니다."

"이윤희 씨는 그분에게서 배울 것이 아니라 오히려 그분을 가르쳐야 할 입장에 있습니다."

"네엣? 어떻게 그런 일이 있을 수 있습니까?"

"그럴 만한 일이 있으니까 하는 말입니다. 나는 공평하게 보이는 대로 얘기할 뿐입니다. 구도령(求道靈)은 수련 정도가 낮은 사람에게서 높은 사람에게 옮겨 가게 되어 있습니다. 요즘 이윤희 씨는 가슴이 답답하고 척추가 꽉 조이는 그런 압박감 같은 것을 느껴 본 일이 없습니까?"

"있습니다. 아무렇지도 않다가도 그 사람과 만나거나 통화만 해도 갑자기 그런 증세가 일어나곤 합니다. 그런데 오늘 선생님 앞에 와 앉자마자 가슴도 척추도 갑자기 편안해지고 마음도 안정이 되었습니다. 그래서 참 이상하다 하고 생각하고 있는 중입니다."

"그럴 겁니다. 치우립 쓰고 활옷 입은 그 구도하는 빙의령이 방금 떨어져 나와 영계로 돌아갔습니다."

사실 나는 이윤희 씨에게서 떨어져 나와 그녀의 머리 위에 떠 있는 빙의령을 설득하여 영계의 자기 자리로 돌아가도록 했던 것이다.

"선생님 도대체 어떻게 그런 일이 있을 수 있죠?"

"도심(道心)이 싹튼 구도령(求道靈)이기 때문에 이윤희 씨에게 구원을 청하러 온 겁니다. 이윤희 씨가 그만큼 그 사람보다도 더 수련이 됐다는 것을 말해 주는 겁니다."

"그럴 때는 어떻게 하면 되죠? 어떤 때는 가슴이 꽉 체한 것 같아서 고통스러울 때도 있거든요."

"잘 타일러서 순순히 물러가도록 하는 수밖에 더 있겠습니까? 다 인연이 있어서 옮겨온 것이니까 업을 갚는다 생각하고 영적인 깨달음을 얻게 하여 스스로 잘못을 뉘우치고 영계의 자기 자리로 돌아가도록 해야 합니다."

"그런데 선생님, 어떤 때는 한 일주일씩 열흘씩 떠나지 않고 늘어붙을 때도 있거든요. 그럴 때는 정말 고통스러워서 못 견딜 정도로 괴롭습니다."

"그래도 화를 내거나 짜증을 내고 귀찮아하고 강제로 떼어내려고 하면 점점 더 거머리처럼 찰싹 달라붙습니다."

"그럴 때는 어떻게 하죠?"

"그것도 다 나 자신의 변형된 한 모습이니까 불쌍하게 생각하고 잘 타일러 보내는 수밖에 없습니다. 영체이든 육체이든 모든 생명체는 나 자신의 진아의 한 변형된 모습이라고 보면 짜증도 화도 나지 않게 될 것입니다.

대행스님 말마따나 모든 것을 주인공(主人空)에게 돌리고 몰락 놓아 버리라 그겁니다. 대행스님이 말한 주인공이 바로 참나 즉 진아입니다. 진아는 우주생명 그 자체입니다. 그러니까 사람은 누구나 참나를 발견하는 즉시 우주생명 그 자체와 하나가 되는 겁니다. 그 우주생명의 무한한 사랑, 무한한 지혜, 무한한 능력에 모든 것을 맡겨버리라는 뜻입니다."

"그럼 선생님께서 말씀하시는 그 우주생명이 불교에서 말하는 공(空)입니까?"

"정확합니다."

나도 모르게 어느덧 나는 진허 도인의 말씨를 닮아가고 있었다.

"공즉시색 색즉시공, 진공묘유 속에 나오는 공이 바로 우주생명이고 도(道)이고 진리(眞理)고 하느님, 하나님, 하늘, 한입니다. 그리고 『삼일신고』에 나오는 일신(一神) 또는 신(神)이기도 합니다. 불교에서는 신이니 신령이니 하는 말을 기피하고 있는데 왜 그런지 아십니까?"

"신이나 신령이나 신명을 사람들이 흔히 숭배나 기복(祈福) 또는 구복(求福)의 대상으로 삼기 때문이 아닐까요?"

"정확하게 알고 계시는군요."

이윤희 씨와 나는 이쯤 정신적인 파장이 맞아 돌아가고 있었다. 그래서 그런지 어느덧 그녀는 운기가 활발해지면서 백회가 열리려고 들썩들썩하고 있었다.

"이윤희 씨는 선도수련을 과거에 얼마나 했습니까?"

"호흡 수련에 관심을 갖기 시작한 것은 불과 한 달도 안 됩니다."

"그런데 어떻게 날 알고 찾아왔습니까?"

"도운(道雲) 스님께서 절보고 아무래도 김태영 선생님께 찾아가 봐야겠다고 하셔서 이렇게 찾아 왔습니다."

"그런데 운기 상태로 봐서는 선도수련을 한 2년쯤 착실히 한 사람 같은데요. 혹시 다른 수련을 하신 일은 없습니까?"

"연꽃 선원(禪院)이라는 불교 계통의 수련기관에서 2년 동안 참선은 한 일이 있습니다. 그러다가 도운 스님을 만나게 되었는데, 그 스님께서 저보고 기수련을 해보라고 해서 1개월 전부터 호흡을 해오고 있습니다."

"참선하실 때는 어떤 자세로 앉습니까?"

"반가부좌나 결가부좌를 합니다. 눈은 반쯤만 감고 1미터 앞 방바닥을 응시합니다."

"호흡은 어떻게 했습니까?"

"처음엔 숫자를 세는 수식법 호흡을 하다가 그것이 익숙해지자 마음으로 호흡을 하기 시작했습니다."

"그런 호흡을 하루에 얼마씩이나 했습니까?"

"하루에 보통 한두 시간씩은 했습니다."

"역시 그런 일이 있었으니까 지금과 같은 운기가 되는 겁니다. 아니 땐 굴뚝에 연기 날 리가 있겠습니까? 혹시 요즘 손발이 찼다가 더웠다가 하는 일은 없습니까?"

"있습니다. 선생님 왜 그런 일이 일어나는지 모르겠습니다. 알 만한 사람들에게 물어봐도 제대로 대답해 주는 사람이 없습니다."

"그게 지극히 정상적입니다. 이윤희 씨 자신도 모르게 수련이 많이 진행됐다는 증거입니다. 이 정도로 수련이 되려면 마음공부가 많이 되어야만 합니다. 이윤희 씨?"

하고 나는 새삼스럽게 그녀의 주의를 환기시켰다.

"넷."

"내가 묻는 말에 정확히 대답하셔야 합니다."

"네, 그렇게 하겠습니다."

지는 것이 이기는 것

"혹시 이윤희 씨에게 갑자기 어떤 사람이 이유도 없이 욕설을 퍼부었다면 어떻게 하겠습니까?"

"우선 웃는 얼굴로 조용히 귀를 기울이겠습니다."

"아니 전연 터무니없는 욕설을 퍼붓는데도 그렇게 하겠다는 말입니까? 나 같으면 마주 화를 내면서 상대방의 기를 콱 꺾어줄 텐데."

"에이 선생님께서 설마 그러실까요? 제 마음을 떠보려고 그러시는 줄 잘 알고 있습니다. 마주 화를 내 보았자 상대방의 기만 돋구어줄 뿐이 아니겠습니까? 손바닥도 마주쳐야만 소리가 나지 않겠어요?

상대방에서 이유 없이 시비를 걸어올 때는 이유 여하를 불문하고 맞상대를 하지 말아야 합니다. 맞상대를 하면 똑같은 사람이 되니까요. 상대가 부당하고 엉뚱한 소리를 할 때면 우선 마음에 두지 않고 한쪽 귀로 듣고 한쪽 귀로 내 보냅니다. 그렇게 하면 우선 싸움이 되지 않습니다. 때려도 소리가 나지 않으면 때리는 사람이 지쳐버립니다."

"정확합니다. 이윤희 씨가 그 정도로 마음공부가 되어 있으니까 내 앞에 앉은 지 불과 한 시간도 채 안 되어 백회가 열리려고 들썩들썩하고 있군요. 이제야 그 의문이 풀렸습니다. 그런데 이윤희 씨는 어떻게 돼서 그렇게 마음이 툭 트였는지 모르겠습니다. 보통 사람 같으면 오십, 육십이 되어도 그만한 경지에 이르기는 어려운 일인데 말입니다.

우선 직장 동료나 친지가 갑자기 공격을 해온다면 나중에야 어떻게 되든지 우선 되받아치는 것이 상식이 되어 있는데, 어떻게 해서 아직도 내가 보기엔 어린 나이에 그만한 여유와 도량을 갖게 되었는지 모르겠습니다."

"선생님께서 너무 과찬을 하시니까 몸 둘 바를 모르겠습니다. 저는 언제나 대인관계에서는 지는 것이 이기는 것이라는 철학을 갖고 있습니다."

"정말 도인다운 말씀이군요. 아니 그리고 보니 여기 제 2세 대행스님이 또 한 분 나타난 거 아닌지 모르겠습니다. 그분은 산속에서 수행 중에 간첩으로 오인되어 수사관에게 고문을 받으면서도 그것이 자신을 공부시키는 것이라 생각하고 웃었다는군요. 그러자 수사관은 사람 놀린다고 더 혹독한 고문을 했는데도 여전히 웃으니까 미쳤다면서 풀어주었답니다. 이윤희 씨도 머지않아 그렇게 되는 거 아닙니까?"

"아이 선생님도 별말씀을 다 하시네요. 그렇게 자꾸만 비행기를 태우시면 입에서 말이 나오지 않습니다."

"그렇지 않을 걸요. 오히려 막혔던 물줄기가 출구를 찾은 듯이 더 많은 말이 청산유수로 흘러나올 겁니다."

"선생님도 참! 선생님은 정말 못 당하겠네요. 제 속을 맑은 물속처럼 환히 꿰뚫어 보고 계시니 말입니다. 그럼 말 나온 김에 다 말씀드리겠습니다."

"그것 보세요. 무슨 말이든지 다 해보세요."

"전 지금 나이 서른셋이 되도록 결혼도 못하고 언니네 집에 얹혀살고 있거든요. 조카 둘에 형부의 뒷치닥거리를 하면서도 직장생활을 해야 하는 언니는 스트레스만 쌓이면 저에게 화풀이를 하려고 합니다. 별 대수롭지 않은 일을 가지고 꼬투리를 잡아 만만한 저한테 화살을 쏘고 창끝을 들이댑니다. 그런데도 저는 일체 상대를 해 주지 않으니 기가 찰 일입니다. 언니의 속마음은 나하고라도 한바탕 붙어 말다툼이라도 하고 나면 속이 후련할 것 같다고 생각할지 모르지만 그게 그렇게 뜻대로만 되는 것은 아니거든요."

"그래 그런 때 이윤희 씨는 어떻게 했습니까?"

"언니가 절보고 막 욕설을 퍼부을 때는 전 그냥 빙긋이 웃으면서 '언니 내 얼굴을 좀 봐' 합니다. 그럼 언니는 저한테는 터럭 끝만한 전의(戰意)도 없다는 것을 알고는 도리어 팩 화를 내고는 방문을 콱 닫고 나가 버립니다. 아침에 그런 일이 있었다면 저녁 때, 저녁 때 그런 일이 있었으면 이튿날 아침에 저를 찾아와 오히려 깍듯이 미안하게 됐다고 사과를 합니다. 직장에서도 이와 똑같은 일이 얼마든지 있습니다. 그럴 때도 똑같은 요령으로 대합니다. 그럼 나중에는 전부 다 절 찾아와서 자기 잘못을 사과합니다."

"결국 지는 것이 이기는 셈이군요. 그러니까 이윤희 씨는 내가 보기엔 거대한 암벽과 같고 이윤희 씨를 공격하는 상대는 달걀과 꼭 같군요. 달걀을 바위에 던져 보았자 깨어지기나 했지 별수 있겠습니까? 귀가 두 개 있고 눈이 두 개 있는 이유를 이제야 알 것 같습니다. 마음에 담아둘 가치가 없는 말이나 광경은 듣거나 보는 즉시 한쪽 귀나 눈으로 흘려버리면 되겠군요."

"그렇게 하는 것이 우선은 제 마음이 편하기 때문에 그렇게 하지 말라고 해도 그럴 수밖에 없지 않겠습니까? 한쪽 귀나 한쪽 눈으로 흘려보낼 수 없는 것은 어떻게 하는지 아십니까?"

"참 그럴 때는 문제겠는데요. 너무 비중이 무거우면 어떻게 하죠. 그럴 때는 한쪽 귀나 눈으로 정말 흘려보내기 어려울 텐데."

"그럴 때는 그냥 놔버립니다."

"무거우니까 밑으로 떨어지게 놓아버린다 그 말이군요. 그럼 그 밑에는 무엇이 있습니까?"

"제 마음이 있죠."

"마음이라니?"

"제 참마음 말씀입니다."

"그러니까 대행스님이 말한 주인공(主人空)을 말하는군요. 그분의 대담집(對談集)인 『한 마음』이란 책을 읽어보니까 모든 심적 고통과 시름과 원한은 주인공 속으로 몰락 놓아버리라고 했더군요. 그러나 이것은 말은 쉽지만 아무나 그렇게 할 수 있는 것은 아닙니다. 만약 모든 것을 주인공 즉 참나 속으로 한점의 미련도 없이 몽땅 놓아 버릴 수만 있다면 그 사람은 정말 성인이라고 할 수 있을 겁니다."

"선생님 그렇다고 제가 대행스님처럼 그렇게 모든 것을 주인공 속에 몰락 놓아버릴 수 있다고 장담할 수는 없습니다. 아직도 미진한 구석이 많습니다. 그러니까 선생님을 찾아뵙고, 도움을 구하자는 것이 아니겠습니까?"

"찾아오신 목적은 어느 정도 성취가 되어 가고 있습니다. 어떻습니까? 머리 정수리 부근이 욱신욱신하지 않습니까?"

"벌써 아까부터 그 부분이 저도 모르게 자꾸만 쿡쿡 찔리는 것 같습니다. 마치 누가 꼬챙이 같은 것으로 쑤시는 것 같기도 하구요."

이윤희 씨는 나와 한 시간쯤 대화하는 사이에 백회가 자동적으로 열려버렸다. 나는 뒤처리를 다해 주었다.

"선생님 고맙습니다. 절 받으세요" 하고 그녀는 일어섰다.

"절까지 하실 필요가 있겠습니까? 그걸 마음으로 아시면 됐지."

"그래도 그렇지 않습니다. 불제자들은 스승에게 은혜를 입었을 때는 반드시 삼배를 하게 되어 있습니다."

그녀는 불교식으로 큰절을 세 번 했다.

"선생님, 저처럼 선생님 앞에 앉아만 있어도 이렇게 백회가 열려버리는 사람이 있습니까?"

"가끔 있습니다. 때가 된 사람들입니다. 그러나 때가 안 된 사람은 백날을 찾아와서 고사를 지내도 절대로 열리지 않습니다."

"선생님 한 가지 여쭈어 봐도 되겠습니까?"

"말씀하세요."

"아까 제가 손발이 찼다가 더웠다가 한다고 말씀드렸을 때 아주 정상적인 현상이라고 말씀하셨는데, 그걸 좀 더 알기 쉽게 설명해 주실 수 있겠습니까?"

"그건 음양중 오행육기가 몸속에서 지극히 정상적으로 운행하고 있으면서 상생 상극 상화가 제대로 이루어지고 있다는 것을 말해줍니다. 『선도체험기』8, 9, 10권을 꼼꼼하게 읽어보시면 아주 상세하게 설명이

나와 있습니다. 음양, 허실, 한열이 교대로 몸속에서 진행되면서 기운이 바뀌기 때문에 그런 일이 일어나는 현상입니다.

만약에 병맥(病脈)이 있는 사람이라면 기혈이 어느 한 곳에서 막혀 있기 때문에 음양, 허실, 한열이 교대로 이루어지지 않습니다. 그래서 계속 열만 나든지 계속 몸이 차갑기만 하든지 하는 현상이 일어납니다. 맥도 역시 현맥, 구삼맥, 구맥, 홍맥, 모맥, 석맥 순으로 시간대에 따라 변화가 되어야 하는데 그렇지 못합니다. 그래서 가령 신방광이 나쁜 사람은 언제나 석맥만 나오고 폐대장이 나쁜 사람은 항상 모맥만 나오게 되는 겁니다."

"잘 알겠습니다. 저는 그것도 모르고 혹시 무엇이 잘못되지 않았나 생각했었습니다."

"그것도 몰락 놓아버리면 됩니다."

"정 무거우면 그렇게 해야죠. 오늘 선생님에게서 뜻밖에 좋은 공부 많이 했습니다."

선(禪)과 구도(求道)

1993년 1월 2일.

이윤희 씨가 오후 2시부터 5시까지 대좌하는 사이에 방광경, 삼초경, 소장경 순으로 막혔던 그녀의 경혈들이 뚫렸다. 중단전과 상단전의 12개 중요 경혈들이 모조리 다 열렸다. 나를 찾은 수련생 중에서 이윤희 씨만큼 수련이 급진전되는 예를 처음 보았다.

1993년 1월 21일

오전 아홉 시부터 10시 사이에 가부좌하고 수련 중이었다. 인당이 꿈틀꿈틀 용틀임을 했다.

오후 3시 반. 이윤희 씨가 왔다. 그녀는 여전히 우리집에 찾아오는 수련생 중에서 제일 선두를 달리고 있다. 이렇게 빠른 진전을 보인 예가 전에는 없었다.

"선생님, 전에는 눈을 반쯤 감아야 빛이 보이곤 했는데, 지금은 눈을 완전히 뜨고도 보입니다."

"어떤 색깔인데요."

"노랑, 청색, 홍색, 백색이 교대로 보입니다. 왜 그렇죠?"

"대주천 시에 일어나는 대약(大藥)이라고 합니다. 연기화신(煉氣化神)이 일어나고 있는 중입니다."

"그게 뭔데요?"

"소주천 때는 정(精)이 기로 바뀌는 현상이 일어납니다. 이것을 연정화기(煉精化氣)라고 하죠. 다시 말해서 정(精)이 기(氣)로 바뀌는 현상입니다. 그것이 이제는 한 단계 높아져서 연기화신 즉 기(氣)가 신(神)으로 바뀌는 것을 말합니다."

"소약(小藥)이라는 말도 있죠?"

"있죠. 그것은 소주천 때 일어나는 운기현상입니다. 임독을 흐르는 기운이 처음엔 수증기가 흐르는 것 같은 느낌이 들다가 그것이 따뜻한 물이 흐르는 것 같은 느낌으로 변했다가 나중에는 동글동글한 고체의 구슬이 굴러가는 것 같은 느낌이 들 때가 있는데 바로 그것을 말합니다. 어쨌든 그런데 너무 신경을 쓸 필요는 없고 계속 밀고 나가기만 하면 됩니다. 기운이 옆으로 새지만 않게 하면 됩니다."

"옆으로 새다뇨. 무슨 뜻인지 모르겠습니다."

"옆길로 빗나가지만 않으면 됩니다."

"제가 머리가 둔해서 그런지 그것 역시 무슨 말씀인지 이해가 되지 않습니다."

"혹시 남자의 경우 양물이 발기되더라도 사정(射精)하지 말라는 뜻입니다."

"네에, 잘 알겠습니다."

1993년 1월 22일

설날이 내일이라고 선물을 들고 인사차 찾아오는 사람들이 몰려와 오후에 수련을 하다가 돌아갔다. 밤 자시. 예년처럼 조상님께 차례를 지냈다. 작년 설날 차례 때는 조상님들이 모여서 심각한 표정으로 무슨 의논들을 하시는 광경이 비쳤었다. 그러나 오늘은 그렇지 않았다. 조상님들께서 기꺼이 흠향하시고 즐겁게 춤추시었다. 작년의 침울했던 표정이 금년엔 명랑한 기분으로 바뀌어 있었다. 조상님들은 내 자성의 한 나툼이다. 수련도 큰 진전이 있을 것 같고 좋은 일이 있을 것 같은 느낌이 들었다.

1993년 1월 25일

오후 2시 15분부터 여난옥 씨와 한 시간 반 동안 대좌했다. 작년 12월 26일에 백회가 열린 이후 수련이 급격히 향상되고 있다. 이윤희 씨와 막상막하다. 공명현상이 일어날 정도로 운기가 활발하다. 왼쪽 어깻죽지 밑 방광경에 이상이 있다는 것이 감지되었다.

"혹시 교통사고라도 당한 일이 없습니까?"

"아뇨. 왜 그러세요?"

"아무래도 왼쪽 어깻죽지 밑이 이상합니다."

"네에. 그건 3년 전에 이혼한 남편한테 되게 얻어맞아서 그렇습니다."

"아니 여난옥 씨처럼 기가 거센 여장부에게 누가 감히 손찌검을 한다는 말입니까?"

"아무리 여자가 기가 거세다고 해도 여자는 역시 여자예요. 남자와 맞붙어놓으면 힘으로는 당하는 재주가 없더라구요. 스님을 파계시킨 여자는 지옥에 떨어진다고 했는데, 그 때문에 이런 고통을 당하는 것 같습니다."

"스님을 파계시키다뇨? 그건 생각 나름이 아닐까요? 나는 성직자라고 해서 평생을 독신생활을 해야 한다는 것 자체를 좀 이상하게 보는 사람입니다. 인간은 원래 남자와 여자가 어울려서 가정을 이루고 사는 것이 가장 자연스러운 거 아니예요. 음양이 조화됨으로써 만물이 발생하는 겁니다.

이런 자연의 조화를 무시하는 독신생활 자체가 자연에 위배된 잘못된 것이 아닌가 생각됩니다. 인간완성은 어디까지나 남자와 여자 즉 음과 양이 조화하여 상부상조함으로써 이룰 수 있다고 봅니다. 여자는 남자와 조화를 이룰 수 있어야 하고 남자는 여자와 화합할 수 있어야 한 사람의 몫의 인간이 될 수 있다고 나는 봅니다. 도를 이루는 것 역시 음양의 적절한 조화 속에서 성숙될 수 있다고 봅니다. 여난옥 씨는 그런 죄의식부터 마음속에서 청산해야 올바른 수련이 된다고 봅니다."

"그럴까요?"

"그렇고말고요. 인간은 깨달으면 그 자체가 완전한 것인데, 무엇 때문에 자꾸만 스스로 죄를 만들어 자신에게 덮어씌우고 스스로 자신을 학대하는 고통을 감수해야 합니까? 그것은 마치 인간은 태어나면서부터 원죄를 덮어쓰고 있다고 망상을 하는 것과 똑같습니다.

인간은 언제나 자기가 만든 미망 속에 스스로 갇혀 고통을 자초하고 있습니다. 다시 말해서 자기 자신들이 만든 망념의 노예가 되어 있는 겁니다. 이러한 망상에서 해방되는 것이 진정한 자기 자신을 찾는 겁니다. 우리가 수련을 하는 목적은 바로 이러한 진정한 자기, 다시 말해서 참나, 진아(眞我)를 깨닫기 위해서 입니다. 망아(忘我), 가아(假我), 망상(妄想)에서 해방되자는 것이 수련의 목적입니다."

"그래도 저는 그런 사람과 결혼을 하여 파탄을 가져온 것도 다 인연이라고 생각합니다."

"전생의 인연으로 결혼을 하는 경우가 많은 것은 사실입니다. 그러나 그 인연이라는 것도 사실은 미망 때문에 생겨난 것입니다. 인생은 무상하고 인연이란 원래 없었던 것이라고 관해야 합니다."

"그래서 저는 이미 지은 업보로 생긴 일은 그대로 고스란히 받아들이고 아무도 원망하지 않고 미워하지도 않기로 했습니다."

"그것은 참으로 잘하는 일입니다. 누구를 미워하고 원망하면 또 다른 업보를 만들게 됩니다. 그 업의 고리를 끊기 위해서라도 아무도 원망하거나 미워하지 말아야 합니다. 모든 경계를 자성에 맡겨야 합니다. 여난옥 씨가 수련이 남보다 비교적 잘되는 이유는 바로 그런 자세 때문입니다."

"그렇게 알아주시니 고맙습니다."

1993년 1월 26일

오후 3시. 대전에서 대학 3학년에 재학 중이라는 강형모라는 젊은이가 찾아왔다.

"선생님, 저는 F도장에서 선사로 있다가 그만 둔 Y씨가 차린 도장에 3개월쯤 다니다가 최근에 그만 두었습니다."

"왜요?"

"아무래도 제가 갈 길이 아니라는 생각이 들었습니다. 선생님께서 제가 갈 길을 지시해 주셨으면 해서 찾아 왔습니다."

"수련은 잘되는가요?"

"네, 저는 작년 초에도 이곳엘 다녀 간 일이 있습니다."

"그래요. 난 기억에 없는데."

"선생님께서는 워낙 많은 방문객을 맞으시니까 그러실 겁니다. 저는 그 후에 열심히 수련을 하여 많은 진전이 있었습니다."

"어떤 진전이 있었는데."

"저는 지금도 상대하는 사람이 무슨 생각을 하고 있는지 금방 알아맞힐 수 있습니다. 타심통(他心通)이 열려 있습니다. 그리고 제 앞에 앉아 있는 사람이 몸이 아프면 저도 같이 아픕니다. 그 사람이 아픈 곳에 기를 보내면 금방 낫기도 합니다. 의통(醫通)이 열렸다고들 그럽니다."

"그래서 어떻게 했나요?"

"『선도체험기』를 읽어보니까 그런 능력이 생기더라도 함부로 이용하지 말라고 해서 쓰지는 않고 있습니다."

"자네는 현명하군. 그것도 마군(魔軍)이라고 생각해야 된다구. 수련 중에 일어나는 일종의 시련이고 유혹이라구. 그 유혹에 넘어가면 무엇이 되는지 알아?"

"네, 압니다."

"어디 자네 입으로 말해 보라구."

"타심통을 자꾸만 이용하면 점쟁이나 염탐꾼이 될 수 있고, 의통을 이용하면 돌팔이 의사가 될 수도 있습니다."

"잘 알고 있군. 그런 초능력에 절대로 관심을 두지 말고 계속 수련에 만 전력투구해야 큰 그릇이 될 수 있지."

"선생님 그리고 지난 달(1월) 초순에 저는 꿈에 아주 이상한 광경을 보았습니다."

"무엇을 보았는데."

"꿈에 말입니다. 금빛 후광이 비치는 선생님의 모습을 보았습니다."

"그래?"

나는 1월 초순에 무슨 일이 있었나 돌이켜 보았다. 1월 10일에 공처, 11일에 식처, 12일에 무소유처 수련을 완성한 일이 생각났다. 그렇다면 내 수련이 조금 향상된 것이 이 청년에게도 감지가 되었단 말인가? 알 쏭달쏭했다.

"그것도 다 허상이예요. 다 잊어버리는 것이 좋아요. 바로 그 때문에 날 찾아온 모양이군."

"그것도 그렇구. 제 수련에 대해서 의논도 하려구 찾아 왔습니다."

"나야 도장을 개설한 것도 아니니 누구를 정식으로 수련을 시킬 수 도 없어요. 그러니까 좋은 도장을 골라서 스스로 찾아가라구. 그렇게 하기 싫으면 책이나 보면서 혼자서 수련을 하든가 해요. 전국에 흩어 져 있는 대부분의 『선도체험기』 애독자들은 단독 수련을 하고 있다는 걸 알아야 해요."

1993년 1월 29일 금요일 -8~0℃ 밤에 눈

천지인삼매 때에는 호흡과 운기 상태가 아주 크게 변했지만 유위삼매, 무위삼매, 무념처삼매, 공처, 식처, 무소유처 때는 천지인삼매 때보다는 작게 단계적으로 상향 발전되었었다. 그러나 비비상처를 끝내고 나서는 천지인삼매 때보다도 더 크게 호흡과 운기가 변했다. 이때부터 수련은 거의 자동적으로 진행되고 있었다. 자꾸만 새로운 기운이 내 몸 구석구석을 누비고 있었고 뜨거운 물줄기 같은 것이 쉴 새 없이 손 끝에서 발끝까지 순환하고 있었다.

1993년 1월 30일 토요일 -5~3℃ 가끔 흐림

오후 3시부터 6시 사이에 9명의 수련생이 다녀갔다. 전에는 수련자들이 내 앞에 와서 앉으면 내 기운이 그들에게로 빨려 들어가면서 어떤 때는 약간의 손기 증세마저 느꼈으나 이젠 전연 그렇지 않았다. 그들이 있으나 없으나 똑같이 운기가 왕성했다.

1993년 1월 31일 일요일 1~3℃ 가끔 흐림

등산을 하면서 내내 진허 도인을 생각했다. 천지인삼매로부터 비비상처까지 8단계의 수련을 마치고 나자 확실히 모든 것이 달라졌다. 호흡과 운기가 우선 엄청나게 달라졌다. 4공처는 성(性)을 깨닫는 과정이라고 한다. 비비상처는 생사시종유무(生死始終有無)를 초월한 자리라고 진허 도인은 말했다. 견성을 끝낸 해탈의 자리라고 한다. 그러나 아직도 수많은 전생을 통하여 쌓이고 쌓인 아상(我相)에서까지 완전히 벗어난 것은 아니라고 한다. 아상은 망아(妄我), 가아(假我), 아집을 통틀어 일컫는 말이다.

공처에서는 인간의 정체는 공(空)이라는 것이 확인되었다. 진공묘유 (眞空妙有)의 공이 바로 인간의 정체다. 식처에서는 인간은 지구에만 국한된 것이 아니라 이 무한하게 넓은 우주 공간에 무수하게 널려 있는 천체가 다 인간의 출처가 된다는 것을 알게 해 주었다. 무소유처에는 인간의 본질은 동물과 식물은 말할 것도 없고 이 우주 속에 있는 삼라만상 그 자체라는 것을 알게 해 주었다.

비비상처는 인간의 본질을 떠난 자리, 이러한 깨달음 자체도 다 잊어버리는 생사시종유무를 전부 떠난 빈자리라는 것, 그러한 생각을 하는 것 자체까지도 뛰어넘은 텅텅 비어있는 경지를 일깨워 주었다.

이로써 비록 자성(自性)은 보았지만 아상(我相)을 완전히 파괴하여 자성이 그 찬연한 빛을 유감없이 외부로 발산하는 공부는 미래의 숙제로 남게 되었다. 아상을 완전히 파괴하느냐 못 하느냐에 따라 성인이 되느냐 못 되느냐가 결정된다고 한다. 그것은 평생을 건 험난한 길일 수도 있다.

나는 선도수련 시작한 지 7년밖에는 되지 않았지만 아직 진허 도인만큼 완벽한 비법을 터득한 사람을 만나보지 못했다. 물론 그의 인격적인 하자를 놓고 시비를 거는 사람이 없는 것은 아니지만 수련 방편에 관한 한 아직 그를 따를 만한 사람을 만나보지 못했다. 이것은 내가 그에게서 55일간 수련을 받아보고 그 효과를 측정한 뒤에 자신 있게 내리는 결론이다.

그는 자신이 20년간의 각고 끝에 터득한 이 비법을 때가 된 수련자들에게는 아낌없이 전수하겠다고 했다. 아직까지 그에게서는 사이비 교주 냄새는 전연 나지 않는다. 만약에 그가 돈에 욕심이 있었다면 나에게 아무 대가도 안 받고 수련 전수를 자청할 이유가 없었을 것이다. 엽색(獵色)과 명예욕의 기미도 전연 눈치챌 수 없다. 확실히 그는 사명감을 갖고 자신이 터득한 도법을 일반에게 전수하기 위해서 도장을 차린 것이다.

그렇다면 그는 어떻게 해서 이런 비법들을 터득할 수 있었단 말인가? 이미 이 책에서 언급한 얘기이기는 하지만 그는 이 세상에 살아있는 스승에게서 배운 것이 아니라는 데 깊은 묘미가 있다. 그렇다면 누구에게서 그런 비법을 전수받았단 말인가?

우화등선(羽化登仙)한 현묘지도의 스승들에게서 지난 20년 동안에 걸쳐서 단계적으로 수련을 받으면서 하나씩 하나씩 도법을 전수받았다는 것이다. 이 수련을 받기 위해서 그는 남한 천지에 이름난 산에는 안 가본 데가 없다고 한다. 한라산, 지리산, 설악산, 마리산 등등 이루 헤아릴 수 없이 많은 명산들을 순례했다고 한다. 보통 한 산에서 최소한 5일간씩 머물렀다고 한다. 5일간쯤 산에서 머물러야 그 산의 정기를 온전히 흡수할 수 있다는 것이다. 이런 얘기를 듣고 어떤 도우(道友)는 코웃음을 쳤다.

"영계니 신명계니 하는 것 자체가 다 허상입니다. 하물며 선명계의 스승이라니 그것도 전부 다 망상에 지나지 않습니다. 어떻게 자신과 대립된 선계 스승들에게서 도법을 전수받을 수 있단 말입니까?"

"이 세상, 아니 우주 삼라만상 중에 나 자신의 참모습이 변형되지 않은 것이 어디 있습니까? 도우님은 색즉시공 공즉시색의 공을 깨달은

48

각자(覺者)의 입장에서 그런 말씀을 하시는 모양인데, 일체유심조(一切唯心造), 삼계유심소현(三界唯心所現)이라는 진리는 모르십니까?

욕계도 색계도 무색계도 다 참나 즉 진리, 공(空)의 변화된 모습이 아닙니까? 우주와 나는 하나이고 둘이 아니라는 것을 인정한다면 신명계도 영계도 인간계도 전부 다 하나라는 것을 인정해야 합니다. 그것이 진리니까요. 진리가 무엇입니까?"

"진공묘유의 공이 진리죠."

"그 공이 바로 참나, 진아(眞我)가 아닙니까. 진아가 바로 도이고 우주생명입니다. 그것이 바로 하느님이고, 하나님이고, 대행스님이 말한 주인공(主人空)이 아닙니까?"

"그렇다고 봐야죠."

"그렇다면 눈에 보이는 삼라만상은 전부 다 참나의 표현이 아닐 수 없습니다. 불교도 기독교도 현묘지도도 요가도 초월명상도, 마인드 콘트롤도 진리 그 자체는 될 수 없습니다. 불상도 십자가도 진리 그 자체는 될 수 없고 진리를 향해 나아가는 방편에 지나지 않습니다. 선계도 선계의 스승들도 진리를 찾기 위한 방편이 아니겠습니까?"

"그 말씀엔 저도 이의가 없습니다. 문제는 방편에 너무 끄달리니까 하는 말입니다. 방편을 진리로 착각을 하니까 하는 말입니다."

"누가 그랬다는 말입니까? 그것은 지나친 신경과민이 아닐까요? 좀 더 지켜본 다음에 그런 결론을 내려야 한다고 봅니다. 방편에 너무 얽매여 진리를 가로막는 행위도 나쁘지만 그 방편을 너무 무시하면 피안에 도달할 수 있는 나룻배를 놓치고 헤엄을 쳐야만 하는 고통을 당할 수도 있습니다.

혜엄을 쳐서라도 피안에 도달할 수 있다면 좋겠는데, 그렇지를 못하고 물속에서 허위적대다가 빠져 죽는 사람들이 너무나도 많기 때문에 하는 말입니다. 모로 가도 서울만 가면 된다고 했습니다. 외도(外道)든 정도(正道)든 지나치게 가릴 필요도 없다고 봅니다. 도둑 잘 지키는 개가 제일이지 그 개의 색깔이 희든 검든 상관할 필요는 없습니다."

"저는 그 방편에 너무나 끄달리지나 않는가 해서 노파심에서 한 말입니다. 오해는 말아주시기 바랍니다."

"도우님의 의도는 충분히 알겠습니다. 진리 이외에는 집착할 것이 아무것도 없다는 것쯤은 나도 잘 알고 있습니다. 진리 그 자체에도 집착하면 그 집착 때문에 진리가 가려진다는 것도 알고 있습니다. 허심탄회하고 무심한 경지, 끝없이 겸허한 경지, 마음을 언제나 완전히 텅텅 비운 경지가 아니면 진리가 보이지 않는다는 것을 잘 알고 있습니다."

"기우(杞憂)였군요. 선생님의 도가 크게 성취되기 바랍니다."

초능력이 나타난다

1993년 2월 1일 월요일 −6∼0℃ 구름 조금

한 달 전에 왔던 함안의 정문식 씨가 또 찾아와서 큰절을 세 번이나 하고 나서 말했다.

"선생님, 저는 작년 가을에 선생님한테 와서 백회가 열린 뒤에 정말 수련이 눈부시게 잘되고 있습니다."

"그래요?"

나는 그의 얼굴을 유심히 살펴보았다. 확실히 작년 가을에 처음 찾아왔을 때와는 엄청나게 달라진 용모와 분위기를 풍겼다. 생식을 한 끼에 반 숟갈씩만 들어서 그런지 그때보다 얼굴도 좀 여위었고 체중도 많이 줄었다. 그 대신 얼굴이 홍도 빛으로 바뀌었고 눈에서는 번쩍번쩍 광택이 났다. 부리부리한 두 눈하며 이목구비가 또렷한 게 가히 도인다운 분위기를 풍겨주고 있었다. 아직 탁기가 섞여 있긴 했지만 기운은 점점 더 강하게 내뿜고 있었다.

"처음에 백회가 열린 뒤에는 수돗물 줄기처럼 기운이 백회로 쏟아져 들어오다가 그것이 점점 더 강해지더니 요즘은 마치 소나기처럼 퍼붓습니다. 가부좌하고 앉아있기만 해도 금방 무아의 경지에 빠져들고, 눈앞에 환한 빛이 보입니다."

"그 빛의 색깔이 어떻던가요?"

51

"처음엔 청색, 홍색, 황색으로 보이다가 요즘은 흰색으로 보입니다. 그리고 며칠 전에는 우리집에 놀러 온 조카애가 갑자기 토사곽란이 일어났습니다. 저도 모르게 그 아이의 배를 쓸어주었더니 금방 쌕쌕 잠이 들더군요. 그리고 또 방문객이 대문을 들어서는 기척만 나도 집안에 앉아 있는 저는 그게 누구라는 것을 금방 알아맞춥니다. 요즘은 또 수련을 전연 하지 않는 친구가 저와 마주 앉아도 백회 부근에서 시원한 기운을 느낀다고 합니다."

"지난번에 왔을 때도 말했지만 전부 다 시험이요, 마군이라고 생각해야 합니다. 그런 초능력에 현혹되면 수련은 망쳐버리고 맙니다. 견성을 하거나 사명이 떨어지기 전에는 절대로 초능력을 구사해서는 안 됩니다. 이런 때일수록 구도자는 은인자중(隱忍自重)할 줄 알아야 합니다. 그래야 앞으로 큰 그릇으로 자라날 수 있다는 것도 명심해야죠."

"잘 알고 있습니다. 선생님 견성한 사람은 어떤 경우를 말합니까?"

"자성(自性)을 본 것을 말합니다. 스승은 자기가 가르친 제자가 견성을 했는지의 여부를 가장 정확하게 알아낼 수 있습니다. 그러나 제 삼자의 입장에서 볼 때는 이것을 어떻게 인정을 하느냐 그겁니다.

불교처럼 몇천 년 내려온 제도가 확립된 종교기관에서라면 그 권위가 어느 정도 인정이 되겠지만 그렇지 못한 군소 종교단체나 수련기관이나 개인이 인정하는 것을 누가 과연 수긍할 수 있겠습니까. 이럴 때는 당사자의 언행을 관찰해 보고 제삼자들이 판단을 내리는 수밖에 더 있겠습니까? 견성한 사람의 인격과 도력과 향기와 빛은 아무리 가리려고 해도 가려질 수는 없을 것입니다.

모질고 모진 설한풍을 이기고 오랜 각고에 시달리면서도 끝내 예쁜 꽃을 피운 야생화처럼 짙은 향내를 주위에 퍼뜨리지 않을 수 없습니다. 우선 얼굴과 모습에서 도인의 풍모가 발산되어 누가 보아도 그 위엄을 인정하지 않을 수 없어야 합니다. 사이비 교주들이 노리는 것이 바로 이 외모입니다. 근엄하게 목에 힘주고 떠듬떠듬 위엄있는 목소리를 가장한다고 해서 견성한 도인이라고 착각을 해서도 안 됩니다.

우선 말과 행동이 일치하는가 보아야 합니다. 진리를 설파할 때 막힘이 없는가도 살펴보아야 합니다. 재물에 욕심을 내는가, 색을 탐하는가, 거짓말을 밥 먹듯 하지 않는가? 요컨대 도덕적으로 하자가 없는가 등등을 장기간에 걸쳐 살펴보아야 합니다. 생로병사(生老病死)를 어느 정도 극복했느냐 하는 것도 기준이 될 수 있습니다. 견성을 했다는 사람이 보통 사람보다도 더 빨리 늙는다면 문제가 아닐 수 없습니다. 견성한 사람은 아무리 기운을 써도 손기(損氣) 증세로 쓰러지는 일은 없습니다. 진아(眞我)로부터 무한한 능력이 공급되기 때문입니다. 이쯤 해 둡시다."

"선생님 그럼 전 견성하려면 아직 까마아득합니다."

"그런 거 자꾸 의식하지 말고 그냥 무심하게 꾸준히 수련에 전념해야죠."

"선생님, 전 지난 6년 동안 고시공부를 해오는데, 이 공부를 계속해야 할지 아니면 수련에만 전념해야 할지 망설이고 있습니다. 선생님의 고견을 좀 듣고 싶습니다."

"난 어디까지나 생활인의 선도를 주장해 온 사람입니다. 누구나 자기 직업에 충실하고 가정생활을 정상으로 이끌어 가면서도 도를 이루는 것을 처음부터 목표로 설정했습니다. 내가 『선도체험기』 시리즈를 쓰기 시작한 것도 나의 이러한 의도가 실천되어 가는 과정을 적나라하게 독자들에게 보여주면서 같이 공부해보려고 했기 때문입니다.

6년 동안이나 해 오던 고시공부까지 걷어치우고 선도수련에만 매달리라고 말하진 않겠습니다. 고시에도 합격하고 선도수련에도 장족의 발전이 있기를 원합니다. 우리의 일상생활 자체를 수련의 현장으로 보고 온갖 현실적 난관을 슬기롭게 극복해 나가면서도 수련의 성과를 올리는 것을 나는 더 높이 평가하고 싶습니다.

생활에 패배한 사람이 대안으로 선택하는 것이 선도수련이라고 착각을 하지 마시기 바랍니다. 생활과 도를 양립시키고 조화롭게 이끌어 나가는 사람을 나는 북돋우어주고 싶습니다."

"선생님의 뜻은 잘 알겠습니다. 그럼 이만 물러가겠습니다."

1993년 2월 3일 수요일 −3∼4℃ 가끔 흐림

비비상처 수련을 끝낸 지 오늘로 일주일째다. 그동안 호흡과 운기가 날이 갈수록 점점 더 크게 변해가고 있다. 어제부터는 낮 12시만 되면 강한 음기가 물밀듯이 들어와 몸이 덜덜 떨리게 하기까지 했다. 그러나 1시 반 이후부터는 따뜻한 양기가 폭포수 마냥 쏟아져 들어오면서 열한 가지 무념처 호흡이 되었다. 그러다가 오후 다섯 시부터는 또 음기가 들어오기 시작했다. 그러다가 오후 6시에는 다시 양기로 바뀌었다. 거의 한 시간마다 음기와 양기가 바뀌고 있다.

공아(空我)

1993년 2월 5일 금요일 3~8℃ 가끔 흐림

진허 도인은 나를 보고 사공처(四空處) 수련을 끝냈으니 이제 견성은 되었고 성명쌍수(性命雙修)도 끝났다고 말한다. 적어도 현묘지도의 기준으로는 그렇다는 것이다. 그러나 나는 아직 뭐가 뭔지 모르겠다.

왜냐하면 나는 약점이 너무나 많은 인간이기 때문이다. 내 인간적인 약점은 나와 늘 일상생활을 같이하는 아내가 제일 잘 알고 있다. 수많은 약점 중에서도 제일 첫손에 꼽을 수 있는 것이 멀쩡하게 잘 나가다가도 갑자기 팩하고 화를 내는 것이다. 내가 이처럼 갑자기 화를 낼 때는 꼭 '두 얼굴의 사나이'처럼 내 얼굴 모습이 몰라보게 변해버린다는 것이었다.

내가 생각하기에도 그 빈도가 요즘 들어 현저히 줄어들기는 했지만 아직도 근절되지는 않고 있다. 이처럼 갑자기 팩하고 화내는 습성은 대인관계에서 치명적인 약점이 되기도 한다. 점잖던 사람이 갑자기 돌변하니까 상대는 충격을 받는다. 나와 오래 사귄 직장 동료나 집안 식구들은 그런데 익숙해 있지만 처음 당하는 사람은 당황하게 된다. 30년 가까이 같이 살아오는 아내마저도 그럴 때마다 새롭게 충격을 받는다고 한다.

"도를 아무리 닦으면 뭘 해요. 그 오리지날(본바탕)이 어디 갈라구."

  아내는 행여나 도를 닦는 남편의 인간적인 약점이 변하기를 잔뜩 기
대했다가도 나의 그 못된 습성이 터져나올 때는 늘 이렇게 비아냥대곤
했다. 나는 내 약점을 잘 알고 있다. 그래서 내 나름대로 이것을 고치
려고 애를 쓰고 있다. 그러나 아직도 근절이 되려면 요원하다는 생각
이 든다. 나의 이런 못된 습성은 무수한 전생을 살아오는 동안 청산되
지 못하고 새로운 생을 받을 때마다 누적되어 이어져온 것이라고 생각
된다. 그런데 그것이 점점 약해져야 할 텐데 그와는 반대로 점점 생이
거듭될수록 강화되어 온 게 아닌가 하는 생각이 든다.

  거울에 앉은 기름때는 제때에 말끔히 지워져야 하는데 그렇지 못하
고 어설프게 닦아내면 시간이 흐르면 흐를수록 먼지가 많이 앉게 마련
이다. 너무 많이 쌓이게 되면 닦아낼 엄두를 못 내게 된다. 그 위에 또
기름때가 앉게 되고 그것이 거듭되는 동안 그것은 요지부동이 되어 버
린다.

  이리하여 내 인간적인 약점은 아마도 인간으로 태어나기 아득한 먼
옛날 동물 시대부터 쌓이기 시작한 것이 아닐까? 전생에도 나는 여러
번 수도(修道)를 한 일이 있음을 알고 있다. 그러나 그때마다 이 약점
을 청산하지 못하고 다음 생에서 생으로 계속 이어져 온 것이 틀림없
었다. 그것이 마침내 지금의 생에 와서는 가장 치명적인 약점으로 부
각되기에 이른 것이다.

  두 번째 약점은 우유부단하다는 것이다. 이것 역시 전자 못지않게
여러 생을 이어오면서 쌓이고 쌓인 결과라고 본다. 그러나 전자만큼
치명적인 것은 아니지만 꼭 청산되어야 할 약점이다. 발끈 화내기를

잘하는 것과 우유부단한 성격은 내가 금생에서 퇴치해야 할 최대의 과제가 아닐 수 없다. 이 두 가지 인간적인 약점이 청산되지 않는 한 견성을 했다고 할 수도 없고 더구나 도를 이루었다고는 말할 수도 없는 일이다.

느닷없이 발끈하고 성내기를 잘하는 것은 도대체 어디에서 연유된 것일까 하고 나는 늘 관찰해 본다. 그 원인은 첫째로 우월감 때문이라고 본다. 남보다 내가 잘났다는 우월감이 없다면 그렇게 갑자기 성을 낼 수가 없기 때문이다. 그렇다면 이 우월감은 어디에서 온 것일까? 그것은 자만심에서 온 것이라고 본다.

자만심은 어디서 왔을까? 자만심은 자존심에서 왔을 것이다. 그렇다면 이 자존심은 어디서 온 것일까? 자존심은 '나'에서 나온 것이 확실하다. 내가 없다면 그런 버릇이 생겨날 이유가 없기 때문이다. 그 뿌리는 확실히 '나'다. 그렇다면 이 '나'는 과연 무엇인가? 아니 과연 '나'라는 것이 존재하고 있는 것일까? 이런 의문을 품어본다. 여기서 말하는 '나'는 진아(眞我)는 분명 아니다. 틀림없이 가아(假我)다. 가아가 있었기 때문에 아집도 생긴 것이다. 문제는 바로 이 '나'이다.

과연 '나'라는 것이 실재하느냐 하는 것이다. 그럼 '나'는 무엇으로 구성되어 있는지 관찰해 볼 필요가 있다. 우선 나는 몸이 있어야 한다. 그리고 이 몸을 움직이는 마음이 있어야 한다. 몸과 마음이 합쳐서 '나'를 구성하고 있는 것은 틀림없다. 그런데 이 몸은 실재하는 것일까를 생각해 본다. 내 몸을 이루고 있는 것은 틀림없이 물질이다. 크게 나누면 지(地) 수(水) 화(火) 풍(風)이라는 네 가지 물질의 요소로 구성되어 있다고 불교는 말한다. 그 물질을 최소단위로 분석해 들어가 보자.

최첨단 과학 장비를 총동원하여 쪼개고 쪼개면 분자가 되고 그 분자를 쪼개면 원자가 되고 그 원자를 다시 쪼개면 음전자 양전자 중성자가 되고 이것을 다시 쪼개어 보면 소립자(素粒子)라는 가장 작은 요소로 분석이 되는데, 소립자는 사실 물질 같기도 하고 물질 아닌 것 같기도 하다는 것이다.

그것은 진동하는 에너지의 결집체라는 것으로서 서양에서는 에텔이라고 하고 동양에서는 이것을 기(氣)라고도 한다. 엄격히 말해서 소립자는 물질이 아니면서도 무슨 물질이든지 될 수 있다고 한다. 소립자는 공(空)이라고도 할 수 있는데 그 공은 삼라만상을 만들 수도 있는 그러한 공이라는 것이다. 진공묘유(眞空妙有)란 이래서 생긴 말이다. 색즉시공 공즉시색도 이래서 생긴 말이다. 공은 하나이다. 일시무시일 일종무종일(一始無始一 一終無終一)이다. 그러니까 내 몸과 '나'라고 하는 마음으로 구성된 '나'는 실재하지 않는 것이 된다.

그것이 진리다. 그렇다면 나는 실재하지도 않는 '나'라는 마음에 얽매어 고집을 피운 것밖에는 안 된다는 결론이 나올 수밖에 없다. 그렇다. '나'는 원래 없는 것이다. 그렇다면 무엇 때문에 고집을 피우고 자만을 하고 발끈 화를 내고 한단 말인가. 있지도 않는 '나'라고 하는 관념의 노예가 되어 나는 지금껏 발끈발끈 화를 내고 있었던 것이다. 이것은 어쩔 수 없는 추태이다.

그렇다. 나는 지금까지 있지도 않는 '나'라는 망상에 얽매어 발끈발끈 화를 내는 어리석음을 수없이 범해 온 것이다. 그렇다면 나는 없는 것인가? 내 개성은 어떻게 되는가? 이런 의문에 사로잡히게 된다. 그러나 내가 지금까지 말한 '나'는 어디까지나 가아(假我), 망아(妄我), 다시 말해서 있지도 않는 순전히 미망이 만들어낸 나를 말한 것일 뿐 진짜 나까지도 없다는 말은 아니다. 허깨비와 같은 내가 없다는 것이지 진짜 내가 없다는 말은 아닌 것이다.

가아, 망아, 아집, 습기(習氣) 따위 실재하지도 않은 허깨비를 총칭하여 아상(我相)이라고 불교에서는 말한다. 나는 생각한다. 바로 이 아상이 완전히 무너진 사람이 성통한 사람, 해탈한 사람, 크게 깨달은 사람이라고 본다. 이런 사람을 보고 우리는 흔히 성인(聖人)이라고 한다. 바로 이 아상을 깨어버린 사람을 보고 우리는 큰 스승이라고도 하고 대사(大師)라고도 한다.

아상을 완전히 깨어버린 사람은 또 어떤 특징을 보이는가? 『삼일신고』진리훈에 나와 있는 대로 지감·조식·금촉을 생활화하는 사람을 말한다. 성내는 것만이 가아는 아니다. 기쁨, 두려움, 슬픔, 노여움, 탐욕, 혐오감에 좌우되는 사람도 역시 망아에서 해방이 된 사람은 아니다. 소리, 색깔, 냄새, 맛, 성욕, 피부접촉감에서 헤어나지 못한 사람도 역시 아상을 깬 사람은 못 된다. 지감, 조식, 금촉을 생활화하는 사람은 아상에 사로잡히지 않는다. 마음은 언제나 텅 비어 있고 무한정 겸허하기 때문에 우주 전체를 포용할 수 있는 무심(無心)을 터득한 사람이다.

이런 사람은 마음이 언제나 균형과 평온을 유지하고 있다. 오감이나 희로애락에 함부로 좌우되지 않는다. 마음은 늘 허심탄회하다. 사랑과 자비가 늘 충만해 있다. 아상이 없는 사람이므로 마음은 늘 공허하다. 공허하므로 우주생명과 하나가 된다. 진공묘유(眞空妙有)를 구사할 수 있으므로 무한한 사랑, 무한한 지혜, 무한한 능력과 생명력을 구사할 수 있다.

이러한 사람은 망아, 가아, 아집, 습기 같은 아상(我相)과는 아무런 관련이 없다. 참나, 진아, 대아(大我), 우주아(宇宙我)가 있을 뿐이다. 이러한 아(我)를 대행스님은 주인공(主人空)이라고 했지만 나는 공아(空我)라고 부르고 싶다. 희구애노탐염, 성색취미음저에 구애받지 않는 내가 참나이고 진아이고 대아이고 우주아이고 공아(空我)이다.

이 공아는 원래 누구에게나 공평하게 이미 갖추어져 있다. 누구든 공아가 없는 사람은 없다. 그렇다면 왜 우리는 지금껏 이것을 모르고 있었단 말인가? 가아에 가려져 있었기 때문이다. 희구애노탐염, 분란한열진습, 성색취미음저라는 망아의 구름에 가려져 있었기 때문이다. 수련은 바로 이 망아를 걷어내는 작업이다. 망아를 걷어내고 진아를 되찾은 사람, 수없는 세월을 통해 세세연년 윤회를 거듭해 오면서 쌓이고 쌓인 이 아상을 깨고 공아(空我)를 되찾은 사람을 보고 나는 견성한 사람, 성통한 사람이라고 부르고 싶다. 공아(空我)를 되찾은 사람이야말로 천상천하유아독존(天上天下唯我獨尊)과 삼세개고오당안지(三世皆苦吾當安之)를 거리낌없이 외칠 수 있는 사람이다. 사랑과 지혜와 능력뿐 아니라 균형, 평정, 안정, 평화, 역지사지, 공익정신에 투철한 사람이다.

이러한 사람은 무엇보다도 자기 자신이 알고 가장 가까운 주변 사람들이 먼저 알아준다. 사람이 사람을 사람이라고 알아보아야 정말 사람이지 혼자서 저 잘났다고 껍쩍대는 사람을 어떻게 인정할 수 있단 말인가. 진아, 공아를 찾은 사람은 스스로 빛을 내게 되어 있다. 구름이 걷히면 태양이 제 빛을 내듯 그런 사람은 아무 말 안 해도 빛을 내게 되어 있다. 그런 사람은 입을 열면 자기 자신은 전연 의식을 하지 않는데도 생명의 말씀이 샘물처럼 용솟음쳐 오르게 되어 있다.

용광로 가까이 가면 누구나 열기를 느끼듯 공아를 찾은 사람에게서는 범인에게서는 느낄 수 없는 생명의 열기를 반드시 감지할 수 있다. 향기로운 야생화마냥 늘 짙은 향내를 주위에 뿜어낸다. 이쯤 되어야 견성한 사람, 성통한 사람, 해탈한 사람이라고 할 수 있는 것이 아닐까? 공아를 찾은 사람은 누구나 그렇게 될 수 있다는 데 우리는 무한한 매력을 느낀다. 누구나 지극정성만 다하면 성취할 수 있기 때문이다. 다른 곳에 있는 것이 아니고 바로 내 안에 있는 것이기 때문에 맘만 다부지게 먹는다면 누구나 찾을 수 있는 것이 공아(空我)가 아닌가.

멀고 먼 옛날 우리 조상들은 어떻게 이러한 원리를 알았는지 지금 생각을 해봐도 기가 막힐 일이다. 『천부경』은 벌써 1만 년 전 환인 시대부터 내려오는 우리의 경전이다. 그 경전 속에 "인중천지일(人中天地一)"이라는 구절이 있다. 사람 속에 하늘과 땅 즉 우주 전체가 하나가 되어 들어있다는 말이다. 또 조선조 말 동학을 창건한 최제우는 "인내천(人乃天)" 사상을 부르짖었다. 사람이 곧 하늘이라는 생각이다. 여기서 하늘은 우주 삼라만상을 말한다.

우리 조상들이 말한 천지, 하늘과 땅, 천, 하늘이 바로 한이다. 이것이 공(空)이고 진리고 도(道)다. 비유상비무상처(非有想非無想處)는 이러한 공이 있다는 생각도 없다는 생각도 초월한 경지를 말한다. 완전무결하게 텅 빈 무심(無心)의 경지를 말한다. 공(空)과 무심을 생각하는 마음조차도 떠난 것을 말한다.

이런 심경이 아니고는 대자유, 무애자재를 글자 그대로 누릴 수 없다. 여기엔 단 한점의 망상의 티도 개입될 여지가 없다. 티 한점 없는 완전무결한 거울과 같다. 한점 티가 없기 때문에 비치는 대상은 무엇이든지 진실 그대로다. 그야말로 경허(鏡虛)다. 경허 스님이 이 법명을 택한 이유를 알 것 같다.

성인이란 남들이 기뻐 날뛸 때 평온한 마음을 가질 수 있고, 남들이 두려워 떨 때 요지부동할 수 있고, 남들이 슬퍼하고 애통해 할 때 담담한 마음으로 그 원인을 규명해 볼 줄 알고, 남들이 노여워 눈이 뒤집힐 때도 태연히 관찰할 수 있고, 남들이 뇌물을 받고 삥땅을 할 때도 절대로 휩쓸리지 않고, 남들이 누구를 싫어하고 미워할 때도 동조하기는커녕 이에 초연할 수 있는 사람이다. 또 남들이 좋은 음악 좋은 소리에 혹하여 이리저리 끌려다닐 때도 휩쓸리지 않고, 남들이 맘에 드는 색깔을 찾아다닐 때 모른 척할 수 있고, 남들이 담배를 권해도 안 피운다고 확실히 말할 수 있고, 남들이 맛있는 음식을 찾아 이리저리 기웃거릴 때 여기에 끼어들지 않고, 남들이 엽색(獵色)에 눈이 뒤집힐 때도 전연 충동이 일어나지 않고, 남들이 남의 살 만지는 일에 몰두할 때도 어린애들 소꿉장난을 지켜보듯 할 수 있는 사람이다. 단지 이웃과 동료들과의 화합을 위해서라는 명분으로 희구애노탐염이나 성색취미음저에 말려들지 않는다.

또 성인이란? 일할 때 일에만 열중하고, 걸을 때는 한눈팔지 않고 걷기만 하고, 말할 때는 엉뚱한 딴 생각하지 않고, 글 쓸 때는 쓰는 것 이외의 일은 생각지 않고, 어떤 일이 있어도 망상에 마음을 빼앗기지 않고 스스로 자기를 지배할 수 있고, 무슨 난관에 봉착해도 마음이 한쪽으로 기울어지는 일없이 평형을 유지할 수 있다. 전철칸에서 어떤 사람이 갑자기 욕설을 퍼붓고 삿대질을 해도 결코 마주 화내지 않는다. 길거리를 가다가 어떤 미친 사람이 뒤통수를 갑자기 몽둥이로 때리려 해도 절대로 당황하지 않는다. 직장에서 동료가 갑자기 화를 내고 욕설을 퍼부어도 못 들은 척한다. 말다툼을 벌이다가 상대가 느닷없이 따귀를 때려도 마주 덤비지 않을 뿐 아니라 그 사람 때문에 또다른 사람이 피해를 입지 않을까 다른 사람에게 주의를 주는 여유를 가진다.

1993년 2월 8일 월요일 −8~0℃ 구름 조금

가아(假我)를 제거하면 진아(眞我)가 나오고, 망아(妄我)를 걷어버리면 공아(空我)가 나타난다. 진아와 공아를 찾은 사람을 성인이라고 한다. 자신을 때리고 칼로 찔러 죽이는 사람을 오히려 불쌍하게 여길 수 있는 사람이 진짜 성인이다. 예수 그리스도는 이것을 실천했다. 그래서 그는 성인이 된 것이다.

어째서 그랬을까? 영안(靈眼)이나 육안(肉眼)에 보이는 모든 것은 허상이라는 것을 알았기 때문이다. 보이는 모든 것은 변하지 않는 것이 없다. 인생만 무상(無常)한 게 아니라 눈에 보이는 삼라만상이 전부 다 무상한 것이다. 좌우간 보이는 모든 것은 변하고 사라질 운명에 처해 있다.

따라서 변하지 않는 실상을 거머쥔 사람은 금강불괴신(金剛不壞身)이다. 우주 생명과 하나가 된 사람을 누가 감히 죽일 수 있단 말인가? 비록 눈에 보이는 형상은 말살할 수 있을지 몰라도 그 배후에 도사리고 있는 공아(空我)와 진아(眞我)는 아무도 건드릴 수 없는 것이다. 진아를 품은 사람은 아무리 공격해도 난공불락이고 달걀로 바위치기이기 때문이다.

생각해 보라. 느닷없이 따귀를 얻어맞고 반사적으로 반격을 가한 사람이 강한가? 아니면 따귀를 얻어맞고도 반격은커녕 씨익 웃고 마는 사람이 강한가? 즉각 반격을 가한 사람은 참을성도 여유도 없었기 때문이고, 씨익 웃고 마는 사람은 때린 사람의 어리석음을 꿰뚫어 보고 그를 불쌍히 여겼기 때문이다.

성인은 따귀를 한대 맞았다고 격분할 만큼 경박하지도 않고 반격을 가할 만큼 어리석지도 않다. 이 사회가 야만인들의 집단이 아닌 이상 폭력을 행사한 사람은 주위의 눈총을 언제까지나 견디어내기는 힘들 것이다. 결국 그는 맞은 사람에게 사과를 하지 않을 수 없다. 그렇다고 매 맞은 사람은 우쭐해 하지도 않는다. 사과를 받아도 좋고 안 받아도 상관하지 않는다. 이런 사람을 보고 우리는 성인이라고 말할 수 있다.

☆ 비비상처 이후 오늘이 벌써 보임 12일째다. 텅 빈 공(空)의 자리

에서 보면 오감으로만 느껴지는 유형(有形)의 세계는 그야말로 한낱 꿈이요 연극에 지나지 않는다. 정신의 환희가 너무나 거창하여 아무리 해도 그렇게밖에는 보이지 않는다.

☆ 물질이 허접 쓰레기로 보이고 세상만사가 일장춘몽으로 보일 때 저만치 진리가 보이게 마련이다.

☆ 영원한 현재를 사는 사람은 늙음을 극복한다. 그에게는 늙음이라는 말이 적용되지 않기 때문이다. 그는 늙음 속에서 젊음을, 죽음 속에서 삶을 본다.

양파껍질 벗기기

1993년 2월 10일 수요일 −5~4℃ 맑은 후 흐림

오후 2시. 진허 도인에게서 전화가 걸려 왔다.

"요즘 별일 없습니까?"

"오늘이 보임 14일짼데, 날이 갈수록 호흡과 운기가 자꾸만 변하고 있습니다. 그러나 화면은 일체 나타나지 않는군요."

"그게 정확합니다. 그래야 합니다. 그동안에 몸살을 앓으신 일은 없습니까?"

"왜요. 날이 갈수록 점점 더 물갈이가 빨라지면서 몸살도 과거 그 어느 때보다도 심해지고 있습니다. 어제는 코피까지 나왔습니다."

"그럴 겁니다. 저도 그런 경지를 바로 일주일쯤 전에 통과했습니다. 이제 김 선생님과 저는 거의 수련이 동시에 진행되고 있습니다."

"거의 동시라고 하기는 지나친 표현인 것 같고 거의 앞서거니 뒤서거니 가고 있는 거 아닙니까?"

"정확합니다. 아상(我相)이 파괴되어 나가느라고 그런 몸살을 겪고 계시는 겁니다. 김 선생님께서도 사공처(四空處)를 통과하시면서 분명히 공(空)을 보시기는 보셨는데, 그것이 아상에 둘러 싸여서 제 빛을 밖으로 내보내지 못하고 있습니다.

성인이 되느냐 못 되느냐 하는 것은 바로 이 아상을 얼마나 깰 수 있느냐에 달려 있다고 해도 과언이 아닙니다. 아득한 수 억겁 세월의 전생으로부터 수천수만 번의 윤회를 거듭하는 동안에 깊이깊이 새겨진 습기(習氣), 가아(假我), 망아(妄我)와 같은 아상을 어떻게 제거하느냐가 앞으로의 과제입니다. 참으로 어렵고 힘든 공부가 아닐 수 없습니다. 어쩌면 이것은 평생이 걸리는 힘겨운 작업이 될 겁니다."

"그 수천수만 번의 윤회를 거듭하면서 차곡차곡 거대한 양파껍질처럼 켜켜이 앉은 아상을 한 꺼풀씩 한 꺼풀씩 벗겨내야 한다는 거 아닙니까? 한 꺼풀씩 아상이 벗겨질 때마다 심한 몸살을 앓는 모양이죠?"

"정확합니다."

"과거의 경험으로 보아 어쩌면 오늘 또 한 꺼풀 벗겨질 것 같습니다."

"축하합니다."

"이런 일을 과거에 하도 많이 겪어와서 이제는 아주 이골이 났습니다. 그런데 사공처를 통과한 뒤에 오는 양파껍질 벗기기는 확실히 그전 것보다는 차원이 다릅니다. 호흡과 운기가 변하는 규모가 톤 단위에서 메가톤급으로 격상된 것 같습니다."

"진정으로 축하할 일입니다."

"고맙습니다. 좌우간 한 꺼풀씩 벗길 때마다 진리에 한발 한발 다가서고 있는 것은 실감할 수 있습니다. 진허 도인께서 길을 열어준 덕분입니다."

"다 인연이 닿았고 때가 되었기 때문이죠."

오후 4시 40분 드디어 또 양파껍질이 한 겹 벗겨졌음을 실감했다. 또 한 단계 올라 선 것이다. 어렵고 힘겨운 고비를 넘긴 것이다. 한결 호흡이 안정되고 운기도 몇 배나 더 활발해졌다. 비록 이러한 수련 과정을 거치면서 진리에 한발 한발 다가서고 있다는 것은 알고 있지만 아직 완성에 이르려면 멀었다는 것 역시 나는 실감한다.

내가 짜증을 내거나 갑자기 팩하고 성을, 나도 모르게 낼 때마다 아내의 입에서 "도를 백 년을 닦아 봐라. 그 오리지날(본바탕)이 어딜 가나" 하는 푸념이 나오지 말아야 한다. 이 세상에서 가장 가까운 아내에게서 인정받지 못하는 도인은 도인일 수도 없다. 나는 아직 멀었다. 그러나 결코 실망하진 않는다. 지금도 시간이 흐르면서 자꾸만 변하고 있기 때문이다.

가끔 가다가 짜증을 내고 갑자기 화를 내는 습성만 아니라면 인간적으로 그리고 남편감으로 별로 크게 나무랄 데가 없다는 게 나에 대한 아내의 평가다. 이제 목표는 확실히 섰다. 내가 파괴해야 할 대상이 무엇인가를 확실히 알게 되었다는 말이다.

사공처를 마친 뒤의 보림 기간에는 어떻게 수련을 해야 하는가? 비무상비유상처(非無想非有想處)를 증득했을 때의 마음의 상태를 그대로 유지해야 한다고 진허 도인은 말했다. 무심(無心)의 상태, 무사무념(無思無念)의 상태여야 한다고. 생사시종유무(生死始終有無)를 초월한 무엇을 생각하고 안 하고 하는 의식 자체도 잊어버린 완전한 무심이 되어야 한다고 한다. 이런 수련 방법을 불교에서는 관(觀)이라고 한다. 그렇다면 관은 기도하고는 어떻게 다른가?

대행스님은 기도와 관의 차이를 이렇게 말했다.

"기도란 것은 (기도하는 사람과 기도 받는 대상을) 둘로 보고 낮은 자의 입장에서 비는 것이고, 또 밖에서 찾는 것을 말합니다. 관한다는 것은 평등한 마음으로 비추어 보는 것이고, 마음 한쪽을 향해서 주인공(主人空)은 무엇인가? 하고 관합니다. 그때 큰 믿음이 있기 때문에 마음은 놓아져 있게 마련이죠."

완전무결한 무심의 상태, 무사무념의 상태로 마음을 유지하는 것은 분명 어떤 대상에게 무엇을 요구하는 기도와는 성질이 달라서 차라리 관(觀)에 가깝다고 해야 할 것이다. 그런데 이상한 것은 단지 무심과 무념의 마음의 상태만 유지하고 있어도 수련은 자동적으로 자꾸만 진행되어 가고 있다는 것이다.

목적지를 향해 확실한 궤도에 올라선 열차에 오른 느낌이다. 그렇지 않으면 무심의 상태 속에서 이렇게 수련이 진척될 리가 없다. 단지 여기서 유의해야 할 것은 모든 것을 놓아버린다는 것이다. 방하착(放下着)이라고도 한다. 이 모든 것 중에는 생사까지도 포함된다.

대행스님은 이에 대해 이렇게 말했다.

"산다 죽는다 하는 것은 본래 없는 겁니다. 그것은 모두 실재가 아닙니다. 전부가 상이죠. 산다는 것의 진짜 뜻은 산다는 생각, 죽는다는 생각에 사로잡히지 않을 때 비로소 알게 됩니다. 그러니까 생사를 알려면 생사를 놓으라는 얘기죠. 부처님 자리에서 보면 생사에 얽매인 중생이 일체 생활의 꿈이고 물거품이죠. 믿기지 않을지 모르지만, 사실이 그래요. 그러니 꿈을 깨야 되고, 그 꿈을 깨기 위해서는 놓아나가는 이 관문을 통과해야 되는 거죠."

모든 것을 놓아버린다는 것은 일체의 집착을 버리라는 뜻이다. 마음을 완전히 비우라는 말이다. 지저분하게 낙서되어 있는 흑판을 말끔히 지우라는 얘기다. 오염된 우물물을 완전히 퍼내야 청신한 샘물이 새로 고이게 마련이다. 그러나 비우는 작업은 순간순간 한치의 틈도 없이 진행되어야 한다. 그래야만이 시공을 초월하여 온 우주와 삼라만상을 감싸 안을 수 있기 때문이다.

1993년 2월 11일 목요일 −1~4℃ 아침 눈비 후 갬

환골탈태(煥骨脫胎)라는 말을 실감하겠다. 하루 종일 엄청난 기운이 밀려들어와 아상의 둑을 하나씩 하나씩 허물어뜨리고 내 몸을 완전히 분해하여 재조립하는 것 같다. 하도 몸살이 심해서 오후 5시부터 6시 까지 한 시간 동안 누워 있어야 했다.

정도(正道)냐 외도(外道)냐

1993년 2월 14일 일요일 −3∼7℃ 구름 조금

오전 내내 등산을 하면서 생각에 잠겼다. 마음이 바뀌니까 당장 언행이 바뀌는 현상을 나는 어제 강문숙 씨에게서 보았다. 그녀는 이제 아상(我相)을 한 꺼풀 벗어 던진 것이다. 그녀는 어제 자기가 쓰는 습작에 등장하는 인물들을 생각해 보았다고 했지만 사실은 내 입장을 통찰해 보았을 것이다. 그러니까 양쪽을 다 살펴보고 나서 마음을 바꾸기로 결정했을 것이다. 그렇다. 그녀는 스스로 자기 입장과 상대의 입장을 관찰해봄으로써 지혜에 눈이 뜬 것이다. 관찰은 지혜를 선물로 가져다 주게 마련이다.

불교에서는 이것을 보고 관(觀)한다고 한다. 현묘지도(玄妙之道) 역시 수식관(隨息觀, 數息觀)에서부터 수련을 시작한다. 관찰을 함으로써 기운을 유도하고 지혜에 눈이 뜨게 되는 것을 알 수 있다. 처음에는 자기 자신의 몸을 관찰한다. 수를 헤아리는 것은 실은 자신의 호흡을 관찰하는 것을 말한다. 호흡이 들고 나는 것, 그에 따라 아랫배가 일어나고 꺼지는 것을 유심히 관찰하는 동안에 호흡에만 몰두할 수 있다. 그러는 동안에만은 잡념이 일어날 수가 없는 것이다. 마음은 호흡을 관찰하는 데 집중하고 있으므로 다른 생각을 할 여유가 없는 것이다. 이때만은 마음은 온통 호흡 그 자체와 하나가 되어 있다.

세속적인 근심 걱정 따위가 끼어들 여지가 없다. 누구를 원망하는 마음도 새어들 여유가 없다. 누구를 미워하는 생각도 끼어들 틈이 없다. 사업상의 적수를 거꾸러뜨려야겠다는 음모 같은 것도 생각할 수 없다. 기쁨도, 두려움도, 슬픔도, 노여움도, 탐욕도, 혐오감도 끼어들 여지가 없는 것이다. 귀, 눈, 입, 코, 몸으로 느끼는 감각에 현혹되지도 않는다. 다시 말해서 마음이 호흡에 빼앗겨 있는 동안에는 소리, 색깔, 냄새, 맛, 성욕, 촉감 따위에 마음을 빼앗길 수 없는 것이다. 쉽게 말해서 지감과 금촉이 조식을 통해서 스스로 이루어지는 것이다.

마음이 호흡에 빼앗겨 있는 동안에는 위에 말한 일체의 잡념이 끼어들 여지가 없으므로 마음은 평온할 수밖에 없다. 평온은 안정된 마음을 가져다준다. 평온과 안정, 균형된 마음은 청정하다. 수행자가 만약 10분 동안 호흡에 마음을 빼앗기고 있었다면 10분 동안 그의 마음은 평온하고 청정할 수밖에 없을 것이다. 만약에 한 시간 동안 호흡을 관찰하고 있었다면 그는 한 시간 동안 청정하고 평온한 마음을 유지할 수 있다는 얘기가 된다. 결국 스스로 마음과 호흡을 조종할 수 있음을 증명한 것이다. 마음이 호흡에 빼앗기고 있는 동안에는 희구애노탐염, 성색취미음저에 신경을 쓰지 않게 되므로 탐냄, 성냄, 어리석음 즉 탐진치(貪瞋癡)도 마음속에 스며들 수 없게 된다.

마음은 온몸 구석구석에 골고루 퍼져 있다. 단전호흡을 하면 아랫배만 불렀다 꺼졌다 하는 것이 아니고 온몸에 퍼져 있는 670개의 경혈을 통해서 기운도 들락거리게 되어 있다. 이처럼 운기로서 야기되는 몸의 변화 양상을 하나도 빠짐없이 관찰해 나가야 한다. 용천이 뜨끔거리면 용천을 관찰하고 명문이 화끈대면 명문을 관찰하고 인당이 쿡쿡 쑤시면 인당을 살피고 백회에서 시원한 기운이 들어오면 백회를 마음으로 어루만져보고 신정혈에서 청신한 기운이 사이다처럼 톡 쏘는 듯이 들어오면 신정혈을 관찰한다. 또 어느 경혈에 막혔던 기운이 활발한 운기 때문에 뚫리면서 심한 통증이 오면 그것을 느긋한 자세로 당황하지 않고 관찰한다.

이처럼 수행 도중에 변하는 자기 자신의 몸의 변화를 하나도 놓치지 않고 집요하게 관찰해 나가는 동안에 우리는 지혜가 열리게 될 것이다. 마음이 평온하고 운기가 활발한 가운데 몸이 변하는 것은 자연의 이치에도 합당하다. 이것을 성명쌍수(性命雙修)라고 한다. 마음과 몸이 쌍두마차처럼 동시에 변화하는 것이다. 마음이 먼저 달려도 안 되고 몸이 먼저 달려도 안 된다. 균형이 깨어지기 때문이다.

불교에서는 2천 년 이상의 전통을 가진 염불, 독경, 참선법 이외의 모든 수행 방법은 외도(外道)로 간주하고 사갈시(蛇蝎視)한다고 한다. 불교뿐만 아니라 기독교 역시 전통적인 기도만을 고집하고 있다. 만약에 이들 양대 종교가 선도의 수행법을 도입한다면 굉장한 발전을 이룩할 수 있을 것이다. 내가 이런 생각을 하는 것은 한낱 공상만은 아니다. 작년부터 우리집에 가끔 찾아오는 도운 스님에게서 나는 그러한 싹수를 보았기 때문에 어느 정도 자신감을 갖고 이런 생각을 해 보는 것이다.

그는 여러 해 동안 순전히 참선만 해 왔는데도 나한테 오면 기운을 느낀다고 했다. 기운을 느낀다면 희망이 있다. 그가 나를 찾아오는 횟수가 많을수록 점점 더 강한 기운을 느낀다고 했다. 과거의 경험으로 보아 그는 곧 백회가 열릴 것 같다. 그렇게만 된다면 그의 수행에도 획기적인 변화를 겪게 될 것이다. 참선만 하는 승려들 중에서 백회가 열리는 일은 하늘의 별 따기처럼 어렵다고 한다. 보통 10년 내지 20년씩이나 걸려야 어쩌다가 열리는 사람이 있다는 것이다. 백회가 열린 선승은 옆길로 새지만 않는다면 해탈을 할 수 있는 가능성이 많다.

그렇지 않아도 우리나라 불교에서는 과거 천년 가까이 선도가 일부 선승들 사이에서 비밀리에 명맥을 유지해 왔다고 한다. 백골경(白骨經) 수련법이 바로 그것이라고 한다. 해방 직후까지도 실낱같은 명맥이 이어져 왔는데 지금은 완전히 맥이 끊어져 버렸다고 한다. 정통적인 선승들로부터 외도라고 하여 외면을 당해 왔기 때문이라고.

그러나 지금은 외도(外道)냐 정도(正道)냐만을 따질 때는 아니라고 본다. 도둑 잘 지키는 개가 제일이지 그 개의 색깔이 희든 누렇든 상관할 필요는 없는 것이다. 쥐 잘 잡는 고양이가 제일이지 그 고양이의 색깔이 붉든지 희든지 개의할 필요는 없는 것이다. 모로 가도 서울만 가면 된다. 그 방법이 남에게 해만 끼치지 않는다면 기피할 이유가 없다. 진정으로 도를 추구하는 수행자는 방편에 구애되어서는 안 된다. 정통적인 것이라고 해서 기성의 틀 안에서만 안주할 생각은 버려야 한다. 끝없는 실험 정신이 도를 이루는 데는 오히려 큰 진전을 보장할 수 있다.

어떤 목적지를 가는 데 옛날부터 써오던 것이라고 해서 꼭 두 다리만 이용하라는 법은 없다. 마차도 자동차도 비행기도 이용할 수 있는 것이 아닐까? 어떤 운송수단이든지 그것을 사용하는 사람의 마음의 자세가 문제다. 아무리 정통적인 방편이라고 해도 이기심에 사로잡힌 수행자가 이용하면 결과는 뻔하다. 그러나 비록 외도라고 해도 이타행(利他行)과 공익정신(公益精神)에 투철한 수행자가 이용한다면 좋은 결과를 가져올 수 있다.

수행 방법에는 기도와 관찰이 있다. 기도는 기독교에서 이용하는 방법이고 관찰 또는 관(觀)은 불교나 선도에서 이용하는 방법이다. 어느 방법이 옳을까? 두 가지 방법이 다 나름대로 이유가 있지만 확실히 우열은 있다고 본다. 그렇다면 어느 방법이 더 능률적인가? 이 질문에 답하기 전에 나는 이런 생각을 해 본다. 선도나 불교에서는 사람은 누구나 깨달으면 부처고 성인이라고 한다. 크게 깨달은 사람은 천상천하유아독존(天上天下唯我獨尊), 삼세개고오당안지(三世皆苦吾當安之)한다. 대각한 사람, 해탈한 사람은 부처고 하느님 자신인 것이다. 인간의 바탕을 부처로 보는 것이나 하느님으로 보는 것이나 동일한 관점이다.

이런 전제에서 인간이 수행을 한다고 할 때 어떻게 하는 것이 정상일까 생각해 본다. 나 자신이 부처고 나 자신이 하느님인데 누구에게 기도를 한단 말인가? 부처나 하느님은 그 위에 고개 숙여야 할 대상이 없기 때문에 누구에게 무엇을 어떻게 해 달라고 간청을 할 필요가 없는 것이다. 따라서 빌어야 할 대상이 없다. 기도할 대상이 없다는 말이다.

이처럼 인간은 부처나 하느님을 바탕에 깔고 있다. 깨닫기만 하면 부처고 하느님 자신인 것이다. 이러한 사람이 수행을 할 때는 빌어야 할 대상이 없으니 기도란 있을 수 없다. 내 속에 하느님이 있고 부처가 있으니 우리는 이것을 깨닫기만 하면 되는 것이다. 그럼 그것을 깨닫기 위해서 어떻게 해야 되는가?

빌어야 할 대상이 없으니 기도를 할 수는 없는 일이고 어떻게 하면 내 속에 있는 하느님과 부처를 드러낼 수 있을까 하고 자기 자신을 관찰하는 수밖에 없다. 내 속에 하느님이 있고 부처가 있다니 과연 그런가 하고 몸 여기저기를 살펴볼 수밖에 없다. 그래서 불교에서는 초기에 비파사나라고 하는 독특한 수련법이 생겨났다. 이것은 석가모니 부처님 자신이 고안한 수련법이라고 한다. 비파사나는 수련자 자신이 자기 안에 있는 실재를 관찰하는 특별한 통찰(洞察)법이다.

선도 역시 호흡 관찰로 자기 자신을 살펴보기 시작한다. 수련 중 자기 몸의 변화 양상을 하나도 놓치지 않고 면밀하게 관찰하는 것부터 시작한다. 호흡을 관찰하는 동안에 평화롭고 청정한 마음을 갖게 되고 수련법도 단계를 거치면서 지혜가 열림으로써 진리를 깨닫게 된다.선도와 참선 수행법이 바로 관찰법 또는 관법(觀法)이다.

그러나 그 밖의 대부분의 종교에서는 기도 또는 기도와 그 성질이 비슷한 명상법을 주요 신앙 또는 수행 수단으로 삼는다. 하나님 또는 천주님, 주님을 전지전능한 우주만물의 창조주로 보고 인간은 창조주의 모습을 닮은 그의 피조물로 보고 그에게 구원을 간청하는 형식으로 수련이 진행되는 것이다.

창조주와 피조물을 전연 별개의 존재로 보고 피조물인 인간이 창조주 하나님에게 모든 것을 맡기고 그의 처분만을 간구하는 형식이다. 인간의 생사고락은 전적으로 창조주에게 달려 있으므로 주(主) 안에서는 자유롭지만 주 밖에서는 사망밖에는 기다리는 것이 없다. 어느 쪽이 실상인지는 수련을 해 본 사람은 감지할 수 있을 것이므로 더 이상

왈가왈부하지 않겠다. 선택은 자유니까.

1993년 2월 15일 월요일 −1∼10℃ 구름 많음

오후 3시. 도운 스님의 백회가 드디어 열렸다. 나에게는 하나의 보람이 아닐 수 없다. 많은 신도들을 이끌어갈 성직자의 백회가 열렸다는 것은 그를 통해서 많은 불제자들에게도 기운이 퍼져나간다는 것을 의미하기 때문이다. 그가 화두를 주축으로 하는 전통적인 참선법에만 집착하였던들 이런 일은 있을 수도 없었을 것이다. 그러나 수행자로서 고정된 방편의 틀에서 과감히 벗어나 비록 그들 사회에서는 외도라고 간주되는 선도지만 직접 실험해 보겠다는 그의 투철한 개척정신 또는 실험정신이 주효한 것이다.

스승이 제자에게 깨달음과 기운을 전달해 주는 것을 힌두어로 사크티파타(shaktipata)라고 하는데, 이것을 번역하여 전등(傳燈)이라고도 한다. 기름과 심지가 다 갖추어진 제자에게 기운과 깨달음의 빛을 등불에 불 붙여주듯 하기 때문이다.

도운 스님은 승려의 신분이면서도 『선도체험기』 시리즈를 벌써부터 읽어오고 있었다. 그는 이 책을 읽으면서부터 기를 느끼기 시작했다고 한다. 그렇다면 참선 수행을 여러 해 하여 오는 동안에는 기운을 전연 느끼지 못했다는 말이다.

『혜명경』을 보면 석가모니 부처를 비롯해서 달마대사와 그 뒤를 이은 초기의 역대 조사(祖師)들은 확실히 운기조식을 했다는 것을 밝혀 놓고 있다. 그런데 어느 때부터 참선에서 운기조식(運氣調息)법이 사라졌는지 모르겠다. 한국 불교가 해결해 나가야 할 숙제는 바로 수행 초기의 역대 조사들처럼 기운을 이용하는 방법을 새로이 개발하는 것이 되어야 하지 않을까?

만약에 도운 스님이 『선도체험기』 시리즈를 읽지 않았더라면 내 앞에서 백회가 열리는 일은 결코 없었을 것이다. 그는 내 책을 읽으면서 무언중에 선도의 수련법을 받아들인 것이다. 그러니까 나를 만난 지 몇 번 만에 백회가 열릴 수 있었던 것이다.

백회가 열리는 것을 나는 사크티파타 즉 전등(傳燈)이라고 본다. 스승이 제자의 백회나 인당에 손끝을 대기도 하고 그냥 지긋이 지켜보기만 해도 때가 된 제자에게서는 전등 현상이 일어난다. 내 경우는 손끝 하나 대지 않고 그냥 지긋이 바라보는 것만으로도 전등 현상이 일어났다. 물론 도운 스님의 수련의 단계가 상당한 수준에 올라와 있었기에 이런 일이 가능했던 것은 두말할 필요가 없다.

도운 스님의 경우에는 여느 수련자보다 나에게는 몇 배나 더 힘이 들었다. 왜 그랬을까? 아마도 속계의 외도를 경계하는 한국 선승들 전체의 집단 무의식 같은 것이 겹겹이 방어벽을 치고 있었던 것이 아닌가 하는 생각이 든다. 어쨌든 좀 힘겹기는 했지만 일은 무사히 성취되었다. 이제 선방에도 선도의 바람이 불어 참선 방법에도 일대 혁신이 있었으면 한다. 그리하여 지금까지 성(性) 공부에만 집착해온 고위 성직자들이 질병으로 쓰러지는 잘못을 시정하기 바란다.

성(性)만이 아니라 명(命) 수련도 겸행해야 올바른 수행이 된다는 것을 새삼 깨달았으면 한다. 성명쌍수(性命雙修)가 바로 그것이다. 『혜명경』에 나오는 역대 조사들처럼 성과 명을 동시에 닦음으로써 고위 성직자만은 질병으로 원하지도 않는 죽음을 감수하지 않기 바란다. 병으로 운명한다는 것 자체가 이미 수련이 제대로 되어 있지 않다는 증거다. 고위 성직자쯤 되었으면 적어도 경허나 만공 스님처럼 때가 되어 스스로 자기 육신을 버릴 수 있는 시해(尸解) 정도는 해야 되지 않을까?

물론 불교뿐만 아니라 기독교 또는 그 밖의 종교의 고위 성직자쯤 되면 병마로 쓰러지는 일은 수치로 생각해야 하는 때가 반드시 와야 한다. 최근에도 국내외의 많은 사람들의 존경을 한몸에 받아온 모 고위 성직자가 병원에서 심장병으로 타계했다는 소식을 들으니 딱한 생각이 든다. 평생 신앙생활을 하거나 수행을 해 온 사람이 질병으로 쓰러지다니. 물론 일반 사람들은 그것을 당연한 일로 받아들일 것이지만 병사(病死)는 수행자나 신앙 생활자들에게는 적어도 당연지사가 아니라는 의식이 보편화되어야 한다.

참주인을 찾아라

1993년 2월 17일 수요일 0~5℃ 비온 후 갬

오후 3시. 도운 스님이 왔다. 그는 내 서재에 들어오자마자 불교식으로 큰절을 세 번했다.

"큰절을 세 번 하는 것은 스승에게서 큰 은혜를 입었거나 도법을 전수받았을 때나 하는 건데, 도운 스님께서는 나에게 삼배를 할 만한 이유라도 있습니까?"

"있구말구요. 선생님께서는 저에게 백회로 운기를 할 수 있는 능력을 주셨습니다. 백회뿐만 아니고 지금은 그 앞쪽에 있는 신정혈에서도 아주 청신한 기운이 들어오고 있습니다. 마치 탄산수처럼 톡 쏘는 듯한 강한 기운이 들어오고 있습니다. 그뿐이 아닙니다. 용천에서도 마치 꼬챙이로 쑤시는 듯이 세찬 기운이 들어오고 있습니다. 온몸이 훈훈하게 더워지고 손끝 발끝까지도 짜릿짜릿 감전 현상을 느낄 수 있습니다."

"대주천이 되고 있군요."

"그렇습니까? 전 아직 소주천도 못 하고 있었는데요."

"책을 읽는 동안에 자기도 모르게 수련이 진행되고 있었던 것이죠."

"그렇다면 저는 이미 소주천이 되고 있었다는 말씀인가요?"

"그렇다고 봐야겠죠."

"선생님 그런데 백회가 열리고 전등(傳燈) 현상을 겪은 뒤에는 완전히 새로운 세상을 사는 것 같습니다. 이렇게 기분이 좋은데도 왜 그런지 저도 모르게 짜증이 나고 발칵발칵 화가 날 때가 있습니다. 이것은 내가 부당한 대우를 받는다든가, 자존심이 훼손당했을 때 느끼는 그런 분노와는 성질이 다른 것 같습니다. 왜 그럴까요?"

"백회가 열리면서 한꺼번에 엄청난 기운이 들어오니까 지금 심신의 변화가 크게 일어나고 있는 과도기입니다. 말하자면 격변의 시기라고 할 수 있죠. 경천동지(驚天動地)할 지각 변동을 일으키고 있는 겁니다. 변혁을 겪고 있는 거죠. 우리 인체는 소우주라고 하지 않습니까? 변혁이 일어나고 있는데 반대 세력이 없을 수 없습니다. 다시 말해서 소우주 안에서 보혁(保革) 대결이 벌어지고 있는 겁니다. 심신이 불안하니까 짜증이 납니다. 그 변혁의 과도기가 완전히 지나야 안정이 될 겁니다. 나도 최근까지 그런 변혁기를 겪고 있었습니다."

"선생님께서도요?"

"그럼요. 수련이 특히 잘될 때 그런 일이 흔히 일어납니다. 이런 때는 항상 깨어 있어야 합니다. 수련 때문이든, 욕망의 좌절 때문이든 짜증이나 화를 내는 것은 결과적으로 손해입니다. 그것은 자기 자신의 심성을 거칠게 하고 주변 사람들을 불편하게 만드는 것이니까요. 결과를 뻔히 알고 있으면서도 자기도 모르는 순간에 역정을 내거나 발칵발칵 화를 터뜨리는 것은 경계가 덜되어 있기 때문입니다. 왜 불교에서도 탐진치(貪瞋癡)를 몰아내기 위해서 관법(觀法)을 이용하고 있지 않습니까?

바로 이 관법을 이용한다는 것이 깨어 있는 상태를 말합니다. 이런 때는 여느 때보다도 경계심을 몇 배 더 강화시키는 수밖에 없습니다. 속에서 화가 치밀어 행동으로 나오기 전에 제때에 제압을 해야 합니다. 이것은 의식이 항상 깨어 있을 때라야 가능합니다. 잠들어 있거나 취해 있거나 몽롱한 정신 상태에 있을 때는 치밀어 오르는 화를 사전에 억눌러 버릴 수 없습니다. 그러기 위해서는 호흡을 할 때는 호흡에만 열중해야 되고, 말을 할 때는 말에만, 걸음을 걸을 때는 걷는 데만, 읽을 때는 읽는 데만, 텔레비전을 볼 때는 보는 데만 열중하면 빈틈이 생기지 않습니다. 허술한 빈틈이 생길 때가 문젭니다.

성냄은 바로 이런 빈틈을 비집고 연기처럼 침투해 들어오는 겁니다. 그러나 늘 깨어있으면 그것을 미리 알아차리고 제때에 막아버릴 수 있습니다. 『삼일신고』에 보면 감(感)에는 여섯 가지가 있다고 했습니다. 기쁨, 두려움, 슬픔, 노여움, 탐욕, 혐오가 그것입니다. 또 촉(觸)에도 여섯 가지가 있다고 했습니다. 소리, 색깔, 냄새, 맛, 성감, 촉감을 말합니다. 이 열두 가지 감각과 촉감이 발동하여 행동을 취하기 전에 막을 수 있는 방법은 항상 깨어 있는 도리밖에는 없습니다.

깨어 있는 사람은 아무리 매력적인 미인이 유혹을 해도 넘어가지 않습니다. 그 미인의 유혹에 넘어갔다고 칠 때 결과적으로 어떤 사태가 벌어질 것이라는 것을 너무나 빤히 알고 있기 때문입니다. 또 값비싼 술을 보았을 때, 거기에 탐닉하면 어떤 결과가 온다는 것을 깨어있는 사람은 너무나도 잘 알고 있기 때문에 그 유혹에도 넘어가지 않습니다. 열두 가지 감정과 촉각이 부르는 유혹에 말려든 사람은 결과적으로 불행해진다는 것을 알기 때문에 깨어있는 사람은 절대로 거기에 넘어가지 않습니다.

어떠한 경우에도 화를 내는 것은 구도(求道)에 방해가 된다는 것을 알아차리고 있으면 속에서 화가 나려고 할 때 재빨리 눌러버릴 수가 있습니다. 그러나 조금만 틈이 생겨도 그 짬을 비집고 화는 분출하려고 할 것입니다. 이것을 깨닫고 있는 사람은 잠시도 단지 한순간, 한 찰라라도 방심하지 않습니다. 성냄은 순간적으로 터지기 때문입니다."

"결국은 망아(妄我)와 진아(眞我)와의 싸움이군요."

"맞습니다. 이러한 싸움을 통해서 우리의 생명력은 성장을 거듭하게 되는 것이죠. 순간적으로 자기도 모르게 터지는 성냄을 가장 효과적으로 제압하는 방법을 나는 극히 최근에야 아주 완벽하게 깨닫게 되었습니다."

"항상 깨어 있으면서 감정과 촉각이 행동으로 변하기 전에 제때에 제압하는 것 말입니까?"

"맞습니다. 바로 이 방법을 이용하여 나도 모르게 불끈불끈 치미는 이유 없는 성냄을 사전에 녹여버릴 수 있었습니다. 스님께서도 참고하시기 바랍니다."

"명심하겠습니다."

나는 지금 어느 종단에도 소속되어 있지 않다. 이십 대에 기독교에 심취했던 때가 있었지만, 나이 삼십이 되고부터는 사정이 달라졌다. 한때는 불교에도 꽤 열중했었다. 또 한때는 천도교에도 심취했었다. 그러나 어느 종교에도 속하지 않고 있다. 어느 종교에도 장단점이 다 있기 때문이다. 또 한때는 대종교에도 단군교에도 몰입했었다. 그러나 어느 종교든지 내가 안주할 수 있는 것은 아니었다. 그러다가 선도를 알게 되었다.

내가 선도에 매력을 느끼게 된 것은 종교와는 달리 수련이 진행되면서 내 심신의 변화를 일일이 검증하면서 위로 한 단계 한 단계 올라갈 수 있는 매력이 있었기 때문이었다. 종교에서처럼 무조건 믿고 기도하는 것이 아니라, 수행을 한 만큼 그 성과를 일일이 검증하고 확인을 할 수 있는 이점이 있기 때문이다.

선도는 심신수련 체계다. 심신수련 방법에는 참선, 요가, 마인드컨트롤, 초월명상 같은 것이 있다. 나는 이들 심신 수련법 중에서도 내 수련에 이용할 수 있는 것이 있으면 서슴지 않고 채용하려고 한다. 심신수련 다시 말해서 몸과 마음을 같이 닦는 것이 근간이 된다면 어떠한 종교나 수련법이든 가리지 않고 채용하겠다는 것이다. 종교와 심신 수련법 이외에도 철학이나 처세법 같은 것도 얼마든지 채용할 수 있다고 본다. 다시 말해서 성명쌍수(性命雙修)에 도움이 되는 것이라면 인류가 발견한 모든 방법을 전부 다 소화할 작정이다.

1993년 2월 24일 수요일 −8∼0℃ 대체로 맑음

오후 2시. 수련은 계속 진행되고 있다. 명현현상이 일어나는 것으로 수련의 진행 상황을 알 수 있다. 까닭 없이 온몸이 나른하고 졸음이 몰려왔다. 머리가 멍청해지고 흐리멍덩하여 독서도 집필도 거의 불가능하다. 일시 눈이 따끔따끔 쑤셔서 신문 활자가 제대로 눈에 들어오지도 않았다.

그러나 이런 현상이 오래 지속되지는 않았다. 이상한 기운이 내 몸속을 휘젓고 돌아다닌다. 엄청난 변화를 몰고 올 것 같다. 또 눈을 뜰 수가 없다. 눈이 부시다. 머릿속은 계속 멍한 상태지만 수련은 고속으로 진행되고 있음을 알 수 있다.

1993년 2월 25일 목요일 −6∼2℃ 맑은 후 흐림

오후 3시 35분. 은백색 빛의 덩어리가 상·중·하 단전에 들어와 상주하면서 고속으로 끊임없이 회전하고 있는데 그 빛의 덩어리가 핵분열을 일으키듯이 온몸 구석구석까지 퍼져 나가고 있다. 그런가 하면 수박 덩이만한 빛의 덩어리가 상·중·하 단전에서 제각기 빙글빙글 돌아가고 있다. 이것이 또 핵분열을 일으키어 2차 3차로 온몸 구석구석으로 퍼져나가면서 계속 돌아가고 있다.

내 몸 전체가 피부호흡을 하고 있다. 호흡기 호흡과 피부호흡이 동시에 이중으로 진행되고 있다. 인당이 따로 호흡을 한다. 땀구멍이, 세포들이 제각각 숨을 쉰다. 상단도 중단도 호흡을 하고 하단전도 제각기 호흡을 한다.

신(神)과 사람은 둘이 아니다

1993년 2월 26일 금요일 -4~5℃ 구름 조금

오후 2시 40분. 포항에서 박용덕이라는 26세의 공대생이 찾아왔다.

"선생님, 저는 비록 학생 신분이긴 하지만 선도수련에는 남다른 열의를 가지고 있습니다. 그래서 『선도체험기』가 책방에 나오자마자 제일 먼저 사다가 읽고 있습니다. 그런데 이 책을 읽다가 보니 몇 가지 의문이 생겨서 이렇게 찾아 왔습니다."

"무슨 의문인지 말해 보세요."

"다름이 아니라, 선생님께서는 『선도체험기』에 학생은 기초 도인이 될 자격이 없다고 하셨습니다. 그렇다면 저 같은 학생은 수련을 할 필요가 없다는 말씀인지 좀 알고 싶습니다."

"기초 도인이라는 말은 내가 만들어 낸 술어인데, 왜 이 술어가 나왔는가 하면 도인이 되려면 우선 자립을 해야 하기 때문입니다. 자립을 하자면 스스로 의식주를 해결할 능력이 있어야 하는데 학생은 그럴 수 없지 않습니까? 아직은 자활 능력이 없으니까 부모나 보호자의 보살핌을 받아야 합니다. 그런 상황 속에서는 자기 마음대로 수련에만 전념을 할 수 없다는 얘기지 수련을 할 필요가 없다는 말은 아닙니다. 박군은 언제까지나 의식주를 부모에게 의존하지는 않을 꺼 아닙니까. 대학을 졸업하고 취직을 하면 자연스럽게 경제적으로 독립을 하게 될 텐데 뭣 때문에 지금부터 그런 걱정을 사서 하려고 하죠?"

"그런 게 아니구요. 수련을 할 필요가 정말 없는가 알고 싶어서 그랬습니다."

"학생은 기초 도인이 될 자격이 없다고 했다면 예비 기초 도인은 될 수 있을 거 아닙니까? 수련을 하는 것하고 기초 도인하구는 별개 문제니까 조금도 걱정을 할 필요는 없어요. 박 군은 그럼 무한정 부모의 도움을 바랄 겁니까?"

"그렇지는 않죠."

"그럼 취직하여 경제적으로 독립했을 때도 그런 걱정을 할 거예요?"

"그렇지는 않습니다."

"이 세상에 고정불변하는 것은 없습니다."

"네 알겠습니다. 그럼 한 가지만 더 묻겠습니다. 제가 어떤 도장엘 나갔더니 원장이라는 사람이 이런 말을 했습니다. 수련자는 마땅히 인간보다는 신(神)을 더 사랑해야 한다고 말했습니다. 저는 이 말을 듣고 아무래도 납득을 할 수가 없었습니다. 그래서 그 원장에게 왜 인간이 인간을 사랑해야지 신을 더 사랑해야 됩니까 하고 물었더니 자네는 아직 어려서 모른다, 이제 나이 먹으면 내가 한 말의 참뜻을 알게 될 것이라고 하면서 상대를 해 주려고 하지 않았습니다. 선생님께서는 어떻게 보시는지 알고 싶습니다."

"신이라고 했는데, 신은 무엇을 말합니까?"

"하느님 말입니다."

"그러면 내가 한 가지 묻겠는데, 박용덕 군은 하느님이 어디 있다고 봅니까?"

"저는 『선도체험기』를 읽었으니까 하느님이 우리 마음속에 있다는 것을 알고 있습니다. 그러나 그 원장은 그렇지 않은 것 같습니다."

"어떻게?"

"마치 인간과는 차원이 다른 존귀한 절대자인 것처럼 말했습니다."

"우선 하느님이 무엇이냐 하는 것부터 철저히 알아야 문제가 해결될 것 같군. 도대체 하느님이 무엇입니까?"

"하느님은 진리입니다."

"그럼 하느님이 어디에 있습니까?"

"솔직히 말해서 잘 모르겠습니다. 『선도체험기』에는 사람 속에 하느님이 있다고 했는데 실감이 나지 않고 알쏭달쏭합니다. 선생님."

"인간 각자의 중심인 참주인이 바로 하느님입니다. 박용덕 군은 하느님이 저 멀리 높은 하늘에 있다고 해야 아마 마음이 놓일 겁니다. 그렇죠?"

"사실 어렸을 때부터 그런 관념이 박혀 있어서 하느님이 내 속에 있다는 말에는 실감이 가지 않습니다."

"그러니까 그런 의문이 생기는 거예요. 하느님은 절대로 하늘 높은 곳에 있는 것이 아니라 우리 인간 각자의 마음속에 엄연히 존재하고 있어요. 그런데 우리의 중심인 하느님이 우리 자신의 내부에 분명히 존재하고 있다고 굳게 믿는 사람에게는 분명히 그의 내부에 있는데, 그렇지 않고 다른 엉뚱한 곳 예컨대 하늘 높은 곳이나 교회나 예배당 같은데 있다고 생각하면 그곳에 있게 되는 겁니다.

그러니까 하느님은 우리의 마음먹기에 따라서 우리와 같이 있기도 하고 따로 떨어져 있기도 합니다. 그러나 실상은 그렇지 않습니다. 하느님과 인간은 늘 같이 있습니다. 그러니까 실상을 깨달은 사람에게는 하느님과 인간이 한몸이지만 실상을 모르는 사람은 언제나 따로 떨어져 있습니다.

참주인인 하느님은 형체가 없습니다. 우리가 마음먹기에 따라서 나가기도 하고 들어오기도 합니다. 내 속에 내 참주인이 없다고 생각하면 참주인은 떠나 있게 됩니다. 이런 사람은 마치 자기 집을 텅 비운 거나 마찬가집니다. 그래서 지나가던 길손이 들어와서 주인 행세를 해도 속수무책입니다. 정신 빠진 사람, 넋 나간 사람은 바로 자기 몸에서 참주인이 나간 사람을 말합니다. 자기 집을 비운 사람을 말합니다.

자기 집을 비워놓은 사람은 과객뿐만 아니라 강도나 도둑이 들어와 귀중품을 털어가도 고스란히 당하는 수밖에 없어요. 이런 사람의 눈동자를 보면 언제나 흐리멍덩합니다. 그러나 제정신이 똑똑히 박혀 있는 사람은 눈동자가 또렷또렷 살아 있습니다. 아무도 감히 그런 사람을 보고 함부로 건드리지 못합니다. 그러나 눈동자가 흐리멍덩한 사람은 남에게 사기도 당하고 희롱도 당하고 매도 맞고 도둑질도 강도질도 당하기 쉽습니다. 왜냐하면 참주인이 떠나 있기 때문입니다. 참주인이 바로 신이고 하느님입니다.

그렇다면 정상적인 사람이라면 사람과 하느님은 한몸이 아니겠어요? 참주인은 바로 인간의 생명력 속에서 핵심을 이루고 있습니다. 사람에게 생명이 빠져나가면 시체밖에는 남는 것이 없습니다. 시체를 보고는 온전한 인간이라고는 하지 않습니다. 그것은 어디까지 시체라는 썩어가는 유해(遺骸)에 지나지 않습니다. 그러니까 하느님, 다시 말해서 참주인은 인간의 몸과 생명을 주관하고 있는 존재입니다. 인간과는 떨어질래야 떨어질 수 없습니다. 하느님, 즉 참주인의 나툼이 사람입니다. 따라서 신과 인간은 둘이 아니고 하나입니다. 그런데 어떻게 인간보다는 신을 더 사랑하여야 된다는 말이 성립이 됩니까?

사람과 신은 둘이 아니고 하납니다. 너와 나도 하나고 우주와 나도 하납니다. 전체와 나는 하나입니다. 바다는 수많은 물방울로 이룩되어 있지만 전체로 볼 때는 하나입니다. 물방울 하나하나는 아무런 힘을 쓸 수 없지만 바다 전체와 합쳐서 하나가 되었을 때 비로소 막강한 힘을 발휘할 수 있는 것과 같습니다. 실상은 하나인데 자꾸만 둘로 나누어 보니까 불안과 공포와 탐욕과 어리석음이 늘 마음을 지배하게 됩니다. 내가 보기엔 그 원장이라는 사람은 사람보다 신을 더 사랑해야 된다고 가르치고는 자기 자신이 그 신의 위치에 오르기 위해서 그런 소리를 하는 것 같습니다.

그것은 망상입니다. 그런 망상을 추구하는 자도 나쁘지만 그런 망상에 속아 넘어가는 사람들도 어리석기는 마찬가지입니다. 전체를 받아들이는 사람의 눈만이 전체를 꿰뚫어볼 수 있는 지혜를 구사할 수 있습니다. 둘로 나누어 보는 사람의 눈은 그 미망에 가려서 진실이 보이지 않게 마련입니다."

"선생님 말씀이 알아듣기가 좀 어렵긴 하지만 신과 인간은 하나라는 점만은 막연하나마 알 것 같습니다."

"막연하게가 아니라 확실히 알아야 합니다. 인중천지일(人中天地一) 즉 사람 속에 천지가 하나로 합쳐져 있다는 『천부경』의 구절을 생각해 보세요. 인심(人心)은 천심(天心)이고 사람과 하늘은 한몸이라는 것을 우리 조상들은 머나먼 옛적부터 잘 알고 있었으니까 『천부경』 같은 오래 된 경전에도 나와 있지 않습니까. 이것을 왜 자꾸만 억지로 둘로 나누어 보려고 하는 겁니까. 그렇게 하려는 사람들의 저의가 무엇인지를 알아버리면 거론할 가치조차 없는 일입니다."

"선생님 견성(見性)한 사람은 어떻게 알아볼 수 있습니까?"

"그거야 견성했다는 사람의 언행을 보고 알 수 있죠. 사람의 인격은 그 사람의 언행으로 어쩔 수 없이 표출이 되게 되어 있습니다. 땅속에 샘이 있으면 겉으로 솟아오르게 되어 있는 것과 같습니다.

견성한 사람은 진리를 보았으므로 그 진리가 그 사람의 참주인이라고 말합니다. 견성한 사람은 또 자기 자신의 본질은 우주 전체와 하나라는 것을 알아버린 사람을 말합니다. 단지 알아버린 것으로만 끝난다면 아무것도 아닙니다. 그 앎 자체가 그 사람의 몸과 마음을 온전히 바꾸어 놓아야 합니다.

참선에서는 머리로만 진리를 깨닫는 것을 보고 혜해탈(慧解脫)이라고 합니다. 그러나 이것은 진정한 견성이 아닙니다. 그저 머릿속으로 맛만 본 것에 지나지 않습니다. 진리와 도(道)가 그 사람을 송두리째 변화시켜서 진정한 도인으로 만들어버리는 것을 정해탈(定解脫)이라고 합니다. 정해탈이 된 사람이 진정으로 견성한 사람입니다."

"그렇다면 견성한 사람의 중요한 특징을 몇 개 만 들어주시겠습니까?"

"첫째 물욕에서 떠나야 합니다. 탐욕이 꽉 차 있는 주제에 견성을 했다고 아무리 떠들어 보았자, 그건 말짱 다 헛소리에 지나지 않습니다. 탐욕은 파탄을 몰고 온다는 것을 그는 너무나도 잘 알기 때문에 누가 황금을 수레로 싣고 와서 혼자 가지라고 해도 갖지 않습니다. 그러나 그 돈을 공익을 위해서라면 서슴없이 쓸 겁니다. 그런 의미에서 옛날의 청백리(淸白吏)들은 견성한 사람이라고 할 수 있습니다. 겉으로는 개혁을 부르짖고 국리민복을 외치면서도 뒷구멍으로는 권력을 이용하여 개발 예정 지역 정보를 미리 빼내어 부동산 투기에 여념이 없었던 과거의 대한민국의 공직자들과는 질적으로 다릅니다.

참선을 하고 고행(苦行)을 하고 수행을 많이 한 사람만이 견성을 하는 것은 아닙니다. 일상생활 속에서 진리를 실천하는 사람이 바로 견성한 사람입니다. 탐욕이 없으니까 이런 사람은 상부상조할 줄도 압니다. 남을 유익하게 하는 것이 자기 자신을 유익하게 한다는 것도 알고 이것을 몸으로 실천하는 사람입니다. 한밤중에 자는데 집안에 강도가 들어와 목에 칼을 들이대어도 태연할 수 있는 사람이야말로 견성한 사람입니다."

"선생님 그런 때는 우선 살고 봐야 하니까 강도의 요구를 들어주는 것이 현명한 방법이 아닐까요?"

"강도의 요구를 들어주는 것과 목에 칼을 들이대도 태연할 수 있다는 것과는 다릅니다. 문제는 그런 위급한 상황에 어떻게 처신을 하느냐 하는 겁니다. 강도가 쳐들어와 칼을 빼 들었다고 해서 무조건 벌벌 떨면서 비겁하게 목숨을 구걸하느냐 아니면 가족의 안전을 위해서 의연하게 협상을 하느냐 하는 것과는 천양지차가 있는 거죠."

"그래도 무지막지한 강도는 그런 때 의연하게 나오는 사람에게 해를 끼칠 수도 있는 거 아닐까요?"

"전연 그렇지 않습니다. 아닌 밤중에 남의 집에 쳐들어온 강도는 금품을 공짜로 탈취하려는 자입니다. 다시 말해서 남의 물건을 공짜로 빼앗으려는 파렴치한 인간이 아닙니까? 아무리 강도라고 해도 양심의 가책은 있어서 떳떳하게 나올 수는 없으니까 스타킹 같은 것으로 얼굴을 가립니다. 또 강도는 불안 때문에 긴장을 하고 있습니다. 이런 때 의연하고 당당하게 나온다면 우선 속으로 찔끔하게 됩니다. 그렇다고 해서 꼭 이런 효과를 노리고 그렇게 나오라는 것은 아닙니다."

"그럼 무엇 때문일까요?"

"견성한 사람은 우선 생사관이 확고합니다. 자성(自性)을 본 사람, 참자기인 중심을 잡고 있는 사람은 죽음과 삶이 따로 있는 것이 아닙니다. 죽음이란 단지 겉옷을 벗는 것과 같다는 정도입니다. 자성은 죽음과 삶, 시작과 끝, 유(有)와 무(無), 물질과 시공을 초월하여 여여(如如)하다는 것을 잘 알고 있기 때문에 우리가 흔히 알고 있는 죽음 따위는 무서워하지를 않는 겁니다.

그래서 견성한 안중근은 침략의 원흉인 이또오 히로부미(伊藤博文)를 사살하고도 죽음 앞에 당당하고도 떳떳할 수 있었던 겁니다. 생과 사는 바다로 말하면 포말과 같다는 것을 알고 있었기 때문이죠. 파도는 바람이 불면 일어났다가 바람이 자면 잠잠해지는 일시적 현상이지만 바다 자체에는 아무런 변화도 있을 수 없는 것과 같이 삶과 죽음도 그와 같은 일시적 현상에 불과하다는 것을 잘 알고 있기 때문입니다.

참주인인 자성(自性)은 흡사 바다와 같습니다. 견성한 사람은 강도의 요구를 들어주기는 하되 비겁한 태도는 절대로 취하지 않는다는 얘기입니다. 경험이 많은 강도라면 무엇보다도 그 의연한 태도에 속이 뜨끔할 겁니다. 강도질을 그렇게 많이 해 왔지만 시퍼런 단도를 목에 들이댔는데도 얼굴색 하나 바꾸지 않고 오히려 자기네들을 불쌍한 눈으로 쳐다보는 그 사람의 태도에 질려버리게 됩니다.

견성한 사람은 비록 자기 목에 칼을 들어올망정 그 강도의 본성은 자기와 같다는 것을 알고 있으므로 이런 순간에도 무한한 동정심이 용솟음치는 겁니다. 너와 나는 하나라는 강력한 메시지가 견성한 사람으로부터 자신도 모르게 강도의 마음속으로 흘러 들어가 순간적으로 그의 자성(自性)에 감응을 일으키게 됩니다.

이런 경우 강도는 작은 쇠붙이가 큰 자석에 끌려가듯 그에게 굴복을 하게 됩니다. 이런 예는 얼마든지 있습니다. 그래서 죽으려고 하면 살고, 살려고 하면 죽는다는 말이 나온 겁니다. 국가 존망의 위기 앞에 목숨을 내던져 무고한 백성을 구할 수 있는 사람은 견성한 사람입니다. 사대 성인만이 견성한 사람은 결코 아닙니다. 묵묵히 이웃을 위해서 자기 할일을 충실히 하는 사람은 전부 다 견성한 사람이라고 할 수 있습니다."

"선생님 말씀을 듣고 있자니까 충실한 생활인은 전부 다 견성한 사람이라는 말 같습니다."

"자기중심을 꽉 잡고 남의 눈치코치 볼 것 없이 소신대로 당당하게 살아나가는 사람을 나는 충실한 생활인으로 봅니다. 이런 사람은 틀림 없이 자기 마음의 본분을 깨닫고 있습니다. 마음의 본질, 생명력의 핵심을 파악하고 이를 대외에 밝힘으로써 주변 사람들이 그에게 감화를 받을 수 있다면 그런 사람을 보고 우리는 견성한 사람이라고 할 수 있습니다. 그것은 마치 깜깜한 밤길에 자기 등잔에 먼저 불을 밝히고 나서 이웃의 등잔에도 불을 옮겨 붙일 수 있는 사람을 말합니다."

"선생님 솔직히 말해서 저도 그런 사람이 되고 싶은데 어떻게 하면 그렇게 될 수 있을까요?"

"밖에서 구하지 말고 자기 안에서 구하면 됩니다. 자기 안에 우주가 들어 있다는 확신을 갖고 열심히 자기 탐구를 하면 서광이 보일 때가 옵니다. 서광이 보이기 시작하면 견성을 해야겠다는 의식도 버려야 합니다."

"선생님 그게 무슨 말씀인지 모르겠습니다."

"꼭 견성을 해야겠다는 생각이 견성 자체를 가로막기 때문입니다. 견성을 꼭 해야겠다는 생각 자체도 역시 집착이니까요. 일체의 집착을 놓아야 합니다. 몽땅 다 참주인에게 맡겨버려야 합니다.

참주인인 자성에게 일체를 다 맡겨버린다는 말은 마음을 완전히 비운다는 말과 같습니다. 마음을 완전히 텅 빈 공(空)으로 만들라는 것이죠. 완전하게 텅 빈 공 속에서만이 우주와 삼라만상이 생성도 되고 발전도 되고 쇠퇴하기도 하고 다시 생성이 됩니다. 진공묘유(眞空妙有)의 참뜻이 가슴에 와 닿아야 합니다.

나중에는 내가 마음을 완전히 비웠다는 것 자체까지도 잊어야 합니다. 모든 집착이 말끔히 없어진 진여(眞如)의 경지를 체득한 사람이 바로 견성한 사람입니다. 단전호흡을 일상생활화하고 그때그때 부닥쳐 오는 난관을 남의 탓으로 돌리지 말고 전부 다 안으로 수용하여 내 탓으로 돌리고 참주인인 자성(自性)에게 전부 다 맡겨버리면 됩니다.

이 참주인이야말로 무한한 사랑과 무한한 지혜와 무한한 능력을 가진 우주생명 그 자체라는 것을 확고히 믿고 계속 정진해 보세요. 언젠가는 반드시 훤한 빛이 심안에 떠오르고 느낌으로 다가올 때가 있을 겁니다. 사람과 신이 따로 있다는 것과 같은 망상에 빠지면 아무것도 안 됩니다. 전체와 내가 하나가 되어야 비로소 전체에서 오는 기운을 받아들일 수도 있고 그 힘을 구사할 수도 있습니다."

"선생님 고맙습니다. 이젠 더 이상 물어볼 말도 없습니다."

"그러니까 견성한 사람은 뭐 특이한 사람이 아닙니다. 특정 종교를 믿는다거나 선도수련만을 열심히 한다거나 하는 사람만이 아니고 자기중심을 확실히 꽉 잡고 하늘의 뜻이 바로 내 뜻이라는 것을 알고 성실하게 살아가는 사람은 조만간 견성을 할 수 있는 거예요."

"네 잘 알겠습니다. 선생님."

1993년 3월 3일 수요일 1∼7℃ 구름 조금

오후 2시. 독자의 전화.

"선생님 저는 명상 중이나 꿈에 자꾸만 무엇이 나타납니다. 미인도 나타나고 성인도 나타납니다. 그런가 하면 매국노도 나타나고 악인도 나타납니다. 이런 때 어떻게 하는 것이 좋을까요?"

"영계에서 오는 형상이든 선계에서 오는 형상이든 또는 색계나 무색계에서 오는 형상이든 전부가 다 자성과 마음의 나툼이라고 보아야 합니다."

"나툼이 뭡니까?"

"나툼이란 나타남이라는 말입니다. 나타남을 나툼이라고 하는데, 용(用), 표현, 화현(化現), 현현(顯現)이라고도 말합니다."

"선생님, 그런데 왜 이런 형상들이 자꾸만 나타나는 것일까요?"

"공부를 시키기 위해서입니다."

"누가 누구를 공부를 시킨단 말입니까?"

"전화 거시는 분의 참나, 즉 자성이 마음공부를 시키는 겁니다."

"그렇다면 본래의 제가 제 마음을 공부시킨단 말인가요?"

"그렇습니다. 중심을 잡고 있는 참나가 중심에서 빗나간 마음을 공부시키는 거죠. 중심에서 벗어난 마음을 중심으로 끌어들여 제 자리를 잡게 하려고 그럽니다."

"그럼 선생님, 무엇 때문에 꼭 그런 식으로 공부를 시켜야 하는 거죠?"

"대장장이는 좋은 칼을 만들기 위해서 쇠를 불리어 수 없이 담금질을 합니다. 이것을 단련이라고 합니다. 담금질을 많이 한 칼일수록 강하고 잘 듭니다. 진아가 빗나간 마음을 단련하는 것도 이와 같습니다."

"선생님 이런 때는 어떻게 하는 것이 좋습니까?"

"나타나는 모든 것을 참나의 나툼으로 보고 이것들을 무조건 부정해 버리거나 떨쳐 버리려고만 하지 말고 자기중심 속으로 삼켜버려야 합니다. 다시 말해서 자기중심 속에 수용해 버리라는 말입니다. 그래야만이 다시 나타나지 않습니다. 쫓아버리거나 부정해버리면 끊임없이 나타날 겁니다."

"그렇게 계속 삼켜 버릴 수 있을까요? 그것도 어느 정도 한도가 있는 건 아닙니까?"

"그렇지 않습니다. 참나 즉 자성의 중심엔 텅 빈 공간이 있습니다. 그러나 언제나 텅 비어만 있는 공간이 아니고 삼라만상이 만들어지는 공간이기도 합니다. 진공묘유(眞空妙有)라는 말은 이래서 생긴 겁니다. 무한히 수용할 수 있고 무한히 창조해낼 수 있는 곳이 바로 중심공(中心空)입니다.

이것을 백 프로 믿고 모든 것을 여기에 맡겨버리기만 하면 됩니다. 불안도 두려움도 사라지고 진정한 마음의 평화를 맛보게 될 것입니다. 되나 안 되나 한번 실험해 보십시오. 참나에 대한 확실한 믿음이 전제되어야 합니다. 이 믿음이 반밖에 안 되면 반밖에는 효과가 없을 것입니다. 중심이 50프로밖에는 잡히지 않기 때문입니다."

"선생님 감사합니다. 그럼 제가 직접 한번 실험해 보고 나서 다시 전화 드려도 되겠습니까?"

"그렇게 하십시오."

"고맙습니다. 선생님."

1993년 3월 4일 목요일 1~9℃ 구름 많음

오후 2시. 독자의 전화.

"선생님, 어제 전화했던 독잡니다."

"아아 네, 알겠습니다. 그래 실험해 보셨습니까?"

"네, 선생님 그런데 선계에서 온 신명들도 무조건 자기중심에 삼켜버려야 합니까?"

"선계에서 신명이 올 때는 반드시 무슨 메시지를 전달하거나 공부를 시키려는 목적이 있을 겁니다. 이것 역시 참나의 나툼이므로 잘 분별하여 수용해야 합니다."

"선생님, 간밤에도 선계에서 신명이 한 분 오셨는데, 제 백회에 손을 대고 기를 넣어주었습니다. 시원한 기운이 전신에 쫙 퍼지는 경험을 했습니다. 그건 어떻게 된 겁니까?"

"그건 틀림없이 참나에게 공부를 시키려고 나타난 신명인 것 같습니다. 참나 속에는 삼계가 다 들어 있으니까요. 그런데 조심할 것이 있습니다."

"무엇입니까?"

"아무리 신명이라고 해도 그에게 얽매이지 말라는 겁니다. 기운을 넣어주고 기분이 좋다고 해서 그에게 혹해버리면 안 됩니다. 신명쯤 되면 거의가 성통한 분들이니까 그런 일은 별로 없지만 이쪽에서 너무 접근하여 집착을 하면 아예 들어와서 둥지를 트는 수도 있습니다."

"그렇게 되면 어떻게 됩니까?"

"어떻게 되긴요. 주객이 전도되는 현상이 일어나는 거죠. 주인이 아랫목을 빼앗기고 윗목으로 쫓겨나는 일이 벌어지는 겁니다. 이건 스스로 자초한 거니까 누구를 탓할 수도 없습니다. 어떤 사람은 수련 중에 갑자기 의통 능력이 생겼습니다. 고질병 환자의 환부에 손만 대도 병이 자동적으로 나아버리는 기적이 일어났습니다. 그러자 그 사람은 호기심으로 이 능력을 이 사람 저 사람에게 마구 구사해 보았습니다. 병고친 사람들이 사례로 선물도 가져오고 돈도 가져 왔습니다.

그 맛에 신이 나서 자꾸만 그 의통 능력을 써먹었습니다. 그러다가 문득 혹시 이러다가 의통 능력이 갑자기 사라지는 것은 아닐까, 하는 걱정이 생겼습니다. 그러자 무슨 일이 있어도 이 능력을 잃어서는 안 되겠다는 집착이 생겼습니다. 이상한 일들이 벌어지기 시작했습니다. 그 사람 자신의 자성이 그를 공부시키기 위해서 나투었던 의통 신명이 아예 둥지를 틀고 들어앉아 버리고 말았습니다. 그러자 그 사람의 목소리도 행동도 이상해졌습니다.

드디어 집착 때문에 접신이 되어버리고만 경우입니다. 이 순간부터 그 사람은 의통 신명의 심부름꾼으로 전락되어 버린 겁니다. 이용하라고 자성이 파견한 의통 신명에게 도리어 먹혀버리고 만 겁니다. 그 사람은 나중에 이 사실을 알아차린 도반(道伴)의 강력한 충고를 받아들여 둥지를 틀고 들어앉은 의통 신명과 열흘 동안이나 무지무지한 피나는 싸움을 벌여야 했습니다. 이 사람은 자신의 잘못을 깨달았기 때문에 다행히도 의통 신명으로부터 주도권을 도루 빼앗아 안방을 다시 차지하는 데 성공을 거두었습니다.

그러나 대부분의 경우 잃었던 주도권을 회복하지 못하고 육체 생명을 마감하고 맙니다. 집착은 언제나 미망을 몰고 옵니다. 기계문명은 인간에게 편리를 가져왔지만 까딱하면 기계 자체에 먹혀 들어가고 맙니다. 그렇게 되면 오히려 삶의 터전마저도 잃게 되는 환경오염이라는 치명적인 재난을 몰고 옵니다. 이것을 일찍 깨닫고 대책을 서두른다면 인류는 생존과 번영을 계속 누리겠지만 그렇지 못한다면 파멸과 종말 밖에는 기다리는 것이 없을 겁니다."

"그렇다면 인류는 영원히 멸종해버리는 것이 아닌가요?"

"육체 인간이 살 수 없을 정도로 지구 환경이 오염이 되면 그렇게 될 수밖에 없겠죠. 그러나 종말은 언제나 새로운 시작을 내포하고 있다는 것도 아셔야 합니다. 또 육체 인간이 전부가 아니라는 것은 알아둘 필요가 있습니다. 육체 인간의 죽음은 새로운 형태의 인간의 탄생을 의미합니다. 육체 인간은 종말을 고하더라도 인간의 자성까지 없어지는 것은 아닙니다. 육체 인류의 종말은 영원히 죽지 않는 자성을 공부시키기 위한 섭리입니다."

"그럼 선생님 그 섭리는 어디서 옵니까?"

"섭리 역시 자성에서 옵니다."

"그렇다면 인간의 자성에서 그런 섭리가 나온다는 말씀인가요?"

"그렇고말고요. 인간의 자성은 우주 전체의 자성과 같은 회전축과 직결되어 있으니까요. 인간 개개인의 중심축과 우주 전체의 중심축은 같습니다. 다만 그 크기와 개성이 천차만별일 뿐 중심축은 언제나 똑같습니다. 모든 존재의 궁극적 목표는 이 중심축과 완벽하게 하나가 되는 겁니다.

아니 이미 하나가 되어 있습니다. 그런데 마음이 겉돌고 있을 뿐입니다. 이 겉돌고 빗나간 마음을 중심축과 일치시키는 것이 모든 존재의 궁극의 목표입니다. 바로 이 중심축과 마음이 일치가 된 사람이 완성자죠. 이것을 옛 문헌에는 지인(至人), 진인(眞人), 현인(賢人) 또는 성인(聖人)이라고 표현했습니다. 이 중심축을 수련 중에 보는 것을 견성(見性)이라고 합니다."

"그렇다면 성(性)이 바로 진리라는 말입니까?"

"바로 맞히셨습니다."

"그렇다면 성통공완(性通功完)은 뭡니까?"

"상구보리(上求菩提) 하화중생(下化衆生) 하는 사람을 말합니다. 쉽게 말해서 진리를 구한 다음에 홍익인간 하는 사람을 말합니다. 이것이 바로 뜻있는 인생의 진정한 삶의 보람입니다."

"그렇다면 견성에서 성통공완까지 가려면 어떤 과정을 거쳐야 합니까?"

"견성한 뒤에야 비로소 본격적인 공부는 시작된다고 봅니다. 비록 견성을 했다고는 하지만 그것은 진리를 보았다는 것이지 완성자가 되었다는 것은 아닙니다. 완성자가 되려면 아상(我相)을 깡그리 깨부수어 몰아내야 합니다."

"아상이란 구체적으로 무엇을 말합니까?"

"수 억겁을 윤회하는 동안 쌓이고 쌓인 업장과 인연과 죄악과 습벽(習癖)을 말합니다. 비록 자성은 보았지만 이런 것들이 겹겹이 가려 있어서 자성은 제 빛을 내지 못하고 있는 겁니다. 태양이 자성이라면 업장과 습벽은 태양을 두텁게 가린 구름층과 같습니다."

"어떻게 하면 그 구름층을 날려버릴 수 있을까요?"

"그러기 위해서 우리는 수련도 하고 신앙생활도 하는 것이 아닙니까?"

"선생님께서 직접 터득하신 지름길을 알고 싶습니다."

"지감 · 조식 · 금촉을 착실히 하고 역지사지 · 공익정신을 꾸준히 실천하고 자신의 자성인 중심공(中心空)에 일체를 맡겨버리는 방하착(放下着) 수련을 끈질기게 밀고 나가야 합니다. 일상생활 자체가 화두가 되고 공부가 되고 수련 현장이 되어야 합니다. 비록 억울하고 슬프고 화나고 두렵고 기쁘고 욕심이 나고 증오심이 일어나더라도 그걸 남의 탓으로 돌리지 말고 전부 다 안으로 삭여서 자신의 본성인 중심공에게 다 집어넣어 버려야 합니다.

그렇지 않고는 새로운 업을 짓게 될 뿐입니다. 이런 공부를 꾸준히 밀고 나가다 보면 호흡문만 확실히 열린 사람이라면 수련 역시 일취월장하여 마침내 피부호흡이 오고, 자기 속에 잠재해 있던 거대한 진아(眞我)가 그 장엄화려한 모습을 드러낼 때가 반드시 다가오게 되어 있습니다."

"선생님 정말 감사합니다. 제 막혔던 속이 확 뚫린 것 같습니다. 안녕히 계십시오. 계속 좋은 글 많이 써 주시기 바랍니다."

"고맙습니다."

이상한 일이다. 간밤엔 분명 숙면을 취했는데도 하루 종일 밀물처럼 졸음이 나를 삼키려 한다. 이런 외중에서도 내 할일은 다 했다. 하루 책임 집필량인 30매의 원고를 다 썼고 독자들의 문의에 응했다. 그러나 머릿속이 멍멍해서 독서는 제대로 되지 않았다. 따분하고 무료하고 몸이 뒤틀리기까지 하면서도 기운은 엄청나게 들어온다.

1993년 3월 5일 금요일 5~9℃ 구름 조금

아침부터 어제와는 딴판으로 머리가 개운하고 기분이 좋고 몸이 가볍다. 횡단로의 신호등이 깜빡이기 시작하자 옛날처럼 뛰어서 건너가 보았지만 부상당한 발목이 아픈 줄을 모르겠다.

마음이 느긋해지고 여유가 생기는 것을 보면 항상 조급해 하는 내 습벽이 하나씩 깨어져 나가는 것이 확실하다. 기운은 계속 엄청나게 들어오고 있다. 그러나 완전해지려면 아직 멀었다는 것을 나는 잘 알고 있다. 아내의 입에서 그만하면 됐다는 말이 나오기 전에는 만족할 수는 없는 일이다.

내 성품은 내가 알고 아내가 알고 내 자성이 알고 있다. 허지만 아상을 파괴하는 일이 쉬지 않고 진행되고 있음을 나는 부인할 수 없다.

☆ 눈에 보이는 삼라만상은 모두 다 변화하게 되어 있었다. 한때 그렇게도 살기등등하던 권력자도 파김치처럼 시들어버리는 때가 반드시 오게 되어 있는 것이 세상의 이치다. 그러나 이렇게 변하는 현상이 있는 반면에는 변하지 않는 진리가 있다는 것을 알아야 한다.

변하지 않는 것이 있으니까 변하는 것이 있는 것이다. 변하지 않는 중심이 있으니까 원의 둘레는 얼마든지 변할 수 있는 것이다. 용변부동본(用變不動本)은 그래서 진리다. 쓰임(用)인 현상은 변하되 본(本)인 중심은 변할 수 없는 것이다. 나라에 주권이라는 중심이 있으니까 국민들이 맘놓고 해외에 나가 활동을 할 수 있다. 회사에도 사장이나 회장이라는 중심이 있으니까 사원들이 그를 믿고 맘 놓고 밖에 나가서

뛸 수 있다. 가정에도 가장이라는 중심이 있으니까 가족들이 뿔뿔이 흩어졌다가도 모여들게 되는 것이다. 몸에도 중심이 있으니까 오장육부와 사지가 제대로 움직일 수 있다. 중심이 제자리를 확실히 잡고 있을 때 비로소 모든 일이 제대로 움직여지게 되어 있다.

중심이 확실히 잡힌 사람이 고귀한 인격자다. 중심이 꼭 잡힌 가정이 잘되는 가정이다. 중심이 잘 잡힌 회사라야 번영한다. 중심이 제대로 잡힌 나라가 일등 국가이다. 중심이 잡혀 있는 지구라야 제대로 된 천체인데, 자꾸만 환경이 오염되어가고 있는 것은 지구인들의 마음에 중심이 잡혀 있지 않기 때문이다. 지구는 이미 태양에 대하여 중심이 잡혀 있으므로 자전과 공전을 계속하고 있는데 그 위에 사는 인간들의 마음이 중심이 잡혀 있지 않으므로 까딱하면 사람이 살 수 없는 황폐한 고장으로 변할 운명에 처해 있다. 따라서 인간들의 마음도 지구가 태양에 대하여 물리적으로 중심을 잡고 있듯 중심을 잡을 수 있다면 지구의 종말 따위는 얼마든지 면할 수 있다.

지금의 지구 환경오염을 인간들이 공부와 발전의 기회로 삼느냐 아니면 자포자기해 버리느냐에 따라 세계의 운명은 얼마든지 바뀔 수 있다. 난국과 위기는 인간에게는 더없이 절실한 현실적인 스승이다. 위험을 깨달음의 기회로 승화시키는 자가 바로 승리자다.

『천부경』 풀이

1993년 3월 6일 토요일 3∼6℃ 흐리고 비

토요일이라서 직장에 다니는 수련자들이 다섯 명이 몰려 와서 오후 2시부터 내 앞에 좌정해 있었다. 그중에 박지훈이라는 수련자가 물었다. 그는 모 정부 기업체 중견간부다.

"선생님 저는 선생님의 권고대로 생식을 하고 여기 와서 백회가 열린 지 한 달쯤 됐는데 벌써 10년 이상 된 당뇨 증세가 현저히 줄어들었습니다."

"그래요? 그거 정말 축하할 일이군요. 그러고 보니 처음에 오실 때보다도 얼굴색이 훤해진 게 많이 좋아졌습니다."

"다 선생님 덕분입니다."

"그보다는 박지훈 씨 자신의 자성의 덕분입니다. 박지훈 씨의 자성이 알아서 이리로 보냈기 때문이 아니겠습니까? 그러니까 자성에게 감사해야 합니다."

"그렇다면 제 자성이 저의 병을 고쳐주었다는 말씀인가요?"

"바로 그렇습니다. 자성엔 원래 육체가 없습니다. 박지훈 씨는 그 자성을 조금씩 깨닫기 시작했습니다. 그래서 병이 나은 겁니다. 생식은 그 치유 과정을 촉진시킨 것이구요."

"자성엔 원래 육체가 없다는 말씀이 좀 알아듣기 어렵습니다."

"그럴 수밖에요. 자성은 원래 텅 비어 있으니까요. 텅 비어 있으면서도 삼라만상이 꽉 차 있습니다. 꽉 차 있는 텅 빈 공간이 바로 자성입니다. 이러한 진리를 깨달으면 병이 붙을래야 붙을 자리가 없습니다. 공(空)은 색(色)이고 색은 공입니다. 그리고 하나는 전체고 전체는 하나구요. 이 하나와 공이 자성입니다."

"그럼 인간은 왜 육체를 가지게 되었을까요?"

"마음을 공부시키기 위한 자성의 나툼이 바로 인간의 육체죠. 그러니까 우리의 육체는 공부하는 도장이라고 보면 됩니다. 자성을 깨닫게 하기 위한 공부의 도장이 바로 인간의 육체입니다. 그래서 예수님도 사람의 몸을 성전에다 비유하지 않았습니까? 부처님도 마음먹기에 따라서 인간의 육체는 지옥도 되고 극락도 된다고 했습니다. 인간의 육체가 공부의 도장이라는 데는 의견이 일치되고 있습니다.

따라서 우리가 자성을 깨닫기 시작하면 참나가 서서히 그 모습을 드러내게 되니까 인과나 업장이 붙을 자리가 없게 되는 거죠. 텅 비었는데 어떻게 병고 따위가 붙을 수 있겠습니까? 성스러운 빛이 찬란하게 발산하는 태양과 같은 광원(光源)에 구질구질한 병고 따위가 어떻게 붙어 볼 엄두를 내겠습니까? 그건 도저히 불가능한 일이죠. 병이 붙기는커녕 있었던 병도 모조리 쫓겨나가는 판인데요.

이렇게 활활 타오르는 용광로가 바로 자성이고 중심공이고, 대행스님이 말하는 주인공입니다. 여기에 희로애락 일체를 놓아버리면 병균노, 유전자(遺傳子)도, 습벽도, 탐욕도, 성냄도, 어리석음도, 죄악도, 인과도, 업장도, 윤회도 생사도 녹아버리고 갖가지 유혹과 시련에 얽매이거나 끄달리지 않게 됩니다."

"이제 말씀하신 것이 바로 방하착(放下着)인가요?"

"한마디로 말하면 그렇습니다. 불경에 나오는 말이지만 좋은 말이니까 이용하기로 했습니다. 마음공부를 체계화한 면에서는 불교를 따라갈 종교가 없습니다. 나는 선도에다가 마음공부를 가미하려고 합니다."

"그렇다면 선생님께서 표방하시는 수련법을 요약하면 어떻게 되겠습니까?"

"지감·조식·금촉과 역지사지·공익정신 생활화와 방하착입니다. 이 방하착은 그동안 공부를 해오면서 어렴풋이 떠올라온 것이었는데, 최근에 대행스님에 관한 저서를 읽고 홀연히 내 가슴에도 불이 붙으면서 이거야말로 선도 공부에는 둘도 없는 훌륭한 방편이라는 것을 깨닫게 된 겁니다."

"선생님 그렇다면 그 대행스님에 대한 저서를 좀 말씀해 주시겠습니까? 『선도체험기』 애독자들도 구해서 읽어 보게 말입니다."

"그거야 어렵지 않죠. 재작년 봄에 어떤 도우로부터 일본의 다니구찌 마사하루가 쓴 『생명의 실상』이라는 40권짜리 책을 꼭 읽어보라는 간곡한 부탁을 받은 일이 있습니다. 그때 나는 그 40권을 무려 3개월 동안에 걸쳐서 독파하면서 깊은 감명을 받은 일이 있습니다. 그때 얘기는 『선도체험기』 시리즈에 인용문과 함께 언급해 놓았습니다. 그런데 그 뒤에 나는 『초인생활』, 『밀라레파』, 『히말라야의 성자들』, 『티벳의 성자들』, 라즈니쉬의 여러 저서들, 요가난다의 저서를 읽고는 확실히 『생명의 실상』을 뛰어넘는 경지라는 것을 깨달은 일이 있었습니다.

이 얘기들 역시 『선도체험기』 시리즈에 중요한 인용문들과 함께 소개한 일이 있습니다. 그런데 금년 2월부터 나는 대행스님에 관한 책들 김정빈 저 『도(道)』, 『무(無)』 외에 대행스님 대담집 『한 마음』, 법훈록 『영원한 나를 찾아서』 그리고 최근에 나온 『한마음 요전』을 읽고는 대행스님이야말로 한국이 낳은 위대한 독각성자(獨覺聖者)라는 것을 알게 되었습니다.

이들 다섯 권의 책들 중에서 처음 네 권은 글수레라는 출판사에 냈고 마지막에 나온 『한마음 요전』은 한마음선원 자체에서 출판한 것입니다. 대행스님이야말로 다니구찌 마사하루나 라즈니시나 히말라야와 티벳의 성자들이 내놓은 방편보다 확실히 한 수 더 뛰어난 수련법을 제시했다고 봅니다.

물론 그분의 방편은 이미 2천 5백 년 전에 석가모니 부처님이 설한 경전에 다 나오는 것이라고는 해도 대행스님은 이 진리를 오직 스스로 수행을 통해서 깨달았고 그분의 법문이나 어록들이 읽는 사람들의 가슴을 뜨겁게 달아오르게 하는 절실한 데가 있는 면에서는 불교경전이 따를 수 없다고 보는 겁니다. 따라서 선도 수행자들도 바로 방하착으로 대표되는 대행스님의 수행 방법을 이용한다면 장족의 발전을 기할 수 있을 겁니다."

"잘 알겠습니다. 그리고 한 가지만 더 질문하겠습니다. 깨달은 도인의 기준은 어디에 둘 수 있겠습니까?"

"깨달았다는 생각조차 잊어버린 채 여여하게 살아가는 사람인가의 여부에 기준을 두어야 합니다."

"여여하게란 쉽게 말해서 무엇을 말합니까?"

"여여(如如)하게란 국어사전에도 잘 안 나오는 낱말인데 자연스럽고 유연하게라는 뜻입니다. 젖먹이를 실례로 생각해 봅시다. 젖먹이는 배부르면 색색 잠들거나 생긋생긋 웃으면서 놀고 배고프면 어미젖을 찾아 먹고 몸이 불편하면 울어버립니다. 젖먹이는 어미를 절대로 믿고 의지합니다. 그러나 어미를 믿고 의지한다는 생각 같은 것은 없습니다. 깨달은 도인은 진리 속에서 삶을 영위하되 자신이 진리 속에 있다는 의식조차 갖고 있지 않은 채 유유히 살아가는 겁니다.

어떤 사람은 나는 견성을 했느니 도통을 했느니 성통을 했느니 하고 은근히 과시를 합니다. 그러나 이런 사람은 자세히 살펴보면 백발백중 가짜입니다. 가짜이기 때문에 티를 냅니다. 진짜는 절대로 티를 내지 않습니다. 그냥 여여하게 살아갈 뿐입니다. 티를 낸다는 것은 무슨 목적이 있기 때문입니다. 그러나 진정한 도인은 티를 낼 필요가 없기 때문에 그냥 그대로 물 흐르듯 있는 여여하게 살아가는 겁니다.

티를 낸다는 것은 반드시 어떤 음흉한 잇속을 차리려는 속셈이 깔려 있기 때문입니다. 그러니까 견성을 했다느니 도통을 했다느니 성통을 했다는 사람들은 전부 새빨간 거짓말쟁이라는 것을 알아두면 됩니다. 왜냐하면 진정한 도인은 대외에 홍보할 필요를 애초부터 느끼지 않기 때문입니다. 그리고 가짜 도인과 진짜 도인은 그 사람들의 언행을 보면 금방 알 수 있습니다. 도인이기 이전에 우선 인격자가 되어야 하는데 가짜 도인은 백이면 백 전부가 다 인간의 도리를 모르는 파렴치한이기 일쑤입니다.

그리고 말과 행동이 일치하지 않습니다. 말은 언제나 번드르르하고 그럴듯하게 하지만 그 사람의 실제 행동을 보면 개차반이기가 일쑤입니다. 기본적인 인간의 도리를 무시합니다. 탐욕이 있으면 있는 대로, 없으면 없는 대로, 가짜 도인들은 공통적으로 기본적인 인격을 갖추지 못하고 있습니다. 그래서 몇 번 만나보면 금방 싫증이 나고 매력이 없습니다. 사람의 마음을 일시적으로는 끌 수 있을지 몰라도 지속적으로 끌지 못합니다. 왜 그런지 아십니까?"

"왜 그럴까요?"

"인격의 바탕이 취약하기 때문에 누구나 그에게서 인간다운 향기를 느끼지 못하기 때문입니다. 인격의 바탕이 취약하다는 것은 그만큼 저속하고도 미숙하다는 말도 됩니다. 설익었다는 뜻입니다. 술은 완전히 익어야 향기를 발산하게 되는데, 미숙한 상태에서는 맛도 향기도 없습니다."

"그래도 자칭 도사들 중에는 제법 초능력을 발휘하는 사람이 있지 않습니까?"

"초능력이야 무당도 구사하는데 그게 무슨 기준이 될 수 있습니까? 그래서 자칭 도인들의 초능력은 도술이라고 하지 않고 술수라고 하지 않습니까? 아직 설익었기 때문에 이런 명칭이 붙은 겁니다. 인격적인 바탕이 취약한 사람은 제아무리 도인이라고 혼자 외쳐보았자 말짱 다 헛일입니다. 『선도체험기』 시리즈 독자 정도라면 그런 것쯤은 금방 가려낼 수 있습니다.

가짜들이 하도 설치는 판이라서 『선도체험기』 시리즈는 독자들에게 가짜와 진짜 가려내는 특별한 훈련을 시켰기 때문에 이제는 내가 비록 잘못 알고 어떤 사람을 추천했다고 해도 직접 만나본 다음엔 금방 알아차리고 맙니다. 『선도체험기』를 열네 권이나 읽으면서 자기 나름으로 판단 기준이 뚜렷이 서 있기 때문입니다. 더구나 웬만큼 기수련이 되어 있는 사람은 기운을 통해서 금방 느껴 버리고 맙니다. 그런 독자들은 결론적으로 믿을 것은 자기 자신의 본성밖에 없다는 것을 깨닫게 됩니다. 이쯤 되면 수련은 본격적인 단계에 들어갔다고 할 수 있습니다.

나는 인도자의 구실만 해주었을 뿐이고 인도를 받은 독자들은 독자적인 안목을 갖추고 스스로 알아서 판단을 하게 되는 겁니다. 나는 바로 이런 데서 보람을 느낍니다. 처음에 『선도체험기』 첫 권을 읽을 때는 선도에 대해서 아무것도 모르던 분들이 14권쯤 읽고 나서는 이만큼 자기 자신들을 깨우칠 수 있었다는 데 나는 글쟁이로서 큰 보람을 느끼는 겁니다.

이제 그런 독자들은 자기중심이 확실히 잡혀 있어서 누가 뭐라고 해도 자기가 스스로 느끼고 판단해 보지 않고는 선택을 하지 않습니다. 참스승은 바로 자기 자신의 자성이라는 것을 알게 된 겁니다. 이것이 얼마나 큰 보람입니까? 이제 이런 독자들은 진정한 스승은 자기 자신의 중심뿐이라는 것을 알게 된 겁니다. 자기 자신의 중심인 진아(眞我)를 어렴풋이나마 깨닫기 시작했다는 증거입니다. 이런 독자들은 『선도체험기』 시리즈의 핵심을 파악한 겁니다.

지감·조식·금촉, 역지사지, 방하착을 실생활에 응용하기 시작한 사람이 아니라면 이런 안목이 생겨날 리가 없습니다. 이 정도의 경지에 올라선 사람이라면 이제는 누가 와서 흔들어 보려고 해도 끄떡도 하지 않을 겁니다. 왜 그런지 아닙니까?"

"왜 그런지 계속해서 말씀해 주십시오."

"중심이 딱 잡혀 있기 때문에 오뚜기처럼 아무리 쓰러뜨려도 다시 일어납니다. 절대로 좌절하지 않습니다. 이런 사람은 일상생활에서 자기 자신에게 불어닥치는 온갖 역경과 불행을 놓고 한탄을 하거나 저주를 하거나 누구의 탓으로 돌리고 비분강개한 나머지 증오심만을 키우는 어리석음을 절대로 범하지 않습니다.

그 대신에 안으로 돌려서 자기 자신의 자성인 참나의 중심자리에 놓아버립니다. 그곳에 맡겨버린다는 뜻입니다. 이것을 방하착(放下着)이라고 합니다. 이것이 생활화되고 습관화된 사람은 확실히 견성의 길에 접어들었다고 장담할 수 있습니다."

"선생님 그런데 저는 벌써부터 선생님의 방하착에 대한 얘기를 듣고 실천을 해 보았지만 오리무중(五里霧中)이예요. 무엇이 참나인지 무엇이 자성이고 본성인지 뚜렷이 잡혀 오질 않습니다."

"그렇습니까? 그렇다면 박지훈 씨에게 한 가지 묻겠습니다. 사람에겐 전생이라는 것이 있다는 것은 인정할 수 있습니까?"

"『선도체험기』를 14권까지 읽다가 보니까 그 정도는 알 것 같습니다."

"그렇다면 윤회라는 것이 있다는 것은 인정하십니까?"

"그야 전생이 있으니까 금생이 있으므로 윤회가 있다는 것은 인정 아니 할 수 없겠죠."

"그렇다면 박지훈 씨는 전생이 몇 번이나 있었다고 보십니까?"

"그야 한두 번 정도는 아니겠고 수없이 있었을 것 아닙니까?"

"그렇습니다. 석가모니 부처님은 5백 번의 전생을 보았다고 합니다만 왜 오백 번뿐이겠습니까? 지구가 생겨난 지가 40억 년이 되었다고 하고 그곳에 생물체가 생겨난 것이 10억 년쯤 전이라고 하는 학자도 있는 모양인데, 그렇다면 10억 년 동안이나 지구상에서 물질 생명체가 진화해 왔다는 것을 알 수 있지 않습니까?

여기에다가 다른 별에서 온 생명까지 합친다면 10억 년이 아니라 수십 억겁 년의 전생과 윤회가 있었다고 할 수 있습니다. 박지훈 씨 역시 예외일 수는 없는 일입니다. 그렇다면 그 수십억 겁 년 동안 미생물에서부터 곤충과 어류와 양서류 조류를 거쳐 포유동물, 유인원에서 인간까지 윤회를 거쳐 진화하여 오는 동안 이러한 윤회와 진화를 주관하는 어떤 주체가 있다는 것은 인정합니까?"

"글쎄요. 그리고 보니 그럴 듯도 한데요. 알쏭달쏭하기는 하지만 말입니다."

"생각해 보십시오. 그러한 윤회와 진화를 주관하는 주체가 없으면 어떻게 그처럼 오랜 세월 동안 일관성 있게 하나의 생명체를 발전시켜 올 수 있었겠습니까? 그렇습니다. 바로 이 윤회와 진화를 주관해온 주체가 없이는 아무것도 이루어질 수 없는 일입니다. 그 주체가 바로 자성입니다.

『삼일신고』에도 자성구자(自性求子)라는 말이 있습니다. 자성으로 씨알을 구하라는 말입니다. 씨알은 여기서는 핵심을 말하니까 자성으로 핵심을 파악하라는 말입니다. 자성이 본성입니다. 그리고 중심입니다. 이 중심이 있었기 때문에 무수한 윤회를 거듭해 오면서도 진화를 계속해 올 수 있었던 것입니다. 그런데 이 중심자리는 원래 텅 비어 있으면서도 삼라만상이 창조되는 바로 그런 자리입니다.

『천부경』에 나오는 용변부동본(用變不動本)입니다. 쓰임은 얼마든지 변할 수 있지만 근본자리는 변하지 않는다는 말입니다. 모든 것은 상대적입니다. 아인슈타인의 상대성 원리도 있지 않습니까? 변하지 않는 중심이 있기 때문에 원의 둘레는 얼마든지 무한히 돌면서 변할 수 있습니다. 바로 이 변하지 않는 근본 자리가 자성입니다. 그것이 『천부경』에서 말하는 하나 즉 '한'입니다.

삼라만상의 근본입니다. 그 중심 자체는 변하지 않으면서 만변만화 (萬變萬化)를 일으키는 주인이 바로 이 중심자리입니다. 이것을 옛날부터 우리 조상들은 한 또는 하나라고 했습니다.

따라서 『천부경』을 해석할 수 있는 열쇠는 이 하나를 어떻게 이해하느냐에 달려 있다고 해도 과언이 아닙니다. 자성, 중심, 한, 하나가 바로 도(道)입니다. 또 공(空)이고 진리입니다. 하느님이고 부처님입니다. 성(性)이라고도 합니다. 근본은 하나지만 쓰임에 따라서 명칭은 얼마든지 바뀔 수 있습니다. 어떻습니까? 이만하면 자성이 무엇인지, 참나가 무엇인지 이해가 되십니까?"

"네, 이젠 알 만합니다."

"그렇다면 그 참나, 자성, 즉 자기 마음의 중심에 영원히 꺼지지 않고 활활 타는 용광로가 있다고 생각하십시오. 그리고 그 속에 일상생활에서 부딪치는 온갖 문제들을 전부 던져 넣으라는 말입니다."

"그렇다면 선생님 제가 가령 교통사고를 억울하게 당했다고 합시다. 분명히 상대가 잘못해서 제 차가 부서졌다고 할 때는 어떻게 하겠습니까?"

"그걸 왜 나한테 묻습니까? 스스로 알아서 처리를 해야죠. 따질 것 따져서 받을 것 받고 줄 것 주는 것은 세상 사람들이 살아나가는 이치가 아닙니까?"

"그렇다면 중심에 맡기고 말고 할 것도 없지 않습니까?"

"그야 그렇죠. 그러나 관례로도 법적으로도 해결이 안 될 때가 문제죠. 그럴 때는 골치 썩여 보았자 자기만 손해니까 중심 용광로에 집어넣어 녹여버리면 새로운 활력소가 재생되어 나옵니다. 무심으로 관찰하고 있으면 반드시 해결책이 나온다는 뜻입니다. 법정으로 가기 전에 웬만하면 상대를 용서하고 중심 용광로에 녹여버리는 것이 새로운 업을 짓지 않고 도리어 마음이 편합니다."

"요컨대 원만한 해결이 되지 않을 때 애쓸 필요 없이 중심 용광로에 던져 넣으라는 얘기군요."

"바로 그 말입니다. 그렇게만 한다면 상대방에게도 유감이 없을 것 아닙니까. 그렇게 되면 업을 짓고 말고 할 것도 없는 것이죠. 이러한 방하착을 많이 하면 할수록 자성은 밝아지고 진아는 점점 더 뚜렷이 제 모습을 드러내기 시작합니다. 지감·조식·금촉, 역지사지, 방하착의 삼대 수행을 유감없이 밀고 나가기만 하면 자기도 모르게 견성도 되고 큰 깨달음도 오고 성통공완도 이루어진다는 말입니다. 막힘없이, 거침없이, 사물에 얽매이지 않고, 끄달리지 않고 무애자재(無涯自在)로운 생활, 이것이 다름 아닌 천상천하유아독존(天上天下唯我獨尊)하는 겁니다."

"하느님에게 맡긴다, 주님에게 맡긴다, 하늘에 맡긴다는 말은 지금까지 숱하게 들어 왔어도 자기중심에 맡긴다는 말은 선생님한테서 처음 들어보았습니다. 꼭 그렇게 말해야만 하는 이유가 있습니까?"

"하느님, 주님, 하늘도 그 자체를 자기와 동일시하면 하등 차이가 있을 수 없습니다. 그러나 말에는 묘한 뉘앙스가 있습니다. 아무래도 하느님, 주님, 하늘 하면 나 자신과는 동떨어진 하늘 위에서 인간을 지배하는 전지전능한 존재와 같은 느낌이 드는 것은 사실입니다. 그래서 이왕이면 나 자신과 한층 더 밀착된 느낌을 줄 수 있는 나 자신의 중심 또는 나 자신의 뿌리라는 말을 쓰기로 한 것입니다. 중심과 뿌리는 하느님이나 주님이나 하늘보다는 아무래도 나 자신의 핵심이나 근본에 자리잡고 있다는 확실한 느낌을 갖게 되지 않습니까.

이것은 수행을 하는 데 절대적인 영향을 끼칩니다. 말에는 주술적 (呪術的)인 힘이 있습니다. 나는 바로 이 말의 힘을 수행에 적극 이용하려는 것이죠. 내 중심, 내 뿌리의 용광로에 집어넣는다는 것과 하느님, 주님, 하늘에 맡긴다는 말과는 어느 쪽에 더 밀착된 동체 의식(同體意識)을 느낄 수 있습니까? 나는 이것을 실험해 보았습니다. 결과적으로 하느님과 주님, 하늘보다는 중심 쪽이 훨씬 친밀감이 있고 강력한 수련 효과가 난다는 것을 발견했습니다."

"언어의 친밀성과 주술성을 최대한 수행에 이용하신 거로군요."

"그렇습니다."

"그건 그렇고 선생님 『천부경』 속에 나오는 '천일일 지일이 인일삼

(天一一地一二人一三)'은 무엇을 말하는지 해석 좀 해 주시겠습니까?"

"왜 하필이면 그것만 물으시는 겁니까?"

"다른 것은 대충 무슨 뜻인지 알만한데 그것을 잘 모르겠습니다."

"그렇다면 그럴 꺼 없이 아예 이 자리에서 전체를 다 해석해 드리죠."

"그렇게 해 주시겠다면 더욱더 고맙겠습니다."

"지금까지 『천부경』을 해석한 사람은 하도 많아서 일일이 열거할 수가 없을 정도인데, 전부가 다 일가견이 있습니다. 어떤 사람은 꼼꼼하게 글자 하나하나를 짚어가면서 뜻을 밝히려고 시도했고 또 어떤 사람은 본문과는 동떨어져서 자기 나름의 의역(意譯)을 한 경우도 있습니다.

그러나 내가 보기에는 아무래도 원문에 충실해야 된다고 봅니다. 그렇지 않고 제멋대로 뜻만 해석하다 보면 엉뚱한 망상이 끼어들 여지도 충분히 있습니다. 원문을 하나씩 짚어가면서 해석하는 쪽을 택하겠습니다. 아무래도 그쪽이 진실에 가까운 해석이 될 수 있다고 보기 때문입니다. 여기서 『천부경』의 유래 같은 것을 따지자면 끝이 없겠고 하여 생략하겠습니다. 단지 원문에 가까운 해석을 해보겠습니다.

아까도 말했지만 『천부경』은 일(一)로 시작되는데 이것은 한자로 번역된 것이고 그 이전에는 한 또는 하나로 쓰여졌습니다. 그것을 고운 최치원 선생이 우리말 고어(古語)로 된 『천부경』을 한자로 번역을 하다 보니 하나를 일(一)로 쓰게 된 겁니다.

그렇다면 하나와 한이 무엇인가를 아는 것이 『천부경』 풀이의 열쇠가 됩니다. 하나와 한에서 하느님도 나오고 하나님도 나왔습니다. 한 사상, 한 문화의 뿌리가 바로 이겁니다. 그렇다면 한은 무엇인가? 이것부터 규명을 해야 됩니다. 간단히 말해서 한은 하나와 하느님, 하나님이라는 뜻 이외에 도(道)라는 의미도 있습니다. 도는 진리입니다. 진리는 공(空)입니다. 성(性)이기도 합니다.

그것은 또한 인간은 말할 것도 없고 모든 생물이 공통적으로 갖고 있는 자성(自性)입니다. 자성은 존재의 중심이고 뿌리입니다. 하나는 둘이고 셋이고 넷이고 다섯, 여섯, 일곱, 여덟, 아홉, 열이고 백이고 천이고 만이고 전체입니다. 다시 말해서 하나는 무한히 뻗어나가 전체가 됩니다. 하나에 어떤 숫자를 곱하더라도 영(0) 이상의 숫자가 나오게 되어 있지만 영에다가는 어떠한 숫자를 곱하더라도 영밖에는 나오지 않습니다.

따라서 하나는 만유의 뿌리이고 우주생명의 원천입니다. 또, 전체의 뿌리입니다. 천릿길도 한 걸음부터 시작된다는 말은 틀림없는 진리입니다. 하나가 없으면 전체가 있을 수 없습니다. 전체는 무한입니다. 시작도 끝도 없습니다. 분명히 말해서 하나는 삼라만상의 본성임에는 틀림이 없습니다. 그러면 이제부터 해석을 시도해 보겠습니다.

일시무시일(一始無始一).
하나는 시작 없는 하나에서 시작되어,

석삼극무진본(析三極無盡本).
세 끝으로 나뉘어도 그 바탕은 다함이 없네.
* 여기서 셋은 천·지·인, 음양중, 성명정(性命精)으로 보아도 됩니다.

119

천일일 지일이 인일삼(天一一 地一二 人一三).

* 여기서 천일 지일 인일은 각각 하늘의 본성, 땅의 본성, 사람의 본성을 말합니다. 그다음에 나오는 일, 이, 삼은 각각 생겨난 순서를 말합니다. 이것을 정리해 보면 이렇습니다. 하늘의 본성이 첫 번째로 나타나고, 땅의 본성이 두 번째로 생겨나고, 사람의 본성이 세 번째로 출현했네.

일적십거무궤화삼(一積十鉅無匱化三).

하나가 쌓여서 열이 되고 그 커짐이 다하지 않으면 셋이 되나니,

천이삼 지이삼 인이삼(天二三 地二三 人二三).

하늘에도 둘 셋이 있고 땅에도 둘 셋이 있고 사람에게도 둘 셋이 있네.

* 이것은 무슨 뜻일까요? 하늘에도 음양과 음양중 또는 천지인이 있고 땅에도 음양과 음양중 또는 천지인이 있고 사람에게도 음양과 음양중 또는 천지인이 있다는 말입니다. 왜냐하면 하늘이나 땅이나 사람이나 그 본성은 같기 때문입니다. 하늘이나 땅이나 사람이나 그 중심과 뿌리는 동일하다는 말입니다. 형태는 다를지언정 중심은 같습니다. 삼라만상은 모양은 각양각색이지만 그 중심은 하나의 회전하는 중심축으로 직결되어 있습니다. 그렇다고 해서 만물이 하나의 중심축으로 연결되어 있는 모양을 그림으로 상상하면 곤란합니다. 그것은 시공에 묶인 인간의 상상의 차원일 뿐입니다. 실상은 시공을 초월한 중심축으로 직결되어 있다는 것을 알아야 합니다. 중심 없는 중심, 또는 회전하는

중심축 없는 중심축으로 모든 존재는 직결되어 있습니다. 길 없는 길, 손 없는 손, 함 없는 함, 문 없는 문, 기둥 없는 기둥, 뿌리 없는 뿌리를 이해하지 못하면 무슨 뜻인지 알기 어려울 것입니다. 그러나 수행을 거듭하다가 보면 자연히 깨닫게 됩니다.

대삼합육(大三合六).

큰 셋을 합하여 여섯이 되네.

* 실례를 들면 큰 셋이 성명정(性命精)이면 성(性)에서 나온 선악(善惡), 명(命)에서 나온 청탁(淸濁), 정(精)에서 나온 후박(厚薄)을 합하면 여섯이 됩니다. 이 밖에도 큰 셋은 천지인으로 보고 천(天)에도 음양이 있고 지(地)에도 음양이 있고 인(人)에도 음양이 있으니까 이들 음양을 다 합하면 여섯이 됩니다. 큰 셋이 합하여 여섯이 생겨나는 이치는 자연계에서도 얼마든지 볼 수 있습니다. 벌집 모양은 한결같이 육각형이고 눈송이도 육각형으로 되어 습니다. 오대양 육대주 할 때의 육대주, 오장육부 할 때의 육부, 오행육기 할 때의 육기도 여섯입니다.

생칠팔구(生七八九).

일곱, 여덟, 아홉이 생겨나네.

* 일곱은 무엇인가. 북두칠성, 일월화수목금토(日月火水木金土) 같은 것도 일곱으로 되어 있습니다. 그럼 팔(八)은 어떻게 되는가? 사방팔방 할 때의 팔방이 있습니다. 다시 말해서 상하좌우전후표리(上下左右前後表裏)가 여덟입니다. 양손의 안팎, 양발의 안팎이 합하면 여덟

입니다. 또 입춘, 춘분, 입하, 하지, 입추, 추분, 입동, 동지는 여덟 개의 절후로 되어 있습니다. 또 인의예지충신효제(仁義禮智忠臣孝悌)의 팔덕(八德)이 있습니다. 이 밖에도 『참전계경』에 나오는 팔리훈(八理訓)도 있습니다. 아홉은 어떤가요? 아홉 개의 혹성이 있습니다. 8방에 중심까지 합하면 아홉이 됩니다. 구규(九竅)가 있는데, 눈 귀 코에 구멍이 각각 둘씩 있으므로 합해서 여섯이고 입과 소변보는 생식기와 항문을 합하면 아홉 개의 구멍이 됩니다.

운삼사(運三四).

셋과 넷으로 운용되네.

* 실례를 들어 봅시다. 태양, 지구, 달 셋이 운용되어 상하좌우, 춘하추동, 연월일시, 동서남북 등 각각 넷이 됩니다. 3개월이 합해서 하나의 계절이 됩니다. 예를 들면 3, 4, 5월이 합해서 봄철이 되고 6, 7, 8월이 합해서 여름이 되고, 9, 10, 11월이 합해서 가을이 되고 12, 1, 2월이 합해서 겨울이 되어 4계절이 됩니다. 3·4의 순리로 이루어지는 것을 알 수 있습니다. 사람의 팔다리에는 각각 세 개씩의 관절이 있어서 사지(四肢)를 형성합니다. 따라서 운삼사는 자연계의 운용 원리를 표현한 것입니다.

성환오칠(成環五七).

다섯이 돌아 일곱을 이루네.

* 사람에게는 심장, 폐장, 간장, 신장, 비장의 오장이 있고 일곱 개의

신(神)이 있다. 일곱 개의 신은 심장의 신(神), 폐장의 백(魄), 간장의 혼(魂), 신장의 정(精)과 지(志), 비장의 의(意)와 지(智)를 말한다. 또 사람은 태양으로부터 목·화·토·금·수의 오기(五氣)를 받고 땅으로부터는 칠정(七情)을 받는다. 칠정은 희노애락애오욕(喜怒哀樂愛惡慾) 또는 희노우사비경공(喜怒憂思悲驚恐)이다.

일묘연만왕만래(一妙衍萬往萬來).
하나가 묘하게 퍼져나가니 온갖 것이 오고 온갖 것이 가도다.

용변부동본(用變不動本).
쓰임은 바뀌어도 본바탕은 변하지 않네.

본심본태양앙(本心本太陽昻).
참마음으로 태양을 바라보라.

명인중천지일(明人中天地一).
사람 속에 하늘과 땅이 하나로 들어 있음이 명백하도다.

일종무종일(一終無終一).
하나는 끝없는 하나로 끝나네.
* 일묘연 만왕만래 이후는 별로 해석상 어려울 것도 없습니다. 『천부경』은 우주와 인간 그리고 삼라만상의 존재 양상과 운행 법칙을 간략

하게 표현해 놓은 세계에서 가장 오래된 경전입니다.

　어떤 사람은 『천부경』으로 한국 역사와 세계 역사의 흥망성쇠를 해석해 놓았습니다. 그런가 하면 또 어떤 사람은 인간의 생노병사를 설명한 사람도 있습니다. 얼마든지 가능한 일이라고 봅니다. 이것뿐만 아니고 모든 존재의 당위 법칙은 전부 다 이 속에 함축되어 있다고 봅니다. 이만하면 대충 『천부경』을 이해할 만합니까?"

　"네, 선생님. 이젠 그 뜻을 거의 다 알 수 있을 것 같습니다."

　"『천부경』은 뜻을 이해하거나 수련 중에 속으로 자꾸만 암송하는 것으로 끝나는 것은 아닙니다."

　"그럼 어떻게 해야 되겠습니까?"

　"『천부경』의 정신이 일상생활에 그대로 배어있어야 되고 우리의 생활 그 자체가 바로 『천부경』 그 자체여야 한다고 봅니다. 아까도 말했지만 '한'은 자성을 말한다고 하지 않았습니까? 깨달은 사람은 바로 자기중심이 확립된 사람을 말합니다. 자기중심이 바로 자성입니다. 우리 개개인의 중심은 전체의 중심과 일치되어 있습니다. 성인(聖人)들이 초능력을 발휘할 수 있는 것은 바로 자기 자신의 중심과 전체의 중심이 일치되어 있어서 전체에서 오는 사랑과 지혜와 능력을 받아 구사할 수 있기 때문입니다.

　깨달은 사람은 그래서 생물이건 무생물이건 가리지 않고 어떤 존재와도 대화가 가능한 겁니다. 그것은 다름이 아니라 바로 일시무시일 일종무종일의 수행을 통해서 체득했기 때문에 있을 수 있는 일입니다. 존재가 완성을 성취했을 때 있을 수 있는 일인데, 내가 보기에는 성인들 중에도 여러 층이 있는 것 같습니다."

"그렇습니까? 어떤 층인데요?"

"대각을 성취한 성인들도 그 초기에는 인간에 대한 사랑이 충만해서 자신의 초능력을 무제한 구사하는 경향이 있습니다. 그런데 이것은 긴 안목으로 볼 때 중생을 제도하는 데 별로 효과가 없습니다."

"어떤 경우에 그런 일이 있습니까?"

"가령 대표적인 성인으로 석가와 예수를 꼽을 수 있습니다. 예수는 대각을 얻은 초기에는 다 같이 자기를 따르는 신도들의 질병을 고쳐주기도 하고 죽은 자를 살려주기도 했습니다. 그런데 예수는 그의 가르침을 펴기 시작한 지 불과 3년 만에 세상을 떠났습니다. 그동안에 그분은 숱한 이적을 보여주었습니다. 그중에 나사로라고 하는 사람을 그 어머니의 간청을 받고 죽음에서 일어나게 했습니다.

그러나 석가는 사랑하는 외아들을 방금 여윈 여인으로부터 아들을 살려달라는 간청을 받고는 살려주는 대신에 사람이 죽은 일이 없는 집에 가서 곡식을 한줌 얻어오라고 했습니다. 그 여인은 석가모니의 말을 듣고 사람이 죽어나간 일이 없는 집을 찾아 돌아다녔지만 끝내 찾아내지 못했습니다.

깊은 실망을 안고 돌아온 여인에게 석가모니는 한번 태어난 사람은 조만간 누구나 다 죽게 되어 있다는 진실을 일깨워줌으로써 깨달음을 얻게 해 주었습니다. 석가모니는 대각을 이룬 뒤 세상에 나온 이후 35년을 살아오면서 완숙한 성인의 경지에 든 것입니다. 두 성인의 행적을 비교해 볼 때 어느 쪽이 더 성숙했다고 보십니까?"

"그러고 보니 예수는 분명 석가보다는 지극히 초기 단계에 있었던 것 같습니다. 하긴 겨우 3년 동안밖에는 중생을 제도하지 못했으니까 그럴 수밖에 없었겠군요."

"그렇습니다. 병고와 육체의 죽음은 공부를 시키려는 자성의 섭리입니다. 여기에 함부로 간섭하는 것은 생명의 진화에 별로 도움이 안 됩니다. 대행스님 같은 분도 수행을 끝내고 강원도 상원사 토굴에 있을 때는 대자대비심의 발동으로 하루에 5, 6백 명씩 밀려드는 주민들의 병고를 다 낫게 해 주었다고 합니다. 그곳 인근의 약방과 병원들이 문을 닫을 판이어서 약사와 의사들이 들고 일어나 경찰에 고발을 했답니다. 고발장을 받은 경찰이 대행스님을 잡으려고 상원사 토굴에 당도하여 막상 잡아가려고 하자 대행스님은 생전 법률 공부라고는 해 본 일조차 없고 학교라고는 문턱에도 못 가보고 겨우 야학에서 산술을 두 시간 배운 일밖에 없는데도 어디서 그런 법률지식이 나왔는지 조목조목 따지는 통에 경찰이 꼼짝 못 하고 그냥 돌아가 버리고 말았답니다."

"그것 참 희한한 일인데요. 어떻게 그런 일이 있을 수 있을까요?"

"자기중심을 확실히 잡은 사람에게는 가능하다고 봅니다. 자기중심을 잡았다는 말은 전체의 중심을 잡았다는 말과 같으니까요. 전체의 중심을 잡았으니까 전체에서 오는 사랑과 지혜와 능력까지도 받게 되는 겁니다.

그건 그렇고 성인들도 초기에는 무조건 사랑을 베풀어 찾아오는 사람의 병고를 고쳐주지만, 차차 시간이 흐르면서 그것이 별로 도움이 안 된다는 것을 알게 되는 것이죠. 깨달음을 얻지 못한 채 병만 고쳐보았자 얼마 안 있어 또 다시 병은 도지게 되어 있기 때문입니다. 마음이 근본적으로 바뀌어야 몸도 바뀌게 마련인데 마음은 그대로 둔 채 몸만 일시적으로 바뀌어 보았자 일정한 시간이 흐르면 병은 재발하기 때문입니다.

그래서 대행스님도 지금은 고질병을 고치러 오는 사람에게는 엄청난 액수의 기부금을 요구한다고 합니다. 5천만 원씩 어떤 때는 몇억씩도 요구한다고 합니다. 당장 돈이 없는 사람은 그 돈을 마련하느라고 고생을 하게 되는데 그것이 바로 당사자에겐 공부가 되고 업장을 해소하는 데 도움이 된다고 합니다.

그것이 또 깨달음으로 이어진다는 것이죠. 그렇게 기부받은 돈은 가난한 이웃을 돕든지 한마음선원 확장 공사 따위에 쓴다는 겁니다. 요컨대 병만을 고쳐주는 것은 뿌리는 그대로 놓아둔 채 잎이나 가지만 치는 격이라는 얘기죠. 그 말은 옳습니다. 진정한 깨달음은 병고까지도 물리쳐주니까요."

"그러고 보니 성인들 사이에도 엄연히 등급이 있는 것 같습니다."

"그렇구말구요."

"그래서 기독교에서는 지금도 무조건 사랑만을 강조하고 불교에는 깨달음을 강조하는 모양이죠?"

"옳게 보았습니다. 무조건 사랑만을 베풀어 병고를 고쳐주는 것은 내가 보기에는 임시방편이고 호도책에 불과합니다. 깨달음을 주어 스스로 자기 심신을 바꾸게 하는 것이 진정한 사랑이라고 봅니다. 우는 아이에게 사탕이나 주기보다는 자립정신을 키워주어 스스로 일어설

수 있게 도와주는 것이 더 중요하다 그겁니다."

"무슨 뜻인지 잘 알겠습니다. 선생님. 오늘은 『천부경』도 해석해 주시고, 자기중심에 방하착하라는 새로운 수련법도 가르쳐 주시고 병고를 고쳐주기보다는 깨달음을 주는 것이 바로 자립심을 키워주는 것이란 간곡한 말씀을 들었습니다. 정말 가슴에 와닿는 얘기군요. 오늘 말씀 정말 감사합니다."

세 가지 가르침

1993년 3월 8일 −2∼8℃ 구름 조금

오후 2시. 얼마 전에 사귀기 시작한 백운(白雲)거사라고 자신의 정체를 밝힌 사람이 전화를 걸어 왔다.

"어제는 대구에 가서 박동식이라는 도인을 만나고 왔습니다. 나이는 62세인데도 외모는 40세 내외로 밖에는 보이지 않았습니다. 그분은 산에서 수련을 할 때는 호랑이들이 와서 호위를 해 준다고 합니다."

"상당한 경지에 올라있는 사람이군요. 직업이 뭔데요?"

"그저 농사지으면서 평범하게 살고 있습니다."

"그만큼 도를 닦았으면 어떤 형태로든 사회에 보답을 해야 되는 거 아닙니까?"

"아직 때가 이르지 않았다고 합니다. 그래도 전국에 그분을 따르는 제자들이 한 3천 명 된다고 합니다."

"그래요. 굉장하군요."

"굉장하긴요. 김 선생님한테 대면 새 발의 핍니다."

"내가 뭘 어쨌기에 그런 말을 합니까?"

"전국에 깔려 있는 선생님의 애독자들에 대면 새 발의 피죠. 안 그렇습니까?"

"제자와 독자가 어디 같습니까?"

"제가 보기엔 독자니 제자니 하는 것을 떠나서 어느 쪽이 더 정신적인 감화를 깊이 받느냐 하는 것이 승패를 가름한다고 봅니다. 더구나 지금은 매스컴의 시대가 아닙니까? 언제 한가하게 옛날처럼 스승이 제자들을 불러다 놓고 한 사람 한 사람 가르칠 수 있습니까? 뭐니뭐니 해도 활자문화가 아직은 이 시대를 주름잡고 있다고 봅니다.

초등학교밖에 못 나온 정주영 씨는 미국의 모 대학에서 명예박사 학위까지 받았는데, 그는 자기를 지금까지 교육시켜온 스승은 신문이었다고 말했습니다. 신문이 없었다면 오늘날의 정주영이는 태어날 수 없었을 것이라고 말했답니다. 자기 자신은 신문을 통해서 대학공부를 마쳤다고 말했답니다. 따라서 이 시대의 진정한 스승은 인쇄매체라고 저는 생각합니다."

"그 말에는 나도 찬성입니다. 그렇다면 대구에 있다는 그 박동식이라는 도인은 무엇으로 3천 명이나 되는 제자를 가르친다고 합니까? 무슨 책자나 정기간행물 같은 것이라도 발행하는가요?"

"그렇지는 않고 그냥 찾아오는 제자들이 그 정도는 된다는 소문입니다."

"도장을 운영하는 것도 아니라면 한 사람의 제자를 일 년에 한 번씩 만난다고 해도 하루에 적어도 서너 명의 제자를 면접해야 하는데 농사는 언제 짓고 그 제자들을 공부시킨다는 겁니까?"

"그러고 보니 제자가 3천 명이나 된다는 말은 아무래도 신빙성이 없는 것 같네요."

"더구나 일 년에 한 번씩 만나서 말을 주고받는 식으로 무슨 가르침을 전하는지는 모르지만 그것도 스승과 제자 사이라고 할 수 있을까요?"

"아무래도 3천 명의 제자가 있다는 말은 과장된 헛소문 같습니다. 한 삼십 명 정도 되는 것을 보고 그렇게 소문이 퍼진 것이 아닌지 모르겠습니다. 그건 그렇고 김 선생님, 몸 주위에 황금빛 고리를 이루어야 진정한 성인이 될 수 있는 것 같습니다."

"후광이니 오라니 하는 것을 말하는가요?"

"네, 바로 그렇습니다. 저를 가르친 스승님들은 전부 몸 주위에 황금빛 고리를 분명히 이루고 있습니다."

"백운거사는 그런 스승님들을 보았습니까?"

"수련 중에 분명히 보았습니다."

"그럼 그 스승님들은 가르침을 주시던가요?"

"분명히 그렇습니다."

"그분들은 어디에 계시는 분들입니까?"

"선계에 계시는 분들입니다."

"선계가 어디에 있다고 봅니까?"

"선계가 선계지 어딥니까?"

"그럼 백운거사는 그 선계의 스승들과 어떤 관계에 있다고 보십니까?"

"스승과 제자 사이죠."

"그건 알겠는데. 내가 묻는 것은 그 선계의 스승들과 백운거사는 상대적으로 갈라져 있느냐 그렇지 않느냐 하는 겁니다."

"저는 분명히 그 스승님들에게서 지난 30년 동안 도를 전수받았습니다. 스승님들은 분명히 선계에 있고 저는 인간계에 살고 있지 않습니까?"

"그렇다면 분명 둘로 갈라져 있다는 말인가요?"

"그렇지 않구요."

"그렇다면 당신은 도를 30년이나 닦았다면서 헛 닦았소."

"아니 김 선생님 어떻게 그런 실례의 말씀을 하십니까?"

"나는 진실을 말했을 뿐이오. 도를 30년이나 닦은 사람이 겨우 그 정도밖에 안 된다면 지금까지 허송세월한 것밖에는 안 됩니다. 정신 좀 바짝 차리세요. 당신은 지금까지 허상을 좇은 겁니다. 선계의 스승님들은 틀림없이 당신의 자성이 당신을 교육시키려고 묘용(妙用)을 쓴 겁니다.

『천부경』에 나오는 용변부동본(用變不動本)도 모르시오. 그걸 당신은 지금까지 둘로 보고 착각을 하고 있었어요. 물론 스승들로부터 가르침은 받았을 겁니다. 그건 나도 인정합니다. 그러나 그 스승들에게 당신은 혹해서 빠져버린거요. 자성이 보낸 방편에 홀려버렸다 그겁니다. 그러니까 수련이 지지부진일 수밖에 없지 않겠소. 석가모니는 12년 고행 끝에 대각을 했고 달마는 9년 면벽 끝에 확철대오를 했건만, 나는 왜 30년이 넘도록 활연대오를 못 했는지 모른다고 한탄만 할 것이 아니라 지금까지 당신은 방편에 얽매서 진리를 보지 못한 겁니다.

어머니가 공부 잘하라고 준 사탕에 혹해서 계속 사탕만 빨다가 보니 아까운 세월 다 놓치고 만 격입니다. 욕계니 무색계니 색계니, 영계니 선계니 신명계니 삼천 대천세계니 하는 것은 전부 다 자기 자신의 자성이 부리는 묘용에 지나지 않는 것을 모르고 지금까지 30년 동안 당신은 선계의 스승이라는 허상에 정신을 빼앗겨 왔다는 것을 알아야 합니다. 지금이라도 늦지 않으니 그 망상에서 깨어나시오. 30년 세월이 아깝지도 않소?"

"꼭 어둔 밤에 홍두깨 얻어맞은 기분입니다."

"자기중심을 확실하게 잡은 사람이 자성을 깨달은 사람입니다. 개개인의 중심은 전체의 중심과 같습니다. 하느님과 나, 남과 나, 우주와 내가 하나라는 말은 그저 입으로 외우기 좋으라고 만들어진 말이 아니고 실상이고 진실을 말한 겁니다. 알겠어요?"

"아아 네, 아직 뭐가 뭔지 어리벙벙합니다."

"당신은 지난 30년 동안 묘용과 나툼과 허상에 사로잡혀서 아까운 세월 다 놓치고 만 겁니다. 지금이라도 늦지 않았으니 정신 차리고 중심을 바로 잡으세요."

"중심이라고 하셨습니까. 중심이 뭡니까?"

"아니 나이 50이 넘은 사람이 중심도 몰라요. 가운데 중(中)자 마음 심(心)자 중심 말이요. 우리말도 못 알아듣겠으면 영어로 말하면 센터 (center) 말입니다. 이래도 모르겠어요?"

"그럼 선생님 제가 나이 50이 넘도록 중심이 잡혀 있지 않다는 말씀입니까?"

"그렇소. 적어도 수도에 관한 한 당신은 중심에서 한참 떨어져 있어요. 백운거사 자신의 자성이 수련을 시키기 위해서 선계의 스승이라는 묘용을 부린 것은 공부를 잘하라고 우는 아이에게 엄마가 사탕을 준 것과 같은 수법인데도 그것을 알아차리지 못하고 30년 동안이나 그 방편에 묶여 사탕만 빨고 있었으니 무슨 발전이 있었겠소.

항상 그 자리에서 뱅뱅 맴돌았지. 선계의 스승이니 신명이니 신(神)

이니 영(靈)이니 신령이니 악마니 마귀니 마군이니 하는 것은 전부가 다 자성이 수련을 시키려고 묘용을 부린 나툼이에요. 더 이상 되풀이하지 않겠소. 이만큼 말했으면 제아무리 돌대가리라도 뭔가를 깨달았을 거요. 그래도 계속 선계의 스승타령만 고집한다면 더 할 말이 없소."

"그래서 선생님, 구도자는 마땅히 삼선의 도를 닦아야 우화등선할 수 있습니다."

"이제 보니 당신은 우화등선(羽化登仙)에 단단히 발목이 잡혀 있군요. 염불에는 관심이 없고 잿밥에만 눈독을 들이는 격이오. 우화등선은 견성을 하고 나서 아상을 말끔히 청산하여 자성이 제 빛을 발하는 사람이 택할 수도 있는 방편이지 그 이상은 아무것도 아닙니다. 필요에 따라 시해든 우화등선이든 맘대로 선택을 할 수 있는 겁니다.

꼭 우화등선만이 제일이라고 생각하는 것은 커다란 착각이라는 것을 알아야 합니다. 견성을 하고 삼라만상을 둘로 보지 않고 하나로 볼 줄 아는 사람은 다음 단계로 눈앞에 나타나는 일체의 현상을 나툼으로 보는 거예요. 우화등선은 이 나툼의 한 양상에 지나지 않습니다. 성통한 사람은 시해도 하고 우화등선도 하고 필요에 따라서는 새도 되고 벌레도 짐승도 물고기도 될 수 있는 겁니다. 왜냐하면 생사, 시종, 유무, 시공을 이미 초월해 버렸으니까요.

그런데 지금까지도 계속 우화등선만 고집한다는 것은 방편에 단단히 발목이 잡혀 있는 겁니다. 성통한 사람은 그 어떤 것에도 구애를 받지 말아야 합니다. 천상천하유아독존(天上天下唯我獨尊), 삼세개고오당안지(三世皆苦吾當安之)인데 도대체 무엇이 나를 구속한다는 말입니까? 그러니까 지금이라도 늦지 않았으니 제발 삼선의 도니 우화등선이니 하는 한갓 방편에 끄달리지 말기 바랍니다."

"하도 엄청난 일이라 지금은 뭐라고 말할 수가 없군요."

"하긴 30년 동안 믿어온 신념이 일시에 무너졌으니 그럴 만도 하겠죠. 그러나 그 장애물이 제거되지 않는 한 도 닦는 일은 더 이상 향상되지 않습니다. 더 이상 같은 말 않겠습니다. 똑같은 말 반복하기 싫으니까."

"그럼 선생님, 선생님께서 지금까지 수련해 오시면서 고안해 내신 수련법을 좀 말씀해 주시겠습니까?"

"백운거사는 지금부터라도 기초부터 수련을 다시 시작하도록 하세요. 그 길만이 지난 30년 세월을 헛되이 하지 않는 유일한 방법입니다. 그러한 각오부터 한 다음에라야 수련법을 가르쳐 주겠소."

"선생님 이제부터라도 비록 뒤늦기는 했지만 선생님의 가르침에 기필코 따르기로 하겠습니다. 꼭 좀 가르쳐 주시기 바랍니다."

"정말요?"

"네, 정말입니다."

"그렇다면 가르쳐 드리겠소. 호흡 수련에 들어가기 전에 우선 마음공부가 되어 있어야 합니다. 이 마음공부가 되어 있지 않은 사람은 백날 수련을 해 봤자 말짱 헛일입니다."

"그래도 선생님의 선도는 호흡 수련이 뭐니뭐니 해도 첫째가 아닙니까?"

"나도 그걸 모르는 건 아뇨. 그러나 지난 3년 동안 숱한 수련생을 직접 지도해 오면서 나는 내 나름대로 하나의 확신을 갖게 되었소. 그게 뭔고 하니 기초적인 마음공부가 첫째로 중요하다는 겁니다. 마음문이 열린 사람이 아니면 제대로 호흡문도 열리지 않는다는 진실을 나는 지난 3년 동안의 경험으로 뼈아프게 깨달은 겁니다. 그 마음공부의 요령은 아주 간단합니다."

"어떻게 하는 건데요?"

"이 마음공부는 바로 일상생활 그 자체입니다. 우리는 일상생활을 영위하면서 좋아도 궂어도 남과 사귀지 않을 수 없습니다. 이 사귄다는 말은 꼭 마음을 주고받는 교우 관계만을 말하는 것은 결코 아닙니다. 눈만 뜨면 만나는 가족이라든가, 학교 교우라든가, 직장 동료라든가, 친척이나 교사나 선후배들 또는 상거래하는 상인들도 있습니다. 이처럼 우리가 일상적으로 접하는 사람들을 어떻게 대하느냐에서부터 마음공부는 시작되는 겁니다."

"그렇습니까. 들던 중 아주 참신한 방법 같습니다. 그렇다면 일상생활 그 자체가 수련의 현장이라는 말씀입니까?"

"바로 그렇습니다. 우리의 일상생활에서 발생하는 갖가지 문제들이 바로 우리가 해결해야 할 화두(話頭)이며 해결해야 할 숙제라는 겁니다. 이것을 우리는 살아있는 수련의 소재로 이용해야만 합니다. 지금까지 사람들은 수련하면 꼭 도장이나 수도원이나 산속의 암자나 동굴 따위를 연상하는데, 그런 케케묵은 사고방식으로부터 과감하게 탈피하여 이 세상에서 자기가 살고 있는 생활현장 자체를 도장으로 바꿔야 합니다."

"그렇습니까? 그렇다면 구체적으로 일상생활을 어떻게 수련으로 연결시킬 수 있는지 실례를 들어가면서 얘기 좀 해 주시겠습니까?"

"첫째로 사람들을 상대할 때 나보다도 남을 먼저 생각하라 그겁니다. 이건 아주 평범한 얘기 같지만, 결코 그렇지 않습니다. 이것을 역지사지(易地思之) 정신이라고 하는데 바로 마음문을 여는 기초 수련입니다.

이것은 무엇을 의미하는가 하면 이기심에서 벗어나 비로소 나 개인보다는 남을 먼저 생각하는 것을 말합니다. 공익 정신, 홍익인간 정신이 바로 그겁니다. 이 정신이 일상생활화되지 않은 사람은 천년만년 선도수련을 해 봤자 말짱 다 헛일이고 무당이나 초능력자나 사이비 교주밖에는 되지 않습니다. 나는 이런 실례를 과거에 하도 많이 보아 왔기 때문에 주저 없이 말할 수 있습니다. 마음문이 열리지 않은 사람에게는 우선 기운의 원만한 교류가 이루어지지 않기 때문입니다.

두 번째는 자기중심을 확실히 잡고 그곳에 모든 것을 맡기라는 겁니다. 아니 중심은 이미 완벽하게 누구나 잡혀 있는데 마음이 중심에서 떠나 있습니다. 이 떠나 있는 마음을 이미 잡혀 있는 중심과 완전히 일치시키라는 겁니다. 마음공부의 두 번째 단계이자 마지막 단계이기도 합니다.

"선생님 그 말씀은 아무래도 금방 머리에 오지 않는데요."

"그럴 겁니다. 그러나 알고 보면 아주 간단한 겁니다. 불교에서는 이것을 방하착(放下着)이라고 합니다. 대행스님은 '모든 경계를 주인공에서 몰락 놓으라'고 했는데 그 말과 같은 뜻입니다. 이 경우 자기중심은 자신의 자성(自性)을 말합니다. 이 자성은 참나의 다른 표현입니다. 누구에게나 있는 이 중심에 마음이 일치되면 그 순간 전체의 중심과 하나

137

로 직결이 됩니다. 개인의 중심은 우주 전체의 중심과 같다는 뜻입니다.

중심에 맡기면 아무리 어려운 문제라도 해결되지 않는 것이 없습니다. 사랑과 지혜와 능력을 우주 전체로부터 받기 때문입니다. 그러나 역지사지와 방하착은 어디까지나 마음공부 차원입니다. 그렇다면 마음공부와 함께 몸공부는 어떻게 해야 될 것인가? 그것이 바로 지감·조식·금촉입니다. 이에 대해서는『선도체험기』시리즈에 하도 여러 번 구체적으로 해설해 놓았으므로 더 이상 말이 필요 없을 줄 압니다.

다시 한번 정리해 보겠습니다.

첫째가 나보다 항상 남을 먼저 생각한다(역지사지 정신 구현).

둘째가 자기중심을 확실히 잡고 그곳에 모든 것을 맡겨놓는다(방하착 실천).

셋째가 지감·조식·금촉입니다. 사실은 이 세 마디 낱말 속에 선도수련의 골자는 다 들어 있습니다."

"선생님, 한 가지 이상한 것이 있습니다. 어떻게 돼서 선도수련 요령을 말씀하시면서 지감·조식·금촉이 세 번째로 나옵니까. 마땅히 첫 번째가 돼야 하지 않겠습니까?"

"그건 그렇지 않습니다. 선도수련도 사람이 하는 겁니다. 우선 사람이 된 후에 수련도 있는 겁니다. 올바른 한 사람 몫의 사람이 되기 위해서는 역지사지와 방하착은 필수적입니다. 이 두 가지가 선행되지 않는 사람은 아무리 수련을 해 보았자 진전이 없습니다. 지감·조식·금촉은 역지사지와 방하착이 생활화되면 쉽게 이루어집니다. 이것이 내가 지난 8년 동안 나 자신이 수련을 해 왔고 또 남을 지도해 온 경험에서 얻은 결론입니다.

그러나 역지사지는 어느 정도 되는 사람도 방하착은 좀 어려울지도 모릅니다. 그러나 역지사지만 충실히 생활화하면 방하착도 곧 뒤따르게 되어 있습니다. 단지 시간문제에 지나지 않습니다."

"선생님 고맙습니다. 정말 오늘 선생님한테서 경천동지(驚天動地)할 새 소식을 들었습니다. 안녕히 계십시오."

〈16권〉

방하착(放下着)이란

1993년 3월 10일 수요일 1~9℃ 흐린 후 맑음

이 세상을 살아가려면 병고액난(病苦厄難), 즉 질병과 근심과 걱정과 어려움이 없는 사람이 어디 있겠는가? 그러나 마음먹기에 따라서 고통은 오히려 즐거움이 될 수도 있다. 근심, 걱정, 어려움을 고통으로 보지 말고 세상을 살아가는 데 꼭 필요한 교훈이요 스승으로 삼아야 한다. 내 마음을 공부시키기 위한 소재로 삼아야 한다. 내가 꼭 해결해야만 할 숙제로 삼아야 한다. 화두가 따로 있을 필요가 없다.

자기 앞에 수시로 닥치는 난제를 화두로 삼아 해결해 나아가야 한다. 얼마나 현실적이고 실질적인가? 실생활과는 동떨어진 공안을 풀려고 머리를 짜내는 것보다는 얼마나 더 생산적인가? 일상생활에서 부딪치는 문제들 이상으로 더 확실하고 절실한 화두가 도대체 이 세상에 어디에 있단 말인가. 이러한 난제들을 중심공에 맡기고 관찰하면서 하나하나 해결해 나가는 동안 지혜가 열리고 자성을 가렸던 두터운 무명(無明)의 껍질들은 한 꺼풀 한 꺼풀씩 벗겨져 나가게 될 것이다.

자기 앞에 닥쳐오는 난관은 기피하고 싫어해야 할 대상이 아니라 의

욕적으로 맞붙어 싸워서 이겨야 할 숙제로 삼아야 한다. 공부할 대상
으로 삼아야 한다. 이런 사람에게는 어떠한 난관도 무섭지 않다. 어려
움의 정도가 심하면 심할수록 더욱더 용기백배하여 오히려 백전백승
의 투지가 불타오르게 될 것이다.

1993년 3월 15일 4∼9℃ 비 조금 후 갬

☆ 진정한 스승은 자기 자신의 자성(自性)이다. 따라서 자성을 본 사
람은 외부에서 마음공부의 스승을 따로 찾을 필요가 없다.

☆ 상대에게 아무리 좋은 충고를 하려고 해도 그 말 속에 진정과 성
의가 깃들어 있지 않으면 아무런 효과도 거둘 수 없다. 조금이라도 사
사로운 감정이 내포되어 있으면 상대는 이것을 직감적으로 또는 본능
적으로 포착하여 반발을 느끼게 된다. 이쪽의 불을 완전히 끈 다음이
아니면 남의 불을 끌 생각을 하지 말아야 한다. 평온, 무심, 공심(空心)
이 되어야 비로소 상대의 중심에 감응을 일으킬 수 있다.

나는 이 나이가 되어서야 비로소 이 진리를 깨달았다. 지금까지 내
자식들을 훈계했을 때 번번이 실패한 이유를 이제야 뼈아프게 깨닫게
되었다. 평온, 무심, 공심이 아니고는 비록 내 속에서 나온 자식이라도
감응을 일으킬 수 없다. 하물며 가족 이외의 남들이야 더 말해 무엇 하
겠는가?

☆ 새들도 포수가 나타나면 동료들에게 찍찍 우짖어 위험 신호를 보

낸다. 하물며 만물의 영장이라는 인간에게 있어서랴. 이 세상의 모든 글쟁이는 보통 사람보다는 약간 더 민감하다. 그 민감함 때문에 남보다 사물을 약간이나마 먼저 알아차린다. 그러한 그가 모두에게 위험이 닥쳐온다는 것을 알면 독자들에게 경고를 발하는 것은 당연하지 않겠는가?

☆ 천인공노할 사태에 처해서 화를 내는 것은 누구나 할 수 있는 일이다. 그러나 그런 상황 속에서도 화를 내는 대신 냉정해질 수 있는 것이야말로 장한 일이다. 왜 그럴까? 화를 낸다는 것은 평온에서 이탈한 것이기 때문이다. 무심과 공심에서는 더욱더 이탈한 것이다. 평온, 무심, 공심이 아니면 진상을 파악할 수 없고, 고요히 가라앉은 명경지수가 아니면 물밑 사정을 들여다 볼 수 없기 때문이다.

1993년 3월 17일 수요일 0~8℃ 갬

☆ 깨달은이는 살아있는 거울과 같다. 거울은 그 앞에 다가오는 모든 것을 비춰줄 뿐 아니라 조그마한 반딧불이라도 반사시켜 준다. 그 반사의 힘으로 인연 있는 중생의 병고액난을 순식간에 낫게도 해 주고 소원도 성취시켜 준다.

그러나 이것은 별로 중요한 것이 아니다. 아무리 병고액난에서 벗어났다고 해도 깨달음과는 거리가 멀기 때문이다. 깨달음이 없으면 일시적인 치유에 지나지 않는다. 그래서 크게 깨달은이는 중생의 병고액난에는 그다지 관심이 없다. 단지 깨달음을 갖게 하는 데 가장 큰 비중을 둔다. 그것만이 중생의 자성을 영원히 밝혀줄 수 있기 때문이다.

말씀으로 가르침을 주어 무명 속에 있는 중생들에게 깨달음으로 인도하는 것이 언제나 깨달은이의 주된 임무이다. 깨달은이가 공심(空心)이 되면 때가 된 사람의 백회도 열린다. 이것을 전등(傳燈)이라고 한다. 무명에서 벗어나지 못한 채 육신을 버린 방황하는 영혼에게 깨달음을 주거나 좋은 곳으로 보내 줄 수도 있다. 이것을 천도(薦度)라고 한다.

왜 이런 일이 있을 수 있을까? 깨달은이는 마음의 중심을 꽉 잡고 있기 때문이다. 그 마음의 중심은 바로 우주 전체의 중심과 일치되어 있다. 이 때문에 공심(空心)이 되는 순간 전체를 움직일 수 있는 능력을 구사하게 된다. 공심은 고속으로 회전하는 중심축에서 발생한다. 그 중심축 자체의 내부 역시 텅 비어 있으므로 사심이 붙을 수가 없다. 윤회도 인연도 인과도 붙을 수가 없다. 오직 전체와 더불어 찰라 찰라 쉬지 않고 회전하므로 그때그때의 필요에 따라 삼라만상으로 변화하여 나타날 뿐이다.

☆ 이 세상에는 무한정 사악하기만 한 인간은 없다. 만생만물의 뿌리에는 신성(神性)과 불성(佛性)이 구비되어 있기 때문이다. 너와 나의 마음의 뿌리는 하나라는 확고한 신념으로 죽음을 무릅쓰고 나올 때 상대방의 본성에도 불이 붙게 마련이다. 극과 극은 마주치면 반드시 불꽃을 튀기는 것이 자연의 이치다.

☆ 참 깨달음은 생사를 초월한 무심의 경지를 터득하는 것인데 이것마저 망각해 버리면 공심이 된다. 중생들의 최대 관심사는 언제나 삶과 죽음이다. 바로 이 생사를 초월할 때 참나는 활력을 얻는다.

☆ 대자대비심이 발동하여 찾아오는 사람들의 병을 고쳐주고 가환(家患)을 퇴치해 주는 것은 좋은 일이다. 그러나 내 생각은 좀 다르다. 병고액난은 그 사람의 자성이 겉도는 마음을 공부시키려는 배려이기도 하고 업보일수도 있다. 따라서 병을 고쳐주기보다는 마음을 깨닫게 하여 각자의 중심에 있는 여의봉을 거머잡고 휘두를 수 있게 하여 스스로 난국을 극복하게 해 주는 것이 더 중요하다. 공부를 해야 할 사람에게는 공부할 기회를 주고 때가 된 사람은 깨달음으로 유도하는 것이 올바른 길이라고 본다.

☆ 이상과 현실은 잘 맞지 않는다. 그렇다고 현실을 무시할 수는 없는 일. 그래서 성인도 시속을 따르라고 했다. 지혜로운 타협은 필요하지만 부정(不正)에는 물들지 않는다. 연꽃은 시궁창 속에서도 꽃을 피우지만 시궁창 자체에 물들지는 않는다.

☆ 하느님이 누구냐가 항상 문제가 된다. 나를 창조하고 내 운명을 좌우하고 감시 감독할 뿐만 아니라, 언제나 그에게 영광을 돌릴 것을 원하는 하느님이냐 그렇지 않으면 내 마음속에 뿌리를 내리고 있는 참나요, 참주인인 내 중심이냐가 문제다. 전자를 택한다면 잘못된 것이

다. 대립적이고 종속적인 하느님은 실재하지 않기 때문이다. 하느님을 창조주로 알고 나 자신을 피조물로 보는 한 진리와는 거리가 멀다.

실제로 창조하는 하느님도 없고 피조물인 인간 따위는 존재하지 않기 때문이다. 둘이 아니고 하나다. 하느님과 나는 둘이 아니고 하나임을 깨달아야 한다. 둘이 아니고 하나이기 때문에 하나의 존칭인 하나님 또는 하느님인 것이다. 우리 마음의 중심이 바로 하느님이다. 하느님은 자기 마음의 중심에서 찾아야지 밖에서 아무리 찾아 보았자 찾아질 리가 없다.

자기중심에서 이탈한 사람은 자기집을 비워놓고 밖에서만 헤매는 것과 같다. 빈집에는 도둑이 들어와도 강도가 들어와도 속수무책이다. 길손이 들어와서 아랫목을 차지해도 막을 도리가 없다. 하느님과 나를 둘로 보는 사람들 중에 정신병자가 많고 병든 사람이 많은 것은 자기집을 비우고 밖으로만 나도는 통에 청소를 하지 않아 잡귀와 병균이 들끓기 쉽기 때문이다.

하느님을 평생 믿고도 중병에 헤어나지 못하는 사람은 자기중심을 잃고 밖에서만 방황했기 때문이라는 것을 뒤늦게나마 깨달아야 한다. 예수님은 분명 '네 안에서 찾으라'고 했건만 이 말씀을 무시하고 밖에서만 하느님을 찾는 것은 기독교가 그만큼 세속화되었고 정치 도구화되었고 기복신앙화(祈福信仰化) 되었기 때문이다.

기독교만 그런 것이 아니다. 불교 역시 사정은 마찬가지다. 석가모니 부처님은 자성본래불(自性本來佛)을 깨달으라고 했지 절에 찾아가 불상 앞에서 천도재(薦度齋)나 백중재(百中齋)를 지내고 복이나 빌라고

가르치지는 않았다. 자기중심을 밝힐 생각들은 않고 밖에서만 구하려
고 하니까 이런 현상이 벌어진다. 내 마음을 깨달으려고 하지 않고 기
복 신앙에만 매달리다 보니 이런 어처구니없는 일이 벌어진 것이다. 부
처님 따로 있고 나 따로 있는 게 아니라 둘은 하나임을 깨달아야 한다.

모든 기복 신앙은 기복의 대상이 있고 복을 구하는 주체가 있으므로
하나가 아니고 둘이다. 하나를 둘로 보았으니 허상을 좇는 것이다. 스
스로 부처(깨달은이)가 될 생각은 않고 남에게 기대려고만 하려고 한
다. 이것도 일종의 구걸이다. 그러나 정성을 다하여 수련을 하여 깨달
음을 얻는 것은 지불한 노력만큼 대가를 받는 것이니까 분명 거래형이
다. 최후의 승리자는 언제나 거래형 인간이다.

내 친구 중에 교회에 열심히 나가는 아내를 둔 사람이 있다. 가끔 그
의 집에 놀러 가면 언제나 집안이 엉망이다. 제대로 정리가 되고 청소
가 되었을 때를 본 일이 없다. 물론 극소수의 기독교인들에게 국한된
일이긴 하지만, 교회 집사인 그의 아내는 거의 하루 종일 교회에 나가
서 산다고 한다. 그의 아내에게는 가정보다는 교회가 우선이었다. 그
래서 그런진 몰라도 그 친구 집에 가면 언제나 으스스하고 썰렁한 기
분이 든다.

그러나 또 한 친구의 아내는 종교생활은 전연 하지 않지만 언제나
찾아가면 집안이 정돈되어 있고 마루도 가구도 반들반들하게 닦여져
있었다. 항상 따뜻하고 아늑한 분위기가 느껴졌다. 그리고 그 친구 마
누라의 얼굴에서는 항상 환한 미소가 감돌고 있었다. 그 집에만 가면
나는 언제까지나 일어나기가 싫고 계속 늘어붙어 있고 싶은 충동을 느

낀다.

신앙도 종교도 가지고 있지 않건만 그녀는 분명 행복은 밖에서가 아니라 안에서 구해야 한다는 진리를 생활의 지혜로 터득한 것 같았다. 가정을 버리고 밖으로만 아무리 나돌아 보았자, 빈집엔 먼지나 끼고 까딱하면 도둑이나 맞았지 소득은 별로 없을 것이다. 언제나 자기 안에서 구해야 한다. 자기중심을 밝히는 것이 생활인의 참지혜도 되고 구도의 지름길도 된다.

오전 중에 집필에 열중하고 있을 때 가끔 초인종 소리가 울린다. 응답을 해도 아무 대답도 없다. 그런 일이 몇 번 되풀이된 후 가만히 담 너머로 밖을 살펴보니 이웃집 사내애가 장난질을 치고 있었다. 나는 당장 뛰쳐나가서 그 애를 붙잡고 호통을 쳐서 다시는 그런 짓을 못 하게 하려고 하는데, 내 중심에서 울려오는 소리는 그게 아니었다.

그래서는 별 효과가 없을 걸. 만약에 그대가 밖에 나가 그 애한테 호통을 치면 그 애는 당장은 찔끔하겠지. 그러나 장난을 그만 두지는 않을 것이다. 상대가 자기에게 신경을 곤두세우고 있다는 사실 자체가 그 애들에게는 짜릿한 흥분을 자아낼 것이기 때문이다. 오히려 모르는 척 그대로 내버려두는 것만 같지 못할 것이다. 이쪽에서 냉담하면 오히려 그 애 쪽에서 금방 싫증을 느끼게 될 것이니까.

내 중심의 충고는 과연 옳았다. 그대로 했더니 몇 번 더 장난질을 치다가 스스로 지쳐버린 것이다. 그렇다. 방하착(放下着)이란 바로 이런 것이다. 자기한테 부닥쳐 오는 온갖 문제들을 스스로 안으로 삭여서 자기중심에 되돌려 놓는 것이다. 내 중심은 나를 있게 한 장본이고 뿌리다. 이 뿌리에서 나라는 인간이 돋아나왔고 바로 나 때문에 작고 큰 온갖 문제들이 발생하게 된 것이다. 따라서 모든 것이 내 탓이다. 내가 없었으면 아무런 일도 없었을 것이 아닌가 하고 관한다.

만약에 화나는 대로 장난질 치는 애를 호되게 꾸짖었다면 당장엔 속이 시원하겠지만 그 애는 반항심을 꼭 품게 될 것이다. 그만한 일로 어른이 너무나 심하게 꾸짖는다고 생각한 아이는 자기 엄마에게 일러바칠 것이다. 그럼 아이와의 싸움은 어른들의 싸움으로 번질 우려가 있다. 그러나 안으로 삭여버린다면 아무런 문제도 발생할 소지가 없는 것이다. 나로 인해서 생겨난 문제니까 나를 있게 한 장본이고 뿌리인 내 중심 자리에 되돌려 놓는 것이다. 생각해 보라. 나를 있게 한 내 중심인 자성이 그만한 문제쯤 해결해 주지 않겠는가? 아니 내 경우 벌써 방하착하기 전에 해결책을 속삭여 주지 않았던가?

그것은 내가 방하착을 일상생활화 하기로 결심을 했었기에 과거의 버릇에 발동이 걸리기도 전에 재빨리 해결책을 일러 준 것이다. 일상생활을 하다가 보면 정말 말할 수 없이 억울한 일을 당할 때가 가끔 있다. 과거의 습관 그대로 울뚝불뚝 치미는 격분을 느낀다. 이때 방하착이 생활화된 사람은 금방 안으로 그 치미는 격분을 끌어들여 삭여버릴 수 있다. 삭일 수 없으면 중심에 내려놓는다.

그러면 신기하게도 마음이 편해진다. "수고하고 무거운 짐 진 자들아 다 내게로 오라 내가 너희를 편히 쉬게 하리라" 하고 예수는 말했다. '내게로' 한 '내'를 밖에서 찾지 말고 안에서 찾으라는 말이다. 방하착이 생활화되면, 호흡문이 이미 열려 대주천이 되는 수련자들은, 가속이 붙어서 수련은 점점 더 향상될 것이다.

이 수련법은 지금 나 자신이 실천하고 있고 그 효과를 느끼고 있으니까 자신 있게 누구에게도 권할 수 있다. 바로 이 방하착 수련으로 나는 내 오래된 고질적인 습벽 하나를 극복할 수 있었다. 그것은 가끔 가다가 사소한 일에도 팩 하고 성을 내어 두 얼굴의 사나이로 변하는 아주 고약한 버릇이었다. 그 버릇을 바로 이 방하착을 생활화함으로써 극복할 수 있었던 것이다.

방하착은 인연과 인과와 업보를 녹여버릴 수 있는 가장 확실한 수행법이다. 석가모니가 설파해 왔고 그 후 수많은 불자들이 써 온 방법이긴 하지만 진리는 만인이 공유할 수 있는 것이니 누구의 독점물이 될수는 없다. 역지사지와 방하착은 바로 지감(止感)을 실천에 옮길 수 있는 가장 확실한 방편이다. 희구애노탐염 즉 기쁨, 두려움, 슬픔, 노여움, 탐욕, 혐오감을 조절할 수 있는 능력은 바로 역지사지와 방하착을 실천함으로써만이 얻을 수 있다.

생각해 보라. 도대체 희구애노탐염의 여섯 가지 감정이 어디에서 나오는가? 두말할 것도 없이 이기심에서 나온다. 따라서 이기심을 제압할 수 있는 가장 구체적이고 현실적인 방법이 바로 역지사지 정신을 실생활에서 구현하는 것이다. 상대하는 모든 사람들의 입장을 나 자신보다 먼저 생각해 줄 수만 있다면 어떤 인간관계도 원만해질 것이다. 역지사지 정신만 제대로 일상생활에서 실천이 되어도 그 사람의 가슴속에 스트레스 따위는 쌓일 기회를 잃게 된다. 그래도 해결이 안 된다면 찰라 찰라 방하착이 자동적으로 이루어지도록 자성 속에 입력을 시켜 놓아야 한다.

이 두 가지만 실천할 수 있다면 그 사람은 이미 수련의 가닥을 꽉 잡고 도인의 길에 들어섰다고 해도 된다. 호흡 공부를 시작도 하기 전에 이미 마음공부는 다 된 거나 마찬가지기 때문이다. 마음이 기를 움직이기 때문이다. 마음은 기(氣)뿐만 아니라 혈(血)도 정(精)도 신(神)도 물(物)도 좌우하기 때문이다.

몇 달 전에 우리집에 모 자선단체에서 일하는 35세의 처녀가 찾아온 일이 있었다. 그녀는 원래 불제자였는데, 어떻게 하다가 보니 한 달 전부터 『선도체험기』를 누구의 소개로 읽기 시작하면서 그녀 자신도 모르게 단전호흡을 하게 되었다고 했다. 그런데 그녀가 내 앞 3미터 되는 자리에 앉은 지 불과 10분도 안 되어 백회가 열려버리고 말았다. 내 앞에 와서 백회가 열린 사람이 지금까지 근 3백 명은 되지만 이런 경우는 처음 겪은 일이었다.

그로부터 한 달쯤 뒤에 이번에는 37세의 가정주부가 찾아 왔는데, 역시 『선도체험기』 시리즈를 읽고 왔다고 했다. 이번에도 내 앞에 앉은 지 한 시간도 채 안 되어 백회가 열려버렸다. 그 후 이 두 여자 수련생을 관찰해 보았다. 둘 다 굉장히 빠른 속도로 수련이 진행되고 있었다. 그야말로 일취월장(日就月將) 그대로였다.

나중에 알고 보니 두 여자 다 불제자로서 방하착을 일상생활화 하고 있었던 것이다. 그 뒤에도 스님이 한 사람 찾아온 일이 있었는데, 비슷한 효과가 있었다. 불제자뿐만이 아니고 자기도 모르게 일상생활에서 얻은 생활의 지혜로 역지사지와 방하착을 실천하는 사람은 예외 없이 선도수련에서 큰 진전을 가져오는 실례를 보아 왔다. 자기 앞에 닥친 어떠한 역경이나 난관 그리고 성공과 환희도 그들은 공부의 기회로 삼고 있었다.

이것은 지난 3년 동안 수많은 수련자들을 지도해 오면서 터득한 나의 최근의 결론이다. 그렇다면 역지사지와 방하착을 모르는 사람이 선도수련을 하면 어떻게 될까? 거의가 다 건강 차원에 머무르는 게 고작이다. 그래도 운기가 되는 사람이 있다. 그런 사람이 기수련을 계속하면 사이비 교주, 점장이, 무당, 차력사, 최면술사, 영능력자, 기치료사 정도로 머물게 될 것이다. 기운이 주인을 제대로 만나야 하는데 마음 공부가 안 되면 가짜 주인에게 시달리게 되기 때문이다.

내 오래된 도우 중에 자기 나름으로 열심히 수련을 한다고 하는데, 어쩐지 큰 진전이 없다고 늘 하소연하는 사람이 있었다. 그는 이미 대주천의 경지에 든 지도 오래되었다. 그는 원래 타고난 성격상 역지사지 정신에 투철했다. 누구를 만나도 언제나 자기가 먼저 대접하는 것을 생활의 철칙으로 삼고 있었다. 남의 집이나 사무실에 찾아갈 때도 빈손으로 가는 일이 없었다. 그를 아는 사람은 누구나 그를 좋아했다.

그러한 그였지만 아내와는 별로 화목하지 못했다. 그가 만약 수련이 잘 안된다면 아내와의 불화 때문이라고 나는 내 나름으로 판단을 내리고 있었다. 오래간만에 찾아온 그에게 나는 방하착 수련법을 간곡히 권했다. '주인공에게 몰락 놓으라'는 방하착 수련법을 33년 동안이나 설법해 온 대행스님의 설문집 네 권을 읽어보라고 했더니 그러겠다고 했다.

그런 일이 있은 지 한 달이 지난 어느 날 아침 그에게서 전화가 왔다.

"김 선생님께서 하도 간곡히 권하시기에 그 네 권의 책을 다 읽어 보았습니다. 그런데 별게 아니더구만요. 이미 다 알고 있는 얘기고 저는 벌써부터 실천해 오고 있던 방편이었습니다."

"그러십니까. 정말 방하착이 그렇게 잘된다면 수련이 막힐 리가 없을 텐데요."

"허지만 방하착은 이미 오래 전부터 실천해 오고 있습니다. 저는 선생님이 하도 간곡히 권하시길래 큰 기대를 갖고 읽어보았는데 실망이 컸습니다. 어떻게 돼서 선생님은 제가 이미 오래 전에 졸업한 것을 이제 뒤늦게 권하시는지 이해를 할 수 없습니다. 앞으로는 그런 배려를 안 해주셔도 되겠습니다."

분명 그의 이 말에는 감정이 실려 있었다. 감정이 실려 있는 정도가 아니고 사람을 어떻게 보고 그런 시시한 방법을 권고하느냐는 듯한 힐난도 들어있었다. 이건 분명 나에게 쏘는 화살이라는 직감이 드는 순간 가슴이 선뜻했다. 재빨리 반격 태세를 나도 모르게 취하고 있었다. 그러나 나는 방하착을 생각했다. 분명 상대는 내 진의를 곡해하고 있었다. 그렇다면 지금 잔뜩 감정이 상해 있는 그에게 아무리 해명을 해보았자 통할 리가 없었다.

그의 말 속에 실려오는 메시지는 분명했다. 당신은 뭣 때문에 바쁜 사람에게 별로 수련에 도움도 안 되는 케케묵은 설법이나 실려 있는 책들을 권했느냐? 나를 그 정도로밖에 보지 못했느냐 하는 힐난이었다. 그전 같으면 볼 것 없이 즉각적으로 해명을 시도했을 것이지만 지금은 달랐다. 참아서 안으로 삭이고 내 중심에 몰락 놓기로 했다. 순간 적으로 치밀었던 감정이 햇살에 봄눈 녹듯 하는 것을 나는 얼마나 고 맙게 여겼는지 모른다.

그가 만약에 방하착을 일상생활에서 그의 말대로 실천하고 있었다 면 그런 식으로 감정을 실은 화살을 쏘지는 않았을 것이다. 그는 그 감 정도 삭이고 놓았어야 했던 것이다. 아직 때가 이르지 않았구나 하고 나는 속으로 생각했다. 그 순간, 바로 이거였구나 하는 섬광과도 같은 깨우침이 번득였다. 그의 수련을 방해하고 있는 주범은 바로 방하착이 뭐라는 것을 속속들이 잘 알면서도 이를 완전히 생활화하지는 못한 것 이다. 지식과 관념으로만 알았지 몸으로 증득(證得)하지는 못했음을 그는 스스로 드러내고 있었던 것이다.

물론 나도 과거에 방하착이라는 것을 알고 있었다. 일부는 실천도 하고 있었다. 불교의 핵심적인 가르침이기 때문이다. 그러나 나는 아 무의 도움도 안 받고 순전히 혼자서 주로 산속에서 고행을 하면서 방 하착의 도리를 스스로 깨닫고 33년간을 내내 설법을 해 온 대행스님에 게 새로운 감동을 받았던 것이다. 대행스님의 방하착 설법은 나에겐 하나의 개안이었다. 이러한 기쁨을 그에게도 맛보게 하고 싶었던 내 소박한 소망은 엉뚱한 반격에 직면하게 되었던 것이다. 이 세상에 진 리가 무엇인지 모르는 사람은 별로 없다.

그러나 그 진리를 깨닫고 몸으로 실천하는 사람은 드물다. 진리를 머릿속으로, 관념으로만 아는 사람은 얼마든지 있지만 자기 자신의 중 심으로 깨닫고 실천하는 사람은 드물다. 진리를 머리로만 알고 실천을 하지 않고 성인(聖人)인 양 행동하는 사람을 우리는 흔히 사이비 교주 또는 사기꾼이라고 부른다. 입으로는 사회 정의를 외치고 애국을 호소하고 부정부패 척결을 소리높이 외치면서도 뒷구멍으로는 공직을 이용하여 미리 정보를 빼내어 부동산 투기에 몰두했던 공무원이나 국회의원들이 얼마나 많았던가를 우리는 잘 알고 있다.

이들은 하나같이 무엇이 옳은지는 다 알고 있으면서도 막상 몸으로 실천하는 것은 깜빡 잊어 먹은 이중인격자들이었다. 어찌 공직자들뿐이겠는가. 기업인도 종교인도 학자도 예술인도 대학교수도 의사도 변호사들 중에도 그런 사기꾼들은 얼마든지 있다. 모두가 말과 행동이 일치하지 않는 군상들이다.

구도(求道)는 말과 행동을 일치시키는 수련이다. 그래서 속물들이 보기에는 어리석기 짝이 없다. 소처럼 우직하게 그들에게는 보일 것이다. 그러나 그들이 뭐라고 하든 자기 갈 길을 묵묵히 가는 것이 구도자들이 할 일이다. 선도수련의 삼대 지주가 지감·조식·금촉임은 누구나 다 알고 있다. 지금까지 지감에 대해서 설명을 해 왔다. 지감 수련은 역지사지와 방하착을 일상생활화 함으로써 달성할 수 있다.

세 가지 조식법

그다음엔 조식이다. 조식법에는 크게 세 가지가 있다. 혜명경 호흡법이라고 해서 단전에 의식을 두고 숨을 길고 깊고 가늘고 면면하게 들이 쉬고 내쉬는 방법이다. 이것은 현재 대부분의 도장에서 실시되고 있는 가장 광범위하게 보급된 호흡법이다. 그러나 이 호흡법은 대주천 경지 이상엔 적합하지 않다.

참선이나 현묘지도에서 이용하는 호흡법은 수를 세면서 하는 호흡이다. 하나를 세면서 들이쉬고 내쉬거나 내쉬고 들이쉬는 호흡법을 말한다. 이것을 수식법(數息法) 또는 '숨 세기 호흡법'이라고 한다. 이 호흡법이 완성된 사람은 순전히 마음에 실어서 숨을 들이쉬고 내쉬는 수식법(隨息法) 또는 '숨 따르기 호흡법'을 실행할 수 있다. 들이쉬고 내쉬는 동안 언제나 마음이 호흡과 함께 하는 방법을 말한다.

이렇게 함으로써 수련자는 자신의 호흡을 마음으로 늘 관찰할 수 있다. 호흡을 관찰하고 그 호흡으로 인해서 경혈이 열리는 것을 살피고 기운이 어느 경맥을 통해 어디로 흐르는 것을 관찰할 수 있다. 이것이 점점 익숙해지면 기운이 670개의 온몸의 경혈을 하나하나 뚫는 것을 다 관찰할 수 있다. 이러한 꾸준한 관찰을 해 나가는 동안 우리는 인간이 해야 할 일과 하지 말아야 할 일이 무엇인가를 저절로 알게 된다.

가령 어떤 사람에게 증오심을 품게 될 때 몸에 어떤 반응이 일어나는가를 관찰하게 된다. 이것이 호흡 수련에 얼마나 방해가 된다는 것을 스스로 알게 되는 것이다. 증오심, 이기심, 분노, 실망, 기쁨, 슬픔, 실연 따위가 수련에 어떤 영향을 미치는가를 알게 된다. 우리는 호흡 수련을 통해서도 스스로 감정을 조절할 수 있다. 격한 감정은 안으로 삭여야 한다는 것도 알게 되고 그것이 안 되면 방하착을 해야 된다는 것도 터득하게 된다. 호흡 수련에서 지켜야 할 기본적인 준수 사항들이다. 이것을 참선에서는 계(戒)라고 한다.

계(戒)가 효과적으로 정착이 되면 깊은 입정(入定) 상태에 들어갈 수 있다. 이것을 삼매라고도 한다. 이것을 참선에서는 정(定)이라고 한다. 정이 깊어지면 지혜(知慧)가 깨어나게 된다. 지혜가 깨어나기 시작하면 깨달음이 찾아오게 된다. 이 과정을 계·정·혜(戒定慧)라고 한다. 선도의 정충(精充), 기장(氣壯), 신명(神明), 견성(見性)과도 대비된다.

역지사지, 방하착으로 지감 수련이 정착되면서 조식이 이루어져 계, 정, 혜, 또는 정충, 기장, 신명, 견성의 과정이 하나하나 진행되면서 금촉(禁觸) 수련도 병행하게 된다. 지감과 조식이 제대로 이루어진 사람이라면 금촉은 저절로 달성될 것이다. 성색취미음저(聲色臭味淫抵), 즉 소리, 색깔, 냄새, 맛, 성욕, 피부접촉욕의 여섯 가지 촉감을 자유자재로 조절할 수 있는 것을 금촉이라고 한다. 옛날 사람은 어떠했는지 모르지만 현대인에게는 이 여섯 가지 중에서 흡연과 맛과 음주와 성욕을 어떻게 조절하느냐가 초점이 되고 있다.

첫째 흡연은 호흡 수련하는 사람에게는 백해무익한 것이다. 담배가 선도수련과는 관계없이 건강에 얼마나 해독이 심한가 하는 것은 더 말할 필요가 없다. 그런데도 선도수련자들 중에는 흡연 습벽을 버리지 못하고 담배를 피워도 얼마든지 수련을 할 수 있다고 말하는 사람들이 있다.

그러나 그것은 말이 되지 않는다. 담배는 일종의 마약이다. 마약은 중독을 가져 온다. 상습 흡연자가 담배를 끊지 못하는 것은 바로 니코친에 중독이 되어 있기 때문이다. 아편이나 히로인이나 대마초를 피우면서 선도수련을 하겠다는 것과 다를 게 없다. 호흡 수련을 하는 사람이 바로 호흡기 자체를 망치는 흡연을 합리화하려는 것은, 방중술로 바람을 피우면서 선도수련을 하겠다는 사람들의 사고방식과 다를 게 없다. 흡연은 분명 담배라는 마약에 대한 집착이다.

이것 역시 방하착으로 극복할 수 있다. 자기를 있게 한 본성인 자신의 중심과 진지하게 상의하면 반드시 해결책을 제시해 줄 것이다. 어떠한 명분으로든 흡연과 선도수련은 양립할 수 없다. 이 정도의 습(習)을 떼지 못하는 주제에 선도를 한다고 해 보았자 큰 진전은 기대할 수 없다. 담배를 피우면서 선도수련하는 사람들 중에는 20년을 수련을 했느니, 30년을 수련을 했느니 하고 공언하는 사람들이 있는데, 이들의 수련 정도를 면밀히 관찰해 보면 언제나 한 자리에서 큰 진전을 보지 못하고 맴도는 것을 흔히 발견할 수 있다. 흡연에 대한 집착을 떼어버리지 못하는 주제에 무슨 희망이 있겠는가? 보지 않아도 뻔하다. 나는 이런 사람에게 별로 기대를 걸지 않는다.

두 번째로 성욕을 어떻게 처리하느냐 하는 것이 금촉 수련에서 현실적인 문제점으로 부각되고 있음을 아무도 부인하지 못한다. 애초부터 생활선도를 표방하고 이를 실천하면서 그 과정을 『선도체험기』라는 장편 시리즈로 엮어나가고 있는 필자는 도를 닦는다고 해서 산속이나 암자로 들어가는 것을 원치 않았다. 나에게는 생활 자체가 바로 수도 현장이기 때문이다.

따라서 결혼생활을 원만히 하면서도 선도수련을 병행해 나가는 것을 목표로 삼아왔다. 이를 실행하기 위해서 나는 연정화기(煉精化氣), 접이불루(接而不漏)를 선도수련의 첫 번째 난 코스로 정해왔다. 찾아오는 수련생들을 지도해 오면서 역시 가장 힘든 것이 이 첫 번째 난관임을 알았다. 임신을 원하지 않으면서도 우리는 성교시마다 아까운 에너지를 헛되이 낭비하고 있다. 이것을 각자의 생명력을 진화시키는 귀중한 에너지로 승화시키는 과정이 바로 접이불루이고 연정화기이다.

만약에 이것을 실천할 수 없다면 아무리 수련을 하여 축기를 한다고 해도 밑 빠진 독에 물 붓기가 되고 만다. 따라서 선도수련하는 남자는 무슨 일이 있어도 이 관문만은 통과를 해야 한다. 선도의 성패는 바로 여기에 달려 있다고 해도 과언이 아니다. 성명쌍수(性命雙修)에 성공하느냐 못 하느냐 하는 것도 여기에 달려 있다. 그럼 어떻게 하면 성공할 수 있을까?

모든 남성 수련자들은 무엇보다도 성교에 대한 기존 관념에서 탈피해야 한다. 임신을 목적으로 한 것이 아닌 이상 성교 때마다 사정(射精)을 해야만 한다는 동물 시대부터 무수 억겁을 거쳐 오는 동안 쌓이고 쌓인 습벽에서 과감하게 벗어나야 한다. 자기 힘만으로 안 되면 자기중심과 상의해야 한다. 꾸준히 지속적으로 스스로 이 난관을 타개해

나가야 한다. 『선도체험기』 12권 말미에는 이를 위한 가장 실질적이고 현실적인 방안들이 제시되고 있다.

내가 알고 있는 정부 고위 공직자로 있는 한 수련생은 지난 3년 동안 바로 이 관문을 통과하지 못하여 여러 번 좌절과 실망을 거듭해 오면서도 끝끝내 포기하지 않고 실험과 실험을 거듭한 끝에 최근에야 드디어 성공을 거두게 되었다고 기뻐했다. 나는 진심으로 그의 인내력과 지극정성에 찬사를 보냈다. 40대 중반인 그는 이 관문 통과에 번번이 실패하고는 한때 수련을 포기하려 하기까지 했었다고 했다.

"선생님, 접이불루에 성공하고부터는 정말 자신감을 갖게 되었습니다. 이젠 한 시간 반도 두 시간도 끄떡없습니다. 이것을 성공하고 나서야 진짜로 수련하는 맛을 알 수 있게 되었습니다. 그야말로 수련이 일취월장입니다."

접이불루에 성공한 뒤에 맛보는 희열은 경험해 보지 않으면 모른다. 동물적인 사정(射精)에만 급급했던 과거가 얼마나 어리석었는지 꼭 깨닫게 된다. 선도 수련자는 바로 이 시점부터 명실공히 도인의 길에 들어섰다고 할 수 있다. 이런 점에서 여성 수련자는 얼마나 축복받은 존재인가. 그래서 수련 초기에는 대개 여성 수련자는 남성을 압도한다. 그러나 남성이 일단 접이불루에 성공한 뒤부터는 여성은 남성에게 현저히 뒤지기 시작하는 것을 나는 많이 보아 왔다. 특히 부부 수행자들 사이에서 이런 현상이 돋보인다.

연정화기, 접이불루에 성공한 수련자는 무엇보다도 무병장수가 보장된다. 적어도 병으로 쓰러지는 일은 없다. 고위 성직자들 중에서 병으로 쓰러지는 사람들은 대체로 연정화기를 못 하고 있기 때문이다. 이 관문을 통과하지 못하고는 제아무리 참선을 많이 하고 기도와 명상을 많이 했다고 해도 마음공부는 할 수 있을지 몰라도 몸공부는 못한다.

그렇다면 일체유심조(一切唯心造)요 삼계유심소현(三界唯心所現)이라고 했는데 마음공부면 그만이지 무슨 몸공부가 따로 필요하냐고 반문을 제기할 사람이 있을지도 모른다. 일리 있는 말이다. 마음이 모든 것을 결정하는 것은 진실이다. 그것은 아무도 부인할 수 없다. 그러나 그 마음이 몸공부에 어느 정도 관심을 기울였느냐 하는 점을 생각해 볼 필요가 있지 않을까? 석가모니나 예수는 성명쌍수를 완성한 성인들이다.

대주천 이상의 수련이 된 사람들은 지금이라도 정신을 석가모니나 예수 그리스도의 상(像)에 집중해 보라. 그러면 반드시 상·중·하 단전에서 동시에 청신한 기운이 들어오는 것을 느낄 수 있을 것이다. 그러나 국내의 이름난 성직자들에게도 같은 방법으로 정신을 집중해 보라. 그럼 금방 그 차이점을 느낄 수 있게 될 것이다. 내가 알기로는 지금 국내에서 이름난 성직자들 중에는 상·중·하 단전에서 동시에 기운이 들어오는 사람이 없다. 상단전에서만 들어오는 경우가 대부분이고 단 한 사람만이 상단전과 중단전에서 동시에 기운이 들어오고 있다.

상단전과 중단전에서 동시에 기운이 들어오는 성직자는 마음공부가 가장 많이 된 분이라고 진정으로 내가 존경하는 분이다. 그런데 이분은 바로 단전 수련을 무시하고 있다. 마음만 깨달았으면 되었지 단전이니 명상이니 하는 것은 필요 없다고 주장하는 분이다. 그 밖에 상단전으로만 기운이 들어오는 대부분의 성직자들은 머리로만 진리를 깨우쳤지 마음과 몸으로 깨우친 것은 아님을 알 수 있다. 이런 성직자들이 대개 고혈압이나 비만증 같은 성인병에 시달리는 실례를 많이 보아 왔다.

왜 그런가? 상단전으로만 공부를 했거나 상단전과 중단전으로만 공부를 했기 때문이다. 다시 말해서 머리로만 공부를 했거나 머리와 마음으로만 공부를 했기 때문인 것이다. 다시 말해서 마음을 정신 수련하는 데만 집중했지. 몸 전체를 수련하는 데는 별로 관심이 없었다는 것을 의미한다. 만약에 이분들이 몸공부에도 관심을 기울여 연정화기, 접이불루 수련에 총력을 기울였다면 성공 못했을 리도 없다. 마음이 몸 수련을 하지 않았을 뿐이지 마음이 모든 것을 만들지 않는 것이 아니다. 따라서 일체유심조요 삼계유심소현이라는 진리는 여여하게 변함이 없는 것이다.

세 번째로 문제가 되는 것이 맛이다. 진정한 구도자는 맛에 따라 마음이 왔다 갔다 하지 않는다. 때와 환경에 따라 어떠한 음식이든지 가리지 않는다. 있으면 먹고 없으면 그만 둔다. 가능하면 생식을 하되 굳이 맛을 따라 이 집 저 집 기웃거리지 않는다. 또 음식을 먹되 과식을 하지 않는다.

과식은 정신을 흐리게 하고 욕심을 불러 온다. 과식이 수련에 백해무익한 것은 흡연의 경우와 똑같다. 알콜 중독자도 맛에 집착하는 경우다. 과음은 과식이다. 술은 적당히 마시면 약이 되고 좋은 음식이 되지만 과음하면 독이 되고 병이 된다. 그러나 담배는 그렇지 않다. 조금

피우면 몸에 좋고 많이 피우면 몸에 나쁘다는 말은 성립되지 않는다.

담배는 하루에 한 대를 피우나 스무 대를 피우나 니코틴 흡수량에는 큰 차이가 없지만 술은 그렇지 않다. 따라서 담배와는 달리 술은 적당히 마셔도 수련에는 방해가 되지 않는다. 그러나 과음은 절대 금물이다. 현대인의 금촉 수련의 열쇠는 흡연, 과음, 과식, 과색(過色)을 어떻게 처리하느냐에 집중되어 있다고 할 수 있는데, 그 해결 방안을 차례로 언급해 보았다.

지감 · 조식 · 금촉을 하나하나 실례를 들어가면서 설명해 보았다. 이렇게 말해놓고 보니 선도의 특징은 조식과 금촉에 있다고 해도 과언이 아니다. 왜냐하면 지감은 대부분의 고등 종교들에서 실천하고 있기 때문이다. 지감은 마음공부이고 조식은 기(氣)공부이고 금촉은 몸공부이다. 그런데 현실을 면밀히 살펴보면 종교에서는 지감 수련에만 전념하고 있다. 선도 도장들에서는 조식 수련에만 몰두하고 있는 것을 알 수 있다.

사람은 마음과 기와 몸으로 이루어져 있는데 마음공부만 한다면 기공부와 몸공부를 소홀히 하게 되고 그렇다고 몸공부에만 전념하면 육체의 건강 차원 이상은 기대할 수 없다. 선도는 마음과 기와 몸공부를 동시에 하는 것이 요체다. 지금까지의 선도수련 도장들에서는 기공부와 몸공부에만 주력해 온 것이 사실이므로 나는 마음공부에 주력함으로써 균형을 잡으려고 한다. 그래서 요즘은 『선도체험기』 시리즈 내용의 90프로 이상은 마음공부에 할애하고 있다. 지감 수련을 가장 효과적으로 실천하기 위해서 역지사지와 방하착 수련법을 강조하는 이유가 여기에 있다.

 지감·조식·금촉에 대하여 설명을 하다가 보니까 한 가지 의문이 남는다. 여성의 연정화기는 어떻게 되는가 하는 것이다. 여성도 성교시에는 남자처럼 적극성을 띠지는 않지만 소극적이고 수동적으로 정을 발산하고 있다. 여성도 소주천이 확실히 정착이 되면 남성들과 똑같이 연정화기가 이루어진다. 소주천이 정착된 여성은 보통 여자들처럼 화장을 할 필요를 느끼지 않는다. 선도수련을 하면서 화장을 한다면 아직 초보라고 할 수밖에 없을 것이다. 연정화기가 정착된 여성은 비록 나이가 들었어도 환하게 얼굴이 피어나고 피부가 부드럽고 윤택해지는 것을 실감할 것이다. 이것은 연정화기가 이루어지고 있다는 증거다.

 마음공부는 중심에서 겉돌고 빗나가 있는 마음을 중심과 일치시키려는 수련이고, 몸공부는 중심이 만들어낸 원래의 몸을 유지하려는 노력이다. 마음공부만 하고 몸공부를 등한히 하는 것은 자동차의 운전자만은 건강한데 자동차 자체의 정비는 하지 않아 고장이 자주 일어나는 것과 같다. 운전자와 자동차가 다 같이 잘 유지되어야 제때 제때에 목적지까지 굴러갈 수 있다.

 마음과 몸, 운전자와 자동차를 다 같이 완전한 상태로 유지시키자는 것이 성명쌍수다. 만약에 마음만 중심에 일치시킨 채 몸은 중심에서 벗어나 있다면 생명력의 온전한 진화에는 실패한 것이 된다. 언젠가는 부족한 부분을 보충해야 된다. 낙제점수를 맞은 학과는 언젠가는 합격점을 따야 졸업을 할 수 있듯이 말이다. 여기서 기공부는 마음공부와 몸공부를 조화시키는 역할을 한다는 것을 명심해야 한다.

깨달음은 어떻게 오는가

1993년 3월 20일 토요일 1~12℃ 구름 조금

오후 3시. 미국 필라델피아에 사는 60대의 재미 교포에게서 전화가 왔다.

"김태영 선생님 되십니까?"

"네."

"아이구 반갑습니다. 사실은 작년에 이곳에 개설된 모 도장에 나가 다가 아무래도 미심쩍은 데가 많아서 그만두고 지금은 혼자서 선생님 께서 쓰신 『선도체험기』를 읽으면서 제 나름으로 수련을 하고 있습니 다. 수련을 하다가 몇 가지 의문점이 있어서 전화를 걸었습니다."

"도장에 그냥 나가시지 왜 그만 두셨습니까?"

"사이비 종교 냄새가 나서 그만두었습니다."

"왜요?"

"이것저것 명목을 붙여서 자꾸만 돈을 거두어들이는 겁니다. 무슨 개 혈(開穴) 수련을 시키느니 임독을 트느니 하고 돈을 거두어들이는 것이 심상치 않아서 그만두기로 했습니다. 그런데 선생님, 어떤 책을 보니까 호흡이 길어야만 수련이 잘되는 거라고 하는데 그게 사실입니까?"

"호흡의 길이에 너무 신경을 쓰지 마십시오. 자신의 폐활량이 허락 하는 대로 숨을 쉬면 됩니다. 억지로 호흡의 길게 하려고 애쓸 필요는 없습니다."

"그래도 호흡이 길어야 초능력이 발휘된다고 하는데요."

"초능력에 너무 집착하지 않는 것이 좋습니다. 우리가 수련을 하는 것은 초능력 때문이 아닙니다. 마음과 몸을 자기 본성인 중심과 일치시키기 위해서이지 초능력을 구사하려고 수련을 하는 것은 아닙니다."

"중심에다 일치시킨다는 말이 무슨 뜻인지 잘 모르겠습니다."

"깨달음을 좀 새롭게 표현했습니다."

"깨달음은 어떻게 하면 옵니까?"

"생각 즉 사량(思量)으로 오는 것이 아니고 체험과 직관을 통해서 어느 순간 문득 찾아옵니다. 명상을 하다가도 책을 읽다가도 누구와 얘기를 나누다가도 잠을 자다가도 길을 걷다가도 작업을 하다가도 글을 쓰다가도 누구와 싸움을 하다가도 산길을 가다가도 식물을 보다가도 동물을 보다가도 밤하늘의 별을 쳐다보다가도, 해골 속의 물을 마시고도, 흐르는 물을 망연히 바라보고 있다가도 비행기를 타고 여행을 하다가도 텔레비전을 보다가도 뜀박질을 하다가도 때가 무르익으면 누구에게나 깨달음은 오게 되어 있습니다.

그런데 아까도 말했지만 반드시 생각으로서가 아니라 직관이나 체험을 통해서 마음의 중심에서 빛을 발하게 되어 있습니다. '사람이 곧 하늘이다' 하는 말은 우리가 어렸을 때부터 귀에 못이 박히도록 들으면서 자랐습니다. 진리임엔 틀림없지만 그저 그런가 보다 하고 하나의 지식으로 치부해 왔을 뿐입니다. 그런데 중년이나 노년이 되어 갑자기 어느 순간에 이 진리가 뼈저리게 마음속에 사무쳐 올 때가 있습니다.

이것이 깨달음이죠. 직관과 체험으로 깨달은 것이 진짜 깨달음입니다. 누구의 말을 듣고 머릿속으로나 지식으로 아는 것은 깨달음이 아니라 알음알이에 지나지 않습니다."

"선생님 고맙습니다. 바쁘실 텐데 그렇게 자세하게 말씀해 주시니. 그런데 선생님."

"말씀하십시오."

"대맥과 임독맥에는 반드시 뜨거운 기운이 돌아야 합니까?"

"반드시 그렇지는 않습니다. 대체로 따뜻하거나 뜨거운 기운이 돌지만 그렇지 않고 시원한 기운이 돌 때도 있습니다."

"그건 왜 그렇습니까?"

"몸에서 양기를 필요로 할 때는 따뜻한 기운이 들어오고 음기를 필요로 할 때는 서늘한 기운이 들어오고 중기가 필요할 때는 시원한 기운이 들어옵니다. 그 밖에도 시차에 따라 목화토금수 다섯 가지 기운이 번차례로 들어오기도 합니다."

"네에 그렇군요. 마지막으로 한 가지만 더 묻겠습니다."

"그러세요. 먼 곳에서 일부러 전화를 거셨는데. 전화 요금 많이 나오겠습니다."

"괜찮습니다. 그 정도는 여유가 있으니까요."

"다행입니다. 뭘 하시는 데요."

"조그마한 점포를 하나 내고 있습니다."

"그곳에는 흑인들 하고 갈등이 없습니까?"

"이곳은 괜찮습니다. 선생님 이거 아무래도 찜찜해서 꼭 선생님한테 확인을 받고 싶은데요."

"무슨 일인데요?"

"다른 게 아니고 제가 아까 말씀드린 도장을 그만둔다고 하니까 사범이 말하기를 도장에 나오다가 그만두면 기운줄이 끊어진다고 하는데 그게 사실인지 꼭 선생님의 육성으로 확인을 받고 싶습니다."

"기운줄이라는 것은 마음과 몸이 열린 사람이 스스로 수련을 통해서 연결하는 것이지 어떤 사람이 이어 주었다가 끊어 버리기도 하는 그런 것이 아닙니다. 봉이 김선달이가 대동강 물 팔아먹는 식의 사기수법에 속지 마십시오. 스위치를 넣으면 전기가 들어오고 수도꼭지를 틀면 물이 나오듯 누구든지 수련을 통해서 심신이 열린 사람은 기운줄이 연결되게 되어 있고 수련을 하지 않으면 기운줄은 자연히 끊어지게 되어 있습니다."

"아하아 그렇군요. 선생님 이거 정말 고맙습니다. 좋은 글 계속 많이 써주시기 바랍니다."

재미교포와의 통화가 끝나자 내 앞에 앉아서 명상을 하던 고주식이라는 수련생 한 사람이 입을 열었다.

"선생님, 저도 요즘 은근히 고민하고 있는 문제가 하나 있는데 선생님의 자문을 좀 구하고 싶습니다."

"무슨 일인데요."

"저도 조그마한 업체를 하나 운영하고 있는 사람인데요. 전에는 아무렇지도 않았는데 수련을 하면서 심신이 조금씩 변하자 자꾸만 양심에 가책을 느끼고 있는 일이 있습니다."

"그게 뭔데요?"

"세금 문젭니다. 수입액을 곧이곧대로 신고를 하면 세금이 엄청나게 나오겠고 남들이 하듯이 지금처럼 적당히 줄여서 신고하기는 양심에 약간 가책을 느끼곤 하는데 어떻게 했으면 좋을지 모르겠습니다."

"나를 버리면 됩니다."

"넷?"

"나를 버리면 쉽게 해결이 됩니다."

"아니 나를 버리라뇨?"

"참나를 버리라는 게 아니고 거짓 나를 버리라는 뜻입니다. 쉽게 말해서 이기심을 버리라는 말입니다."

"그렇게 되면 저 혼자만 병신이 되는 것 같고 말입니다."

"그래서 세속의 때를 벗기가 힘들다는 겁니다. 때 묻은 중생들과 적당히 어울려 그럭저럭 살아가느냐 아니면 양심이 명령하는 대로 청빈하게 그러나 마음만은 편하게 살아가느냐 둘 중에 하나를 선택하는 겁니다. 이것은 누구에게 자문을 구할 것도 없이 당사자 자신이 스스로 알아서 결정해야 할 일입니다."

"곧이곧대로 신고하면 세금이 엄청나게 떨어질 것이고 그렇게 되면 생활 자체가 위협받을 우려까지 있습니다. 그렇게라도 해서 독야청청 고고하게 살아야 할지 아니면 현실과 적당히 타협하면서 지금까지 대로 살아야 하는지 저로서는 사실 큰 고민입니다."

"그럴 땐 중심에 물어 보세요. 나 자신을 있게 한 중심만이 가장 확실한 대답을 할 수 있습니다. 중심이 있으니까 그래도 쓰러지지 않고 그런대로 균형을 유지하면서 살고 있는 것 아닙니까? 나를 이 세상에 있게 만들었고 그로 인해서 온갖 문제들이 야기되었으니까 그 원인이 된 내 자성 즉 중심을 확실히 믿고 그 해결책을 의뢰하는 겁니다. 반드시 현명한 해답이 나올 것입니다. 세법대로 내면 기업체가 유지될 수 없는데도 무조건 법대로만 해야 된다고는 말하지 않을 것입니다. 우선 사람이 살고 봐야 하니까요."

"정말 그럴까요?"

"그렇게 해 보지도 않고 의심부터 하면 되겠습니까? 가령 누가 나한테 자문을 구해오면서도 자기 자신을 완전히 믿지 않고 반신반의한다면 성의 있는 해답이 나오겠습니까?"

"그야 물론 성의 있는 해답이 나오기 어렵겠죠."

"그것 보세요. 자기중심을 99프로만 믿어도 안 됩니다. 완전히 100프로 다 믿어야 해답이 나옵니다."

"선생님께서 말씀하시는 중심은 양심하고는 어떤 관계에 있습니까?"

"양심은 분명 중심에서 나옵니다."

"어떻게 해야 자기중심을 확실히 파악할 수 있을까요?"

"이 세상 모든 것이 그리고 우주 전체와 삼라만상이 참나인 내 중심을 위해서 존재하고 있고, 나를 보살펴 주고 나를 공부시키고 있다고 본다면 자신의 중심을 확실히 파악하고 있다고 할 수 있습니다. 지금 고주식 님이 당하고 있는 고민도 사실은 고주식 님을 공부시키기 위한 자기중심의 배려라고 생각하면 틀림없습니다.

중심이 꽉 잡힌 사람은 역경 속에서 희망을 보고, 괴로움 속에서도 즐거움을, 부정 속에서 긍정을, 슬픔 속에서 기쁨을, 남이 자기에게 가하는 모욕과 멸시 속에서 참된 교훈을, 종말에서 새로운 탄생을, 죽음에서 삶을 봅니다. 무아(無我)에서 참존재를 보는 사람입니다. 난관과 도전을 언제나 기꺼이 공부할 수 있는 좋은 기회로 받아들이는 사람이 바로 깨달은 사람입니다. 깨달은 사람이 중심을 잡은 사람입니다. 진리를 머리로만 알 뿐만 아니라 현실생활 속에서 실천하고 그것을 즐기는 것이 중심을 확실히 잡는 방법입니다."

"자기중심을 잡는 것이 깨달음을 얻는 것이라는 말이 아무래도 석연치가 않습니다."

"자기중심, 다시 말해서 참나의 중심이 바로 우주 전체, 삼천 대천세계의 중심이기 때문입니다. 자기중심이라고 해서 이기적인 가아(假我)를 말하는 것이 아닙니다. 그것과는 정반대의 참나의 중심을 말합니다. 그래서 참나의 중심을 잡은 사람은 우주 전체의 중심을 꿰뚫을 수 있습니다. 예수가 고질병을 고치고 죽은 자를 살리고 물위를 걷고, 떡 다섯 개와 물고기 두 마리로 5천 군중을 먹일 수 있었던 것은 우주 전체에서 오는 능력과 지혜를 구사했기 때문입니다.

그러나 이런 초능력 구사는 깨달은 사람이 초기에나 하는 일입니다. 원숙해지면 그런 일에서 떠나 중생에게 심신의 깨달음을 주는 일에 전념하게 됩니다. 견성한 사람은 스스로 병고액난에서 벗어날 수 있으니까요."

"견성은 알아듣기 쉽게 말하자면 어떻게 말할 수 있습니까?"

"견성(見性)은 글자 그대로 자성을 본 것을 말합니다. 다시 말해서 자성을 통해서 도(道)와 진리를 보았다는 말입니다. 반드시 눈으로 보는 것만을 말하는 것은 아닙니다. 체험과 직관으로 느끼거나 수련 중에 화면으로 보는 것을 말합니다. 견성한 사람에게는 진리 자체가 스승이 됩니다. 더 이상 스승을 찾아다닐 필요가 없어집니다. 이런 사람은 중심에서 이탈하는 일은 없습니다. 바꾸어 말해서 고(苦)를 낙(樂)으로 보는 사람이 견성한 사람입니다.

고통 속에서 빛을 볼 줄 알고 절망 속에서 희망을 보는 사람이 견성한 사람입니다. 보통 사람은 밤에 잠이 안 오면 왜 잠이 안 오는지 모른다고 신경을 쓰고 수면제를 사다 먹는다든가 병원엘 찾아간다든가 합니다. 그러나 견성한 사람은 잠이 안 오면 안 오는 대로 그냥 내버려 둡니다. 아니 오히려 잠이 안 오면 걱정을 하는 대신에 안 오는 잠을 즐깁니다. 책을 본다든가 글을 쓴다든가 작업을 한다든가 명상을 한다든가 하여 아무런 집착을 하지 않고 그저 있는 그대로 여여하게 시간을 보냅니다.

신경을 쓰지 않고 집착을 하지 않고 근심 걱정을 하지 않기 때문에 몸속에 에너지는 늘 충만해 있습니다. 근심 걱정이 없으니까 때가 되면 잠이 옵니다. 비록 잠을 자지 않더라도 기운이 충만해 있으므로 피곤을 별로 느끼지 않습니다. 이것이 집착을 떠난 사람의 생리입니다. 이런 사람은 늙는다고 걱정을 하지 않습니다. 왜냐고요? 늙음 속에서 젊음을 보니까 그렇습니다. 늙어서 더 이상 자기 자신의 생명력의 진화에 도움이 안 된다고 생각되면 미련 없이 늙은 몸을 벗어버리고 새 옷을 갈아입듯 젊은 몸으로 새로 태어납니다. 이런 사람에겐 모습만 바뀔 뿐 죽음 같은 것은 이미 없습니다. 올챙이가 모습만 바꾸면 개구리가 되고 굼벵이가 꺼풀만 벗으면 매미가 되듯 그는 상향적으로 새로운 생명의 옷을 갈아입습니다. 모르면 고통이고 알면 극락입니다.

깨닫지 못하면 고통이고 깨달으면 천국입니다. 깨닫지 못하면 끝없는 윤회의 고통에 시달리지만 깨달으면 오직 생명의 변화인 나툼이 있을 뿐입니다. 모르는 사람에겐 생사(生死), 시종(始終), 유무(有無), 시공(時空)이 있지만 알고 난 사람에겐 생사도 시종도 유무도 시공도 없습니다. 그런데 그 깨달음은 누가 하느냐? 그건 각자가 할 수밖에 없습니다.

제아무리 위대한 성자도 스승도 현자도 남의 죽음을 대신할 수 없듯이 깨달음만은 대신해 줄 수 없습니다. 스승의 가르침을 받아 자기중심을 깨닫는 사람은 부처가 될 수 있습니다. 몸과 마음을 깨닫는 방법은 지감·조식·금촉이 정도(正道)라고 봅니다. 몸공부와 마음공부와 기공부 어느 쪽에도 치우치지 않고 안정과 평안, 균형과 형평을 유지하고 있으니까요."

"생사를 초월한다는 말은 삶과 죽음을 보는 각도가 견성한 사람은 일반 중생들과 다르다는 말씀인가요?"

"알고 보면 원래 생사는 없는 것인데, 모르니까 생사에 얽매어 있다는 말입니다. 그러니까 무명(無明) 속에 있다가 환한 빛 속에 나오면 사물의 진상이 확연히 눈 안에 들어오는 것과 똑같습니다. 중심이 꽉 잡힌 사람은 죽음은 헌 옷을 벗는 것이고 탄생은 새 옷을 갈아입는 것에 지나지 않습니다. 거기에 무슨 생사가 따로 있단 말입니까? 용변부동본(用變不動本) 모르십니까?"

"『천부경』에 나오는 구절이 아닙니까?"

"그렇습니다. 여기서 본(本)은 중심을 말합니다. 용(用)은 쓰임인데 삼라만상의 변화를 말합니다. 현상(現像), 화현(化現), 나툼을 말합니다. 쓰임은 얼마든지 바뀌지만 근본 뿌리는 바뀌지 않습니다. 이 근본 뿌리가 우리의 중심이죠. 고속으로 회전하는 중심축인데 그 속은 텅 비어 있습니다. 텅 비어 있으면서도 꽉 차 있습니다. 진공묘유(眞空妙有)입니다. 한 말로 중심을 깨닫고 보면 생사는 없고 오직 나툼만 있을 뿐입니다."

"생사가 없다는 것은 그런대로 알 만한데 시종이 없다는 말은 무엇을 말하는지요?"

"처음도 끝도 없다는 말입니다. 일시무시일(一始無始一) 일종무종일(一終無終一)입니다. 우주의 삼라만상이 시작도 끝도 없이 돌아가는 것이 실상이라는 뜻입니다. 가만히 생각해 보십시오. 무슨 일이든지 엄격히 말해서 시작과 끝이 있습니까? 끝이라고 생각하면 시작이 있고 시작이라고 생각하면 끝이 있어서 시작과 끝은 영원히 맞물려 돌아가는 것이 실상입니다. 밤이 있으면 낮이 있고 봄이 있으면 여름과 가을과 겨울이 끊임없이 맞물려 돌아가고 있고, 흥하면 망하고 성하면 쇠하고 또 다시 흥하고 망하고, 성하고 쇠하는 일이 끝없이 꼬리를 물고 이어집니다. 도대체 이 세상에 시작과 끝이 어디에 있습니까? 모르니까 시작과 끝을 따지지 알고 보면 시작과 끝은 없는 겁니다."

"생사 시종은 그만하면 대충 알만한데, 유무는 어떻습니까?"

"물질은 공(空)이고 공(空)은 비물질입니다. 색즉시공 공즉시색(色卽 是空, 空卽是色)은 이미 2천 5백 년 전에 석가모니가 설파한 진리입니 다. 현대물리학도 이를 입증하고 있지 않습니까? 물질의 최소 단위는 소립자인데, 이것은 물질도 아니고 비물질도 아니라는 겁니다. 유와 무는 동전의 앞뒷면과 흡사합니다.

유(有)가 있으니까 무(無)가 있고 무가 있으니까 유가 있습니다. 악 이 있으니까 선이 있고 선이 있으니까 악이 있습니다. 만약에 악이 없 으면 선도 있을 수 없습니다. 정의가 있으니까 불의가 있지 정의가 없 으면 어떻게 불의가 있을 수 있겠습니까? 사실은 유도 무도, 악도 선 도, 정의도 불의도 공에서 나온 겁니다. 공이 바로 한마음입니다. 이 한마음이 각자의 중심을 이루고 있는데, 이를 깨달은 사람은 그러니까 생사도 시종도 유무도 선악도 정의도 불의도 다 초월한 자리에 있는 겁니다. 그래야만이 이 모든 것을 다스릴 수 있기 때문입니다."

"시공(時空)은 어떻습니까?"

"시간과 공간 역시 마음을 깨달은 사람에게는 존재하지 않습니다. 마음에서 생각이 나오는데 생각은 빛보다도 더 빠릅니다. 한 생각만 일으켰다 하면 몇백 광년 저쪽에 있는 별에도 순식간에 갔다가 올 수 있습니다. 은하계 저쪽에 있는 별을 생각하는 것과 집안 뜰에 있는 꽃 을 생각하는 것하고는 시간과 공간상으로는 별 차이가 없습니다. 마음 은 시공을 초월합니다. 깨달은 사람에게는 미국에 이민 간 친척집을 떠올리는 것하고 옆방에 있는 식구들을 떠올리는 것하고 하등 차이가 있을 수 없습니다.

174

　　알고 보면 원래부터 시공은 없는 것입니다. 생사, 시종, 유무, 시공, 선악, 정의와 불의를 초월한 곳이 깨달음의 자리입니다. 아니 이것까지도 망각한 망아(忘我)와 무아(無我), 무심(無心)과 공심(空心)이 바로 라즈니쉬가 말한 바와 같이 비존재(non-being)는 참존재(real being)입니다."

　　이때 이제 질문한 수련생 옆에 앉아 있는 사람이 입을 열었다.

　　"그러니까 깨달음이란 이미 완성되어 있는 사물에 대한 시각이 변한 것을 말하는 거 아닙니까?"

　　"그 말에도 일리는 있습니다만 시각만 바뀌었다고 해서 다되는 것은 아닙니다. 시각이 바뀜과 동시에 마음과 몸이 한꺼번에 환골탈태가 되어야 진정한 깨달음이라고 할 수 있습니다. 시각만 바뀌었을 뿐 심신에는 아무런 변화가 일어나지 않았다면 머릿속으로만 깨달은 것밖에는 안 되는 것이죠."

　　"실례를 들면 어떤 경우를 말하는지요?"

　　"진정으로 깨달은 사람은 우선 병이 나지를 않습니다. 병고액난에 시달리지 않으니까요. 간혹 병이 나더라도 스스로 낫습니다. 보통 사람은 일단 병이 나면 그 병에 대해서 신경을 씁니다. 약을 사먹거나 병원엘 찾아갑니다. 걱정을 하고 근심을 합니다. 이것이 바로 집착인데, 병을 점점 악화시킵니다. 그러나 깨달은 사람은 웬만해서는 병에 걸리지도 않겠지만 어떻게 하다가 병에 걸렸다고 해도 별로 신경을 쓰거나 집착을 하거나 걱정 근심을 하지 않고 스스로 자기 내부를 관찰함으로써 병의 원인을 해소시켜 버립니다.

병을 오히려 공부의 기회로 이용하는 겁니다. 관찰하는 것 자체가 중심에 방하착하는 겁니다. 이때 자연치유력이 최고도로 발휘되는 겁니다. 일반 중생들이 한번 병이 나면 좀처럼 낫지 않는 것은 병에 대한 집착이 강하여 걱정 근심이 앞서기 때문이고 대체로 과식을 하기 때문인데 깨달은 사람은 이 두 가지에 얽매이지 않으니까 무슨 병이든지 자연스럽고 저절로 고치게 됩니다.

똑같은 병에 걸렸다고 해도 대응 방법이 이처럼 현저하게 다릅니다. 그러니까 깨달은 사람, 특히 성명쌍수가 된 사람이 병에 걸리는 일은 좀처럼 없습니다. 만약에 있다면 그 사람의 자성이 공부를 시키려는 배려입니다. 어차피 깨달은 사람은 암흑 속에서 빛을 보고, 역경을 언제나 공부의 기회로, 향상의 도약대로 봅니다. 그들의 사전에는 절망도 실패도 없으니까요."

"선생님께서 아까 중심은 고속으로 회전하는 중심축과도 같다고 하셨고 그 중심은 텅 비어 있다고 하셨는데, 그 뜻이 무엇을 말하는지 잘 모르겠습니다."

"한과 공에 대해서는 이미 여러 번 설명을 해 왔으므로 지금 새삼스럽게 되풀이하지는 않겠습니다. 고속으로 회전한다는 표현을 쓴 것은 뿌리인 중심은 변하지 않고 있으나 쓰임은 찰라 찰나 그 모습을 바꾸면서 돌아가고 있다는 말입니다.

여기서 나라는 사람을 실례로 들어보겠습니다. 나는 어머니 뱃속에서 고고의 소리를 지르면서 이 세상에 갓 태어났을 때는 갓난아기였고 할아버지 할머니의 손자였고 어머니 아버지의 아들이었습니다. 그러나 조금씩 자라면서 갓난아기에서 어린아이로 변했고 같은 또래들과 어울리면서 이웃 아이들의 친구가 되었습니다. 동생이 생기자 형이 되었고 여동생이 생기자 오빠가 되었고 학교에 들어가면서 초등학생, 중학생, 고등학생, 대학생이 되었고 동급생이 되었고 동창생이 되었습니다.

군대에 들어가면서 군인이 되어 사병이 되었다가 계급이 점차 높아져 일등병, 상등병, 병장, 선임하사, 소대장, 중대장 등등의 계급과 직위를 갖게 되었고 결혼을 하면서 한 여자의 남편이 되었고 아이들의 아버지가 되었습니다. 제대를 하고 직장에 취직을 하면서 신문기자가 되었고 소설을 써서 작가가 되었습니다. 갓난아기 때부터 나는 엄청난 변모를 겪어 왔습니다. 앞으로 또 어떤 변화를 겪게 될지 모릅니다.

이 모든 변모를 어느 한 시점에서 되돌아보면 고속으로 회전하는 중심축인데 그 속은 텅 비어 있다고밖에는 표현할 방법이 없습니다. 그렇게 많은 변모를 겪어 온 나 자신을 어떻게 표현할 수 있겠습니까? 나는 갓난아기도 아니고 초등학생도 아니고 중학생도 대학생도 아니고 군인도 아닙니다. 그렇다고 지금은 작가이고 수행자이지만 또 어떤 변모를 하게 될지 모릅니다. 그 어디에도 고정된 나는 없습니다. 갓난아기, 학생, 군인, 남편, 아들, 형, 오빠, 부모, 신문기자, 할아버지, 작가, 구도자이면서도 그 어느 것도 다 나였지만 그렇다고만 말할 수도 없습니다. 자꾸만 변화하기 때문입니다.

그중 어느 하나에 고정되어 있지 않기 때문입니다. 이 모든 것이면서도 이 모든 것이 아닙니다. 그러니까 결국은 비어(空) 있다는 얘깁니다. 중심은 텅 비어 있으면서도 모든 것으로 꽉 차 있습니다. 그래서 고속으로 회전하는 중심축은 속이 공했다고 표현하는 겁니다."

"병이 나더라도 근심 걱정을 하지 않는다는 말은 무슨 뜻입니까?"

"중심축이 이미 텅텅 비었기 때문에 병이 붙을 자리가 없다는 말입니다. 집착을 하면, 다시 말해서 병 때문에 걱정 근심을 하면 병은 붙어버리게 됩니다. 집착이 끈끈이 역할을 하는 것이죠. 병을 끌어당기는 겁니다. 그러나 마음을 텅 비운 사람에게는 병이 붙을래야 붙을 자리가 없다 그겁니다."

대행스님을 관(觀)한다

"선생님, 좀 색다른 질문을 하나 해도 괜찮겠습니까?"

"무얼 가지고 그러십니까? 어디 말해 보시죠."

"선생님께서 일전에 대행스님에 관한 저서와 녹음테이프를 공부해 보라고 하신 뒤에 저는 김정빈 저 『도(道)』, 『무(無)』, 『한 마음』, 『영원한 나를 찾아서』(글수레 간행) 그리고 『한 마음 요전』을 읽어 보았습니다. 그리고 그분의 설법 녹음집도 1권에서 4권까지 틀어 보았습니다. 참으로 많은 감동을 받았고 솔직히 말해서 마음공부도 몇 단계 높아진 것이 사실입니다. 이렇게 좋은 책과 녹음집을 소개해주신 선생님께 진실로 사의를 표하는 바입니다."

"나한테 고마워할 것이 아니라 대행스님에게 고마워하는 것이 순서일 겁니다."

"물론입니다. 그러나 선생님께서 직접 권하시지 않으셨다면 저는 언제까지나 읽어볼 기회를 갖지 못했을지도 모릅니다. 그래서 저는 대행스님에게서도 선생님에게도 진정으로 고마움을 표하지 않을 수 없습니다. 대행스님의 방하착에 대한 일관된 설법엔 깊은 감동을 받았고 일상생활에서 얼마든지 이용할 수 있는 방편이라고 생각합니다. 그런데 방하착하고 명상하고는 어떻게 다릅니까?"

"방하착은 바로 명상의 핵심입니다. 명상이라는 게 원래 자기중심에서 사물을 관찰하는 것이니까, 결국은 같은 뜻입니다. 대행스님은 모든 경계를 몰락 주인공에게 놓고 나서 관하라고 했습니다. 무슨 뜻인가 하면 자기중심을 완전무결하게 믿고 모든 문제를 맡기고 나서 관하라는 뜻입니다."

"여기서 경계란 무슨 뜻입니까?"

"경계란 경계선이라는 뜻의 경계입니다. 일상생활을 영위하면서 부닥치는 온갖 문제를 말합니다. 그래서 일이 잘될 때는 순풍에 돛 단 듯 잘 풀린다고 합니다. 이것을 순경(順境)이라고도 합니다. 그러나 일이 잘 안 풀리고 자꾸만 엉키고 꼬일 때는 역경(逆境)이라고 하지 않습니까. 대양을 항해하던 배가 순풍 대신에 역풍이나 폭풍우를 만났다면 어떻겠습니까? 이것을 역경이라고 하죠.

그런데 대행스님은 잘되고 잘못되는 모든 경계를 몽땅 주인공에게 맡기라고 했습니다. 주인공은 자성이고 각자의 중심이고 양심을 말합니다. 양심은 공명정대하고 공평무사합니다. 그게 중심인데 그 중심으로 사물을 관찰하는 것입니다. 관찰은 반드시 지혜와 각성을 가져오고 깨달음을 줍니다. 깨달음은 해결책이기도 합니다."

"그런데 선생님 제가 꼭 알고 싶은 것은 대행스님은 설법하실 때 곳곳에서 단전호흡, 명상, 단식이나 생식을 부정하는 말씀을 하시는데 이것은 어떻게 생각하십니까?"

"그렇지 않아도 나는 그분에 관한 책들을 읽고 녹음집을 들으면서 그 문제를 생각해 보았습니다. 그분은 다섯 살의 어린 시절부터 아버지의 냉대를 받고 밖으로만 돌았다고 합니다. 약간의 예외를 빼고는 근 30년 동안 거의 산에서 살아오다시피 했습니다.

대행스님이야말로 역경을 공부의 기회로 이용한 한 모범이 되었습니다. 한번 의증(疑症)이 일어나면 며칠이라도 산속을 헤매면서 그 의증을 주인공에게 맡기고 관찰을 하면서 해답을 얻을 때까지 끈질기게 늘어붙었다고 했습니다. 이것이 바로 명상이 아니고 무엇이겠습니까? 대행스님은 이것을 주인공에게 몰락 놓는다고 말했지만 실은 이것이 명상의 핵심입니다. 정규 교육은 전연 받은 일이 없는 대행스님은 명상이 무엇인지 정확히 모르는 것이 아닌가 하는 생각이 듭니다.

그분이 설법에서 말하는 명상은 선승들이 선방에 가부좌 틀고 하루 종일 앉아서 눈감고 있는 것만을 명상이라고 생각하는 것 같습니다. 그러나 실상은 그분이 자기도 모르게 실천한 방하착 역시 명상입니다. 그분은 이러한 방하착 명상을 통해서 아무의 가르침도 받지 않고 스스로 진리를 터득한 겁니다. 그분의 위대한 점은 바로 이것이라고 봅니다. 깨닫고 보니 이미 불경에 다 나오는 것이지만 그것은 문제가 되지 않습니다.

스스로 체험과 직감을 통해서 진리를 깨달았다는 것이 중요한 것이고 그것을 실감나게 그리고 가슴에 와닿게 중생들에게 설법을 하여 감동과 깨우침을 얻게 하는 데 크게 이바지했다는 것이 중요한 것이지 불경에 이미 다 나와 있는 말이든 아니든 그것은 상관이 없다고 봅니다. 대행스님은 선방에서 다리 꼬고 앉아서 하는 수련만이 명상이라고 잘못 아신 게 아닌가 하는 생각이 듭니다. 그러나 실상은 그렇지 않습니다. 명상은 일상생활 속에서도 하는 겁니다. 방하착이 바로 명상이라고 생각하시면 됩니다."

"그건 그렇다 치고 그럼 단전호흡을 대행스님은 외면하는 것 같은데 그건 어떻게 생각하십니까?"

"그것도 뭔가 잘못 아신 게 아닌가 하는 생각이 듭니다. 단전호흡은 바로 운기조식(運氣調息)을 말하는데 고래로 우리 민족의 전통적인 심신 수련법이고 붓다도 예수도 단전호흡 수련을 했습니다. 달마대사를 비롯한 역대 조사들도 운기조식과 마음공부를 병행하여 성명쌍수를 했습니다. 불경의 하나인『혜명경』은 바로 성명쌍수를 권장한 수련 지침서가 아닙니까? 그런데 대행스님은 단전호흡 역시 아무 일도 안하고 가부좌 틀고 앉아서 길게 호흡이나 하는 한가한 사람들이나 하는 사치쯤으로 인식하고 있는 것 같습니다.

그러나 실상은 명상의 경우와 똑같이 단전호흡은 일상생활을 하면서도 얼마든지 할 수 있지 않습니까? 이것은 생활행공이라고 합니다. 대행스님은 생활행공은 모르고 오직 가부좌 틀고 앉아서 호흡하는 것만을 상상하고 이처럼 단전호흡을 기피한 것이 아닌가 생각됩니다. 그러나 실상은 그렇지 않습니다.

내가 보기에는 대행스님도 산속에서 수행을 할 때 자기도 모르게 단전호흡을 한 겁니다. 깊은 명상 상태에 빠진 사람은 자기도 모르게 단전호흡을 하게 됩니다. 그렇지 않으면 엄동설한에 한두 해도 아니고 근 20년 동안이나 그 모진 산속의 고행에서 살아남을 수 없었을 겁니다.

단언하건대 대행스님은 산속 수행 중에 자기 자신도 모르게 명상과 단전호흡을 했기 때문에 그 어려운 역경을 딛고 큰 깨달음을 얻을 수 있었던 겁니다.

그런 의미에서 대행스님은 명상과 단전호흡을 기피할 것이 아니라 생활 명상과 생활 단전 행공을 오히려 권장해야 되지 않을까 생각합니다. 이 세상에는 다양한 근기와 개성을 가진 사람들이 조화와 화합을 이루어 살아나가게 마련인데 오직 방하착만을 일관되게 주장한다는 것은 다시 생각해 보아야 할 점이 아닌가 생각됩니다."

"그리고 선생님, 대행스님은 생식과 단식에도 거부반응을 일으키고 있는 것 같은데 그 점은 어떻게 생각하십니까?"

"생식과 단식을 대행스님이 기피한다면 그건 말도 안 됩니다. 나도 그분의 설법 속에서 이것을 읽고 혼자서 생각해 보았습니다만 이건 말도 안 됩니다. 왜 그러냐 하면 그분은 근 20년이나 되는 산속 고행을 통해서 비록 어쩔 수 없는 환경 때문이었다고 하지만 생식과 단식을 거의 일상생활화 해오신 분이었습니다. 그래서 1961년에 그분이 나이 35세 때 강원도 치악산 상원사 토굴에서 처음으로 중생제도에 나섰을 때는 익은 음식을 들지 못했다고 합니다. 칡뿌리나 약초뿌리, 산나물 같은 것으로 하도 오랫동안 생활을 해 왔기 때문입니다.

나는 재작년 5월부터 생식을 시작했으니까 만 2년밖에 안됐는데도 익은 음식은 속에서 받지를 않습니다. 그런데 그렇게 오랫동안 생식을 해 오셨으니 화식을 들 수 없었던 것은 당연한 일입니다. 그분 자신은 근 20년 동안이나 생식을 해 왔고 겨울 같은 때 산속에서 칡뿌리나 더덕이나 나무열매 따위를 구할 수 없을 때는 며칠씩이나 굶을 수밖에 없었으니까 어쩔 수 없이 단식을 할 수밖에 별도리가 없지 않았겠습니까?

단식과 생식은 붓다와 예수 같은 성인은 말할 것도 없고 역대 조사들이나 수많은 신선과 도인들이 예부터 실천해온 수행법입니다. (생식에 대해서는『선도체험기』8, 9, 10권을 참고해주기 바랍니다.) 만약에 대행스님이 비록 강요된 상황 속이긴 하지만 생식과 단식을 하지 않았더라면 그렇게 큰 깨달음을 얻지 못했을 겁니다.

결과적으로 그는 명상, 단전호흡, 생식, 단식을 통해서 마음공부를 완성했다고 봅니다. 그런데 이제 와서 이것을 부인한다거나 기피하는 것은 말이 되지 않습니다. 그분이 무언가 큰 착각 속에서 빠져 나오지 못한 것이라고 생각합니다. 아마도 대행스님이 이 글을 읽으신다면 뭔가 깨닫는 바가 반드시 있을 것이라고 봅니다. 내가 보기에는 그분 주위에는 대행스님을 진정으로 위하는 사람들이 없는 것이 아닌가 합니다. 보좌를 잘했다면 그런 일이 일어날 수 없지 않았을까 하는 생각이 듭니다."

"저도 선생님 말씀에 전적으로 동감입니다. 대행스님은 확실히 제가 보기에는 몇백 년 만에 하나 나올까 말까 하는 큰 도인이라고 봅니다. 그런데 불교계 내에서는 비구가 아니라 비구니라고 해서 무시하는 경향이 있다고 합니다."

"그거야말로 케케묵은 남존여비 사상이 불제자들 사이에도 체질화되어 있기 때문에 일어나는, 시대착오적인 희극이 아닐까요?"

"맞습니다. 그런데 참 선생님, 녹음집을 들으면서 느낀 것인데, 대행스님은 체격이 좀 뚱뚱한 것 같고 가끔 가다가 깜빡깜빡하는 건망증 같은 것도 있지 않았나 하는 느낌이 듭니다. 그야말로 성명쌍수를 완

성한 도인이라면 1926년생이니까 비록 67세라고 해도 속인과 똑같이
노화현상을 일으킬 수는 없는 것이 아닐까 하는 아쉬움이 있습니다.
선생님께서는 이 문제를 어떻게 보십니까?"

"좋은 지적을 하셨습니다. 지금도 대행스님을 위해서 진정으로 안타
깝게 생각하는 것이 있습니다. 그것이 무엇인지 아십니까?"

"그게 무엇인데요?"

"1961년에 상원사 토굴에서 처음으로 중생들을 대했을 때 일입니다.
그때 대행스님을 따르는 한 여자분이 쓴 글을 읽었습니다. 내용인즉
그때 대행스님은 익은 음식을 통 못 들었다는 겁니다. 그래서 그 여신
도는 익은 음식 못 드는 것을 꼭 무슨 질병쯤으로 착각을 한 겁니다.그
래서 처음에는 산에 가서 밤도 주워오고 칡뿌리도 캐오고 머루 같은
것도 따다가 드렸답니다. 이 여신도의 생각에는 생식만 드는 것은 꼭
고쳐져야만 한다고 생각한 겁니다. 그래서 생식과 함께 곡식을 볶아서
가루를 내어 죽을 쑤어서 드렸답니다. 그랬더니 익은 음식을 들기 시
작했다는 겁니다.

이것이 차차 익숙해지면서 완전히 익은 음식을 들게 되었다고 했는
데 이것이 마치 자신의 공로라도 되는 것처럼 말했습니다. 그러나 이
것이야말로 무식에서 오는 크나큰 실수가 아닐 수 없습니다. 대행스님
도 미처 그 당시에는 생식이 화식보다는 6배의 생생한 살아있는 영양
소를 제공한다는 사실을 몰랐을 겁니다. 그랬으니까 순순히 화식을 받
아들인 것이 아니겠습니까? 그러나 내가 보기에는 대행스님은 그때 일
생일대의 실수를 저지른 겁니다. 그때 만약에 생식의 이점을 알았더라

면 지금까지도 그대로 생식을 계속할 수 있었을 겁니다.

그렇다면 노화(老化)를 현저히 방지할 수도 있었을 겁니다. 아쉬운 것은 그것뿐이 아닙니다. 그분은 산속 생활을 통해서 자기도 모르게 달리기와 산행(山行)이 습관화되어 있었을 겁니다. 그러나 애석하게도 그분은 그때부터 달리기와 산행과는 영원히 작별을 고한 것 같습니다. 내가 왜 이런 말을 자신 있게 하는지 아십니까?"

"왜 그렇습니까?"

"대행스님 자신이 설법 시에 고백한 대로 그분은 지금 몸이 뚱뚱한 편입니다. 그리고 35세 이후엔 산행을 했다든가 달리기를 했다는 얘기는 일체 없는 것을 보니 몸공부는 그때 이후 완전히 중단한 것으로 보입니다. 인간은 몸과 마음으로 구성되어 있는데, 마음공부만 계속하고 몸공부는 등한히 하거나 아예 외면한 것이 아닌가 하는 생각이 듭니다. 이것은 크나큰 실책이라고 봅니다. 성명쌍수는 무릇 도인이라면 꼭 지켜야 하는 불문율이건만 그분은 이걸 무시한 겁니다. 마음공부만 했지 몸은 아무래도 좋다는 생각은 운전자만 건강하면 됐지 자동차는 정비를 안 해도 괜찮다는 것과 같은 잘못된 발상이 아닐 수 없습니다.

몸과 마음은 똑같이 건강해야지 마음만 건강하면 몸은 그대로 따라온다는 생각은 근본적으로 잘못된 겁니다. 마음의 본질을 깨닫는 것도 마음이고 몸을 건강하게 유지하는 것도 마음입니다. 마음이 어느만큼 관심을 보이느냐에 따라 상황은 얼마든지 바뀌는 겁니다. 그런데 대행스님은 몸은 그저 그냥 내버려두어도 마음공부만 하면 저절로 따라온다고 착각을 한 겁니다. 마음공부에 관심을 기울인 만큼 몸공부에도 마음을 기울여야 합니다. 그래야 성명쌍수가 온전히 이루어집니다.

성명쌍수를 이룩한 달마대사는 280세(150세라고도 함)를, 히말라야의 성자 바바지는 600세 이상을, 이팔백(李八百)은 800세를 살았습니다. 대행스님과 비슷한 연배인 김영삼 대통령은 아침마다 달리기를 규칙적으로 하고 있어서 젊은이 못지않은 건강을 과시하면서 정력적으로 부정부패 추방과 개혁을 추진하고 있지 않습니까?

대행스님이 지금이라도 산속에서 수행할 때의 자세로 되돌아가 매일 새벽에 30분씩이라도 달리기를 하든가, 등산을 규칙적으로 시행하고, 꼭 단식을 해야 할 상황이 아니라고 해도, 화식을 생식으로 바꾸고, 도인체조를 하여 군살을 빼고 몸을 유연하게 하여 기혈 순환을 원만하고 호흡을 흉식호흡에서 단전호흡으로 바꾸어 기수련을 생활화한다면 능히 35세 때의 날렵한 몸매와 건강뿐 아니라, 상원사에서 비구니 요사채를 뛰쳐나갔을 때의 야성적이고 자유분방하고 무애자재하고 생동하는 이생(利生) 시절의 젊음까지도 되찾을 수 있었을 것이라고 확신하는 바입니다.

붓다나 예수나 달마, 그리고 역대 조사들처럼 단전호흡과 도인체조만을 생활화해도 마음공부는 이미 완벽한 단계에 와 있으니까 몸도 금방 그와 비슷한 수준으로 접근해 갈 것입니다. 도인이 치과 수술을 해야 했다면 몸공부에 허술한 구석이 있었음을 드러낸 겁니다. 설법 중에 깜빡깜빡하는 기억 상실증도 비만증도 사라지고 검은머리를 되찾을 수 있었을 것입니다. 그렇게만 된다면 대행스님이 그처럼 불쌍히여기고 사랑하는 중생들에게 오래오래 지금보다 더 질 좋은 설법도 할 수 있을 것이고 신도들에게도 한층 더 활기와 감동과 깨달음을 불어넣어줄 수 있었을 것입니다.

중이 제 머리 못 깎는다는 말이 있지 않습니까? 그분 자신이 이것을 실천하지 못한다면 주위에서 모시는 사람들이라도 이 점을 진지하게 권유했으면 합니다. 젊을 때는 산속에서 살다시피 한 분이니까 산행은 쉽게 할 수 있었을 겁니다. 달리기가 힘들다면 걷기부터라도 시작하면 됩니다. 아울러 노파심에서 한마디 덧붙이고 싶은 것은 그분을 모시는 측근들이 혹시 대행스님을 생불이니 뭐니 하고 우상화, 신격화 하는 게 아닌가 하는 생각이 듭니다.

행여 꿈에라도 그런 일이 없기 바랍니다. 스님께서도 그런 일을 용납하시지도 않겠지만 만약에 그런 일이 있다면 그분에게도 신도들에게도 다 같이 불행한 일이 될 겁니다. 나는 그분이 오래오래 젊고 건강하게 자기 사명을 완수하기를 바라는 충정에서 이런 말을 합니다.”

“선생님께서는 그런 심정으로 말씀하시지만 혹 오해라도 하는 거 아닐까요?”

“그럴 리는 없습니다. 내 말에는 악의가 전연 없으니까요. 설혹 악의가 있다고 해도 방하착할 겁니다. 대행스님은 이미 그분 개인만의 몸이 아닙니다. 국내뿐만 아니라 전 세계에 그분을 따르는 신도들이 얼마나 많습니까? 그 많은 중생들을 제도해야 할 막중한 사명을 가지신 공인(公人)입니다.

어차피 공인은 세인의 도마 위에 오르게 되어 있습니다. 대통령도 언론에서 얻어맞는 일이 다반사인데, 이런 것쯤 가지고 시비를 걸어오는 사람은 없을 겁니다. 신문기자 출신의 작가인 나는 원래 그런 것을 전문으로 하는 사람이 아닙니까? 그것도 내가 우연히 어느 스님의 소개로 대행스님에 관한 책들과 녹음테이프로 공부한 뒤에 그분을 진정으로 아끼는 마음에서 한 말이니까 별일은 없을 겁니다."

"그건 그렇고 선생님 어떻습니까? 대행스님의 화두선(話頭禪)에 대한 견해는 어떻게 생각하십니까?"

"생활불교를 말로만이 아니라 행동으로 실천하려면 대행스님 말마따나 화두선은 시대에 뒤떨어진 수행법이 아닌가 하는 느낌이 듭니다. 그분 말마따나 우리가 이 세상에 태어난 것 자체가 화두이고 일상생활에서 매일매일 부딪치는 문제들이 전부 다 화두인데 따로 1천 7백 개나 되는 공안이 무슨 필요가 있겠습니까.

나는 이 말에는 전적으로 찬성합니다. 외부의 스승에게서 받는 화두보다는 자기 내부에서 일어나는 문제, 자기 자신에게 부딪쳐 오는 온갖 문제들이 전부 다 화두가 되어야 한다고 봅니다. 대행스님 말마따나 과학이 이미 다 밝혀 놓은 문제들을 화두로 삼아 이게 뭐꼬 하고 하루 종일 앉아있어 봤자 수련에는 별 도움이 안 된다는 얘기입니다.

우선 가족 사이에 일어나는 문제들, 대인관계에서 일어나는 난제들이 전부 다 해결해야 할 화두입니다. 이러한 어려움을 방하착을 통해서, 명상을 통해서, 관(觀)을 통해서, 하나하나 해결해 나가는 것이 진정한 화두선이라고 봅니다."

"혹시 선생님께서는 스님들의 삭발과 법복에 대해서 생각해 보신 일은 없었는지요?"

"왜요. 있습니다. 우리집에 가끔씩 스님들이 찾아오면서부터 나도 모르게 삭발과 승복에 대해서 관심이 쏠리게 되더군요. 우선 삭발에 대해서 말해 보겠습니다. 삭발은 열대 지방인 인도에서 구도자들이 붓다 이전부터 바라문교에서 시행해 온 습관입니다. 더운 지방이니까 땀도 많이 나고 자주 감지도 못하니까 냄새도 날겁니다. 머리칼은 분명 가부좌 틀고 앉아 장기간 명상 수련을 해야 하는 구도자들에게는 불편하기 짝이 없었을 겁니다. 수행에 편리하기 위해서 삭발을 했을 겁니다.

그리고 깨달음을 얻기 전에는 세상에 다시 나가지 않겠다는 결의의 표시이기도 했을 겁니다. 이처럼 인도 같은 더운 지방에서 수행상의 필요에 의해 생겨난 관습을 별로 덥지도 않은 온대 지방에 속하는 우리나라에서까지 굳이 고집할 필요는 없지 않을까 생각합니다. 우리의 몸 즉 신체발부(身體髮膚)는 자성(自性)의 나툼입니다.

자성이 뿌리라면 신체발부는 둥치와 가지와 잎입니다. 머리칼은 그렇게 깎아버리라고 생겨난 것이 아닙니다. 다 이유가 있어서 생겨난 겁니다. 그래서 우리나라에서는 고래로 신체발부는 부모에게서 받은 것이므로 함부로 훼손하지 않는 것이 효도의 시작이라고 가르쳐 왔습니다.

특히 머리털은 머리를 보호하는 데 아주 필수적입니다. 등산을 해보신 사람들은 알겠지만 만약에 머리털이 머리를 보호해 주지 않는다면 머리는 항상 상처투성이 일겁니다. 어디 산행뿐이겠습니까? 일상생활에서도 머리털은 태양열에서 머리를 보호해 주는 역할도 합니다. 지금 영국제국 박물관에 소장되어 있는 부루나 존자가 그린 41세 때의 석가모니의 초상화에는 삭발이 되어 있지 않습니다.

석가모니도 삭발을 하지 않았음을 말해주는 생생한 증거입니다. 그런데 인도처럼 더운 지방도 아닌데 수행에 방해가 된다고 해서 머리를 완전히 다 깎아버린다는 것은 말도 안 됩니다. 삭발이야말로 이 시대에 불교가 해결해야 할 크나큰 문제 중의 하나라고 생각합니다. 일본에서는 이미 승려들의 삭발도 승복도 없어졌습니다. 생활불교를 표방하는 이상 중생 속으로 파고들려면 그들에게 친밀감을 주어야지 조금도 이질감을 주어서는 안 됩니다.

승복도 같은 차원에서 말할 수 있습니다. 수행자의 속된 욕망을 잠재울 명분이 없는 것은 아니겠지만 삭발과 승복은 우선 자연스럽지 못합니다. 마음의 본질을 깨닫는 것을 주요 목표로 삼는 종교가 겨우 삭발과 승복과 같은 외형적이고 획일적인 것으로 구도의 목적을 달성하려고 하는 발상부터가 잘못된 것이라고 봅니다.

마음을 깨우쳐야지 옷이나 머리 모양을 일률적으로 규제한다고 해서 마음이 다스려진다고 보는 것은 지극히 안이하고 유치한 사고방식에서 나온 것이라고 봅니다. 우주의 삼라만상은 원래 다양한 변화 속에서 조화를 이루게 되어 있습니다. 획일성 자체는 그래서 자연에 위배되는 지극히 단세포적인 발상이 아닐 수 없습니다. 제아무리 삭발을 하고 법복을 입었다고 해도 마음을 깨닫지 못한 승려들은 중생들 못지않게 권력 싸움도 하고 살인도 하고 치부도 하고 성폭행도 하고 도둑질도 하고 사기도 칩니다.

마음을 깨달아야 할 종교가 삭발이나 법복과 같은 외부적 요인으로 마음을 다스려 보겠다는 것은 마치 뿌리는 그대로 둔 채 가지나 치고 잎이나 따겠다는 것과 같습니다. 생명의 속성은 다양 속의 조화입니다. 그런데 이것을 무시하고 삭발과 일률적인 승복을 방편으로 삼는 것 자체가 크게 잘못되어 있다고 봅니다.

크리스천들과 공산주의자들은 어느 나라에 침투하기 위해서는 사전에 치밀한 준비를 했습니다. 그 나라 말을 배우고 그 나라 사람들의 복장과 관습을 익히고 사고방식과 습관을 몸에 배게 한 뒤에 그 나라 사람들과 똑같은 외모와 복장을 하고 민중 속으로 파고들어 갔습니다. 그렇게 해야 우선 그 나라 사람들에게서 이질감과 위화감을 일으키지 않습니다.

그러나 불교는 어떻습니까? 우선 삭발과 승복 때문에 전철칸 같은 데 올라도 금방 사람들의 눈에 띄게 됩니다. 특히 기독교인들에게는 마귀니 사탄이니 하는 지탄을 받기가 일쑤입니다. 그리고 일반 중생들에게도 외형적인 이질감 때문에 쉽게 어울리지 못합니다. 중생들 속으로 파고들어 불법을 널리 보급하려면 우선 이러한 위화감부터 없애야 합니다. 그러기 위해서도 삭발과 승복은 과감하게 개혁을 해야 된다고 봅니다.

바지저고리, 치마 두루마기는 확실히 농업이 주요 생활수단이었던 조선 왕조 5백 년 동안 선조들이 입어 온 민족의 의상입니다. 그러나 이러한 복장은 현대의 산업사회에서는 맞지 않습니다. 활동을 하는 데 여러 가지로 불편하기 때문입니다. 요즘은 명절 이외에 전통의상 입는 사람 보았습니까? 불교는 여기서 교훈을 얻어야 합니다.

해부학적으로 보면 우리 인간에게는 먼 과거에는 꼬리가 있었습니다. 그러나 장구한 세월이 흐르는 동안 필요가 없었기 때문에 퇴화되어 지금은 미골(尾骨)이라는 흔적만 남아 있습니다. 우리의 신체의 기관들도 시대가 변하면서 환경에 적응하기 위해서 변합니다. 복장은 신체기관들 이상 빠르게 변천을 거듭해 왔습니다. 모두가 다 필요에 의해서 퇴화도 되고 새로 생기기도 합니다. 그런데 유독 삭발과 승복만이 2천 5백여 년 동안 변하지 않는다는 것은 자연의 이치에도 맞지 않습니다."

"아무래도 삭발과 승복은 시대의 필요에 따라 변하는 것이 순리겠죠?"

"그렇고말고요. 시대의 요구에 제때에 부응하지 못하는 생물이나 국가나 단체나 개인은 어쩔 수 없이 도태되는 것이 자연의 섭리입니다. 지금은 조선 왕조 시대처럼 불교를 억압하는 유교도 유생들도 없습니다. 산속에서만 은둔해 있을 것이 아니라 기독교의 교회를 본따 과감하게 중생 속으로 파고들어 활동 기반을 넓혀야 된다고 봅니다. 불제자도 아니면서 불교에 대해서 이러니저러니 말이 많다고 할지 모르지만 오히려 불자가 아니니까 더 객관적이고 냉정한 눈으로 진상을 파악할 수 있지 않을까 생각합니다."

"그 말씀은 옳다고 봅니다. 숲속에서는 숲 전체의 모습을 볼 수 없습니다. 숲에서 나와 멀리 떨어져서 봐야 비로소 숲 전체의 모습이 눈 안에 들어오는 거 아니겠습니까? 그러니까 오히려 불제자가 아닌 일반 중생들이 문제의 본질을 더 정확히 파악할 수 있습니다."

『선도체험기』 읽다가 병 고친 얘기

1993년 3월 23일 화요일 4∼15℃ 구름 많음

오후 2시. 나주에서 중년 부부가 찾아왔다. 여자가 말했다.

"선생님, 저는 지난 달 초순부터 우연히 책방에서 『선도체험기』를 사다가 읽기 시작했습니다."

"그러세요. 몇 권까지 읽으셨는데요?"

"15권까진가 좌우간 지금까지 나온 책은 다 읽었습니다. 그런데 선생님 저는 자궁 근종으로 수술을 해야 할 입장이었습니다. 의사들은 수술을 안 하면 위험하다고 했지만 어쩐지 수술은 하고 싶지 않았습니다. 그러던 차에 우연히 선생님께서 쓰신 『선도체험기』를 책방에서 발견하고는 읽기 시작했는데, 불과 한 달 사이에 15권을 모조리 다 읽었습니다. 책을 읽는 동안에 저도 모르게 단전호흡이 되면서 기운이 들어오기 시작했어요.

그렇게 되면서부터 몸도 유연해지고 절 수련도 할 수 있게 되자 어느 틈엔가 병도 조금씩 조금씩 낫기 시작했어요. 선생님께 너무너무 고마워서 이렇게 제 남편까지 데리고 찾아와서 인사를 드리게 됐습니다. 실은 좀 더 빨리 오고 싶었는데 너무 늦어서 죄송합니다."

"그러세요. 정말 뭐라고 축하의 말씀을 드려야 할지 모르겠습니다. 멀리 나주에서 천릿길을 마다 않고 이렇게 찾아주신 것만도 고맙기 짝이 없군요. 이런 일로 이렇게 일부러 시간을 내어 찾아 온 분은 처음입니다. 실례지만 바깥양반 되시는 분도 선도수련을 하십니까?"

"전연 관심이 없었는데, 집사람이 이렇게 병이 나으니까 저 역시도 관심을 갖고 지금『선도체험기』를 열심히 읽고 있습니다. 그런데 읽을수록 재미가 있어서 지금 5권째를 읽고 있습니다. 조그마한 사업체를 하나 운영하다 보니까 워낙 시간이 없어서 빨리 읽지 못하는 것이 죄송할 따름입니다."

"아니 뭐 괜찮습니다. 천천히라도 읽어주시기만 하면 무언가 확실한 소득이 있을 겁니다."

"그렇고말고요. 5권째 읽고 나니까 집사람이 어떻게 돼서 이 책을 읽고 병이 낫게 되었는지 어렴풋이나마 감이 잡히는 것 같습니다. 그런데 나주에는 선생님이 추천해 줄 만한 도장이 없습니까?"

"네, 아직은 그런 데가 없군요. 선도수련은 결국은 수행자 스스로 하는 겁니다. 처음부터 너무 남에게 의존하려고 하지 마십시오. 이 책만보고 혼자서 단독 수련을 하는 사람들이 국내외에 몇천 명이나 됩니다.

선도수련의 가장 확실하고 진정한 스승은 뭐니 뭐니 해도 자기 자신의 참주인인 자기중심입니다. 자성(自性)이 바로 참스승이라는 말이죠. 자기중심을 철두철미하게 믿고 의지하고 꾸준히 밀고 나가면 방편은 그때그때 필요에 따라 생겨나게 되어 있습니다. 두 분께서 오늘 이렇게 나를 찾으신 것도 전부 다 자성이 시킨 일이라고 보시면 됩니다.『선도체험기』를 읽게 만든 것도 역시 자성이 한 일입니다.

초등 교육만 제대로 받은 사람이라면 누구든지 별로 부담을 느끼지 않고도 『선도체험기』 시리즈를 독파할 수 있게 되어 있습니다. 어려운 철학 서적도 아니고 까다로운 경전도 아닙니다. 누구나 맘만 먹으면 술술 읽어나갈 수 있게 소설식 문장으로 되어 있습니다."

이런 얘기 저런 얘기 하면서 한 시간 반 동안을 앉아 있는 동안에 여자에게서는 심한 탁기가 흘러나오기 시작했다. 도저히 코를 들 수 없을 정도로 고약한 냄새였다. 운기가 활발해지면서 여자의 몸속 깊숙이 숨어있던 병 기운인 가스가 밖으로 뿜어져 나오는 것이었다. 숨을 제대로 쉴 수가 없어서 창문을 열어 놓았더니 밖에서 소음과 찬바람이 들어왔다. 할 수 없이 마루 쪽에 있는 문을 열어 놓아야 했다. 그러나 이 때문에 여자의 고질병이 낫는다고 생각하니 하나도 고통스럽지 않았다. 오히려 흐뭇한 보람을 느꼈다.

그들 부부와 마주 앉아 있는 동안에 독자에게서 전화가 걸려 왔다.

"선생님 저는 『선도체험기』 애독잔데요. 며칠 전부터 수련 중에 갑자기 고관절이 몹시 쑤셔 어떤 도장의 원장에게 문의해 보았습니다. 그랬더니 기운을 무조건 아래로 내리라고만 합니다. 그런데 그게 그렇게 뜻대로 되지 않습니다. 아무리 의식으로 기운을 내려도 아픔은 사라지지 않습니다. 과연 그래야 하는지 선생님께 자문을 좀 구하고 싶습니다."

"그 원장의 말에도 일리가 없는 것은 아닙니다. 그러나 그 원장보다는 자기 자신의 자성을 확실히 믿고 거기에다 다 맡겨버리십시오. 인간은 소우주입니다. 자성(自性)의 관장 하에 그 소우주 안에서 모든 일이 이루어집니다. 그냥 호흡만 하면 운기는 필요에 따라 자동적으로 이루어지게 되어 있습니다. 자율신경이 그 역할을 합니다. 우리가 입으로 음식을 먹으면 자동으로 소화, 흡수되어 배설이 이루어지고, 심장이 자동으로 뛰고, 폐가 자율적으로 움직이듯, 기운도 소우주의 운행원리에 따라 기경팔맥과 24정경을 흐르게 되어 있습니다.

그런데 어떤 사람의 말을 듣고 기운을 내렸는데도, 기운이 제대로 내려가지 않으니까 이거 큰일 났다, 왜 안 내려가지? 어떻게 해야 되지 하고 당황하게 되면 진땀만 부쩍부쩍 나고 병은 악화일로를 걷게 됩니다. 공연히 흠집을 내어 병을 만드는 것과 같습니다. 그럴 필요가 전연 없다 그겁니다. 그냥 자기중심에 완전히 맡겨 버리고 차분하게 관찰을 해 보세요.

반드시 무슨 변화가 일어나게 됩니다. 이때 지혜가 열립니다. 이것을 방하착이라고 하는데, 자기 자신 속에 좌정한 하느님에게 몽땅 맡겨버리라는 뜻입니다. 그렇지 않고 인위적으로 자꾸만 의심을 품고 집착을 하면 자연 고민이 생기게 됩니다. 근심 걱정이 따라옵니다. 이렇게 되면 병은 더욱더 위중해진다 그겁니다. 불안한 마음이 병을 악화시킨다 그겁니다. 걱정 근심이 오히려 걸림돌이 되어 병은 눈덩이처럼 불어납니다."

"선생님 정말 그렇게 자기중심을 믿기만 해도 됩니까?"

"확고한 믿음을 가지세요. 자기 자신을 굳게 믿는 사람에게는 여기저기서 도움이 옵니다. 육이오 때도 우리 국민들이 조국인 대한민국을 확실히 믿고 이를 지키기 위해 용감히 싸웠기 때문에 우방국들이 도와주지 않았습니까? 자기 자신에 대한 믿음, 자기 나라에 대한 믿음이 없었다면, 월남공화국처럼 패망하고 말았을 겁니다. 겨자씨만한 믿음만 있어도 산을 옮길 수 있다고 예수는 말하지 않았습니까? 자기 자신도 믿지 못하는 사람에게 누가 도움을 주겠습니까? 나 역시 자기 자신을 확실히 믿는 사람에게 도움을 줄 겁니다.

"선생님 그게 무슨 뜻입니까?"

"각 개인의 중심은 우주 전체, 삼천 대천세계의 중심과 일치되어 있으니까 그렇습니다. 그러니까 자기 자신의 중심을 믿는 사람은 우주 전체의 힘과 지혜와 사랑을 받을 수 있다는 말입니다."

"선생님께서도 하도 강조하시니까 그럴 것 같기도 한데 어쩐지 좀 얼떨떨합니다."

"『선도체험기』시리즈를 나올 때마다 계속 읽으시면 그 뜻을 손금처럼 완전히 파악할 수 있게 될 겁니다. 전화로는 더 이상 설명할 방도가 없군요."

"좌우간 선생님 감사합니다. 제가 믿고 존경하는 선생님의 말씀이니까 무조건 그렇게 믿도록 하겠습니다."

"선택은 어디까지나 자유입니다."

"고맙습니다. 바쁘실 텐데 이렇게 시간을 내 주어서 정말 감사합니다."

1993년 3월 24일 수요일 6~13℃ 비

병고를 초능력으로 고쳐주는 것이 능사가 아니다. 자기중심에 대한 깨달음을 주어 자신의 힘으로 자신의 병고에서 헤어나올 수 있게 도와주는 것이 더 중요하다. 길바닥에 엎어진 아이를 냉큼 일으켜 주는 것이 능사가 아니라 그 아이에게 자기 힘으로 일어날 수 있게 지켜보던가 아니면 일어날 수 있는 방법을 가르쳐 주는 것이 자립심을 키우는 데는 더 중요하다.

비록 죽음의 고통을 당하더라도 그 죽음 너머 저쪽에 있는 삶도 죽음도 없는 참나를 발견할 수 있는 깨달음을 주는 것이 더 긴요하다. 이러한 깨달음을 얻기 전에 무조건 병고에서 해방을 시켜주는 것은 그의 생명력 신장을 오히려 방해하는 것이 될 수 있다. 병고를 통해서 참나를 깨달을 수 있는 길을 막아버리기 때문이다.

병고는 자성이 참나를 깨닫는 공부를 시켜주려는 세심한 배려에서 나온 것이다. 병고는 또한 마음이 스스로 만든 감옥일 수도 있음을 깨닫게 해 주어야 한다. 육체 생명을 연장시켜 주는 것이 자비인지 아니면 참나를 깨닫게 해 주는 것이 진정한 자비인지는 스스로 명백해진다.

멀쩡한 사람의 신장을 떼어내 육체 생명이 죽어가는 사람에게 이식시키는 것이 자비인지 아니면 헌 옷을 새 옷으로 갈아입게 하여 새로운 출발을 하게 하는 것이 진정한 자비인지 냉정하게 생각해 보아야 한다. 장기 이식은, 생명은 일회로 끝나는 줄로 착각하는 사람들이 저지르는 크나큰 실책이다. 장기 이식을 하기 전에 생명의 실상을 깨닫게 해 주는 것이 더 소중하다. 신장기증운동, 장기제공운동은 내가 보기에는 뭔가 잘못 알아도 한참 잘못 알고 있는 사람들이 벌이는 헛수고밖에 안 된다.

옷을 갈아입을 사람은 빨리빨리 갈아입게 해야 한다. 누덕누덕 기운 남루한 헌옷을 입고는 제대로 활동을 할 수 없다. 더구나 구멍이 뚫어져서 방한도 잘 안되는 옷을 입고는 정상적인 활동을 할 수 없다. 더구나 구멍 뚫어진 낡은 옷을 꿰매려고 다른 사람의 새 옷을 도려내어 꿰맨다는 것은 어리석음의 극치다. 차라리 새 옷을 갈아입는 것이 훨씬 더 경제적이다. 그렇게 하면 남의 옷을 도려낼 필요도 없을 것이 아닌가. 남에게 자기 옷의 한 모퉁이를 도려내어준 사람은 평생 동안 구멍난 헌옷을 입고 다니게 된다.

사람에겐 두 개의 눈이 있듯이 신장 역시 두 개가 필요하니까 두 개가 있는 것이다. 이것이 자연의 섭리다. 그런데 이 두 개의 신장 중에 하나를 느닷없이 떼어낸다면 겉보기엔 멀쩡한 것 같아도 정상적인 생명활동에는 음으로 양으로 많은 지장을 초래한다는 것을 알아야 한다. 자연 파괴는 지구 환경에서만이 아니라 인체 안에서도 일어나고 있다. 사람들은 이것을 자선운동이나 박애운동으로 착각하고 있다. 하나만 알고 둘은 모르는 무지의 소치다.

어린애 장난을 하듯 의사들은 인체의 자연을 파괴하고 있다. 그러면서도 조금도 양심의 가책을 느끼지 못하고 있다. 그들은 생명의 존엄성을 파괴하면서도 오히려 생명의 존엄성을 수호하는 것으로 착각하고 있다. 마음공부를 해 본 일이 없는 의사들은 인간을 물질로만 본다. 마음이 물질을 좌우한다는 것도 그들은 모른다. 깨달음이 없는 의술은 생명을 살리기는커녕 파괴만 일삼고 있다.

1993년 3월 25일 목요일 3~13℃ 구름 조금

☆ 잘났거나 못났거나 자기중심을 꽉 잡고 세파를 헤쳐 나가는 사람

에게는 자연히 지혜가 넓어지고 끝내 깨달음이 찾아온다.

☆ 중심을 잡은 사람의 마음의 힘은 어떠한 무리, 어떠한 억지, 어떠한 권력의 힘도 당해내지 못한다.

1993년 3월 31일 수요일 흐리고 비

☆ 나 자신의 중심이 하느님임을 깨닫는 것이 견성이고 이때부터 아상 즉 이기심을 깨어버리고 자신이 깨달은 진리를 실천하는 사람이 성통한 사람이고 밝은이, 깨달은이, 부처이고 그리스도다.

☆ 기독교인들이 하느님을 믿으면서도 병고액난(病苦厄難)에 시달리는 이유는 하느님을 창조주로 보고 자기 자신을 피조물로 보기 때문이다. 다시 말해서 하느님과 나를 주종 관계로 보기 때문이다. 하느님과 나를 하나로 보지 않고 둘로 보기 때문이다. 바로 이 때문에 하느님을 믿으면서도 하느님의 능력과 지혜와 사랑을 구사하지 못한다.

인간의 이기심이 하느님을 우상화하고 관념화하고 세속화하고 정치 도구화하였기 때문에 이런 현상이 벌어진 것이다. 따라서 참나를 겹겹이 감싸고 있는 이기심의 벽을 허물고 자기 자신의 중심에 있는 하느님을 밝혀내야 한다. 이미 중심 속에 좌정하고 있는 하느님을 이기심이 마음 밖으로 몰아내고 있었을 뿐이다. 그러니까 마음의 본질만 깨달으면 하느님은 각자의 중심에서 빛을 발하게 된다. 하느님과 나는 둘로 나누어져 있는 것이 아니라 하나로 합쳐져 있다는 것을 깨닫기만 해도 일차적으로 병고에서 해방될 수 있다. 하느님의 무한한 사랑과 지혜와 능력을 조금씩이나마 구사할 수 있기 때문이다.

외부에 있다고 생각하는 창조주 하느님을 믿는 것은 관념과 허상의 하느님과 접신하는 것이다. 이 때문에 일부 성직자는 초능력을 발휘할 수 있다. 접신이 되어 의통(醫通) 능력을 발휘하는 것과 자기중심을 깨달아 스스로 하느님이 되는 것은 남의 종이 되느냐 자기 자신이 주인이 되느냐의 차이와 같다.

☆ 하느님! 하느님! 이 얼마나 정겹고 친숙한 호칭인가! 아득한 옛날, 몇만 년 전 조상적부터 우리 귀에 익어온 얼마나 친숙한 낱말인가! 우리는 이 어휘를 이용해야 한다. 자기중심에 확고히 자리잡은 하느님을 믿고 의지해야 한다. 그래야 비로소 하느님은 내 참주인이 된다.

☆ 대행스님은 자신의 참자아를 주인공으로 모시고 있는데 그 주인공이 바로 하느님이다. 그녀는 하느님이라는 용어는 별로 쓰지 않지만, 사실은 하느님을 주인공으로 삼고 있으므로 갖가지 초능력을 구사할 수 있는 것이다.

☆ 공(空)자는 빌 공이면서 하늘 공이다. 그래서 공은 하늘이고 하느님이다. 따라서 불교의 공은 하느님 그 자체다.

☆ "내가 곧 하느님이다" 하는 명제를 마음과 몸으로 실천하는 것이

선도다.

☆ 이 땅에 뿌리 내린 유교, 불교, 기독교는 시대 상황에 따라 새 옷을 갈아입고 나타난 선도라고 보아야 한다. 따라서 우리는 이 땅에 들어온 모든 종교와 철학과 심신 수련법을 순화하고 정화하고 토착화하여 우리 것으로 소화시켜야 한다.

☆ 하느님은 기도의 대상이 아니라 우리 각자의 내부에서 내 참주인으로 나와 함께 관찰하고 명상하는 중심이다. 기도의 대상으로 보는 한 하느님은 하나가 아니라 둘이 된다. 둘로 보는 한 우리는 허상을 좇는 데 불과하다.

이러한 하느님은 제아무리 믿어 보았자 병고액난(病苦厄難)에서는 벗어날 수 없다. 나의 참주인으로서 나와 일상생활을 같이하는 하느님을 믿을 때 우리는 우주 전체에서 오는 사랑과 지혜와 능력을 받고 구사할 수 있다.

등산 중에 떠오른 생각들

1993년 4월 4일 일요일 4∼12℃ 구름 많음

아내와 같이 산을 타면서도 내 중심에서는 갖가지 영감들이 분수처럼 끊임없이 용솟음친다. 나는 산길을 가다가도 이 번득이는 상념들을 종이쪽지에 적어 나갔다. 자연히 걸음이 늦어질 수밖에 없었다.

☆ 하나가 둘이 되고, 둘이 하나가 되는 원리,

하나가 셋이 되고 셋이 하나가 되는 성명정(性命精), 정기신(精氣神)이 공존하는 원리,

하나가 열이 되고 열이 하나가 되는 원리,

하나가 백이 되고 백이 하나가 되는 원리,

하나가 전체가 되고 전체가 하나가 되는 원리,

삶이 죽음이 되고 죽음이 삶이 되는 원리,

시작이 끝이 되고 끝이 시작이 되는 원리,

있음이 없음이 되고 없음이 있음이 되는 원리,

색이 공이 되고 공이 색이 되는 도리,

선이 악이 되고 악이 선이 되는 도리,

정의가 불의가 되고 불의가 정의가 되는 도리,

친구가 원수가 되고 원수가 친구가 되는 도리,

물질이 비물질이 되고 비물질이 물질이 되는 도리,

음양중 오행육기가 상생 상극 상화하면서 함께 돌아가는 원리,

우주 속에 또 우주가 있고 우주 바깥에 또 우주가 있는 원리가 무한히 계속되는 도리, 이 모든 것이 동시에 빙빙 돌아가는 원리를 파악하지 못하고는 생동하는 진리를 포착할 수 없다.

내 속에 우주가 있고 우주 속에 내가 있는 원리,

내 속에 하느님, 하나님, 부처님, 조상님, 삼황천제, 그리스도, 선계의 스승들이 있고 이들 속에도 내가 있는 원리를 동시에 파악하지 못하고는 도를 포착할 수 없다. 사람이 신이 되고 신이 사람이 되는 원리를 파악해야 된다.

☆ 밤이 낮이 되고 낮이 밤이 되고, 동쪽이 서쪽이 되고 서쪽이 동쪽이 되고, 남쪽이 북쪽이 되고 북쪽이 남쪽이 되는 원리, 전후좌우 상하가 고정되지 않고 거침이 없어야 생동하는 진리가 파악된다.

☆ 도를 닦았으면 마음이 툭 터져서 거침이 없어야 하는데, 마음 쓰는 것이 보통 사람보다도 못한 쫌팽이라면 그 사람은 도를 헛 닦은 것이 된다. 이런 사람은 대체로 진리와 방편은 동전의 앞뒷면과 같이 하나로 조화를 이루어야 한다는 것을 망각하고 방편에만 사로잡혀 있다. 방편에만 얽매어도, 진리에만 집착해도 미망에 빠지기는 마찬가지다.

☆ 어떤 사람은 나를 보고 무엇 때문에 그렇게 『선도체험기』를 자꾸

만 길게 쓰느냐. 그럴 거 없이 개론서를 하나만 쓰면 누구나 그걸 보고 지침 삼아 선도수련을 할 수 있지 않느냐 한다. 내가 『선도체험기』를 쓰는 것은 선도에 대한 개론서가 없어서가 아니었다. 선도나 단학의 개론서는 서점에 가면 얼마든지 있다. 그러나 그걸 가지고는 공부가 안 된다는 것을 알았기 때문이다. 실체험이나 직관이 들어 있지 않는 개론서는 죽은 교과서는 될 수 있을지언정 살아있는 지침서는 될 수 없다.

『선도체험기』 속에는 필자 자신이 주인공이 되어 온갖 시행착오를 저지르고 방황을 하면서도 꾸준히 선도의 길을 걷고 있다. 한 점의 가식이나 허위가 없다. 저자가 느끼고 경험한 것을 잘했으면 잘한대로, 못했으면 못한 대로, 실패를 했으면 실패한 대로, 성공했으면 성공한 대로, 있는 그대로를 생생하고 진솔하게 써 놓았다. 그렇기 때문에 이 책을 읽는 독자들 중에 자기도 모르게 수련이 되고 임독이 트이고 백회가 열리고 고질병이 낫는 사람이 있는 것이다.

만약에 개론서를 한 권 읽었다면 이런 일이 일어날 수 있겠는가? 그렇지 않다. 왜냐하면 개론서에는 단학 수련자를 위한 공식이나 원칙들은 기술되어 있지만 숨 쉬고 생각하는 생동하는 인간은 없기 때문이다. 선도의 원칙과 공식들을 한 인간이 어떻게 소화하고 실천하고 구사해 나가는가를 살펴보아야 독자는 그 주인공의 경험과 직관에 어느덧 자신도 모르게 동화되어 버린다. 주인공과 같이 흥분하고 놀라고 엎어지고 자빠지면서 걸어가고 기어가고 가파른 언덕을 오르고 아슬아슬한 바위를 타는 사이에 마음과 기운의 파장이 일치되어 공명현상을 일으킨다. 주인공의 기운과 독자 자신의 기운이 서로 유통하게 된다. 마음이 가는 곳에 기운은 따라가게 되므로 얼마든지 있을 수 있는 일이다. 바로 이 때문에 이 책을 읽으면서 호흡문이 열린 사람은 아무리 심한 고질병도 낫게 되어 있다.

『선도체험기』시리즈를 계속 읽으면서 호흡문이 열리고 운기를 할 수 있는 사람은 도장에 나가서 전연 수련을 해 보지 않았는데도 필자 앞에 앉으면 빠르면 단번에 늦어도 몇 번 안에 백회가 열려버린다. 독자와 저자는 이미 책을 통해서 서로 기운을 주고받아 왔기 때문이다. 이러한 일은 개론서 한 권 정도 읽어가지고는 어림도 없는 일이다.

제아무리 빠르고 편한 것을 좋아하는 현대인이라고 해도 우물에 가서 숭늉을 얻어먹을 수는 없는 일이다. 밀밭에 가서 당장 막걸리를 얻어 마실 수도 없는 일이 아닌가. 최소한의 숙성 기간이 필요하다. 그 숙성 기간은 대체로『선도체험기』를 15권 정도 읽고 소화하는 시간은 거쳐야 한다. 선도수련은 한 달이나 두 달 안에 후딱 해치우고 마는 그런 것이 아니다. 적어도 한번 시작했으면 숨을 거둘 때까지 지속해 나갈 각오가 되어 있지 않으면 아예 시작을 하지 않는 것이 좋다. 평생을 해야 할 공부를 번갯불에 콩 튀겨먹듯이 해치울 생각은 처음부터 하지 않는 것이 좋다.

☆ 방편에 얽매인 사람은 대체로 접신이 되어 있다. 접신이 되어 있으므로 시야가 지극히 한정이 되어 있다. 인간적인 폭도 제한되어 있어서 생각하는 것이 통이 좁고 째째하다. 속이 꽉 막혀 있는 수가 많다.

사고 능력이 한정되어 있으므로 똑같은 소리를 자꾸만 반복한다. 대체로 고루한 늙은이들이나 하는 짓을 거리낌 없이 자행하면서도 부끄러운 줄을 모른다. 별것도 아닌 초능력을 가지고 자랑을 하려고 한다.

예를 들면 어떤 사람의 전생을 보니 여우였다고 선전을 하기를 좋아한다. 주변의 아는 사람에게는 자신의 신통력을 과시나 하려는 듯 되뇌고 또 되뇐다. 하도 똑같은 소리를 여러 번 듣다 보니 이에서 신물이 날 정도다. 알고 보면 전생에 여우를 거치지 않은 사람은 한 사람도 없을 것이다. 우리는 미생물에서 포유동물과 유인원을 거쳐 인간으로 태어나기까지 거치지 않은 생물이 없다는 것을 알아야 한다.

그래서 인간에게는 우주에 존재하는 온갖 생물의 속성이 다 있다. 전생이 여우였다고 선전을 하는 것은 개구리가 올챙이 적 생각을 못하고 올챙이를 홍보하는 것밖에는 안 된다. 이런 사람은 제 아무리 자칭 도인이라고 으시대도 별 볼일 없는 쫌팽이에 지나지 않는다. 접신이 되었거나 방편에 사로잡힌 사람은 이처럼 제한된 범위 속에서만 뱅뱅 돌기 때문에 조금만 사귀다 보면 금방 싫증이 난다. 그래서 호기심을 가지고 접근했던 사람도 몇 번 만나보고는 금방 떨어져 나가게 된다.

이러한 사람은 어떻게 해야 될까? 한시 바삐 자신의 정체를 깨달아야 한다. 자기가 방편에 얽매어 있고 방편신(方便神)에게 접신되어 있다는 것을 깨우쳐야 한다. 그렇지 않고는 다람쥐처럼 쳇바퀴 속에서 벗어날 수 없다.

☆ 산속에서는 산 전체의 모습이 보이지 않는다. 숲속에서는 나무만

보일 뿐 숲 전체의 모습이 보이지 않는다. 손가락이 너무 크면 달이 보이지 않는 법이다.

☆ 제정신 차리고 있을 때는 얌전하기가 새색시 같은 사람이 술만 취했다 하면 생전 배워 보지도 못한 우리나라 고전 춤을 덩실덩실 잘도 추는 수가 있는데 이건 어떻게 된 겁니까, 하고 어떤 사람이 물어왔다. 그것은 술에 취함으로써 평소에 억제되었던 현재 의식이 느슨하게 풀어지면서 잠재의식이 활동을 시작하기 때문이다. 잠재의식 속에는 전생의 온갖 습성들이 차곡차곡 수록되어 있다가 이런 때 고개를 추켜들고 일어선다. 다시 말해서 전생의 버릇들이 잠재의식에서 해방되어 살판을 만난 것이다.

"술만 취하면 여편네 매질하는 사내도 그렇습니까?" 하고 어떤 중년 여자가 물어왔다.

"그렇구말구요. 그건 전생에 아주머니가 부군을 학대했기 때문에 그 보복을 당하고 있는 겁니다. 그래서 인과율이란 한치의 오차도 없다는 것 아닙니까?"

"그럴 땐 어떻게 하면 되죠?"

"『선도체험기』 시리즈를 읽어보세요. 아주 상세하게 그 해결책이 나와 있습니다. 15권에 나와 있는 '매질하는 남편 길들이기'라는 항목을 읽어 보세요. 아마도 매질하는 남편 다스리는 데 그 이상 가는 대책이 씌어져 있는 책은 찾아보기 어려울 겁니다."

☆ 산이 물이 되고 물이 산이 되는 이치를 알아야 한다.

☆ 서로 떨어져 있으면서도 중심이 일치되어 있는 수없이 많이 널려 있는 동심구(同心球)들이 바로 모든 존재의 생리다.

☆ 스승이 제자가 되고 제자가 스승이 되는 원리를 모르면 도를 텄다고 할 수 없다.

☆ 근본, 뿌리, 자기 자신의 본래 면목, 참나, 참주인, 한마음, 마음의 바탕, 주인공, 자성, 본성을 믿고 모든 것을 본성에게 일임하고 지금 나와 내 주변에서 일어나고 있는 모든 일이 다름 아닌 내 본성이 조화로 이루어지고 있음을 철저히 믿고 냉정하게 관찰해야 한다.

☆ 인과를 녹이고 아상의 두꺼운 벽을 깨고, 습성을 벗어던질 수 있는 지름길은 무엇인가. 젖먹이가 아무 생각 없이 어미젖을 먹고, 3년 가뭄 만난 농부가 단비를 갈구하듯 자신의 뿌리와 중심을 찾아 그와 모든 문제를 의논하고 의지하고 해결책을 구하자는 것이다.

☆ 우리의 중심은 공명정대하고 불편부당한 양심이다. 돈도 명예도 사랑도 학문도, 초능력도 권력도 자기중심에 맡기고 의논하고 그의 충고를 따르라.

☆ 이 우주에는 무수한 동심구(同心球)가 떠돌아다니고 있다. 비록 서로 떨어져 있지만 같은 중심을 공유하고 있다. 이 개개의 동심구는 전체와 그 중심이 일치되어 있음을 마음이 깨달을 때 안정과 평화를 얻을 수 있고 그 전체에서 오는 사랑과 지혜와 능력을 받아 구사할 수 있다.

이 중심을 보는 것이 견성이고 그 중심을 완전히 확보하고 실천하는 것이 성통공완이다. 모든 존재에는 이미 중심이 잡혀 있건만, 이것을 미처 깨닫지 못한 마음이 중심에서 빗나가 겉돌고 있다. 이 겉도는 것을 죄, 인과, 업보, 업장, 생사, 윤회, 고락이라고 한다. 따라서 마음이 중심을 깨달아 제자리를 찾으면 윤회도 생사도 습벽도 사라진다.

이것을 중심을 잡는다고 한다. 우리는 중심을 잡기 위해서 수행을 한다. 중심을 잡은 사람, 그리고 중심을 잡았다는 사실조차 잊어버린 사람은 우주와 한몸이 되어 생사, 시종, 유무, 시공을 초월할 수 있다.

☆ 오뚝이는 사람이 아무리 흔들어도 쓰러질 듯 쓰러질 듯 하기만 할 뿐 절대로 쓰러지지 않는다. 사람이 억지로 눕혀 놓았다가도 손만 떼면 금방 발딱 일어선다. 왜 그럴까? 중심이 확실히 잡혀 있기 때문이다. 오뚝이의 중심은 지구의 중심과도 일치하고 태양계와 은하계, 삼천 대천세계의 중심과도 일치한다.

사람도 중심만 확실히 잡혀 있으면 절대로 쓰러지는 법은 없다. 우리의 중심은 우주 전체의 무위법(無爲法)의 중심과 일치되어 있기 때문이다. 어떠한 유혹과 시련에도 쓰러지지 않고 의연히 버티고 서 있을 수 있는 사람이야말로 완성자다. 성현이고 하느님이고 부처고 그리스도다. 생의 목적은 중심 잡힌 완성자가 되는 것이다.

우리는 완성자가 되려고 지감·조식·금촉 수련을 한다. 이 셋 중에서 지감이 제일 앞에 나와 있는 것은 모든 것은 마음먹기에 달려 있기 때문이다. 역지사지와 방하착은 마음공부하는 방법이다. 각자가 자기 중심 즉 자성과 본성을 확실히 믿고 자기에게 부딪쳐 오는 모든 문제, 환난과 병고와 난관, 기쁨과 즐거움 일체를 자기중심에 맡기고 믿고 상의해야 한다. 각자의 중심은 제아무리 단단한 금강석도 녹일 수 있고 제아무리 강한 독성 물질도 분해 중화시켜 우리에게 필요한 것으로 재창조하는 거대한 용광로이고 요술단지이고 여의봉이다.

역지사지와 방하착 공부가 몸에 배일 때 조식과 금촉은 부속품처럼 따라오게 되어 있다. 마음을 다스리고 동시에 몸도 다스려야 한다. 그런데 지금까지는 많은 사람들이 조식으로 몸만을 다스리는 것을 선도로 알아 왔다. 몸만을 다스린다면 그것은 선도가 아니다. 건강 차원에만 머물러 있다면 체육관이나 헬스클럽이나, 등산이나 수영이나 테니스나 달리기와 하등 다를 것이 없다.

생활선도(生活仙道)

1993년 4월 7일 수요일 2~7℃ 흐리고 비

오후 3시. 중년 부인 두 사람이 대전에서 찾아왔다. 장현순이라고 이름을 밝힌 여자가 먼저 입을 열었다.

"선생님, 저는 선생님께서 쓰신 『선도체험기』를 읽으면서 저 나름으로 수련을 하다가 혹시 선생님한테 찾아오면 제 딸아이 문제가 해결되지 않을까 하는 바램을 갖고 왔습니다."

"따님에게 무슨 문제가 있습니까?"

"네, 저는 대전에 있는 모 중학교 국어 교사구요. 고2 된 딸하고 단둘이서 같이 살고 있습니다. 그런데 딸애가 초등학교 때부터 이상한 증세를 보이기 시작했습니다."

"어떤 증세입니까?"

"가끔 가다가 헛소리를 합니다. 그럴 때는 딴사람 같습니다. 목소리도 다르고 눈동자도 다릅니다. 어떤 때는 할아버지 같은 목소리를 내기도 하고 또 어떤 때는 할머니 같은 목소리를 내기도 합니다. 할아버지 목소리를 낼 때는 생전 배운 일도 없는 어려운 문자를 쓰기도 합니다. 또 할머니 목소리를 낼 때는 저 자신도 모르는 생활의 지혜를 쏟아놓기도 합니다."

"할아버지와 할머니 목소리만 내는가요?"

"그뿐이 아닙니다. 어떤 때는 족집게 같이 앞일을 알아맞추기도 합니다. 그러니까 대중없이 수시로 목소리와 눈동자와 분위기가 바뀝니다. 제가 보기에는 여러 가지 신령들이 시도 때도 없이 들락거리는 것 같습니다."

"그래서 그동안 어떻게 했습니까?"

"무엇을 말씀인가요?"

"무슨 대책을 강구하려고 하셨을 거 아닙니까?"

"더 말해 무엇 하겠습니까? 신경정신과에도 가보고 한의원에도 가보고 심지어 운명철학관에도, 무당한테도 가 봤지만 신통한 해결책이 나오지 않습니다. 나이는 점점 더 들어가고 그 애 때문에 일이 손에 잡히질 않고 근심 걱정만 가중될 뿐이니 어떻게 했으면 좋을지 모르겠습니다. 영능력이 있다는 목사님에게 안수 기도도 받아보고 기도원에 가서 금식 기도도 해 보았지만 별로 효과가 없습니다.

저는 선생님께서 쓰신 『선도체험기』를 읽으면서 수련을 좀 해보려고 해도 애 때문에 잘되지를 않습니다. 딸애 문제가 해결이 되어야 수련도 될 것 같습니다. 선생님께서 도움말이라도 주실까 해서 이렇게 찾아왔습니다."

"모녀가 단 둘이 살고 계시다고 하셨는데, 그렇다면 장현순 선생님은 이 세상의 다른 누구보다도 따님과는 친화력이 강합니다. 가장 가까운 혈육이고 친어머니인 장 선생님께서 따님 때문에 근심 걱정만 가중될 뿐이라고 조금 전에 말씀하셨는데 그런 마음가짐부터 당장 고치셔야 합니다. 따님의 가장 가까운 어머님이시고 따님이 제일 믿고 의지하고 친권자인 장 선생님이 그렇게 마음이 약해서야 되겠습니까. 장 선생님부터 자기중심을 확실히 잡으셔야 합니다. 그래야 따님도 맘놓고 의지할 수 있지 않겠습니까?

그런데 그 어머님께서 근심 걱정이 가중된다고 하셨으니 어떻게 되겠습니까? 우선 어머님부터 중심을 꽉 잡도록 하세요. 그러면 어머니의 기운의 파장이 딸에게도 파급이 됩니다. 따님이 그렇게 정신이 오락가락하고 빙의령들이 들락날락하는 것은 마음이 중심을 떠나 있기 때문입니다. 오늘부터라도 장 선생님은 마음을 고요히 가라앉히시고 딸이 왜 그렇게 되었나를 화두로 삼아 관찰을 해 보십시오."

"교회에 가서 기도도 숱하게 해 보았는데 기도가 아니고 관찰을 하라는 말씀인가요?"

"도대체 누구한테 기도를 했다는 말씀입니까?"

"하느님한테 기도를 했죠. 예수님에게도 간절히 기도를 했고요."

"그 하느님이 어디에 있다고 생각하십니까?"

"『선도체험기』를 읽어보면 사람의 본성은 바로 하느님이라고 하셨는데, 그렇게 생각을 해 보려고 노력을 해도 잘 안되고 해서 그저 창조주 하느님에게 막연히 기도를 하는 수밖에 없었습니다."

"그렇게 어중간한 상태에서는 관이 되지 않습니다. 관은 자기중심이 바로 하느님이라는 확고한 신념이 없이는 되지 않습니다. 예수님이 뭐라고 했습니까? '네 안에서 구하라'고 했지 바깥에서 구하라고는 하지 않았습니다. 하느님은 장 선생님 마음속에 있습니다. 그 하느님이 바로 중심입니다.

그 중심의 눈으로 관을 하는 겁니다. 따님이 왜 그런 병이 났는가를 숙제로 삼아 장 선생님의 중심에서 해답을 구하세요. 이것을 꾸준히 지극정성을 다해서 계속하셔야 합니다. 결국 장 선생님 모녀에 관한 문제입니다. 두 분 이외에 누가 이 문제를 해결해 주리라고 기대해서는 안 됩니다. 어디까지나 스스로 해결해 보겠다는 단단한 각오가 필요합니다. 따님이 왜 병이 났는가를 숙제로 하여 꾸준히 관찰과 명상을 계속하고 있으면 반드시 어느 때인가는 문득 해답이 나올 것입니다.

그 원인이 금생에 있지 않다면 전생에 있었을 것입니다. 어쨌든 그 원인을 남의 능력을 빌어서 알아낼 생각을 마시고 장 선생님 자신의 힘으로 알아내겠다는 굳은 각오로 임하셔야 합니다. 지성이면 감천이라고 했으니까 반드시 어떤 반응이 일어나게 되어 있습니다. 하느님은 우리들 각자의 중심에 있으니까 정성 여하에 따라서 어떤 방식으로든 해답은 알려지게 되어 있습니다.

어느 날 문득 그 원인이 밝혀지면 해결책은 스스로 나오게 되어 있습니다. 장 선생님 스스로 그 원인을 밝혀낼 정도로 수련이 진전된다면 그때 가서는 누구의 도움 같은 것도 필요 없게 될 것입니다. 중심이 딱 잡혀서 자신감을 갖고 만사에 임하게 될 것이니까요?"

"정말로 그렇게 될까요?"

"되고말고요. 그것은 순전히 장 선생님의 결의와 성의 여하에 달려 있습니다. 이것이 바로 생활선도입니다. 우리의 일상생활에서 부딪치는 문제들을 하나씩 하나씩 해결해 나가는 과정이 바로 선도수련 그 자체다 그 말입니다. 수련한다고 해서 꼭 따로 시간을 쪼개서 해야 한다고 하시면 언제까지나 수련할 기회는 잡지 못하고 맙니다. 장 선생님에게 그런 문제가 생겨난 것 자체가 장 선생님의 자성이 장 선생님의 마음을 수련시키고 공부시키려는 의도라고 보아야 합니다.

이러한 인생 숙제를 스스로 해결하는 것이 바로 수련을 향상시키는 지름길이라는 자세로 임해야 합니다. 이 세상에서 일어나는 모든 현상은 반드시 그렇게 되지 않으면 안 될 원인을 안고 있습니다. 원인 없는 결과는 절대로 있을 수 없습니다. 하다못해 길가에서 자라난 잡초 한 포기라도 어떤 원인이 없이는 그렇게 자라나지 않습니다. 그 원인이란 무엇이겠습니까? 첫째로 풀씨가 있었을 것이고, 싹 티울 토양과 적당한 습기와 태양열이 있었습니다. 이러한 조건들이 갖추어지지 않으면 풀씨는 싹을 티울 수 없고 자라날 수도 없습니다. 따님이 그렇게 된 데는 그럴 수밖에 없는 원인이 있었습니다. 그 원인을 장 선생님이 스스로 알아내라는 말입니다."

"선생님께서 말씀해 주실 수는 없을까요?"

"나는 남의 전생이나 보아주는 영능력자가 아닙니다. 설사 알아냈다고 해도 말할 수는 없습니다."

"그건 왜 그렇습니까?"

"알려드려 보았자 아무 의미도 없기 때문입니다. 왜 그런지 아십니까?"

"왜 그렇습니까?"

"내가 만약에 장 선생님을 보고 당신의 딸은 전생에 이러이러한 일이 있어서 그런 병을 앓게 되었습니다 하고 말한다면 우선 반신반의하거나 심한 경우에는 겉으로는 표현을 하지 않지만 무슨 씨도 먹히지 않는 소리를 하는가 하고 남의 얘기 듣듯 할지도 모릅니다."

"선생님 그럴 리가 있겠습니까? 저는 절대로 선생님을 믿기 때문에 그렇게 나오지는 않겠습니다."

"물론 누구나 다 그렇게 말합니다. 그러나 실제로는 그렇지 않습니다. 백문이불여일견(百聞而不如一見)이란 말은 그래서 틀림이 없습니다. 내가 직접 경험한 얘기를 하나 할까요? 어떤 청년 수련생이 우리 집엘 자주 찾아온 일이 있었습니다. 그런데 그 젊은이에게는 남에게 말 못 할 사정이 하나 있었습니다.

수련을 열심히 하여 임독도 트이고 백회도 열려서 제법 운기도 활발한 편인데 이상하게도 꼬리뼈 위쪽 제4요추 부위가 활처럼 휘고 마치 창끝으로 쑤시는 것처럼 아픈 겁니다. 물론 병원에도 한의원에도 철학관에도 무당한테도 가보고 안수 기도도 받아보고 기도원에 가서 금식도 해 보았지만 전연 효험을 못 보았습니다. 그 젊은이는 나를 보고도 제4요추의 아픔을 늘 호소했습니다.

하도 고통스러워하니까 나도 모르게 그게 화두가 되었습니다. 도대체 무엇 때문에 하필이면 꼬리뼈 위쪽의 제4요추가 그렇게 아프다고 할까 하고 그것을 숙제로 삼아 관을 해 본 겁니다. 그런지 며칠이 지난 뒤였습니다. 그 숙제는 나도 모르게 방하착이 되어 있었던 겁니다. 다시 말해서 내 중심에 내려놓고 관찰을 해온 거죠. 명상 중에 한 장면이 나타났습니다. 바로 그 청년이 아득한 옛날의 군인 복장을 하고 나타났어요. 전쟁터에서 싸우는 장면이었습니다.

그는 창의 명수였습니다. 그런데 그 청년은 꼭 도망치는 적군의 제4

요추 부근을 창으로 찔러 쓰러뜨리는 것이었습니다. 수많은 적군을 그는 그런 식으로 찔러 죽이는 장면이 한동안 계속되다가 화면은 사라졌습니다. 그 순간 나는 그가 전생에 무슨 짓을 했고 바로 그 업보를 갚느라고 지금 그렇게 고통을 당하고 있다는 것을 알게 되었습니다. 그런데 그 청년은 전생엔 바로 내가 거느리고 있던 부하였습니다.

그 인연으로 지금도 나를 찾아왔다는 것도 알게 되었습니다. 나는 그 청년에게 이것을 알려주었습니다. 그런데 유감스럽게도 별로 신통한 반응을 얻지 못했습니다. 아직 때가 안 된 겁니다. 자기가 직접 보지 않은 일이라 절실하게 가슴에 와닿지 않은 것 같았습니다. 그때만 해도 나는 지금만큼 수련이 되지 않았을 때여서 그런 말을 곧이곧대로 해주었습니다. 지금 같으면 절대로 말해주지 않았을 겁니다. 왜냐하면 말해 주어 봤자 나만 우스운 인간이 되어 버릴 가능성이 있기 때문입니다.

남의 전생이나 봐주는 영능력자로 오인받을 소지도 있고 실제로 본인은 내가 알려준 장면은 마치 남의 얘기 듣듯 하고 말았습니다. 그러나 만약에 그때 그 청년이 직접 자기 눈으로 그런 장면을 보았더라면 어떠하였을까요? 큰 깨달음이 있었을 겁니다. 아아 내가 전생에 바로 이런 짓을 했기 때문에 그 업보로 제4요추 부근이 그렇게 아프구나. 그러니까 이 고통을 달게 받아야 한다. 자업자득인데 누구를 원망하랴. 내가 진 빚이니까 내가 갚아야지 하고 자기 자신을 뉘우치게 될 겁니다.

이렇게 되면 그 뉘우침이 강력한 치유 작용을 하게 됩니다. 이것이 진정한 공부입니다. 스스로 깨달아야지 병도 낫고 공부도 됩니다. 남이 알려주어서는 아무 효과도 내지 못하게 된다 그겁니다. 이젠 무슨 뜻인지 아시겠습니까? 그때도 그 청년에게 내가 본 장면을 말해 주지 않고 스스로 명상과 관찰과 방하착을 통해서 그 원인을 알아내라고 했더라면 훨씬 더 좋은 결과를 가져 왔을 것이고 공부도 크게 향상되었을 텐데 하는 아쉬움이 남습니다."

"그럼 그 청년은 지금 어떻게 됐습니까?"

"요즘은 어떻게 지내는지 모르겠습니다. 자주 찾아오지도 않으니까요. 소문에는 30일씩 단식을 한다고 하는데 단식만으로 나을 병이 아닙니다. 깨달음이 있기 전에는 낫지 않을 그런 병입니다. 그 청년의 본성이 그에게 마음공부시키고 업장을 해소하라고 그런 고통을 주는 것인데 그걸 깨닫지 못하고 단식을 아무리 오래 해 보았자 무슨 효과가 있겠습니까? 장 선생님도 나한테 그 원인을 알려고 하지 마시고 반드시 스스로 알아내도록 하세요. 그래야만이 큰 효과를 낼 수 있습니다.

장 선생님과 따님과는 전생에도 아주 밀접한 관계에 있었다는 것, 그리고 따님이 그렇게 되어야만 했던 원인이 반드시 있었다는 것만은 틀림없습니다. 그 원인을 명상을 통해서 스스로 알아내세요. 그것이 화두고 숙제입니다. 이처럼 자기 자신의 일상생활에서 부딪치는 문제들을 화두나 공안이나 숙제로 삼아 하나하나 풀어나가면서 공부를 하는 것이 바로 생활선도입니다. 어떻습니까? 이만하면 내 의도를 아시겠습니까?"

"네, 선생님의 의도는 충분히 이해를 할 수 있겠는데요. 저처럼 수련 정도가 낮은 사람도 그런 일이 가능할까요?"

"가능하구말고요. 지성이면 감천이라고 했습니다. 불퇴전(不退轉)의 결의로 임하시면 안 되는 일이 어디 있겠습니까? 더구나 이 문제는 장 선생님 자신의 본성이 장 선생님을 시험해 보려고 낸 숙제라고 생각하시면 틀림없습니다. 자기 자신 앞에 닥친 모든 어려움과 역경은 내 자성이 나를 공부시키기 위해서 마련한 것이라고 생각하시면 틀림없습니다. 자기 앞에 닥친 난관은 극복하라는 것이지 그 앞에서 좌절하라고 있는 것은 결코 아닙니다.

그 난관을 타고 넘는 사람은 인생의 승리자가 될 것이고 그 앞에서 주저앉아 한탄만 하고 남을 원망만 하고 외부의 탓으로만 돌리는 사람은 반드시 패배자가 될 수밖에 없도록 운명지어져 있다는 것을 아시면 틀림없습니다. 이것은 나 자신이 바로 그런 역경을 딛고 일어선 경험이 있었기 때문에 그야말로 확신을 가지고 말하는 겁니다."

"그러세요? 그럼 선생님도 그런 경험을 가지고 계시다는 말씀이세요?"

"그렇고말고요. 내가 쓰고 있는 『선도체험기』는 내 앞에 닥친 그러한 역경들을 어떻게 하나하나 헤쳐 나왔는가 하는 것을 여실히 보여주고 있습니다. 그러니까 지금까지 벌써 15권이나 꾸준히 발간될 수 있었던 것이 아니겠습니까? 아마도 이 책이 이러한 생명력이 있는 한 언제까지나 계속 씌어질 수 있을 겁니다."

"그럼 선생님께서 겪으신 역경 중에서 최근에 있었던 일을 하나만 말씀해 주시겠습니까?"

"가장 최근에 있었던 큰 역경은 1990년 3월 25일 오후 2시경 도봉산 끝바위라는 암벽을 타고 내려오다가 7미터쯤 되는 직벽에서 떨어져 오른발 뒤축에 심한 골절상을 입은 사건이었습니다. 오랫동안의 암벽 타기 경험으로 운동신경이 발달되어 있었으므로 추락을 당하고 나서 세 번이나 경사진 암벽 위를 구르다가도 역회전을 하여 더 이상 밑으로 굴러 떨어지지는 않고 스스로 내 몸을 한곳에 고정시킬 수가 있어서 머리를 다치지는 않았습니다. 만약에 머리를 다쳤었다면 뇌진탕을 일으켜 지금 이렇게 글을 쓰지는 못했을 겁니다.

오른발 뒤꿈치에 심한 골절상을 당했다는 것을 안 순간에도 나는 뇌진탕을 일으키지 않은 것을 우선 천만다행으로 생각했습니다. 이것은 내 본성이 나를 공부시키기 위해서 미리 마련한 시련이라는 것을 깨달았습니다. 등산 동료들에 의해 업혀서 병원까지 운반되는 동안에도 나는 내가 왜 이런 부상을 당했어야 했나 하고 그 원인을 골똘히 생각하게 되었습니다. 그러나 그때는 우선 응급처치를 받아야 했고 당장 심한 통증 때문에 명상이 제대로 이루어지지 않았습니다. 그러나 차츰 안정이 되고 통증도, 격앙되었던 마음도 가라앉으면서 나는 왜 나는 이런 부상을 당했어야만 했나를 곰곰이 생각해 보게 되었습니다.

그때 첫째 원인으로 꼽히는 것이 추락하기 직전에 힘이 모자랐다는 겁니다. 아무리 위기였다고 해도 충분한 힘이 있었더라면 그렇게 쉽사리 추락을 당하지는 않았을 겁니다. 그처럼 에너지가 딸리는 원인이 어디에 있었는가 하고 나는 생각해 보았습니다. 오른발 뒤꿈치뼈가 박살이 난 것으로 보아 발목에 무슨 원인이 있었으리라는 것은 쉽게 추정할 수 있었습니다. 그 원인을 계속 추적해 본 결과 나는 이외의 사실을 알아내게 되었습니다.

그전에도 나는 항상 오른쪽 발목이 약했다는 것이 사실입니다. 멀쩡하게 길을 걷다가도 아무 이유도 없이 발목을 곱질리곤 했었습니다. 한두 번 어쩌다가 그런 게 아니고 습관적으로 그래 왔다는 것을 알았습니다. 그 때문에 나는 한의원에 가서 삔 발목에 침을 맞곤 했었습니다. 그렇다면 오른쪽 발목이 약했다는 것을 알 수 있었습니다. 그 원인이 어디에 있었을까? 그것이 숙제였습니다. 미구에 그 원인은 밝혀졌습니다. 피임을 위해서 정관 절제수술을 한 것이 결정적인 원인이었다는 것이 드러났습니다.

정관 절제수술을 하면 발목 바깥쪽 복숭아뼈를 감싸고 흐르는 방광경(膀胱經)이 상하게 된다는 것을 알게 되었습니다. 내 발목이 항상 약했던 것은 바로 정관 절제수술에 있었던 겁니다. 정관수술을 받을 당시에는 절대로 아무런 부작용도 없다고 의사는 장담했지만 그것은 다 헛소리였다는 것이 수술받은 지 25년쯤 뒤에 밝혀진 겁니다.

정관 절제수술을 해도 고환에서는 계속 정자가 생산이 되는데 그 정자가 정관이 막혀 있어 갈 데가 없으니까 근육으로 흡수됩니다. 이를 방어하기 위한 항체가 만들어지고 이것이 혈관을 타고 돌아다니다가 뇌혈관 속의 모세혈관을 막게 되면 뇌혈전증을 일으킨다는 것도 밝혀져 벌써 오래 전부터 대부분의 나라들에서는 정관 절제수술은 국가적으로 금지했지만 유독 한국과 인도에서만 아직도 시행되고 있다는 것도 알게 되었습니다.

나는 뇌혈전증에 걸리지 않은 것만도 천만다행으로 여기지 않을 수 없었습니다. 그랬더라면 지금 글을 쓸 수도 없었을 것입니다. 우리나라 보건행정이 얼마나 엉터리라는 것도 알게 되었습니다. 절대로 부작용이 없던 보건당국이나 의사들의 말도 말짱 다 거짓말이었다는 것이 드러난 것입니다. 그 의사의 말만 철석같이 믿고 보상금을 몇천 원 받아 들고 좋아했던 나 자신이 얼마나 어리석은 인간이었던가 하는 것도 알게 되었습니다.

내가 암벽에서 떨어져 골절상을 입게 된 원인은 정관 절제수술을 하여 오른쪽 발목이 약해진 데 그 직접적인 원인이 있었다는 것을 알게 되었습니다. 그러나 이것만 가지고는 그 원인을 완전히 알았다고는 할 수 없었습니다. 이보다 더 근본적인 원인이 반드시 있었을 것입니다. 나는 이것을 화두로 삼아 명상과 관찰을 시작했습니다. 끈질기게 추구한 결과 드디어 그 원인이 밝혀졌습니다. 직관과 화면을 통해서 나는 다음과 같은 사실을 알아냈습니다. 나는 전생에 여러 생에 걸쳐서 활의 명수였습니다.

나는 문(文)과 무(武)를 겸비한 생을 여러 번 거쳤습니다. 한 생(生)을 놓고 볼 때 전반기에는 항상 무관 생활을 했고 후반기에는 문관 생활을 해 오는 패턴을 유지해 왔습니다. 젊었을 때는 언제나 군인이었습니다. 한때는 을지문덕 장군 휘하에 참모로 있었을 때도 있었습니다. 활의 명수였으므로 많은 적을 화살로 살상했습니다. 그래도 적군의 전투력은 빼앗되 살상만은 피하려고 반드시 적군의 발뒤꿈치를 쏘아 쓰러뜨리곤 해 왔습니다. 수많은 적군의 발뒤꿈치만을 목표로 삼아 왔기 때문에 지금 나는 그 업보를 당하고 있다는 것도 알게 되었습니다.

과연 화살로 수많은 적군을 쏘아 전투력을 잃게 했던 업보로 발뒤꿈치에 나는 심한 골절상을 입어야 했던 것입니다. 싸움터에 나가서 상관의 명령에 따라 적군을 무찌르는 것은 개인의 죄가 될 수는 없는 일입니다. 그러나 사격술이나 활 솜씨를 자랑하기 위해서 포로들의 발뒤꿈치만을 쏘아서 명중을 시켰다면 이것은 업을 쌓는 것이 될 수밖에 없었습니다. 정당방위가 아니라 취미 삼아 그런 짓을 했기 때문입니다. 그래서 취미로 살생을 하는 엽사들은 스스로 업을 쌓고 있다는 것을 알아야 합니다.

엽사들은 배가 고파서 산짐승을 쏘는 것이 아닙니다. 순전히 여가를 즐기고 취미로 살생의 쾌감을 만족시키기 위해서 사냥을 즐기는 겁니다. 이것이야 말로 무서운 업을 짓는 겁니다. 전생에 취미로 사냥을 즐겼던가, 금생에도 재미로 사냥을 하거나 낚시질을 많이 하는 사람들은 무서운 업을 짓고 있다는 것을 알아야 합니다. 엉성한 것 같지만 섭리의 법망을 피할 사람은 아무도 없습니다.

자기 잘못을 진정으로 뉘우치는 사람은 참회의 눈물을 흘리게 됩니다. 이 눈물이 죄업을 소멸시키는 해독제의 구실을 합니다. 이러한 과정을 거친 뒤에라야 우리는 새 생명으로 거듭 날수 있습니다. 이러한 일은 있지도 않는 창조주 하느님에게 엎드려 기도한다고 해서 되는 일이 결코 아닙니다. '네 안에서 구하라' 한 예수의 말대로 자기 안에서의 뉘우침과 깨달음을 통해서 달성되는 겁니다.

우리들 인간 개개인에게는 누구에게나 그렇게 할 만한 능력이 구비되어 있습니다. '너희들 스스로가 죄를 멸할 수 있는 권능이 있음을 일러주러 내가 왔노라' 하고 예수는 말했습니다. 그런데도 있지도 않은 창조주 하느님에게 꿇어 엎드려 기도만 한다고 하여 죄가 사하여진다고 생각하는 것은 잘못입니다. 더럽혀진 몸은 자기 스스로 목욕을 하여 때를 씻어내야지 있지도 않은 외부의 신이 제 몸을 씻어 주리라고 망상을 해서는 안 됩니다. 그러니까 조금도 의심치 말고 누구에게나 있는, 자기 업장을 소멸시킬 수 있는 능력을 최대한으로 활용하기만 하면 되는 겁니다. 그것은 바로 우리들의 마음먹기에 달려 있습니다.

업장을 해소하는 것도 깨달음을 얻는 것도 마음먹기에 달렸습니다. 깨달음은 일상생활 속에서 부딪치는 문제들을 화두 삼아 하나씩 하나씩 명상과 관찰과 방하착을 통해서 해결하여 나가는 동안에 자성을 가렸던 '거짓 나'와 망상의 안개와 구름들이 한 꺼풀씩 한 꺼풀씩 벗겨져 나가 마침내 '참나'인 중심이 밝아지면서 찾아오게 되어 있습니다. 바로 이걸 아셔야 합니다.

번뇌가 보리(菩提)라는 말 아십니까? 난관과 걱정거리, 고민거리, 근심거리가 바로 깨달음을 얻을 수 있는 절호의 기회라고 생각하시면 틀림없습니다. 소도 언덕이 있어야 비벼댈 수 있습니다. 사람도 무엇이든 의지할 데가 있어야 자신의 생명력을 향상시킬 수 있을 것이 아니겠습니까? 어리석은 중생들은 간난신고가 눈앞에 닥치면 꼭 남의 탓, 환경 탓, 조상 탓, 시절 탓으로 돌리고 자신의 귀중한 에너지를 외부로 발산해 버립니다. 사회제도와 시대를 잘못 타고난 죄로 돌리고 남을 헐뜯고 원망을 하고 한을 품고 몸부림치다가 속절없이 한 세상을 무의미하게 마감하고 맙니다.

그러나 현명한 사람들은 남을 원망하거나 시대를 탓하거나 하늘에 한을 품지 않습니다. 원망과 원한을 밖으로 돌리는 대신에 자기 안으로 돌려 자기중심을 밝힙니다. 자기중심은 우주 전체의 중심과 직결되어 삼천 대천세계와 삼계를 집어삼킬 수 있는 거대한 용광로가 준비되어 있습니다. 어떤 독극물이든지 이 용광로 안에 들어가기만 하면 녹아 없어지는 대신에 새로운 창조적인 에너지로 탈바꿈되어 나옵니다. 그래서 『삼일신고』 진리훈에도 '어리석은 사람들은 선악·청탁·후박을 한데 뒤섞어 제멋대로 내달리다가 태어나고 자라나고 늙고 병들어 죽는 고통에 휘말리지만, 슬기로운 사람들은 지감·조식·금촉하여 진리의 큰 뜻을 실천에 옮기어 미망을 돌이켜 진리를 추구하고 신기(神機)를 크게 발동시키니 이것이 바로 성통공완(性通功完)이니라' 했습니다.

사실 이 한 구절 속에 팔만대장경과 성경과 사서삼경과 노장(老莊)의 핵심 사상이 다 들어 있습니다. 전생의 업장을 자꾸만 해소하다가 보면 이기심으로 뭉쳐진 '나'의 정체를 파악하게 됩니다. 이것이 거짓 나입니다. 미망이 바로 가아(假我)라는 것을 알게 되고 그 가아 뒤에 진아(眞我)가 보입니다. 이때가 되면 병고액난(病苦厄難)은 스스로 물러납니다. 왜냐하면 그 병고액난은 바로 다름 아닌 이 거짓 나가 만들어낸 허상이기 때문입니다.

그 허상이 백일하에 빛을 쏘이게 되니까 흔적도 없이 사라질 수밖에 없지 않겠습니까? 병고액난은 어둠입니다. 그 어둠은 빛을 쏘이면 일찰라에 없어지게 되어 있습니다. 그렇게 될 때까지 지감·조식·금촉하고 명상과 관찰과 방하착을 밀고 나가세요. 거듭 말하지만 역경이 있으니까 공부가 됩니다. 역경이 없으면 공부도 있을 수 없습니다. 수도자는 언제나 역경을 좋은 수련의 기회로 이용합니다. 내가 겪은 역경 얘기를 하다가 너무 말이 길어졌습니다. 어떻습니까? 좀 도움이 되겠습니까?"

"가만히 듣고 있자니까 정말 가슴에 와닿습니다. 선생님의 말씀은 언제나 실생활과 직결되어 있으니까 감동을 줍니다. 선생님께서는 그렇게 큰 부상을 당하시고도 그것을 오히려 좋은 수련의 기회로 삼으셨고 실제로 큰 열매를 거두셨습니다.

바로 그 점이 우리들 독자들이 선생님을 존경하는 이유입니다. 그것뿐이겠어요. 또 선생님은 18세의 어린 나이에 인민군으로 동원되어 3년간이나 전쟁터와 포로수용소 속에서 얼마나 힘겨운 시련을 이겨냈습니까? 그 파란만장한 생애가 다 독자들에게는 살아있는 교훈이 되지 않는 것이 없습니다.

그 온갖 역경과 시련 속에서도 좌절하지 않으시고 꿋꿋이 이겨낸 얘기들이 재미있고 흥미진진한 소설로 우리 독자들 앞에 재현되어 있습니다. 게다가 다른 일반 소설들에서는 도저히 맛볼 수 없는 새로운 경지를 개척하셨다는 데 의의가 있다고 봅니다. 그 새로운 경지라는 것이 참으로 특이합니다. 그것이 바로 일반 문학과는 다른 독특한 점이라고 봅니다. 그것은 문학의 분야를 뛰어넘는 것이라고 봅니다. 제가 오늘 선생님을 찾아뵙게 된 것도 바로 그 점 때문이었습니다."

"역시 국어 선생님이라 보는 관점이 다르시군요."

"그럴 수밖에 없지 않겠습니까? 직업상 많은 문학 작품들을 읽어야 하니까요. 선생님 작품의 특이한 점이 무엇인지 아십니까?"

"어디 말씀해 보시죠. 보통 평론가의 견해하고는 다른 것 같습니다."

"평론가 중에야 어디 선도수련을 해 본 사람이 있겠습니까? 저는 우연히 선생님의 『선도체험기』를 읽고 수련을 하게 되었으니까 이런 말을 하는 거죠. 선생님 작품의 특이한 점은 바로 책을 읽으면서 자기 자신도 모르게 독자들은 선도수련에 몰입하게 된다는 겁니다. 읽는 동안에 스스로 단전호흡이 되고 하단전에 축기가 되고 임독맥이 트이고, 현대의학이 해결 못 하는 고질병들이 저절로 낫는다는 사실입니다.

저만 그런 것이 아니고 이 책을 읽은 독자들 중에는 그런 분이 많은 것 같습니다. 저 역시 이 책을 읽는 동안에 만성 위염과 아주 고질적인 신경통이 다 나아버렸습니다. 문제는 딸애의 빙의 현상인데 이것만은 책만 읽어 가지고는 해결이 되지 않을 것 같고 해서 선생님을 직접 찾아뵙게 되었습니다."

"그래 찾아오신 보람이 있어야 할 텐데. 그게 나한테 숙젭니다."

"오늘 찾아와서 선생님의 간절한 말씀을 듣고 벌써 소득이 하나둘이 아닙니다. 우선 자신감을 얻게 되었습니다. 어떤 난관이나 역경도 뚫고 나갈 수 있다는 확신을 갖게 되었습니다. 그것이 가장 큰 소득이라면 소득이랄 수 있을 것 같습니다."

"고맙습니다. 내가 지금껏 떠든 것이 헛수고가 아니었다는 것을 알게 된 것이 무엇보다 반갑습니다."

"진정으로 고마워할 사람은 선생님이 아니고 저 자신입니다. 조문도 석사가이(朝聞道夕死可矣)라는 말이 정말 실감이 나는 것 같습니다."

고락(苦樂)의 차이

1993년 4월 8일 목요일 1~7℃ 구름 눈 비

어떤 여성 독자가 전화로 문의해 왔다.

"선생님 전화로 죄송하지만 한 가지 당돌한 질문을 드려도 되겠습니까?"

"무슨 일로 그러시는데요?"

"저어 다름이 아니고요. 선생님, 깨달은 사람은 업장까지도 다 소멸되는지 알고 싶습니다."

"결과적으로 소멸이 된다고 보아야겠죠."

"그렇다면 당장 업장이 없어지는 것은 아니라는 말씀인가요?"

"깨달음이란 업장을 보는 마음이 바뀐다는 것이지 그 업장 자체가 소멸되는 것은 아닙니다."

"그렇다면 업장이 없어지는 것은 아니라는 말과 같지 않은가요?"

"그렇지는 않습니다. 마음이 바뀌면 삼라만상이 다 바뀔 수 있습니다. 똑같은 부상을 당하고도 한 사람은 그것을 인생의 큰 교훈으로 삼는가 하면 다른 사람은 운이 사나워서 그런 일이 일어났다고 한탄을 하고 그 부상을 당하게 만든 주변 환경을 저주하고 가해자에게 원한을 품습니다.

똑같은 사건을 놓고 한 사람의 마음은 천국을 보고 또 한 사람의 마음은 지옥을 보는 겁니다. 이 세상을 고해(苦海)로 보는 사람은 고해이고 극락으로 보는 사람은 극락일 수밖에 없지 않겠습니까? 깨달음은 마음이 밝아져서 진리를 보는 것이지 나타난 객관적인 현상이 바뀌는 것은 아닙니다. 무슨 일을 당하셨기에 그런 질문을 하십니까?"

"제 남편이 얼마 전에 뺑소니차 사고를 당해서 양 다리를 잃었습니다. 8톤 트럭에 깔려서 뼈가 완전히 으스러졌거든요. 처음엔 너무나 어처구니없는 사건이라서 정신이 하나도 없었는데 며칠 지나니까 이젠 좀 제정신이 드는 것 같습니다.

그래도 그동안 『선도체험기』를 꾸준히 읽어 오면서 좀 수양이 돼서 그런지 그 뺑소니 운전사를 원망하거나 저주하고 싶은 마음은 많이 엷어졌습니다. 그러나 한 가지 의문은 깨달은 사람은 업장까지도 다 해소가 되는지 알고 싶어서 이렇게 실례를 무릅쓰고 전화를 걸었습니다."

"똑같은 사건을 놓고 보는 각도에 따라 견해가 엄청나게 달라집니다. 그것을 액운으로 보느냐 아니면 새로운 도전의 기회로 보느냐 하는 것은 전적으로 마음 하나에 달려 있습니다. 다시 말해서 업장을 앞에 놓고 좌절하느냐 도약의 디딤돌로 삼느냐 하는 것은 전적으로 당사자의 마음먹기에 달려있다는 얘기입니다.

깨달은 사람은 업장을 액운으로 보지 않습니다. 오히려 좋은 공부의 기회로 보는 거죠. 그렇기 때문에 액운에 말려들지 않고 슬기롭게 타고 넘습니다. 결국 휘둘리냐 아니면 타고 넘느냐의 차이입니다. 밀려오는 파도에 휩쓸려 물에 빠지느냐 아니면 서핑 선수처럼 멋지게 타고 넘느냐의 차이입니다. 여기서 깨달은 사람이냐 아니면 병고액난 속에서 허덕이는 중생이냐가 판가름 나는 겁니다. 부디 이번 사고를 마음을 공부시키려는 자성의 섭리로 아시고 분발하시기 바랍니다."

"선생님 고맙습니다."

"더 이상 도움을 못 드려 미안합니다."

"선생님, 이제 하신 말씀보다 더 큰 도움이 어디 있겠습니까? 저는 더 이상의 도움은 필요치 않습니다. 이제 저는 제 갈 길을 정했습니다. 절대로 누구를 원망하거나 신세 한탄은 하지 않겠습니다. 고맙습니다. 선생님 그럼 안녕히 계십시오."

☆ 생활은 거침이 없어야 한다. 물 흐르듯 여여하고 유연해야 한다. 그 어떤 관념이나 제약에도, 그리고 비록 환난신고(患難辛苦)나 생로 병사에도 휘둘리거나 얽매이지 말아야 한다. 관찰하고 명상하고 역지 사지하고 방하착하여 묘책을 찾아 모든 액난을 슬기롭게 헤쳐나가야 한다.

배고프면 먹고 피곤하면 쉬고, 졸음이 오면 잠들어 새로운 에너지를 보충받아야 한다. 선과 악, 애착과 증오, 정의와 불의라는 상대적 개념 을 떠나 만유를 감싸는 허공의 입장에 서게 되면 제아무리 복잡한 문 제 속에서도 적나라한 실상을 파악할 수 있게 된다. 실상만 포착하면 지혜는 저절로 열리게 되어 있다. 이것이 바로 깨달은 사람의 일상생 활이다.

무조건 속으로 삭여야 하나

1993년 4월 15일 목요일 6~19℃ 구름 조금

독자에게서 전화가 걸려 왔다.

"선생님께서는 모든 근심 걱정과 분노와 증오나 원한과 같은 마음의 고통을 중심에 놓으라고만 말씀하시는데, 만약에 그렇다면 억울하거나 부당한 일을 당하고도 고발도 하지 말고 속으로 삭이기만 하라는 말씀인가요?"

"실례를 들어 말하겠습니다. 만약에 댁이 냉장고를 한 대 구입했는데 금방 고장이 나서 못 쓰게 되었다고 칩시다. 비싼 돈 주고 산 냉장고가 금방 고장이 났다면 제조 회사에서 책임을 질 일입니다. 이런 경우도 속으로 삭이라는 것은 결코 아닙니다.

가령 어떤 막역한 친구에게 돈을 천만 원 꾸어주었는데 떼어먹고 도망을 쳐버렸다고 칩시다. 아무리 수소문을 해도 찾을 수가 없습니다. 집도 늘리고 아들의 학교 등록금으로도 쓰려고 했던 돈인데 이렇게 떼어먹혔으니 기가 막힐 노릇입니다. 이때 사람들은 대개 돈 떼어먹고 도망친 친구를 미워하고 원망합니다. 심지어 저주까지 합니다. 그러나 선도수련을 하는 사람은 이런 짓은 하지 않는다는 말입니다. 이미 종적을 감추어 버린 사람을 욕하고 원망하고 저주하면 뭘 하겠습니까? 전생의 업장을 갚은 것이려니 생각하고 자기중심에 내려놓고 쓰라린

233

마음을 녹여버린다 그겁니다."

"그건 그렇고요. 돈을 떼어먹은 사람이 멀쩡하게 살아 있고 돈도 있으면서도 갚을 생각을 않고 대로를 활보하고 있을 때는 어떻게 합니까?"

"혹시 영수증이나 채용증서 같은 거 받아 놓은 거 없습니까?"

"그냥 믿고 꾸어주었으니 그런 거 받아놓을 생각도 못 했죠."

"그렇다면 법적으로 구제받을 길은 없으니까 당사자를 만나 설득을 하는 수밖에 없겠네요."

"절대로 떼어먹지 않겠으니 염려 말라고 하면서 몇 해를 끌어 왔습니다."

"그럼 양심에 맡겨 놓아야지 어떻게 하겠습니까? 물론 억울하고 분한 마음은 이해가 되지만 그렇다고 해결사나 깡패를 동원하여 쳐들어갈 수도 없고 깨끗이 단념하고 안으로 삭이십시오. 애초에 돈 꾸어줄 때 채용증이나 영수증도 안 받았다면 떼일 각오를 하셨을 터이니 상대방의 양심에 맡긴 것이나 마찬가지 아닙니까?"

"결과적으로는 그렇게 됐지만, 신의를 배반한 것이 괘씸하죠."

"그렇다고 해서 자꾸만 괘씸해하면 이쪽의 마음만 상합니다. 차라리 그 사람을 도와준 셈 치면 되겠네요. 그 괘씸한 생각도 녹여버리세요."

"갚을 돈이 없어서 그렇다면 쉽게 단념이라도 하겠는데, 돈이 있으면서도 갚지 않는 겁니다."

"그렇다면 전생에 그 사람에게 댁이 진 빚이 있었는지도 모르죠. 할 수 없습니다. 이런 땐 마음을 바다같이 넓게 먹는 수밖에 없습니다. 전생의 업이 아니라면 어느 땐가는 빚을 갚을 때가 있을 겁니다. 금생에 못 갚으면 내생에라도 갚을 때가 있을 겁니다. 그렇게 느긋하게 마음을 먹는 수밖에 더 있겠습니까?

변하지 않는 참나는 우주 전체를 포용하는 허공입니다. 허공은 늘지도 줄지도 않습니다. 참나의 입장에서 보면 빼앗긴 것도 찾은 것도 없습니다. 빼앗겨 보았자 다 그 안에 있는 겁니다. 궁극적으로는 돈이나 물질에 대한 집착에서도 떠나야 합니다. 그래야만이 완전한 자유자재 융통무애를 누릴 수 있습니다."

"그렇다면 선생님, 이 세상에는 불의와 악덕과 배신과 패륜과 부조리와 부정부패와 도둑질이 판쳐도 속수무책이라는 말이 아닙니까?"

"그렇지는 않습니다. 경찰도 있고 검찰도 있고 언론도 있습니다. 또 사이비 교주를 응징하기 위해서는 그런 사람들만을 전문적으로 응징하는 천적(天敵)이 있게 마련입니다. 국가가 있고 사법부가 있고 언론이 있고 글쟁이들이 존재하는 한 불의와 악덕과 패륜은 한계가 있습니다. 너무 걱정 안 하셔도 됩니다. 악도 선도 하나에서 나온 겁니다. 어느 쪽이든 한쪽에만 치우치면 도를 이룰 수 없습니다."

"별수 없이 선생님의 말씀을 따를 수밖에 없군요. 좋은 말씀 들려 주셔서 감사합니다."

〈17권〉

달리기(조깅)

1993년 4월 21일 수요일 11~21℃ 구름 많음

나처럼 하루 종일 앉아서 글 쓰는 직업을 가지고 있는 사람은 언제나 운동이 부족하다. 지금까지는 일주일에 한 번 등산을 하고 하루에 20분씩 도인체조를 하고 또 20분씩 산보를 해왔지만, 이것만 가지고는 충분한 운동이 되지 않았다. 그래서 달리기를 시작한 것이다. 인간이 생체활동을 유지하는 활력을 얻기 위해서 하루 세끼 밥을 먹는 것과 같이 육체의 노쇠를 방지하려면 운동을 하는 수밖에 없다.

3년 전에 입은 골절상에서 이제 회복이 되어 달리기를 할 수 있는 정도에 이르렀으니 빠른 상처 회복을 위해서도 달리기는 필수적이다. 기계도 인간의 기관도 사용하지 않으면 녹슬고 퇴화한다. 이것은 자연의 법칙이다. 제 아무리 큰 깨달음을 얻은 도인이라고 해도 제대로 육체 운동을 하지 않으면 노쇠가 빨리 온다. 이 세상에 사는 동안에 앓지 않고 자기 할일을 충실히 하기 위해서라도 우리는 우선 건강해야 한다. 그러자면 육체적으로 녹슬지 말아야 한다.

오늘 아침 조간신문을 보니 해외 기사 하나가 유난히 눈길을 끈다.

50대 이후 성교 불능 상태의 남성들을 위한 성기 발기용 주사제가 곧 프랑스에서 시판될 예정이라고. 인간은 자연의 일부이므로 섭리에 따라야 한다. 50대 이후 성기가 발기되지 않는다면 그것은 발기될 필요가 없기 때문이다. 그렇다면 자연의 섭리에 순응하여 새로운 삶을 개척하면 될 것이지 무엇 때문에 사람들은 섹스에 집착하여 그런 주사제를 만들어야 하는 것일까? 그것은 현대 문명이 섹스에 과도하게 인생의 가치를 부여했기 때문이다.

동물학자들의 말에 따르면 지구상의 동물 중에서 섹스를 향락의 수단으로 이용하는 것은 인간밖에 없다고 한다. 다른 동물들은 섹스는 오직 번식을 위해서만 이용한다. 그렇다고 향락하는 걸 나무랄 이유는 없다. 나이가 들어 여자는 폐경기에 접어들면 섹스 능력이 급격히 저하된다. 그와 함께 남성들도 50대 이후에는 성능력이 퇴화하게 마련이다. 이것은 자연의 순리다. 그런데 이 자연의 섭리에 역행하여 정력제를 든다든가 호르몬 주사를 맞는다든가 성기 발기용 주사를 맞는다든가 하는 것은 전부 다 자연의 순리에 역행하는 어리석은 짓일 수밖에 없다. 그것은 섹스에 지나친 가치를 부여한 잘못된 관념과 감각적인 쾌락주의가 빚어낸 망상이다. 나이에 어울리는 삶을 우리는 얼마든지 개척할 수 있는데 구태여 육체적 쾌락에만 연연할 필요는 없는 것이다.

나이 50쯤 됐으면 감각적 유혹에서도 벗어날 때다. 선도 수련자는 연정화기 함으로써 성명쌍수를 이룬다. 그런데 성에 집착하는 중생들은 사정을 할 수 있는 능력에 최고의 가치를 두고 있다. 동물도 하지 않는 짓에 그처럼 연연하는 것은 무엇 때문일까? 그것은 가치관의 전도(顚倒) 때문이다. 금촉 수련은 이 전도된 가치관을 바로 세워줄 것이다. 성에 집착하는 한 인간은 타락할 수밖에 없다. 생명력의 진화를 외면하고 성에만 집착하는 한 소돔과 고모라의 비극이나 에이즈밖에는 기대할 것이 없다.

1993년 4월 22일 목요일 13~19℃ 가끔 흐림

☆ 실패를 두려워하지 말라. 실패가 있기 때문에 성공이 있다. 그래서 에디슨은 실패는 성공의 어머니라고 했다. 그는 실패를 딛고 일어선 위대한 발명가였다. 실패를 이용함으로써 깨달음에 도움이 된다. 실패를 실패로 보지 않고 성공의 요인으로 볼 수 있는 안목을 키우는 것이 수련이다.

☆ 구도자는 불행 속에서 행복을, 역경 속에서 순경을, 괴로움 속에서 기쁨을, 부정 속에서 긍정을, 고통 속에서 즐거움을, 종말 속에서 새로운 시작을, 죽음 속에서 삶을 볼 줄 아는 사람이다.

☆ 선도수련은 죽음이 우리에게서 떼어낼 수 없는 생명력에 투자하는 것이다. 연인, 돈, 명예, 부귀, 영화, 권력 따위는 죽음과 함께 떨어져 나간다. 그러나 명상과 깨달음을 통해서 되찾은 자성은 죽음도 떼어낼 수 없는 영원한 것이다.

☆ 자성(自性)이니 본성(本性)이니 하는 말이 가슴에 와닿지 않으면

양심을 생각하라. 누구나 양심이 없는 사람은 없다. 또 중심을 생각하라. 누구나 중심이 잡혀 있지 않으면 제대로 서 있을 수가 없다. 몸에도 중심이 있고 마음에도 중심이 있다. 마음의 중심이 바로 양심이다.

양심은 언제나 불편부당하고 공명정대하다. 양심과 중심으로 자기 자신에게 일어난 모든 문제를 비추어 보는 것이 명상이고 관이다. 명상은 궁극적으로 깨달음을 몰고 온다. 역지사지와 방하착은 명상의 핵심이다.

☆ 짜증과 분노의 정체는 무엇인가? 이기심이다. 이기심을 버리면 짜증도 분노도 사라진다. 짜증을 내게 하는 상대방의 입장이 되어보면 실상이 보인다. 짜증이 일어나려는 순간 그에 휩쓸리는 대신에 짜증의 정체를 물고 늘어져야 한다. 짜증을 제공한 사람의 입장 속으로 녹아들어가라. 상대의 입장은 이해하려고 하지도 않고 자기 고집만 세우니까 자꾸만 더 짜증이 나게 된다.

☆ 남이 나를 찔러도 찔리지 않으면 짜증도 성도 날 리가 없다. 찔리지 않으려면 이기심의 껍질을 벗어 던져야 한다. 짜증과 성냄은 이기심의 껍질이 찔렸을 때 느끼는 아픔이다. 이 껍질을 벗어 던지면 찔림도 아픔도 사라지고 남는 것은 허공뿐이다. 허공은 아무리 찔러도 아픔을 느낄 수 없다.

☆ 짜증을 내게 하고 비위를 건드리는 상대에게 감사하라. 만약에

그러한 상대가 없다면 짜증과 성냄을 녹이는 방법을 터득할 수 없을 것이다.

1993년 4월 27일 화요일 7~19℃ 맑은 후 구름

아침 달리기를 시작한 지 오늘로 4개월째. 5킬로쯤 되는 거리를 달리는데 처음에는 50분이 걸렸었다. 그러나 오늘 달리고 나서 시간을 재어보니 40분으로 단축되었다. 가속이 붙은 것이다. 달리고 나서 몸을 씻은 후에는 새로운 활력이 샘솟는 것을 느낀다. 부상 전에도 달리기를 해 본 경험은 있지만 이렇게 매일 규칙적으로 해 보니 수련에도 큰 보탬이 된다는 것을 알 수 있다.

운기가 더욱더 활발해지고 달리는 동안 나도 모르게 명상을 할 수 있는 이점도 있다. 달리는 동안 속도에는 일체 관심을 기울일 필요가 없다. 아내는 나보다 일주일이나 뒤늦게 달리기를 시작했는데도 내가 40분에 달리는 거리를 25분 정도밖에 걸리지 않았다. 아무리 뛰어도 숨이 차지 않는다고 한다.

달리기에 천부적인 소질이 있는 것 같다. 그러나 나는 애써 아내를 따라잡으려 하지 않는다. 시간을 단축하자는 것이 아니라 단지 내 페이스대로 달리는 데 의미가 있기 때문이다. 만약에 내가 경쟁의식을 갖고 달리기를 한다면 불필요한 부담을 안게 된다. 그 부담을 느끼는 순간 달리기는 즐거움이 아니라 괴로움이 될 수도 있다.

그럴 필요는 조금도 없다. 남이 나보다 빨리 달리거나 늦게 달리거나 일체 상관할 것 없이 나는 달리는 것 자체에 열중하고 이를 즐기는 것이다. 이렇게 되니까 달리는 도중에 아무리 가파른 언덕이 와도 조금도 부담이 되지 않는다.

비탈진 길은 보폭을 줄여가면서 속도를 늦추면 된다. 달리는 리듬을 깨지 않기 위해서다. 그러나 실제로 달리기 하는 다른 사람들을 보면 비탈길에서는 천천히 걸어 올라가는 것을 볼 수 있는데, 이것은 인내력과 지구력을 기른다는 관점에서도 좋은 방법은 아니다.

오후 3시. 정혜령이라는 중년 여성이 경남 마산에서 찾아왔다. 뒤이어 대구에서 정충호라는 건축업을 한다는 40대 후반의 중년 남성이 왔다. 들어와서 앉자마자 그녀에게서는 아주 활발한 운기가 감지되었다. 상당히 오랫동안 많은 수련을 쌓아온 것이 틀림없었다. 그러나 아무리 뜯어보아도 가정부인 같지는 않았다. 그렇다고 처녀냐고 곧바로 물어볼 수도 없는 일이고 하여 망설이고 있다가 입을 열었다.

"수련을 많이 하신 것 같은데, 지금 애기가 몇이나 됩니까?"

"애기라고 예에, 전 아직 결혼 안 했습니다. 나이는 서른여덟이나 먹었지만 아직 처녑니다."

"그러세요. 어쩐지 분위기가 좀 이상하다 했더니 역시 그렇군요. 수련하신 지는 얼마나 됐습니까?"

"90년도부터 시작했으니까 벌써 3년 됐습니다."

"도장엔 안 나가셨나요?"

"한 3개월 다닌 일이 있습니다만 사정이 여의치 않아서 그만 두고 내내 선생님께서 쓰신 『선도체험기』를 교과서 삼아 혼자서 수련을 해 왔습니다."

요즘 찾아오는 사람들 중에는 『선도체험기』만을 읽고 혼자서 수련을 하여 대주천 경지에 거의 접근한 수련자가 많다. 나와 대좌한 지 30분도 채 안 되어 그녀는 백회가 열렸다. 이처럼 인연 있는 수련자들은 어떻게 해서든지 찾아오는 것이다. 백회가 열린 뒤에 필요한 조치를 취해 주고 나서 내가 물었다.

"앞으로 결혼은 안 하실 겁니까?"

"아이고 이제 새삼스레 결혼을 해서는 뭘 하겠는교. 마 이래 수련이나 할랍니다."

"하긴 비구니나 수녀들 외에도 요즘은 독신녀가 늘고 있는 것 같습니다. 꼭 결혼을 해야만 하는 것은 아니죠. 혹시 뒤늦게라도 천정배필이나 만나면 모를까. 억지로 남들이 하는 결혼이니까 나도 해야 한다는 의무감 때문에 해야 할 필요는 없을 겁니다.

머리 깎고 사미니계 받고 승복 입은 비구니나 검은 제복을 입은 수녀들처럼 외모상으로 남의 눈에 띄는 사람들만이 세상의 소금이 되는 것은 아니라고 봅니다. 오히려 정혜령 씨처럼 일반 여성과 똑같은 복장을 하고 남의 눈에 띄지 않게 착실히 수도를 하는 데에 더 큰 의의가 있다고 봅니다. 그럼 정혜령 씨는 무슨 일을 하시는지 물어봐도 되겠습니까?"

"분식점을 하나 경영하고 있습니다."

"수련을 하시는 것처럼 자기 직업에도 정성을 쏟는다면 찾는 손님이 많을 것 같습니다. 어떻습니까? 장사는 잘될 것 같은데 맞습니까?"

"네에 같은 종류의 업종 중에서는 비교적 잘되는 폭입니다."

"그것 보세요."

"선생님께서는 그걸 어떻게 아셨습니까?"

"다 아는 수가 있습니다. 아까도 말했지만 자기 직업에도 수련을 하듯이 정성을 쏟는 것이 첫째 원인이고 두 번째는 정혜령 씨가 만드는 음식은 유난히 맛이 있을 겁니다."

"어머 선생님 그걸 어떻게 아십니까?"

"다 아는 수가 있습니다."

"참으로 용하게 맞추시네예. 사실 오래 전부터 선생님을 꼭 만나 뵈려고 작정을 했는데 매일같이 손님들이 몰려드는 통에 눈코 뜰 새 없이 바빠 놔서 자꾸만 미루다가 이번에 서울 사는 동생 결혼식 오는 길에 찾아 왔습니다. 그런데 예에, 선생님은 어떻게 그걸 그렇게 알아 맞추십니꺼?"

"그렇다고 내가 점을 친 것은 아닙니다. 투시를 한 것도 아닙니다."

"초능력이 아니라면 어떻게 그걸 아실 수 있습니까?"

"다 아는 수가 있죠. 정혜령 씨는 손님이 하도 많이 몰려드니까 수련도 변변히 할 시간이 없었을 겁니다. 그러나 수련 시간을 누구보다도 많이 확보하고 계십니다."

"그럴 리가 없는 데 예에. 언제나 마음만 수련에 가 있지 항상 일에 쫓겨서 일에서 해방되지 못하고 있습니다."

"일이 많고 항상 일에 쫓겨서 일에 파묻혀서 수련을 못 한다는 것은 새빨간 거짓말입니다. 정혜령 씨가 바로 그 좋은 예입니다. 정혜령 씨는 그 바쁜 생활 속에서도 꾸준히 수련이 진행되어 온 겁니다. 그것을 가리켜 이른바 생활선도라고 합니다. 국수를 만들고 빵을 구우면서도 항상 즐거운 마음으로 그 일에 몰입할 수 있는 것이 바로 수련의 비결입니다. 자기가 하는 일에 지극 정성을 다하는 것이 바로 수련입니다.

언제나 현재를 충실히 사는 사람은 주어진 여건을 최대한으로 이용하여 최선을 다합니다. 주어진 여건과 자기 직업에 최선을 다하는 것 자체가 바로 최고의 수련이 되는 겁니다. 정혜령 씨는 분식점을 경영하여 큰돈을 벌겠다는 욕심에서는 떠나 있기 때문에 외부의 누구도 의식하지 않고 오직 자기가 하는 일에 최선을 다하는 것을 보람으로 알고 열중을 하다 보니 그 일 자체가 명상이 되고 자기가 만드는 음식 속에 정성과 함께 기운이 쏟아져 들어가는 겁니다. 그러니까 맛이 있을 수밖에 없죠. 흔히 음식을 만들 때는 정성을 들여야 한다는 옛 어른들의 말은 조금도 빗나간 말이 아닙니다.

노자의 『도덕경』에 보면 '함이 없는 함을 해야 한다'는 말이 있습니다. 내가 일을 하되 누구를 위해서 일을 한다는 의식조차 없이 오직 현재의 생활에 충실하게 일하는 것 자체에 의미를 부여하는 것을 말합니다. 이것이 진정한 의미의 홍익인간(弘益人間)이고 하화중생(下化衆生)입니다.

내가 하는 일을 누가 알아주기를 바란다면 그것은 이미 사심이 들어가 있는 것이므로 도(道)를 이룰 수는 없는 것입니다. 오른손이 하는 일을 왼손이 모르게 하라는 예수의 말은 이래서 나온 겁니다. 지금과 같은 태도로 분식점을 운영하는 한 앞으로 계속 번영할 것입니다. 단

욕심만 안 들어가면 그렇다는 말입니다. 어쩌면 자기 직업과 수련을 조화시킨 좋은 표본이 될 수 있을 겁니다."

"그런 말씀을 들으니 제가 오늘 풍선처럼 부풀어 오른 것 같습니다."

"균형 감각과 객관적인 시각이 살아 있기 때문에 그런 말이 나옵니다. 자기 자신을 거울에 비추어 보듯 제3자의 공정한 눈으로 늘 살펴볼 수 있는 것이야말로 명상과 관(觀)의 핵심입니다. 비구니나 수녀들은 일정한 조직에 묶여서 조직의 명령에 따라 움직이지만, 정혜령 씨는 아무도 구속하거나 통제하는 사람이 없습니다. 오직 자성의 명령에만 따를 뿐입니다. 이것이 바로 생활선도를 실천하는 겁니다.

그런 사람의 중심은 전체의 중심과 일치되어 있으므로 누구에게도 굽히지 않고 당당하게 살아나 갈 수 있습니다. 인간의 집단심리를 이용하는 종교기관이나 무슨 수련단체에서보다는 이처럼 말없이 자기생활을 충실히 꾸려나가면서 자기중심을 밝혀나가는 사람이 많을수록 우리 사회는 밝아질 겁니다. 진리를 깨달은 도인들이 주류를 이룬 사회가 극락이고 천당입니다. 군중심리에 들떠 날뛰는 맹신자들이 쫓는 허상의 세계야말로 지옥이 아닐 수 없습니다."

"선생님 말씀은 깨달은 사람이 모이면 천당이고 극락이 된다는 말씀인데, 현실은 어디 그렇습니까?" 하고 40대 후반의 중년이 말했다.

"현실이 어떤데요?"

"사람들이 직접 보는 눈앞에서 난치병 환자들이 당장 낫는데야 믿지 않을 수 있나요?"

"초능력을 구사하는 것은 우매하고 의식 수준이 낮은 사람들을 상대로 포교할 때나 쓰는 수법입니다."

"그래도 법보다는 주먹이 가깝고 백 마디 약속보다는 밥 한 그릇이 더 낫다고 당장 병이 낫고 물질적인 혜택이 주어지는데 믿지 않을래야 믿지 않을 도리가 있나요?"

"결국은 유유상종입니다. 초능력을 좋아하는 사람들은 그런 사람을 따를 수밖에 더 있겠습니까? 초능력은 달콤한 유혹에 지나지 않습니다. 그것에 매혹당하면 맹종자는 될 수 있을지언정 깨달음은 얻을 수 없습니다. 깨달음은 생명의 완성이지만 초능력은 무당도 부릴 수 있는 달콤한 사탕과도 같은 술수(術數)입니다. 초능력은 깨달음과 연결이 될 때 뜻이 있는 것이지 초능력 자체로 끝난다면 파멸로 이끄는 달콤한 유혹에 지나지 않습니다."

"선생님 저는 수련 중에 허리 위쪽으로는 기운이 항상 떠 있습니다. 왜 그런지 알 수 없을까요?"

"머리쪽은 어떻습니까?"

"머리도 멍멍할 때가 많고 백회에 얼음처럼 차가운 기운이 쏟아져 들어올 때도 있습니다. 또 어떤 때는 음식을 먹지도 않았는데 명치끝이 꽉 막힌 것 같습니다."

"병원에 가 본 일은 있습니까?"

"물론 가 봤죠. 컴퓨터 단층촬영도 해보고 온갖 첨단 장비로 별별 검사를 다 해 보았지만 아무 이상도 없다는 겁니다. 신경성이라고만 말합니다."

"병원서는 모르면 전부 심인성이나 신경성이라고 하는데, 그건 정충

246

호 씨의 자성이 보내는 공부하라는 신호니까 열심히 수련을 하여 극복하는 수밖에 없습니다."

"혹시 빙의가 된 것은 아닙니까?"

"바로 그겁니다."

"그럼 무당 말이 맞군요."

"무당한테도 갔었습니까?"

"그럼 어떻게 합니까? 갑갑하고 답답하고 정말 미치고 환장할 지경인데 말입니다."

"인내력과 지구력을 양성하라는 섭리라고 생각하고 마음공부에 더욱더 박차를 가하는 도리밖에는 없습니다."

"어떻게 하면 마음공부를 할 수 있습니까?"

"『선도체험기』는 다 읽었습니까?"

"지금까지 나온 것은 다 읽었습니다."

"그럼 가능한 한 반복해서 읽어보십시오. 대행스님의 법문집인 『한마음 요전』 같은 책도 참고로 읽으십시오. 반드시 마음에 큰 변화가 일어날 겁니다. 중심이 밝아질수록 빙의령은 잘못을 깨닫고 영계의 자기자리를 찾아 빨리 떠나게 됩니다. 인연 있는 중음신(中陰神)들이 떠돌아다니다가 기진하여 기운 보충받으려고 들어온 것이라고 생각하시고 마음공부를 통하여 천도를 하는 수밖에 없습니다. 빙의당한 사람의 심신이 밝아지면 빙의령도 마음이 밝아져서 도리를 깨닫고 제 자리를 찾아 떠나게 됩니다. 빙의된 영을 하나 천도하면 그만큼 수련 정도는 한 단계씩 높아질 것입니다.

그래서 영가(靈駕)에게 빙의되는 것은 공부가 한 단계 높아질 징후라고 보면 틀림없습니다. 그러나 아무나 공부가 되는 것은 아닙니다. 진상을 알고 당황하지 말고 인내력과 지구력을 발휘하여 이런 때일수록 심신수련에 더욱더 진력하는 사람에게나 해당되는 얘기죠. 일단 빙의가 되었다 싶으면 화내지 말고 짜증내지 말고 끈질긴 인내력으로 느긋하게 대처해야 합니다.

장기전을 펼 각오를 단단히 해야 합니다. 어떻게 하든지 빨리 떼어버리려고 하면 더욱더 찰싹 달라붙습니다. 생명의 이치와 도리를 몰라서 그렇게 된 것이니까 깨우쳐주는 수밖에는 없습니다. 초조하거나 불안해하는 것은 금물입니다. 어디까지나 마음을 느긋하고 편안하게 하고 도리를 알게 하는 것이 지름길입니다."

1993년 4월 30일 금요일 9~17℃ 오전 한때 비

☆ 총탄을 맞고 치명상을 입은 사람은 비틀대다가 쓰러진다. 왜 그럴까? 몸이 중심을 잡을 수 없기 때문이다. 이때 평소에 수련을 통해 몸과 마음의 중심이 잡혀 있던 사람은 비록 몸은 중심은 잃을지라도 마음의 중심은 잃지 않는다. 몸이 중심을 잃으면 몸을 가누지 못하고 마음이 중심을 잃으면 허상과 우상을 쫓게 된다. 이 중심 잡힌 마음이 바로 자성이고 하느님이고 부처님이고 참나다. 깨달음으로 참나를 밝히면 윤회의 고통을 벗어난 나툼이 있을 뿐이다.

오후 3시. 전화가 걸려 왔다.

"선생님, 나주의 오숙희입니다."

"네에, 어떻습니까? 무슨 변화가 있습니까?"

"선생님 어제 선생님 댁에 갔다가 백회가 열린 뒤로는 내내 엄청난 기운이 들어오고 있습니다. 아주 청신하고 맑고 좋은 기운입니다. 어제는 선생님한테 제대로 인사도 못 드리고 얼떨결에 떠나왔기에 고맙다는 인사라도 드리려고 전화를 걸었습니다."

"대주천이 잘 가동되고 있다니 다행입니다. 부부는 일심동체라고 했으니까 애기 아빠에게도 관심을 기울여 주시기 바랍니다. 두 분이 수준이 비슷해지면 상승효과가 일어날 것 같습니다."

"남편한테 어떻게 관심을 기울이면 되겠습니까?"

"가능한 한 남편의 모습을 떠올리도록 하십시오."

"수련 중에 말인가요?"

"수련 중에도 다른 일 할 때도 연애시절에 그랬듯이 모습을 떠 올리세요."

"그럼 그렇게 남편의 모습만 떠올리면 됩니까?"

"그렇습니다. 오숙희 씨는 대주천이 되고 있으니까 남편의 모습만 떠올려도 기운이 그쪽으로 가게 되어 있습니다. 그러나 다른 사람에게는 아직 그렇게 하지 마십시오."

"그건 왜 그렇습니까?"

"아직은 대주천 시작한 지 얼마 안 되고 그렇게까지 할 만큼 기운이 강하지 못하기 때문입니다. 그러나 남편 되시는 분에게만은 그렇게 해도 됩니다. 하루 속히 남편의 수련 수준을 오숙희 씨 수준까지 끌어올리기 위해서입니다. 오행상으로 보아도 두 분은 체질적으로 서로 맞습니다."

"그렇습니까?"

"네, 남편 되시는 분은 얼굴이 넓적한 금형 체질이고 오숙희 씨는 얼굴이 갸름한 목형 체질입니다. 금극목(金克木)해서 이런 때는 기운이 상부상조하게 되어 있습니다. 오행상으로는 천정배필이라고 할 수 있습니다. 그래서 두 분이 동시에 수련을 하게 되면 상부상조하여 상승효과를 거둘 수 있습니다."

"그렇게만 하면 되겠습니까?"

"부군보고도 아내의 모습을 가능한 밖에 나가서도 떠올리라고 그러세요."

"그건 왜 그렇습니까? 너무 꼬치꼬치 질문을 해서 정말 죄송합니다."

"아니 괜찮습니다. 알 것은 알고 넘어가야 제대로 공부가 되니까요. 그렇게 서로가 서로를 마음속에 떠올려야 기운의 교류가 이루어지기 때문입니다."

"선생님 이젠 무슨 뜻인지 알겠습니다. 선생님 정말 고맙습니다. 그럼 한 달쯤 뒤에 또 찾아뵙겠습니다."

"그러세요."

어제 오후부터 내내 명현반응 현상을 겪었다. 가벼운 감기몸살 기운으로 몸이 오싹오싹했다. 기운이 엄청나게 피부 전체로 들어오는 바람에 때로는 머리가 띵해서 독서도 제대로 되지 않았다. 내가 이런 얘기

250

를 하면 어떤 사람은 "아니 선생님도 아직 명현반응을 일으키십니까?" 하고 의아해 한다. 그는 내가 마치 성통공완한 완성자로 착각을 하는 것 같다. 나는 아직 완성자가 아니다.

구도자일 뿐이다. 독자 여러분들보다 조금 먼저 수련을 하고 있을 뿐이다. 그렇다면 당신은 뭐가 잘났다고 글을 써서 책으로 발표를 하느냐고 따질지도 모른다. 그것은 내가 글쟁이기 때문이다. 글 쓰는 것이 천직이니 글을 쓸 수밖에. 글쟁이는 완성된 인격자인가 하면 그렇지는 않다. 남들과 똑같이 결점투성이 인간일 뿐이다. 단지 남보다 나은 것이 있다면 자신이 겪은 일들을 글로 표현할 수 있는 능력이 남보다 좀 두드러질 것뿐이다.

내가 이렇게 말하면 또 어떤 사람은 당신은 완성자도 아닌 주제에 뭐가 잘났다고 수련자들을 지도하는가 하고 힐문하는 사람이 있을지도 모른다. 나는 수련자들에게 광고를 하여 불러 모으지는 않았다. 단지 내 책을 읽은 독자들이 내 도움을 바라고 개인적으로 찾아 왔을 뿐이다. 나는 방문자를 일대일로 상대해 줄 뿐이다. 도장을 차린 것도 아니고 돈을 받고 수련을 시켜주는 학원을 차린 것도 아니다. 오면 오고, 말면 그만이다.

수련자가 찾아와도 좋고 찾아오지 않아도 좋으니 바라는 것도 없다. 독자들이 찾아왔다고 해서 내가 경제적으로 이익이 있는 것도 아니다. 그러니까 나는 마냥 마음이 편하다. 글을 쓰고 찾아오는 사람들을 만나주고 하는 가운데 나도 수련이 향상된다. 명현현상도 겪는다. 마음은 늘 평온하다. 편안한 마음을 유지하는 것이 바로 수련이요, 명상이다.

어떠한 외부적인 충격이 와도 마음이 항상 편안하다면 더 바랄 것이 무엇인가? 편안하면 까닭 없이 즐겁고 기분이 좋다. 누가 뭐라고 해도 별로 마음의 동요가 일지 않는다. 그래서 그런지 내 앞에 와서 한참 앉아 있는 독자에게 우리집에 들어오기 전과 들어와 내 앞에 앉아 있는 지금과 어떤 차이가 나는가 하고 물으면 예외 없이 대답한다.

"마음이 편안해졌습니다."

그렇다면 내 마음이 어느새 상대방에게 전해진 것이다. 마음이 편안해지면 수련은 순풍에 돛 단 듯이 거침이 없이 진행이 된다. 누구나 마음이 편하면 이유 없이 즐겁다. 아무 이유도 없는 즐거움이 진짜 즐거움이다. 이유 있는 즐거움은 그 이유가 없어지면 사라져버리기 때문이다.

나는 완성자가 아니니까 얼마나 자유로운지 모른다. 만약에 내가 완성자라면 나는 그 완성을 지속시키기 위해서 얼마나 신경을 써야 할까를 생각하면 소름이 끼친다. 누가 날보고 "당신은 되다 만 인간이구만" 해도 조금도 거부 반응을 일으키지 않고 당연지사로 받아들일 것이다. 모든 존재는 완성을 지향하고 있으므로 존재 가치가 있다. 완성이 끝났다면 이미 존재 가치가 없어질 것이다.

미완성인 주제에 완성자인 양 행세하는 사람이 딱하지 미완성자가 미완성임을 자처하는 데는 딱할 것도 아쉬울 것도 없다. 마냥 떳떳할 뿐이다. 그런데 이 세상에는 쥐꼬리만한 성취를 완성으로 착각을 하고 자기를 내세우려는 사람들이 있어서 늘 세인들의 눈살을 찌푸리게 한다. 빈 수레일수록 요란하고 설익은 벼이삭일수록 고개를 빳빳이 추켜든다. 설익은 인간은 자기를 내세우기를 좋아한다. 언필칭 피알(PR) 시대니 홍보 시대니 정보화 시대니 하고 책을 써서 미숙한 자신을 완숙한 자신으로 둔갑시켜 선전하려고 혈안들이다.

이름도 도호(道號)도 괴상야릇한 한자어나 로마자를 빌려다 쓴다. 사대주의자 모양 외국의 경전은 줄줄 꿰고 있으면서도 우리 민족의 삼대경전에 대해서는 일언반구도 모른다. 그렇다고 뚜렷한 방편도 없다. 선도에서 쓰는 용어도 얼마든지 있는데 구태여 외국의 요가 전문 용어를 빌려다 쓴다. 그 사람의 뿌리는 어디 박혀 있는지 아리송한 글을 쓰고 있다. 뿌리 없는 무국적자처럼 처량한 존재는 없다. 공(空)을 깨달았으면 됐지 국적은 왜 필요한가 하고 반문을 할지 모르지만 아무리 도인이라고 해도 뿌리가 없다면 이 세상에 존재할 수 없는 것이다. 공부는 바로 이 뿌리에서부터 시작이 되어야 건실하다.

뿌리 없는 부평초는 무엇보다도 믿음이 가지 않는다. 좀 더 익은 다음에 나왔으면 하는 사람이 너무나도 성급하게 일찍 나와서 설쳐대는 것 같다. 그 발랄한 재주를 좀 더 푹 삭였으면 커다란 법기(法器)로 자랄 수 있었을 텐데 하는 아쉬움을 털어버릴 수 없다. 좀 더 자중하여 대성이 있기를 바란다. (외국에서도 번역이 되어 인기를 끌고 있는 깨달은 사람이 쓴 책이라면서 읽어보라고 어떤 수련자가 갖다 주기에 세 권을 다 읽어보고 느낀 감상을 적어보았다.)

평온한 마음

1993년 5월 6일 목요일 12~22℃ 가끔 흐림

오후 2시. 작년 10월까지 가끔씩 찾아오던 양숙희 씨가 근 7개월 만에 왔다.

"오래간만입니다. 그동안에 얼굴이 많이 수척해졌습니다. 무슨 일이 있었습니까?"

"선생님한테 많은 도움을 받아왔으면서도 자주 찾아뵙지 못해서 죄송합니다. 한 5개월 동안 직장에 나가다가 얼마 전에 그만 두었습니다."

전에 수련이 잘될 때는 강한 공명현상까지 일곤 했었는데, 오늘은 그렇지 않았다.

"그동안 수련에 별 진전이 없었던 것 같습니다."

"열심히 해야 되는 건데 생활이 바쁘다 보니 수련에는 별로 관심을 쏟지 못했습니다."

"시간을 꼭 따로 내야만이 수련이 되는 것은 아닙니다. 일상생활 자체가 그대로 수련이 되도록 습관을 들여야죠. 이제는 수련하신 지 4년 쯤 됐으면 어지간히 이력이 붙을 만도 한데 그게 잘 안됩니까?"

"그렇게 하려고 노력을 하는데 잘 안됩니다."

"그동안 『선도체험기』는 죽 읽어 왔습니까?"

"9권까지밖에 읽지 못했습니다."

"그러니까 그렇죠. 그만큼 수련과는 동떨어진 생활을 해 오셨으니까 후퇴할 수밖에 없죠."

"그럼 그 후에도 『선도체험기』가 나왔나요?"

"그럼요. 지금 16권째가 나왔는데요. 영국에 이런 속담이 있습니다. '마음이 떠나 있으면 눈에도 멀어진다(Out of mind, out of sight).' 마음에서 멀어지면 모든 것이 시야에서 사라지게 됩니다. 수련이란 강을 거슬러 올라가는 것과 같습니다. 노젓기를 멈추면 배는 물살에 밀려 하류로 표류하게 됩니다. 또 비행기를 타고 원거리 여행을 하는 것과 같습니다. 비행기 엔진이 멎으면 비행기는 추락할 수밖에 없습니다. 이왕에 수련을 시작했으면 옷 갈아입을 때까지 끝까지 밀고 나가야 합니다. 그런데 양숙희 씨는 잘 나가다가 중간에 노젓기를 멈춘 것과 같습니다."

"그래도 늘 마음엔 있었는데."

"마음에만 있으면 뭘 합니까? 실천이 따라야지. 부뚜막에 있는 소금도 손으로 집어다 입에 넣어야 짠맛을 알 수 있지 마음만 있고 손이 나가지 않으면 언제까지나 짠맛은 볼 수 없습니다. 마음과 함께 행동이 따라야 합니다. 행동이 따르지 않는 마음은 한갓 공상에 지나지 않습니다."

"선생님 말씀이 옳습니다. 제가 그동안 너무나 수련을 소홀히 했습니다."

이런 대화가 오가는 사이에 그동안 막혀 있던 그녀의 경혈들이 하나씩 하나씩 다시 뚫리기 시작하고 운기가 활발해졌다. 들어올 때는 얼굴에 창백한 기운까지 돌았었는데 한 시간쯤 앉아 있는 동안 그녀의 얼굴엔 어느덧 발그레한 화색이 돌기 시작했다.

"선생님의 기운이 작년보다 몇 배나 더 강해진 것 같습니다. 막혔던 데가 뚫리면서 온몸이 훈훈해지고 마음이 편안해집니다. 선생님 기운을 너무 많이 빼앗는 건 아닌지 모르겠습니다."

"작년 가을보다는 나도 기운이 강해져서 별로 손기(損氣) 현상은 못 느끼겠습니다."

"그리고 보니 선생님은 작년보다 더 젊어지시고 기운이 더 청신해진 것 같습니다. 선생님 듣기 좋으시라고 꾸민 말은 결코 아닙니다."

"고맙습니다. 사실 그동안 나도 수련이 몇 단계 더 향상이 되었습니다."

"그래서 그러시군요."

"양숙희 씨는 『선도체험기』를 계속 읽지 않으니까 그동안 무슨 일이 있었는지 모르시죠?"

"죄송합니다. 오늘부터 당장 이 자리에서 사서 읽겠습니다."

이렇게 말하면서 그녀는 서가에서 『선도체험기』를 10권부터 16권까지 한 권씩 빼내어 훑어보기 시작했다. 책을 한참 훑어보던 그녀는 잊었던 일이 생각난 듯 눈을 들어 말했다.

"그런데 참 선생님 저는 아무래도 풀리지 않는 수수께끼가 하나 있습니다."

"그게 뭔데요?"

"제 남편 말입니다. 저녁에 퇴근할 때는 몸이 파김치가 되어 들어오는데요. 아침에 일어나 나갈 때는 새싹처럼 기운이 팔팔 살아나거든요. 그 대신 저는 저녁에는 기운이 팔팔하다가도 잠만 자고 나면 아예 곤죽이 되어버립니다. 남들은 대개 아침이면 피곤이 풀려서 기운이 난다고 하는데 저는 왜 이렇게 거꾸로 되어 있는지 모르겠습니다. 전에도 언젠가 선생님한테 이런 말씀을 드렸더니 남편과 기운이 맞지 않아서 그렇다고 하셨는데, 무슨 대책이 없겠습니까.”

“아아 기억납니다. 양숙희 씨는 얼굴이 갸름한 목형인데 남편은 화형이라고 했죠 아마. 얼굴이 역삼각형으로 되어 있죠. 맞습니까?”

“맞습니다.”

“처음부터 기운이 맞지 않아서 그렇습니다. 양숙희 씨 같은 목형 체질을 가진 분은 얼굴이 넓적한 금형 체질을 가진 남자와 배필이 되어야 기운이 상부상조하여 백년해로를 할 수 있는데, 지금 남편은, 목생화(木生火)하여 기운이 양숙희 씨에게서 남편에게로 일방적으로 흘러나가게만 되어 있어서 그렇습니다. 지금 중학교 다니는 따님이 하나 있다고 했죠?”

“네.”

“이제 뒤늦게 팔자를 고칠 수도 없고 어떻게 합니까? 열심히 수련을 하여 인연의 고리를 끊어 생사해탈을 하든가 아니면 그대로 한평생 그럭저럭 살다 가야죠.”

“어쩐지 결혼을 하려고 할 때 부모님께서 결사적으로 반대를 하시는 걸 집을 뛰쳐나오면서까지 억지로 결혼을 했더니 그 벌로 이런 고생을 하는 건 아닌지 모르겠습니다.”

“그때 부모님께서는 왜 결혼에 반대를 하셨죠?”

"궁합이 맞지 않는다는 겁니다. 사주팔자에도 궁합이 나오는 모양이죠?"

"역학(易學)이라는 것이 원래 사람이 태어날 때의 기(氣)의 형상을 보고 일생을 점치는 거니까 궁합도 어느 정도는 알아맞출 수 있습니다. 평생 동안 양숙희 씨는 남편에게 기운을 빼앗기는 형입니다. 그런 부부는 대개 남자보다는 여자가 일찍 세상을 떠나죠. 평생 남편한테서 기운을 빼앗기기만 하니까 말입니다. 그래서 그런 여자는 차라리 직장생활을 하는 것이 낫습니다. 남자들과 같이 일하는 직장에는 금형 체질을 가진 남자들이 있으니까 그 남자들로부터 부족한 금기(金氣)를 보충받을 수 있기 때문입니다."

"그러고 보니 저는 직장에 다닐 때는 오히려 몸이 더 건강했습니다. 그런데 직장을 그만두고 집에만 있으면 지금처럼 빼빼 말라버리고 맥을 못 춥니다."

"그러니까 궁하면 통하게 되어 있습니다. 금형 남자들이 많은 직장에 나가서 일을 하시는 것이 좋습니다. 그렇게라도 해서 남편에게 빼앗긴 기운을 보충받아야지 어떻게 하겠습니까?"

"선생님 그런데 남편하고 딴방을 쓰는데도 그렇습니까?"

"한방을 쓰건 각방을 쓰건 한집에서 사는 이상 별 차이가 없습니다."

"어쩐지. 그래서 그렇군요. 저는 남편과 각방을 쓴 지가 10년이 넘었는데도 한방을 쓸 때와 같이 맥이 빠지는 이유를 이제야 알 것 같습니다. 저는 경험을 통해서 본능적으로 남편과 같이 있으면 기운이 빠진다는 걸 알고 그걸 피하려 딴방을 써 보았거든요. 그럼 그 외에는 무슨 좋은 방도가 없겠습니까?"

"윤리적으로는 좀 어긋나는 일이지만 자신의 생명력의 향상을 위해서는 이혼을 하는 것이 제일 좋겠죠. 남편은 금형 여자가 좋습니다. 그렇게만 되었으면야 얼마나 좋겠습니까? 남편 역시 기운을 받기만 하고 주지는 못하는 것보다는 주고받는 것이 더 좋습니다. 자기도 좋고 아내도 좋게 하려면 그렇게 하는 수밖에 없는데, 현실적으로는 그렇게 될 수가 없다 그거 아닙니까?"

"선생님도 잘 아시네요."

"그것이 바로 우리가 살아나가는 인생이라는 겁니다."

"선생님, 그렇다면 우리 부부는 처음부터 짝을 잘못 찾은 것이 아닙니까?"

"오행으로 볼 때는 분명 그렇습니다."

"선생님, 도대체 왜 그래야만 합니까?"

"우리네 인생, 한도 많고 탈도 많고 설움도 많다는 노래 구절 말마따나 그래서 예부터 인생은 고해(苦海) 즉 괴로움의 바다라고 하지 않았습니까?"

"도대체 우리네 인생은 왜 괴로움의 바다가 되어야 합니까?"

"얽히고설킨 업보와 인연 때문입니다."

"그건 불교에서 하는 말이 아닙니까?"

"난 불교도는 분명 아니지만 그 말이 맞는데야 누가 그것을 말했건 무슨 상관이 있습니까? 어떤 사람은 『선도체험기』를 읽고는 왜 당신은 자기 자신의 목소리로 말하지 않고 붓다나 예수, 역대 조사들이나 성현들의 말을 많이 인용하느냐고 따지는데, 나는 그렇게 생각지 않습니다.

진리는 누가 말했던지 진리임엔 틀림없습니다. 내가 말하고자 했던 말을 어떤 사람이 먼저 말했다면 나는 서슴지 않고 그 말을 인용합니다. 그것이 바로 성현에 대한 예우도 되고 아직은 도를 구하는 중에 있는 이름 없는 내가 내 입으로 발설하는 것보다는 독자들에게는 훨씬 더 권위가 있고 설득력이 있을 것이기 때문입니다.

진리는 꼭 내 입으로만 말해야 된다는 법이 어디 있습니까? 내 입으로 나라는 개체는 궁극적으로 따지고 보면 없는 것인데, 그 나를 주장할 필요조차 없는 겁니다. 내가 말하고자 하는 것을 아직 아무도 말하지 않았다면 모르지만 이미 누가 말을 했다는 것을 알면서도 내가 처음으로 말한 것처럼 책에다 쓰는 것은 거짓 나를 내세우는 것밖에는 안 된다고 생각합니다."

"그렇게 당당하게 말씀하시는 선생님이 부럽습니다. '천(天)은 무형질(無形質)하고 무단예(無端倪)하며 무상하사방(無上下四方)하고 허허공공(虛虛空空)하여 무부재(無不在)하고 무불용(無不容)이니라' 하는 『삼일신고』의 구절이 생각나는군요. 그런데 선생님 그 업보와 인연은 누가 만듭니까?"

"얽히고설킨 업보와 인연의 줄에 얽매어 시달리는 사람들 자체가 만든 겁니다."

"그렇다면 그 인연과 업보의 얽히고설킨 복잡한 실타래에서 해방되려면 어떻게 하면 되겠습니까?"

"자업자득(自業自得), 자승자박(自繩自縛)한 것이니까 결자해지(結者解之)의 원칙에 따라 스스로 풀어버리는 수밖에 없지 않겠습니까?

바로 이 업보와 인연의 고리를 끊어버리기 위해서 우리는 수련을 하고 신앙생활을 하는 것이죠."

"저 같은 여자는 금생에는 깨닫기가 힘들겠죠?"

"그거야 아무도 장담 못 하는 겁니다. 오늘이라도 양숙희 씨가 활연대오를 할지 누가 압니까?"

"그건 불가능할 것 같은데요."

"그럼 내생에라도 그렇게 되어야 하지 않겠습니까?"

"누구나 그렇게 될 가능성은 있습니까?"

"모든 존재는 완성을 성취할 씨앗을 품고 있습니다. 그래서 붓다도 중생은 누구에게나 불성이 있다고 하지 않았습니까?"

"그럼 희망을 버리지 말고 열심히 닦아야겠네요."

"당연한 얘깁니다. 좌절하지 마시고 용맹정진, 발분진력(發奮盡力)하여 생사의 고리를 끊어버려야 합니다. 양숙희 씨에게도 그날이 한발 한발 다가오고 있습니다."

"고맙습니다. 선생님, 염치없이 찾아와서 좋은 기운 받고 유익한 말씀 듣고 보니 마음이 한결 편안해졌습니다."

"정말 마음이 편안해졌습니까?"

"당장은 그렇습니다. 그러나 선생님 댁 문밖에만 나가면 얼마 안 있어 또 마음이 뒤숭숭해지고 흔들흔들해질 겁니다."

"왜 지금부터 그런 지레 짐작을 하십니까. 그러지 마시고 항상 평온한 마음을 유지하도록 하서아죠."

"그게 그렇게 말처럼 쉽게 되나요?"

"그렇게 되고 안 되는 것은 양숙희 씨 마음에 달려 있는 겁니다. 평온한 마음을 늘 유지할 수 있으면 고해(苦海)에서도 생사와 윤회의 고리에서도 벗어날 수 있습니다."

"그게 정말입니까?"

"정말이구말구요. 마음이 항상 평온하여 명경지수(明鏡止水)처럼 고요하면 진실이 보입니다. 진실이 보이면 지혜가 떠오르고 진리가 마음속에 좌정하게 되는 거죠. 이것이 바로 생사해탈의 경지입니다.

견성이니 성통이니 하는 것을 어렵게 생각할 필요는 조금도 없습니다. 평온한 마음을 보는 것이 견성이고 그러한 마음이 늘 유지되는 것이 해탈이고 성통공완입니다. 평온한 마음속엔 시작도 끝도 없고, 삶과 죽음도 유(有)도 무(無)도 없고, 시간과 공간도 없고, 불어나는 것도 줄어드는 것도, 악도 선도 없고, 정의도 불의도 없습니다.

왜냐하면 어느 한쪽에 치우치면 이미 마음의 평온은 깨어지기 때문입니다. 그러니까 양숙희 씨는 지금 말한 편안한 마음을 언제까지나 유지하도록 노력하세요. 수련의 목적은 바로 그러한 마음의 평온을 언제까지나 확보하는 겁니다.

평온한 마음이 바로 '한'이고 공(空)이고 도(道)이고 진리(眞理) 그 자체입니다. 바로 이 평온한 마음속에 만유(萬有)가 깃들어 있습니다. 삼라만상, 다시 말해서 우주 전체, 삼천 대천세계가 다 들어 있다 그 말입니다. 평온한 마음속에는 생사도 윤회도 욕심도 명예 따위도 있을 수 없습니다. 전체 속에서 부분이 맥을 출 수 있겠습니까? 평온한 마음이 바로 진공묘유(眞空妙有)입니다."

"선생님 말씀을 듣고 앉아 있으니까 제 마음도 자꾸만 평온해지는 것 같습니다. 그런데 선생님, 요즘 말세니, 예언이니 하면서 당장 금세기 말 이전에 꼭 천지개벽이라도 일어날 것처럼 설치는 종파도 있고 그런 것을 부추기는 사람도 책도 있는데 그런 것은 어떻게 생각하십니까?"

"마음이 평온한 사람은 그 따위 말세론이나 예언 따위에 흔들리지 않습니다."

"지구가 당장 파괴되어 없어진다는데두요?"

"아까 뭐라고 말했습니까? 평온한 마음은 생사, 시종, 유무, 시공을 초월한다고 하지 않았습니까? 지구상에 사는 사람들은 물질 감각인 오감과 시간과 공간 속에 얽매어있습니다. 그런데 평온한 마음은 오감과 시공에 얽매이지 않는다고 하지 않았습니까? 만약에 평온한 마음이 물질 감각인 오감과 시공에 흔들린다면 그것은 이미 평온한 마음이 아니죠. 물질과 시공은 진공묘유 속에 있는 겁니다. 평온한 마음은 바로 진공묘유 자체입니다. 그런데 어떻게 물질과 시공에 흔들릴 수 있겠습니까? 물질과 시공을 이미 초월해버렸는데 말입니다."

"그러나 그것은 말이 그렇지 실제로야 어디 그런가요?"

"실제가 그렇습니다. 실제로 그렇다는 것을 아는 것이 바로 깨달음입니다. 깨달음이 바로 평온한 마음입니다. 중생에게는 누구를 막론하고 불성이 있다고 한 것은 모든 존재는 완성할 수 있는 요인을 안고 있다는 말과 같습니다. 평온한 마음이 일시적으로 들었다가도 다음 순간 그것이 흔들리니까 금빙 딴소리를 하게 되는 겁니다. 흔들리지 마십시오. 계속 고요한 마음을 유지하면 그런 우려가 나올 수가 없습니다. 우려와 걱정 자체가 바로 마음이 흔들리고 있다는 증거입니다."

"그런 것 같기도 하고 그렇지 않은 것 같기도 하고 정말 갈피를 잡을 수가 없네요. 어떻게 생각하면 선생님의 말씀이 맞는 것 같은데도 다음 순간엔 금방 의문이 일어나고 그렇습니다."

"그게 다 마음이 흔들리고 있어서 그렇습니다. 그런 때일수록 마음이 흔들리지 않으면 그런 우려와 걱정은 생겨나지도 않을 겁니다."

"요컨대 마음이 흔들리지만 않으면 되겠네요."

"당연한 얘기죠. 두 번 말하면 잔소리고요."

"그러니 정말 마음이 늘 고요하기만 하면 됩니까?"

"그렇고말고요."

"어떻게 하면 마음이 흔들리지 않을 수 있을까요?"

"그거야 마음이 흔들리지 않으면 되는 거죠."

"역시 마음에 달려 있다는 말씀이군요."

"그럼요. 모든 것은 마음먹기에 달려 있습니다. 일체유심조(一切唯心造)요 삼계유심소현(三界唯心所現)입니다. 붓다나 성현들이 공연히 이런 말을 한 것은 아닙니다. 다 겪어보고 지혜가 열린 뒤에 이런 말이 나온 거죠. 흔들리는 것도 흔들리지 않는 것도 역시 마음에 달려 있습니다. 바람이 조금만 불어도 흔들리고 떠는 미류나무나 사시나무가 되느냐 아니면 제아무리 사나운 폭풍이 불고 눈보라가 몰아쳐도 끄떡도 하지 않는 백운대나 인수봉 같은 큰 바위가 되느냐 하는 것도 순전히 마음 하나에 달려 있습니다."

"아무리 그렇다고 해도 죽음 앞에서 끄떡도 하지 않을 수 있을까요?

다른 고통은 몰라도 죽음만은 누구나 피하려고 하는 것이 인지상정이 아니겠습니까? 그래서 현행 실정법도 긴급 피난이나 정당방위를 위해서 살인을 한 것은 용납해주지 않습니까?"

"그것은 우리 인간들이 만든 법이죠. 그러나 대각(大覺)을 한 성현들은 죽음 앞에서 비굴하거나 살려달라고 애원하지 않았습니다. 소크라테스가 독배를 피했습니까? 예수가 십자가 처형을 피했습니까. 이차돈 같은 사람은 오히려 도를 위해서 죽음까지도 감수하지 않았습니까? 조국을 위해서 목숨을 초개같이 버린 안중근 같은 애국자들은 죽음 자체를 대수롭게 보지 않았습니다. 죽음 앞에서까지도 마음이 흔들리지 않고 평온을 유지할 수 있었다면 그런 사람은 이미 생사를 초월한 겁니다. 그런 사람들은 분명 육체의 죽음 뒤에 있는 진리 다시 말해서 진공묘유를 보았던 겁니다."

"그렇군요. 자꾸만 의문을 품다가 보니 제가 너무 잔인한 질문을 한 것 같아서 정말 죄송스럽기 짝이 없습니다."

"전연 그렇게 생각할 필요가 없습니다. 만약에 양숙희 씨에게 구도심이 없다면 그렇게 연속적으로 질문이 쏟아져 나올 수도 없었을 것입니다."

"그렇게 좋게 보아주시니 정말 마음이 편합니다."

"얼마든지 무슨 질문이든지 서슴지 마시고 하십시오."

"만약에 말입니다. 선생님에게 가장 소중한 분이 갑자기 불의의 사고로 이 세상을 떠났다면 선생님의 심정은 어떻겠습니까?"

"물론 마음이 아프겠죠."

"그렇다면 이미 마음이 흔들린 것이 아닌가요?"

"인간의 탈을 쓰고 있으면서 만약에 내 가장 가까운 사람이 세상을 떠났다면 마음이 아프지 않을 사람이 어디 있겠습니까? 만약에 그랬다면 그것은 인간이 아니죠. 예수님도 십자가 매달리기 전에 가능하면 이 쓴 잔을 피하게 해달라고 하느님에게 애원하지 않았습니까? 그러나 마음이 아픈 것하고 마음이 흔들린 것하고는 근본적으로 다릅니다. 큰 바위가 모진 설한풍에도 꿋꿋이 원래의 자태를 유지하는 것하고 폭풍에 못 이겨 무너져 내리는 것하고는 다릅니다.

모든 유형의 존재는 언젠가는 사라지게 되어 있습니다. 그래서 무상(無常)이라고 했습니다. 그것은 자연의 법칙입니다. 이러한 이치에 따라 한 생명체가 모습을 바꾸었을 뿐인데 마음이 흔들려 보았자 무슨 소용이 있겠습니까? 죽음은 옷을 바꾸어 입는 것뿐이지만 본성은 영원히 변함없이 존재하면서 생명력을 향상시키고 있습니다. 옷을 갈아입는 것 자체로, 오히려 그의 생명의 진화가 한 단계 높아졌다면 오히려 축하해야 할 일이 아니겠습니까?

그래서 장자는 사랑하는 아내의 죽음을 앞에 놓고 비파를 뜯으면서 새 생명의 탄생을 노래하지 않았습니까? 장자가 만약에 진리를 꿰뚫어 보지 못했더라면 어떻게 이런 일이 있을 수 있겠습니까?"

"과연 그렇겠는데요. 그럼 수련의 목표를 마음의 평온에 두는 것이 좋겠네요."

"생각 잘하셨습니다."

"제가 마음의 평온만 늘 유지할 수 있으면 남편에게 매일 빼앗기는 기운도 문제없이 보충받을 수 있겠군요."

"평온한 마음속에는 우주의 삼라만상이 다 들어 있는데, 그런 것이 무슨 문제가 되겠습니까? 우주 전체가 내 것인데 빼앗기는 것이 어디 있고 빼앗는 것이 어디 있습니까. 늘고 주는 것이 없는 것이 바로 진공묘유입니다."

"좋은 말씀 들려 주셔서 정말 감사합니다."

고뇌를 관하다

1993년 5월 12일 수요일 16~20℃ 흐리고 비

오후 3시. 따르릉 ….

수화기를 들자마자 젊은 여자의 목소리.

"거기 혹시 김태영 선생님 댁입니까?"

"네, 그렇습니다만."

"혹시 김 선생님 되십니까?"

"그렇습니다만. 누구신데 무슨 일로 그러십니까?"

"아이고 참 반갑습니다. 저 선생님 독잡니다. 몇 가지 여쭈어보고 싶은 것이 있어서 전화를 걸었습니다. 말씀드려도 괜찮겠습니까? 혹시 집필에 방해나 되지 않을런지요?"

"괜찮습니다. 어서 말씀해 보시죠."

"『선도체험기』를 읽고 나서 혼자서 수련을 시작했는데요. 수련 시작한 지는 석 달쯤 되었습니다. 그런데, 요즘은 왜 그런지 부쩍 온갖 번뇌가 마치 벌떼처럼 달려들어 정신을 차릴 수 없습니다. 선생님 이런 때 어떻게 하면 좋겠습니까? 참으로 죄송스런 질문입니다만 좋은 가르침을 주실 수 있겠는죠?"

"번뇌는 보리라고 하지 않습니까?"

"보리가 뭡니까?"

"보리(菩提)는 지혜라는 뜻입니다. 번뇌의 반대는 지혜가 아닙니까? 지혜가 밝은 사람에겐 번뇌가 일어날래야 일어날 수가 없습니다."

"번뇌가 그럼 지혜라는 말씀이신가요? 그건 너무 어려워서 잘 이해가 되지 않습니다."

"번뇌는 왜 일어난다고 생각하십니까?"

"저도 모르겠습니다. 그래서 김 선생님께 여쭈어 보는 거 아닙니까?"

"번뇌는 근심, 걱정, 두려움 같은 것을 말합니다. 우리가 험한 산길을 생전 처음 걸어본다고 생각해 봅시다. 무슨 일이 벌어질지 모르니까 누구나 걱정이 될 겁니다. 길을 모르니까 그런 일이 생깁니다. 그러나 그 길을 많이 다녀 본 사람은 환히 다 알고 있으니까 같은 길을 걸어도 조금도 겁이 나지 않습니다. 모르니까 걱정이 되고, 근심이 일고, 번뇌가 생기는 겁니다. 알면 번뇌가 생길 리가 없습니다. 이 세상을 살아나가는 데 있어서도 마찬가집니다. 모르면 번뇌가 생기고 알면 생길 리가 없습니다."

"그렇다면 선생님 무엇이든지 알면 번뇌가 생기지 않는다는 말씀이군요. 그 말씀엔 수긍이 갑니다. 그러나 어떻게 하면 알 수 있습니까?"

"그 안다는 것이 바로 지혜입니다. 그것을 보리(菩提)라고도 합니다."

"그럼 그 지혜인지 보린지 하는 것만 갖게 되면 번뇌가 일지 않는다는 말씀이군요."

"바로 맞히셨습니다."

"선생님, 어떻게 하면 지혜와 보리를 얻을 수 있겠습니까?"

"번뇌가 보리라는 걸 알면 얻을 수 있습니다."

"그것은 악은 선이라는 말과 같군요. 그럼 불의가 바로 정의라는 말입니까?"

"그렇게 보시는 것이 타당합니다."

"타당하다뇨? 도대체 무슨 말씀을 하시는지 이해가 되지 않습니다."

"번뇌가 몰려오는 것은 지혜가 열릴 징조입니다. 번뇌가 있기 때문에 지혜가 있습니다. 만약에 번뇌가 없다면 지혜는 있을 수 없습니다. 악이 있기 때문에 선이 있지 악이 없다면 어떻게 선이 있을 수 있겠습니까? 불의가 있으니까 정의가 있지 불의가 없으면 어떻게 정의라는 말이나마 생겨날 수 있겠습니까?

번뇌가 벌떼처럼 일어난다고 하셨는데, 그것은 지혜가 크게 열릴 징조입니다. 번뇌는 지혜로 가는 지름길일 수도 있습니다. 소도 언덕이 있어야 비벼댈 수 있지 않겠습니까? 어둠이 있어야 밝음이 있습니다. 어둠이 없으면 밝음이라는 것도 있을 수 없습니다. 항상 밝기만 하다면 밝다는 말이 어떻게 생겨날 수 있겠습니까.

우리나라는 봄, 여름, 가을, 겨울의 구분이 뚜렷하지만 열대지방에는 여름밖에는 없습니다. 여름이라는 말도 우리의 시각으로 그렇게 본 것이지 그곳 원주민들에게는 여름이라는 말조차 필요가 없습니다. 왜냐하면 있는 것은 여름철밖에는 없는 고장에서 여름이라는 말이 무엇 때문에 필요하겠습니까? 봄이 가면 여름이 오고, 여름이 가면 가을이 오고, 가을이 지나면 겨울이 오는 것과 같이 번뇌가 벌떼처럼 일어나면 명경지수 같은 지혜가 열릴 날도 멀지 않았다는 말입니다.

그러나 한 가지 명심할 일은 자연의 원리는 그렇지만 도 닦는 일은 그렇지 않다는 겁니다. 번뇌가 몰려오면 지혜가 열릴 징후인데도 그것을 알아차리지 못하고 아무 일도 안하고 그냥 번뇌 속에만 머물러 있으면 지혜는 열리지 않습니다. 고진감래(苦盡甘來)요 오르막이 있어야 내리막도 있습니다. 도심(道心)이 열리고 주어진 생명력을 향상시키겠다는 의지가 있어야 지혜는 열리게 되어 있습니다. 씨를 뿌렸으면 가꾸어 주어야 열매를 거둘 수 있는 것과 같습니다."

"그렇다면 선생님 번뇌를 씨로 보고 그것을 가꾸어 지혜의 열매를 거두어야 한다는 말씀인가요?"

"네에. 아주 머리가 명석하십니다. 그만하면 미구에 도를 이룰 것 같습니다."

"아이구 선생님도 어쩌다가 한마디해 본 것인데요. 뭘"

"그 겸손도 일품입니다. 수련이 크게 향상될 가능성이 보이는데요."

"고맙습니다. 그렇게 격려해 주셔서. 그렇다면 선생님 어떻게 하면 번뇌를 지혜로 바꿀 수 있을까요?"

"관을 하시면 됩니다."

"관이라뇨?"

"볼관자 관(觀) 말입니다. 명상을 하라는 말입니다. 스스로 자기 자신을 관찰하라는 말입니다. 꾸준히 자기 자신을 살펴보는 동안에 사물의 진상을 알게 됩니다. 자기 자신뿐만 아니라 자기를 둘러싸고 있는 환경에 대하여 통찰을 할 수 있게 됩니다. 나 자신을 알고 나와 문제를 일으키고 있는 상대와 주변 상황을 정확하게 알 수 있게 되면 대책은 스스로 나오게 되어 있습니다. 이 대책이라는 것이 바로 지혜입니다.

다시 말해서 앎이 지혜가 되는 겁니다. 진상을 알게 되면 무서울 것도 걱정도 근심도 번뇌도 사라지게 됩니다. 모르니까 번뇌가 일어나지 환히 알고 있는데 무슨 번뇌가 일어날 수 있겠습니까?

이처럼 환히 아는 것이 지혜입니다. 그러니까 번뇌 앞에 좌절하지 마세요. 번뇌는 수련자가 뛰어넘으면서 공부하라고 자성이 내놓은 숙제입니다. 숙제는 풀라는 것이지 그 앞에서 좌절하라는 것이 아닙니다. 온갖 번뇌와 간난신고, 병고액난(病苦厄難)을 관을 통해서 이겨낸 사람을 『삼일신고』 진리훈에서는 마음이 밝아진 사람 즉 철인(哲人)이라고 했습니다. 난관과 역경이라는 숙제를 풀어나가는 동안에 자기중심이 밝아진 겁니다. 중심이 밝아진 사람은 오감과 시공의 경계를 뛰어넘어 혜안이 뜨이게 됩니다."

"선생님 그 말씀을 듣다가 보니 제가 전에 진관스님이 경영하는 선방에 나갈 때 들은 얘기와 비슷한 데가 많습니다. 그럼 선생님 참선과 선도는 어떻게 다릅니까?"

"선도는 지감(止感)·조식(調息)·금촉(禁觸)을 근간으로 하는 수련이지만 참선은 마음공부인 지감(止感)이 주축을 이루고 있는 것이 아닌가 생각됩니다. 혜명경 호흡, 셈 호흡, 마음 호흡, 무의식 호흡 같은 조식법을 간혹 가르치기는 하는 모양이지만 역시 마음공부가 주축을 이루고 있습니다.

그러나 선도는 지감 즉 마음공부, 조식 즉 기공부, 금촉 즉 몸공부를 반드시 병행해야 합니다. 특히 기운줄을 타고 수련을 하는 것이 참선과는 크게 다른 점이라고 봅니다. 왜 내가 이런 얘기를 하는가 하면 선

272

방에서는 10년 20년씩 참선을 해도 대주천은 고사하고 소주천도 제대로 못하는 분들이 수두룩하기 때문입니다. 나는 내 독자나 나를 찾는 수련자들에게 반드시 마음공부와 함께 기공부, 몸공부를 강조합니다."

"그런데 번뇌를 통해서 지혜를 얻은 다음에는 어떻게 됩니까?"

"지감 · 조식 · 금촉 수련을 통해서 지혜가 쌓이기 시작하면 미구에 혜안이 뜨이고 자신의 업장을 보게 됩니다."

"업장이라면 무엇을 구체적으로 말하는지요?"

"자신의 전생을 보게 된다는 말입니다. 다시 말해서 거짓 '나'의 정체를 파악하게 되고 내가 금생에 왜 태어나게 되었나 하는 것도 자연히 알게 됩니다. 그것을 알게 되면 금생에서 내가 해야 할 일이 무엇이라는 것도 알게 됩니다. 그와 동시에 그 '나'라는 허상 뒤에 있는 진상을 보게 됩니다. 자성을 본다는 말입니다. 이것이 이른바 견성(見性)입니다. 이때쯤 되면 번뇌도 걱정 근심도 간난신고(艱難辛苦)도 병고액난(病苦厄難)도 물러나게 됩니다."

"선생님 그럼 견성한 사람에게는 좋은 일만 있게 된다는 말입니까?"

"견성한 사람의 입장에서 보면 좋은 일도 나쁜 일도 없이 여여하다는 얘기죠. 중생의 눈으로 볼 때는 사기도 도둑질도 사고도 죽음도 당할 수 있지만 견성한 사람이 보기에는 그것은 역경도 환난도 고통도 아닙니다. 그저 용변부동본(用變不動本)일 뿐입니다. 상구보리 했으니까 하화중생 하는 데 필요한 공부의 과정일 뿐입니다. 쉽게 말해서 마음 한번 뒤집으면 지옥이 극락이 될 수 있다는 얘기입니다. 또 실제로 그런 사람에게는 환난과 역성이 닥쳐오려 하다가도 물러나게 되는 일이 있습니다. 용광로와 같은 열기를 발산하므로 눈, 비 따위가 가까이 오면 그 열기로 증발해 버리고 맙니다.

결론적으로 말해서 번뇌와 환난은 지혜롭게 헤쳐나가라고 마련된 숙제로 알면 두려울 것도 없습니다. 오히려 콧노래를 하면서 슬기롭게 헤쳐나갈 수 있습니다. 이런 사람에겐 번뇌와 환난은 깨달음으로 가는 공부의 자료가 될 뿐입니다. 역경에 사로잡히면 중생이 되는 것이고 그 역경에서 빠져 나와 그것을 자신의 생명력을 진화시키는 데 이용하면 성현이 되는 겁니다. 역경과 환난과 번뇌는 그 속에 빠져서 허위적거리라는 것이 아니고 그 속에서 빠져나와 진리를 깨닫는 소재로 이용되기 위해서 있는 겁니다.

역경 속에 빠지면 지옥이고 부자유지만 그 속에서 빠져나와 그것을 이용하면 극락이고 천국이며 자유인 것입니다. 그렇게 하느냐 못 하느냐 하는 것은 마음먹기에 달려 있습니다. 속세와 선경(仙境)이 따로 있는 게 아닙니다. 원래는 속세도 선경도 없습니다. 우리의 마음이 그런 것을 만들었을 뿐입니다. 어떻게 보느냐의 관점에 따라 똑같은 대상도 고해(苦海)가 될 수 있고 극락(極樂)도 될 수도 있습니다. 그러나 지옥이 있으니까 극락이 있고 극락이 있으니까 지옥이 있다는 것을 알아야 합니다.

따라서 그 어느 쪽에도 사로잡히지 않고 양쪽을 다 초월하는 것이 바른 길입니다. 어느 한쪽에 발목이 잡히지 않아야 비로소 완전한 자유를 누릴 수 있습니다. 견성한 사람은 좋은 일만 있게 되는가 하고 질문을 하셨는데 제대로 대답이 되었는지 모르겠습니다."

"마음먹기에 따라 좋은 일도 나쁜 일도 있을 수 있다는 얘기가 아닙니까?"

"마음이 밝아진 사람, 중심이 밝아진 사람에게는 보통 사람이 보기에 나쁜 일도 얼마든지 좋은 일이 될 수 있다는 말입니다. 그렇다면 정신병자와 어떻게 다른가 하고 반문을 하는 사람이 있을 수 있을 겁니다. 정신병자는 마음의 중심이 밝아진 것이 아니라 마음에 병이 들어서 사물을 구분하지 못하는 사람을 말합니다.

고대 그리스의 디오게네스는 비워진, 큰 술통 속에서 살면서도 마음만은 한없이 밝은 철인이었습니다. 당시 세계를 정복한 알렉산더 대왕이 소문을 듣고 그를 찾아갔을 정도였으니까요. 그러나 알렉산더 대왕이 디오게네스를 보고 원하는 것이 무엇이냐고 했을 때, 햇볕이나 가리지 말아달라고 했습니다. 비록 술통 속에서 살망정 그는 꿀리는 것이 하나도 없었습니다. 그는 남이 무엇이라고 해도 자신의 거처에 대해서 열등감이나 굴욕 같은 것은 느끼지 않았습니다.

객관적인 사물이 문제가 되는 것은 결코 아닙니다. 언제나 속에 있는 마음이 문제가 됩니다. '밖에서 사람 속으로 들어가는 것은 능히 사람을 더럽힐 수 없지만, 안에서 밖으로 나오는 것이 사람을 더럽게 하느니라'하고 예수는 말했습니다. 또 그는 '인간이 내뱉는 말이 인간을 괴롭힐 뿐이니라'하고 말했습니다.

속마음이 어두운 사람은 제아무리 환경이 좋은 곳에 있어도 역시 행복할 수는 없습니다. 마음이 늘 불안한 사람은 비록 산해진미가 차려져 있어도 제대로 구미가 돌지 않습니다. 그러나 마음이 편한 사람은 술통 속에서 살아도, 다리 밑에다 보금자리를 만들었어도, 초가삼간에 꽁보리밥에 된장찌개 한 가지라도 꿀맛처럼 달게 먹을 수 있습니다. 마음이 편한 사람은 호흡이 언제나 길고 고르고 안정되어 있습니다.

그러나 마음이 늘 불안하고 번뇌와 걱정 근심에 시달리거나 두려움과 분노와 슬픔이나 탐욕이나 증오심에 시달리는 사람은 언제나 호흡이 짧고 거칠고 고르지 못합니다. 이런 사람은 제아무리 고대광실(高臺廣室) 속에서 에스컬레이터와 냉난방기를 가동시키면서 폼나게 떵떵거리면서 살아도 질병에 걸려 있기가 십중팔구입니다. 부정축재한 공무원들이 그 좋은 본보기입니다. 뇌물을 받아 거부를 손에 쥐었건만 언제나 마음은 불안하고 누가 내 비밀을 들추지나 않나 하고 한시도 마음 편할 날이 없습니다. 이런 사람은 사정 한파를 타고 매스컴에 이름이 올랐다 하면 외국으로 빠져나가 중병으로 입원하여 수술을 받는 것이 관례가 되어 있습니다.

꾀병을 가장하여 동정심을 불러일으키자는 것도 아니고 실제로 병이 났기 때문에 수술을 받을 수밖에 없는 겁니다. 밑바닥 생활에서부터 입신하여 거부를 손에 쥔 슬롯머신계의 대부인 정덕진 씨 형제는 자신들의 잘못을 충심으로 뉘우치고 그동안 불법으로 모았던 돈을 흔쾌히 사회에 환원하겠다고 공약을 했건만, 군부 독재 기간에 권좌를 타고 앉아 일개 군(郡)을 통째로 소유할 만큼 막대한 부동산을 거머쥔 모 전 고위 공직자는 공직에 있으면서 긁어모은 그 큰 돈주머니를 움켜쥔 채 외국으로 날아가 버렸습니다.

자아, 생각 좀 해 봅시다. 어느 쪽이 마음이 편할 것 같습니까? 돈주머니 틀어쥐고 외국으로 빠져 나간 사람과 잘못 긁어모은 재산을 흔쾌히 사회에 환원시킨 사람, 어느 쪽이 과연 마음이 편할까요? 부정한 짓, 나쁜 짓을 안 하면 마음은 편합니다. 마음이 편한 사람은 늘 호흡이 길고 고르고 안정되어 있다고 했습니다. 그러나 마음이 늘 불안하고 번뇌와 걱정, 근심, 탐욕에 사로잡혀 있는 사람은 호흡이 짧고 거칠고 고르지 못합니다.

단전호흡은 의식적으로 호흡을 길고 고르고 편안하게 쉬도록 가르칩니다. 몸과 마음은 따로 떨어져 있는 것이 아니라 동전의 앞뒷면처럼 한데 붙어 있으므로 호흡이 고르면 마음도 안정이 됩니다. 반대로 마음이 편하면 호흡도 고르게 되어 있습니다. 단전호흡을 하는 것은 마음의 안정을 찾게 하기 위해서입니다. 우선 마음이 안정되면 번민도 근심걱정도 불안도 탐욕도 증오심도 공포심도 줄어들게 되어 있습니다. 마음공부와 몸공부가 바늘에 실 따라가듯 해야 하는 것은 바로 이 때문입니다. 마음과 몸은 상부상조하게 되어 있지만 한쪽이 나쁘면 다른 쪽도 나빠지게 되어 있습니다. 이 원리를 상부상조하는 쪽으로 이용하자는 것이 선도입니다."

"선생님 장시간 좋은 말씀 들려 주셔서 고맙습니다."

993년 5월 14일 금요일 11~0℃ 구름 많음

☆ 견성이란 무엇인가. 거짓 나를 여의고 참나를 보는 것이다. 직속 부하나 자기 자녀에게라도 잘못을 솔직하게 인정할 수 있는 사람이 견성한 사람이다. 거짓 나를 여의었으므로 가식이나 권위 따위가 필요

없기 때문에 그는 누구 앞에서든지 자기 잘못을 툭 털어놓을 수 있는 것이다.

성통한 사람은 어떤가? 남이 자기를 인정해 주든 말든 자기 자신을 무리하게 추켜세우는 것은 성통한 사람이나 완성된 사람이 할 짓이 아니다. 석가와 예수 이래 최초의 완성자라고 자기 자신을 추켜세우지도 않는다. 남들이 그렇게 추켜세워 주어야 한다. 석가도 예수도 생전에 그런 식으로 자기 자신을 스스로 추켜세우지는 않았다. 그들의 언행을 보고 많은 사람들이 그들을 추켜세우고 따랐을 뿐이다.

☆ 어떤 사이비 교주는 자기 아니면 아무도 성통할 수 없다고 호언 장담을 한다. 또 어떤 자칭 도인은 선계의 스승님들의 승인이 없이는 아무도 큰 도를 이룰 수 없다고 말한다. 과연 그럴까? 성통을 하거나 도를 이루고 못 이루는 것은 자기 이외의 누구에 의해서 되는 것이 아니다. 그것은 오로지 수련자 자신의 공부 여하에 달려 있는 것이다. 그런데도 어리석은 사람들은 이런 감언이설에 속아서 엉뚱한 짓들을 하고 있다.

또 어떤 사람들은 도를 이루는 것은 옥황상제나 태상천제에게 달려 있다고 말한다. 그렇게 말하면서 그들은 마치 자기가 그들의 대리인이라도 되는 듯이 행동한다. 그들의 소행은 우리 연안에서 치어(稚魚)를 잡아다가 일본 어부들에게 싼 값으로 팔아먹는 어리석은 어부들과 다를 게 없다. 이들 몰지각한 어부들은 우리나라 연안에 정치망을 설치하여 치어를 대량으로 잡아다가 일본 어부들에게 팔아먹는다. 이를 헐

278

값으로 사들인 일본 어부들은 그 치어들을 일본 연안에다 풀어놓는다. 4, 5년쯤 지나면 15센티 정도의 성어가 되는데 그들은 이것을 다시 한국에 역수출하여 톡톡히 재미를 본다고 한다. 눈앞의 작은 이익에 얽매어 국가적 손실을 자초하고 있다.

우리가 도를 이루고 못 이루는 것은 절대로 옥황상제나 태상천제에게 달려 있는 것이 아니라 우리 자신에게 달려 있다는 것을 알아야 한다. 사기꾼에게 속아넘어가 엉뚱한 데 기운을 빼앗기는 어리석은 구도자는 되지 말아야 한다. 어리석은 자가 설치한 정치망에 걸려드는 치어가 되지 말자는 것이다. 자기 자신의 중심 이외에 어떠한 외부인의 감언이설에도 속지 말아야 한다.

☆ 무슨 일이 있어도 속상하는 일 없고 늘 마음이 평안하고 느긋하면 깨달은 것이다. 남들이 비관할 때 낙관할 수 있고 남들이 공포심에 사로잡혀 덜덜 떨고 있을 때 의연할 수 있다면 그는 이미 깨달음의 길에 들어선 것이다.

1993년 6월 4일 금요일 13~23℃ 구름 조금

오후 3시 45분. M대학교 축산과 4년생이라는 김세웅 군이 찾아 왔다.

"저는 선생님을 찾아뵈려고 석 달 전부터 103배 수련을 해 왔습니다. 『선도체험기』도 물론 다 읽고, 기운도 느끼고 있습니다. 담배는 안 피웁니다. 저는 작년에 마인드콘트롤을 공부한 일이 있어서 꿈을 조질할 수 있습니다."

"꿈을 조절하다니 어떻게?"

"실례를 들면 선생님을 찾아봐도 되겠는가를 제 무의식에 묻습니다. 말하자면 무의식에 숙제를 주는 것이죠. 그러자 며칠 뒤 꿈에 도인이 한 분 나타나서 아직은 김 선생님을 찾아갈 때가 아니라고 일러주었습니다. 저는 절 수련을 계속했습니다. 그러나 며칠 전에 드디어 직감이 왔습니다. 이젠 찾아 가도 좋다는 신호가 온 겁니다. 그래서 찾아 왔습니다."

지금까지 숱한 방문객들을 접해 보았지만 그런 일은 처음이었다.

"선생님 한 가지 질문해도 좋겠습니까?"

"말해 보세요."

"삼황천제님은 어디서 오셨습니까?"

"그 말은 마치 생명은 어디서 왔는가 하고 묻는 것과 같군. 생명은 스스로 존재하는 것이지 어디서 오는 것은 아니예요. 삼황천제님은 생명의 한 존재 양상일 뿐이예요. 그럼 이번엔 내가 하나 물어 볼까요?"

"네, 말씀하십시오."

"생명은 어디서 왔다고 봅니까?"

"한이나 공에서 왔다고 할까요."

"하나는 시작 없는 하나에서 시작되었고, 하나는 끝없는 하나로 끝난다구. 일시무시일(一始無始一), 일종무종일(一終無終一), 무시무종(無始無終)이라구. 모든 존재는 모습은 바뀔지언정 본질은 변하지 않지. 용변부동본(用變不動本)이지. 현대 물리학은 그것을 질량불변의 법칙으로 입증하고 있다구."

이러한 얘기들이 오가고 있는 동안 김세웅 군의 백회가 열렸다. 대주천 운기를 스스로 확인한 그가 말했다.

"선생님, 제 꿈속에 나타난 도인의 말이 맞았습니다. 이건 어떻게 해석할 수 있겠습니까?"

"김세웅 군의 자성인 중심이 방편을 써서 자네에게 공부를 시키려고 모습을 바꾸어 나타난 거라구. 이때 자칫 잘못하면 꿈속에 나타난 그 도인을 선계의 스승이라고 하여 절대시한다든가 지나치게 공경하면 방편에 얽매이고 말지. 실제로 스승 없이 혼자서 수련하는 사람들 중에는 그런 경우가 흔히 있어요."

"선생님 그런 때는 어떻게 처신하는 것이 좋겠습니까?"

"꿈속에서든 수련 중이든 명상 중에든 나타나는 모든 형상들은 전부 다 나 자신의 자성이 나를 시험하고 공부시키려고 모습을 바꾸어 나타난 것이라고 보면 된다구. 악마도 천사도 지옥도 천당도 전부 다 내 자성 속에 있다고 보아야 돼요. 좌우간 삼라만상 우주 안의 삼천 대천세계가 다 내 속에 있다고 보아야만 방편에 떨어지는 일이 없어요."

빙의와 접신

1993년 6월 5일 토요일 14~16℃ 구름 조금

오후 3시부터 7시 반 사이에 무려 11명의 수련생들이 다녀갔다. 수련생 중의 한 사람이 말했다.

"선생님 빙의령들은 어떻게 된 겁니까? 왜 살아 있는 사람에게 붙어서 그렇게 고통을 주는 거죠?"

"살아 있을 때 여러분처럼 열심히 수련을 했더라면 진리와 우주의 이치를 환히 알기 때문에 비록 죽음이 닥쳐와도 당황하지 않고 자기 갈 길을 갈 텐데, 살아생전에 전연 수련을 안 한 사람은 자기 몸이 죽었는데도 죽었다는 사실을 인정하려고 하지 않고 평소에 자기와 인연이 있었던 살아 있는 사람에게 붙어서 식객 노릇을 하는 겁니다. 말하자면 기생충과 같은 존재죠.

수련을 하다가 백회가 열리고 대주천이 되어 운기가 활발해지면 인연 있는 떠도는 영들이 기다렸다는 듯이 몰려들게 되어 있습니다. 마치 맛있는 음식에 파리 꼬여들 듯이 뭇 영들이 몰려들게 됩니다. 어느 동네 누구 집에 경사 났다는 소문이 나면 인근에 떠돌던 거지며 건달이며 깡패들이 떼지어 몰려드는 것과 같습니다. 이처럼 빙의령들이 몰려들게 되면 그것은 분명 수련이 잘되고 있다는 증거입니다.

수련자는 이때 전보다 더 열심히 수련을 하여 운기를 더욱더 활발히 하고 마음공부를 열심히 하여 빙의된 영들도 같이 마음공부를 할 수 있게 해야 합니다. 주인이 깨달음을 얻으면 식객들도 같이 깨닫게 되어 있습니다. 주인이 수련의 경지가 높아지면 식객들의 경지도 같이 높아지게 되어 있습니다. 어느 단계에 이르면 빙의된 영들은 자기들이 구차한 식객 노릇을 하고 있다는 것을 깨닫고 영계의 자기 자리를 찾아 떠나게 됩니다. 이것이 바로 천도(遷度)입니다. 수련자의 깨달음의 정도가 높아질수록 빙의령이 머무는 기간도 짧아지게 되어 있습니다. 이때 수련자는 빙의령들의 수련 도장이 됩니다. 아무리 끈질긴 빙의령도 1시간 내지 3시간 이내에 천도되어 나간다면 그 수련자는 거의 견성 단계에 들어섰다고 보아도 됩니다."

"선생님 그럼 우리한테 빙의되었던 보부상 모습을 한 신령들은 지금 어떻게 되었습니까?"

"지금 거의 다 천도가 되어 떠나려 하고 있습니다. 가슴이 답답하던 것도 풀리고 막혔던 백회에서 다시 기운이 들어오기 시작한다고 하지 않았습니까?"

"그건 사실입니다."

"그것이 바로 빙의되었던 보부상 모습을 한 영들이 천도되어 떠나가고 있다는 것을 말해주는 겁니다."

"선생님 정말 감사합니다."

빙의되었던 두 사람이 합장 배례를 했다.

"선생님 그런데 왜 그런 영들이 다른 사람에게는 안 가고 하필이면 저희들에게 들어왔는지 그 이유를 모르겠습니다."

"그건 그 영들이 육체를 가지고 살아 있을 때 두 분과 특별한 관계가 있었기 때문일 겁니다. 가령 두 분이 그들에게서 꾼 돈을 갚지 않았다든가, 그들에게 큰 신세를 졌다든가 어쨌든 그렇게 될 수밖에 없는 업연이 틀림없이 있었을 겁니다."

"물론 금생이 아니고 전생에 있었던 일이죠?"

"아무리 생각해 봐도 금생에 작고한 사람들 중에 그럴 만한 사람이 없다면 전생에 있었던 일일 겁니다. 그래서 어떤 사람은 자꾸만 전생을 알고 싶어 하는데 금생은 바로 전생의 결과라는 것을 알면 전생에 자기가 어떤 생활을 해 왔는가를 알 수 있습니다. 금생은 바로 전생의 거울입니다. 그것을 깨닫는 사람은 진리에 한 발자국 다가서는 겁니다.

그전에 내가 어느 직장에 다닐 때 일인데 부장급 중에 난쟁이가 한 사람 있었습니다. 그 사람은 비록 난쟁이긴 하지만 성격이 호방하고 활달하여 통솔력도 있고 친화력도 있어서 직장 동료들에게서 인심을 잃는 일이 없었습니다. 또 술을 좋아해서 친구들을 많이 갖고 있었습니다. 나는 그때나 지금이나 가끔 내가 수련을 해서 초능력을 구사할 수 있으면 그 사람을 정상인으로 바꾸어 놓으리라 하는 꿈을 갖고 있었습니다. 그러던 중에 어느 책을 읽다가 문득 깨달았습니다. 금생의 난쟁이는 전생에 남을 업신여기고 깔보는 버릇이 있어서 그 업연으로 그렇게 키가 작아졌다는 얘기를, 순전히 남의 전생만 수천 건 연구한 어느 학자가 발표한 글에서 읽었던 겁니다.

금생은 바로 전생의 거울입니다. 인과의 법칙은 누구도 어길 수가 없습니다. 누가 만약에 이것을 억지로 어긴다면 자연법을 어긴 대가를 받아야 합니다. 금생에 난쟁이가 되었다면 그것은 전생에 자기가 남들을 얼마나 깔보았으면 그렇게 되었을까 하고 진심으로 뉘우쳐야 합니다. 난쟁이가 된 것은 그렇게 될 수밖에 없는 업장이 있었기 때문입니다. 그 사람은 어떻게 해서든지 금생에 이것을 깨닫고 마음공부를 착실히 해야 합니다. 남들을 턱없이 깔본 대가로 자기가 이처럼 난쟁이 탈을 쓰고 태어났기 때문입니다. 만약에 어떤 초능력자가 능력이 있다고 해서 난쟁이를 정상인으로 한순간에 바꾸어 놓았다면 그 사람은 육체적인 열등감에서는 해방이 될 수 있을지 몰라도 전생에 저지른 자기 잘못은 뉘우침으로써 업장을 해소할 기회를 잃게 될 것입니다.

이것은 진정으로 그 사람을 도와주는 것이 아니고 오히려 그의 생명력의 신장(伸張)에 지장을 초래하는 것밖에는 안 되는 겁니다. 따라서 그 난쟁이를 진정으로 사랑한다면 절대로 초능력 따위로 그의 신체적 장애를 고쳐주겠다는 만용 따위는 부리지 않는 것이 현명하다는 것을 깨달아야 합니다. 기독교 성경에 보면 눈이 멀고 팔다리가 없어지더라도 영혼이 구원받는 것이 온전한 몸으로 지옥에 떨어지는 것보다 더 낫다는 말이 있습니다. 기독교에서 말하는 영혼의 구원은 바로 깨달음을 말하는 겁니다."

"그렇다면 선생님 누가 전생의 업연으로 빙의가 되었다면 어떻게 처신하는 것이 제일 좋습니까?"

"빙의당한 사람이 지감·조식·금촉 수련에 박차를 가해야 합니다. 그래야만이 빙의된 신령들도 수련 정도가 같이 높아지고 자기가 지금 잘못된 일을 하고 있다는 것을 깨닫게 됩니다."

"선생님 그렇다면 제령(除靈)은 어떻게 하는 겁니까?"

"제령이 천도입니다. 가장 좋은 제령법은 스스로 공부 수준을 높여서 빙의된 영이 저절로 깨닫고 떠나게 하는 것이고 차선책은 빙의된 사람이 자기와 인연이 있는 선도의 고수(高手)나 스승이나 선배를 찾아 가서 도움을 받을 수도 있지만 다 때가 되어야 합니다."

"그것은 무슨 뜻입니까?"

"빙의된 사람이 어느 정도 마음공부가 되어 제령을 할 수 있는 단계에 와 있어야 한다는 말입니다. 무슨 말인고 하니 인연 있는 선도의 고수나 스승이나 선배와 깊은 공감대를 형성할 수 있어야 한다는 말입니다. 다시 말해서 그 고수와 똑같은 정도의 수련은 되어 있지 않다고 해도 그 사람의 정신세계를 이해하고 공감할 수 있는 기초는 구축되어 있어야 한다는 말입니다.

기독교 성경에 보면 예수가 귀신 들린 사람에게서 귀신을 쫓아내는 대목이 나옵니다. 이때 귀신 들린 사람이나 그 사람과 가장 가까운 보호자에게는 예수에 대한 절대적인 믿음이 있었습니다. 이 믿음이 바로 공감대입니다. 두 사람 사이에 공감대가 형성되어 있다는 것은 이미 마음이 하나로 통했다는 말과 같습니다. 이것이 제령이 될 수 있는 전제 조건입니다."

"선생님 빙의와 접신은 어떻게 다릅니까?"

"빙의는 단순히 신령이 살아있는 사람에게 옮겨붙는 것을 말합니다. 쉽게 말해 일정 기간 동안 식객으로 있는 경우입니다. 그러나 접신(接神)은 아예 신(神)이 지핀 것을 말합니다."

"지핀다는 말은 무엇을 뜻하는지요?"

"신령과 아예 합일이 되어 그 신령을 통해서 남의 과거지사나 전생이나 미래사까지도 어느 정도 말할 수 있는 무당이나 점쟁이나 초능력자의 경우를 말합니다. 신이 들은 것하고 신이 지핀 것하고의 차이입니다. 신이 들은 것은 빙의고 신이 내린 것은 접신입니다. 무당이 접신이 되기 전에는 빙의된 신령을 완전히 지피게 하는 굿을 합니다. 이것을 신내림이라고도 하고 내림굿이라고 하지 않습니까? 일단 접신이 되면 접신된 사람은 자기 몸에 들어온 신령의 명령에 따르지 않을 수 없습니다. 자기 삶을 사는 게 아니고 자기 몸속에 들어온 신령의 삶을 대신 산다고 할 수 있습니다. 구도자가 제일 기피하는 겁니다.

마음공부가 제대로 안 된 사람이 기 수련만 열심히 하다가 보면 빙의된 신령에게 아예 접신이 되어 버립니다. 대행스님이 단전호흡을 기피하는 원인이 바로 여기에 있습니다. 그분에게 찾아오는 신도들 중에 단전호흡을 하다가 빙의된 사람이 많았던 것 같습니다.

마음공부가 안 된 상태에서 단전호흡을 하다가 빙의가 되고 그것이 발전하여 접신이 되었으면 처음부터 단전호흡을 하기 전에 마음공부를 착실히 시키고 나서 단전호흡을 하도록 지도해야 할 텐데, 아예 단전호흡 하면 빙의나 되고 접신이나 되는 것으로 잘못 알고 있는 것이 아닌가 생각됩니다. 빙의나 접신될 위험 때문에 처음부터 아예 단전호흡을 금하는 것은 구더기 무서워서 장 못 담그는 것과 같습니다.

기 수련은 어찌 보면 약과도 같습니다. 체질과 병맥에 따라 적절히 쓰면 약은 좋은 효과를 볼 수 있습니다. 그러나 과도하게 쓰면 오히려

287

병을 악화시킵니다. 그렇다고 해서 환자에게 아예 약을 안 쓸 수는 없는 일이 아니겠습니까? 단전호흡은 운기조식을 말합니다. 마음공부, 몸공부와 함께 기공부를 균형 있게 하면 이 이상 좋은 수련 방편은 없다고 봅니다.

하화중생(下化衆生) 한다는 것은 사람의 영혼뿐 아니고 길을 잃고 떠도는 망령들도 제도한다는 것을 말하는 거죠. 망령들뿐이 아니고 동물의 영들까지도 구해주어야 합니다."

"우리가 육식을 하는 한 그것은 어려운 일이 아닐까요?"

"그것도 우리의 마음가짐에 따라 다릅니다. 가령 쇠고기, 돼지고기, 닭고기를 먹더라도 육류를 통하여 내 몸에 들어온 동물의 영들을 제도한다는 간절한 마음으로 먹으면 동물의 영들도 오히려 고마워할 겁니다."

"동물의 고기를 먹으면서 그런 마음을 실제로 가질 수 있겠습니까?"

"왜 가질 수 없습니까. 사람에게 영양을 공급해 주는 소나, 돼지나, 닭에게 진정으로 감사하는 마음으로 먹으면서 이 고기에 실려 있는 영들을 천도해 준다고 간절히 염원한다면 얼마든지 가능한 일입니다. 그 동물 영들은 이로 인해서 인간으로 태어나는 것을 얼마나 고마워하겠습니까. 이것이 바로 사람과 동물이 상부상조, 공생공영(共生共榮)하는 원리가 아니고 무엇이겠습니까? 요컨대 문제는 마음을 어떻게 갖느냐에 달려 있습니다. 마음먹기에 따라 악귀도 부처로 변할 수 있는 이치입니다."

심기신(心氣神)에서 벗어나기

1993년 6월 12일 토요일 18~4℃ 하오 비

오후 3시. 8명의 수련생들이 내 앞에 정좌하고 있었다. 그중에서 한 여자 수련생이 입을 열었다.

"선생님, 저는 능력급을 받는 회사에서 일하고 있는데요. 회사의 운영 방침상 아무래도 다른 직원들과 경쟁을 하지 않을 수 없거든요. 그런데 요즘은 수련을 하면서 자꾸만 회의(懷疑)가 일어납니다."

"어떤 회의가 일어납니까?"

"동료 직원들과 경쟁을 해서 이기는 것이 내 욕심만을 채우는 짓이 아닌가 하는 의심 말입니다."

"선의의 경쟁이라는 말이 있지 않습니까? 경쟁을 하는 목적이 순전히 내 욕심만을 채우자는 것인가 아니면 회사 전체 직원들의 경쟁의식을 고취하여 매상을 올리고 창의력을 개발하도록 유도하여 전체를 다 향상시키자는 것인가에 따라 양상은 달라질 겁니다. 순전히 자기 욕심만 채우기 위한 경쟁이라면 수단 방법을 가리지 않는 중상모략 같은 것도 따르게 될 겁니다. 또 어떻게 하든지 남을 짓밟고라도 나만 성공해 보겠다는 이기심도 발동될 겁니다. 그러나 전체가 다 잘되어 보자는 경쟁이라면 오히려 게으른 직원들에게는 신선한 자극제가 되지 않겠어요. 이런 선의의 경쟁이라면 오히려 상부상조가 될 것입니다."

"그렇지만 실제로 현장에서 뛰다가 보면 본의 아니게 남의 시기와 질투를 사는 일이 있거든요. 이럴 때는 어떻게 해야 좋을지 참으로 난감할 때가 있습니다."

"그런 것을 슬기롭게 극복해 나가는 것이 생활선도가 아니겠습니까?"

"극복하는 좋은 방법이 있으면 좀 가르쳐 주십시오."

"내가 늘 말하는 거 있지 않습니까. 역지사지, 방하착이면 해결 안 되는 문제가 없을 겁니다. 언제나 상대방의 입장이 되어 조용히 자기 중심축에 놓고 관찰해 보세요. 이것이 명상입니다. 명상이란 다른 것이 아니고 항상 깨어 있는 정신으로 자기 자신과 주변을 냉정하게 지켜보는 것을 말합니다. 문제가 생기면 그것을 숙제로 삼아 자기중심에 놓고 관찰하라 그겁니다. 한두 시간 관찰해 보았는데 별 신통한 해결책이 떠오르지 않는다고 해서 성급하게 집어치울 것이 아니라 바로 이거구나 하는 확실한 실상이 떠오를 때까지 며칠이고 계속 관찰을 하십시오.

관찰을 하는 동안에 반드시 진상이 밝혀지게 됩니다. 진상이 드러나면 해결책을 강구하십시오. 꾸준히 강구하다가 보면 어느 순간 그럴듯한 착상이 문득 떠오르게 됩니다. 여기엔 사심이 끼어들 여지가 없습니다. 사심이 끼어들면 우선 마음이 편치 않을 것입니다. 좋은 착상이라면 마음이 편합니다. 그 착상을 한번 실천에 옮겨 보세요."

"그렇게 해 보겠습니다. 질투와 시기의 대상이 되지 않기 위해서라도 그렇게 해 보겠습니다."

"나는 이기심이나 욕심이 없이 경쟁을 해서 이겼는데 동료들의 질투와 시기의 대상이 되었다면 그 동료들의 입장이 되어 자기 자신을 객관적으로 관찰해 보십시오. 꾸준히 관찰을 하다가 보면 지금껏 자기 자신도 모르는 약점이 드러날 수도 있습니다. 바로 이 때문에 내가 동료들의 오해를 샀거나 그 밖의 문제점을 발견하게 될 겁니다. 그 문제점만 해결하고 나면 질투와 시기의 대상이 되었던 자기 자신은 여기서 한번 도약하여 동료들이 선망하는 모범이 될 수도 있을 겁니다. 관찰하고 연구하여 해결되지 않는 문제는 없습니다.

문제는 해결하라고 생기는 것이지 그 앞에서 좌절하고 실망하라고 있는 것은 아닙니다. 개인생활과 직장생활과 수도는 반드시 조화를 이루어 나가야 합니다. 그것을 주도해 나가는 주체는 문제점을 자각한 사람 자신입니다. 이것이 바로 생활 선도인의 진면목입니다.

출가(出家)하지 않고 자기가 처한 생활환경을 그대로 도량으로 이용하자는 것이 『선도체험기』 제1권 서문에 내건 내 목표였습니다. 원인이 있었기 때문에 결과가 있는 겁니다. 지금의 나는 과거의 결과입니다. 나의 현재는 전생과 과거의 인연의 총체적 표현입니다. 내가 태어난 가정, 나를 낳은 부모, 그리고 형제자매들 그리고 주변 여건들은 내 과거의 인연의 총결산인 동시에 내가 딛고 앞으로 나아가야 할 발판이기도 하고 풀어야 할 숙제이기도 합니다.

그런데 이 모든 것을 내동댕이치고 맺어진 인연을 인위적으로 끊어버리고 출가를 단행하는 것은 자연의 섭리를 어기는 무책임한 소행일 수도 있습니다. 어떤 사람은 자기를 크게 깨날아 큰 그릇이 되어 하화중생 하려면 어차피 모든 기존 인연을 끊어버리고 출가를 단행해야 한다고 하지만 내가 보기엔 그것은 일종의 현실 도피로밖에는 보이지 않습니다.

이 세상 사람들이 전부 다 출가를 해버린다면 어떻게 될까 한번 상상만 해보아도 알 수 있는 일입니다. 통일 신라가 망한 것은 너무 많은 출가자들 때문에 사회 전체가 무기력해지고 치안이 마비되어 외침을 방지할 인재들이 없었기 때문이었습니다. 우리는 출가를 하지 않고도 일정 기간 동안 공부를 위해서 집을 떠날 수 있습니다. 그런데도 핏줄의 인연마저 끊어버리고 산속으로 들어간다는 것은 심각하게 재고해보아야 할 일입니다. 이처럼 부자연스러운 일이 어디 있습니까. 부자연스러운 것은 다 우주의 섭리에 어긋나는 행위입니다."

"그래도 붓다는 출가를 했기 때문에 해탈을 하여 45년 동안이나 수많은 중생들을 제도하지 않았습니까?"

"만약에 출가를 하지 않고도 해탈을 했다면 붓다는 한층 더 위대했을 겁니다. 궁중에서도 스스로 도인으로서의 모범을 보일 수도 있었을 것이며 주위를 감화시켜 도의 길에 들어서게 할 수도 있었을 겁니다. 물론 권력 구조의 생리상 그렇게 하기가 힘이 들었겠지만 어려운 일을 성취시키는 것이 오히려 보람이 아니겠습니까?

청나라의 기틀을 다진 순치제(順治帝)는 어느 날 인생무상을 깨닫고 갑자기 권좌를 헌신짝 모양 내던지고 산사(山寺)의 부목(負木)으로 들어가 스님들 시중을 들었다고 합니다. 그러나 이것이 최선의 길이었을까요. 그가 진정으로 마음을 깨달았다면 그 막강한 황제의 자리를 바로 도량으로 바꿀 수도 있었을 것이 아니겠습니까?

내던지고 나오는 것만이 능사가 아닙니다. 자기가 처한 그 자리를 극락으로 바꾸어 놓아야만 합니다. 이 세상에는 출가한 사람만이 성현이 되었는가 하면 반드시 그렇지도 않습니다. 자기 위치에서 분수를 지켜가면서도 성현이 된 사람은 얼마든지 있습니다. 우선 인과로 맺어진 부모처자와의 인연을 끊고 집을 나가는 것 자체가 부자연스럽지 않습니까?"

"맞는 말씀입니다. 스님들이 선생님 말씀을 들으면 혹시 반발을 할지 모르겠습니다."

"반발을 할 것이 아니라 오래된 관행을 재검토해 봐야 될 것이라고 봅니다."

"조계종에서는 반대하겠지만 태고종에서는 찬성할 텐데요."

"요즘은 비구들 사이에서도 독신생활에 회의를 느끼는 경향이 많답니다."

"비구들뿐 아니라 가톨릭 신부들도 독신생활을 반대하는 추세가 강화되고 있다고 합니다."

"도를 이루는 데는 남자와 여자의 기운이 서로 상부상조하는 것이 더욱더 효과적입니다. 음과 양은 서로 도움으로써 오히려 인간완성을 촉진시킬 수 있습니다. 이때는 물론 오행상으로 보아 기운이 서로 잘 맞는 남녀가 결합이 되어야 합니다. 그런데 묘하게도 우리집에 찾아오는 부부 수련자들은 거의 다 기운이 상부상조하는 형입니다. 그렇게 만났으니까 수련이 잘될 수밖에 없겠지만 말입니다. 남자가 금형이면 여자는 목형이고 남자가 목형이면 여자는 토형입니다. 이런 분들은 인생의 동반자인 동시에 진정한 도반이기도 합니다. 이렇게 만난 부부들은 가정 자체를 하나의 수련장으로 바꿀 수 있습니다."

"어떤 사람은 북두칠성 중의 하나인 천부성에서 오는 제트 기운을 받아야 성통을 할 수 있다고 하는데 선생님께서는 어떻게 생각하십니까?"

"우주 전체, 삼천 대천세계가 다 내 중심 속에 있는데, 받기는 어디서 무엇을 받는다는 말입니까? 외부에서 받는다고 생각하면 그것이야말로 자기집 우물을 놔두고 남의 집에서 마실 물 찾는 것과 같이 잘못된 겁니다. 우주와 나는 하나이고, 다 내 안에 있습니다. 그렇게 보아야 어디에 있는 것이건 마음대로 가져다 쓸 수가 있습니다. 밖에서 받아서 쓴다고 생각하는 순간 그 사람은 방편에 사로잡혀버리고 맙니다. 방편은 진리에 도달하는 수단이지 진리 그 자체가 아니기 때문입니다."

"무슨 말씀인지 얼른 이해가 되지 않는데요. 어렵습니다."

"어렵지 않습니다. 바다의 물방울이 따로 떨어져 있으면 아무 힘도 못씁니다. 그러나 바다와 합쳐 있으면 바다 자체가 되어 막강한 힘을 발휘할 수 있는 것과 같습니다. 전체와 합쳐서 하나가 되면 전지전능해지지만 따로 떨어져 나오면 맥을 못 쓰는 이치를 모르겠습니까?"

"그게 그렇게 되는가요?"

"그렇게 되지 않고 어떻게 다르게 되는 방법도 있습니까?"

"해탈한 도인이 아닌 이상 나 자신이 우주와 하나로 합쳐져 있다고 느끼는 사람이 어디 있겠습니까?"

"해탈한다, 성통한다, 깨닫는다는 말은 이미 완성되어 있는 자기 자신을 볼 수 있는 눈을 뜬다는 말입니다. 우리는 이미 우주 전체와 완벽하게 하나로 합쳐져 있는 우주의 주인입니다. 그런데 그것을 느끼지 못하는 것은 그것을 볼 수 있는 눈이 감겨 있기 때문입니다. 환한 대낮에도 시각 장애자는 사물을 보지 못합니다. 그래도 삼라만상은 엄연히 존재하고 있습니다. 그와 마찬가지로 모든 존재는 이미 완성되어 있는데도 다만 마음의 눈이 감겨 있어서 보지 못할 뿐입니다. 그 대신 육체의 눈, 즉 육안으로는 볼 수 있습니다.

육안으로 보는 것은 실상이 아니고 어디까지나 가상의 세계입니다. 시공과 물질이라는 색안경을 통해서 보는 세계입니다. 마치 태양을 겹겹이 감싼 구름처럼 시공과 물질은 우리의 시야를 가리고 일그러지게 합니다. 그렇다고 해서 태양이 찌그러진 건 아닙니다. 구름이 겹겹이 감싸고 있다고 해서 태양 자체에 무슨 이상이 있는 것은 아니라는 뜻입니다.

우리 인간도 이와 같습니다. 우리의 자성은 태양처럼 완전합니다. 다만 물질과 시공의 한계에 가리어 실상을 못 보고 있을 뿐입니다. 우리가 수련을 하는 목적은 우리의 시야를 가리고 있는 물질과 시공이라는 구름을 제거하고 완전한 우리 자신의 모습을 보기 위해서입니다. 있는 그대로의 실상을 보는 눈을 뜨는 것을 견성이라고 합니다. 그렇게 깨달은 눈으로 보면 우리는 우주와 하나로 합쳐져 있습니다. 합쳐져 있다기보다 우주 그 자체이며 그 주인입니다. 그러니까 북두칠성에서 오는 천부성 기운을 받아야 만이 성통을 할 수 있다는 말은 성립될 수조차 없습니다.

왜냐하면 깨달은 눈으로 보면 북두칠성은 내 중심 속에 있는데 어디서 무엇을 받는다는 말입니까? 그러니까 누군가에게서 구원을 받는다는 말도 있을 수 없습니다. 구원은 무슨 구원이 필요합니까. 이미 완전히 이루어져 있는데 무슨 구원을 받는다는 말입니까. 그런 말에 현혹되면 안 됩니다. 우리가 지금은 비록 그것을 피부로 느끼지 못한다고 해도 그것은 진실입니다. 장님이 색깔을 보지 못한다고 해서 색깔이 없는 것은 아닙니다.

장님이 눈만 뜨면 언제든지 색깔을 볼 수 있습니다. 우리도 깨달음의 눈만 뜨면 언제든지 진리를 볼 수 있습니다. 완성된 나 자신을 볼 수 있다 그겁니다. 아까 어떤 분이 해탈한 도인이 아닌 이상 나 자신이 우주와 하나로 합쳐져 있다고 느끼는 사람이 어디 있겠느냐고 물었지만 우리는 바로 그러한 해탈의 경지에 들기 위해서 수련을 하는 것이 아니겠습니까?"

"성철스님 같은 분은 화두선이 제일이라고 하고, 대행스님 같은 분은 주인공에 몰락 내려놓는 방하착이 제일이라고 하고, 선생님은 지감·조식·금촉 수련을 동시에 병행해 나가야 한다고 하시는데, 우리들 초심자들은 어느 말이 옳은지 모르겠습니다."

"어느 방편이 제일 좋은지는 수련자 자신이 선택하는 수밖에 없다고 봅니다. 자신의 근기에 맞는 방편을 선택해야 하겠죠. 내가 보기엔 화두선이든 방하착이든 전부가 다 마음공부 방법입니다. 『삼일신고』에 보면 인간은 성명정(性命精), 심기신(心氣身)으로 이루어져 있다고 했습니다. 이것을 정기신(精氣神)이라고도 합니다. 나는 이 말이 옳다고 보는 겁니다. 사람은 몸과 마음과 기(氣)가 하나로 조화를 이루고 있는 것은 사실입니다. 그런데 어떻게 마음공부에 해당되는 화두선이나 방하착만을 고집할 수 있겠습니까? 어느 쪽 말이 옳은지는 수련자 자신이 실천을 해 보면 압니다. 자기 체질, 근기, 소질에 맞는 방법을 선택하기를 권합니다. 그러나 몸공부, 기공부, 마음공부를 동시에 병행하지 않고는 깨달음도 해탈도 성통도 얻기 어려울 겁니다."

"『삼일신고』에 보면 유중(唯衆)은 미지(迷地)에 삼망(三妄)이 착근(着根)하니 왈(曰) 심기신(心氣身)이라 했는데 여기서 미지(迷地)란 무엇을 말합니까?"

"미지란 배태(胚胎)를 말합니다. 임신을 하는 것을 의미합니다."

"그렇다면 중생은 임신이 될 때에 삼망이 뿌리를 내리는데 그것을 마음, 기, 몸이라 한다는 말입니까?"

"그대롭니다. 무엇이 잘못되었습니까?"

"삼망이라고 하면 세 가지 미망이라는 뜻인데 그렇다면 우리의 마음과 기와 몸은 세 가지 잘못이라는 뜻인가요?"

"그렇습니다."

"그렇다면 우리 인간의 마음과 기와 몸은 처음부터 잘못되어 나타난 존재라는 말인가요?"

"그렇습니다. 적어도 깨달은 사람의 경지에서 보면 그렇습니다."

"그 말씀이 이해가 되지 않는데요."

"우주의 실상을 바닷물에다 비교해 봅시다. 원래의 바다는 조용하고 고요합니다. 그런데 마음이 발동하여 바람이 불어오면 파노가 일어나

297

고 거품이 생깁니다. 이 파도와 거품이 바로 미망입니다. 인간의 마음과 기와 몸도 말하자면 이러한 파도와 거품의 일종이다 그겁니다. 따라서 우리가 마음과 기와 몸을 그대로 가지고 있는 이상 고요하고 적막한 바다의 실상으로 돌아갈 수 없습니다. 바다의 실상으로 돌아가려면 바람과 파도와 거품을 가라앉혀야 합니다. 다시 말해서 마음과 기와 몸을 가라앉혀야만 고요한 본래의 바다로 돌아갈 수 있다 그겁니다.

인간은 근본적으로 마음과 기와 몸, 세 가지가 혼연 일체가 되어 있는데 그중에서 마음만 닦는다고 해서 되겠습니까? 아니면 기공부만 한다고 해서 되겠습니까? 그렇지 않으면 몸공부만 한다고 해서 되겠습니까? 그렇지 않습니다. 세 가지 미망을 동시에 다스려 가라앉혀야 바다 본래의 모습으로 돌아갈 수 있습니다. 그래서 인생이란 파도와 같고 바람과 같고 물거품 같다는 말이 생겨난 겁니다.

이해하기 쉽게 설명하느라고 바다를 예로 들었지만 사실은 바다보다는 허공이 보다 진실에 가깝습니다. 허공은, 바다는 말할 것도 없고 만물만생을 전부 다 포용하고 있으니까요. 포용하고 있을 뿐만 아니라 만물을 창조도 합니다. 천부경에 나오는 본(本)은 바로 허공입니다. 늘 어나지도 줄어들지도 않는 본바탕입니다. 단지 쓰임에 따라 모습만 바뀔 뿐입니다.

아인쉬타인의 상대성 원리대로 질량은 불변합니다. 질량등가(質量等價)의 원리가 적용된다고 할 수 있습니다. 이것을 불교에서는 무진연기(無盡緣起), 불생불멸(不生不滅), 불증불감(不增不減), 중도법문(中道法門)이라고도 합니다. 현대물리학에서는 이것을 등가원리(等價

原理)라고도 합니다. 그러나 따지고 보면 불교의 『법화경』도 『화엄경』도 아인쉬타인의 상대성 원리도 현대의 첨단 물리학도 1만 년 전에 나온 『천부경』의 일시무시일 일종무종일, 용변부동본(用變不動本)을 나름대로 해석해 놓은 것에 지나지 않습니다."

"무슨 뜻인지 대강 알겠는데요. 그러나 세 가지 미망 즉 마음과 기와 몸을 갖고 공부를 해야 된다는 말인데 도대체 미망을 갖고 어떻게 진리를 깨달을 수 있겠습니까? 그게 아무래도 이해가 되지 않습니다."

"우리 인간에게 주어진 것이 마음, 기, 몸 즉 심기신(心氣身)인데 그럼 무엇을 가지고 공부를 할 수 있겠습니까. 소도 언덕이 있어야 비빈다고 하지 않습니까? 마음과 기와 몸은 수련자가 풀어야 할 숙제입니다."

"그렇다면 그 세 가지 미망을 다스려 나갈 주체는 무엇입니까?"

"여러분은 무엇이라고 생각하십니까?"

"하느님인가요?"

"부처님인가요?"

"그 둘이 다 포함되어 있는데 인간이라면 누구나 다 갖고 있습니다. 무엇일까요?"

"양심인가?"

"아아! 알겠습니다. 자성(自性)이 아닙니까?"

"맞습니다. 자성이야말로 우리들 자신의 영원하면서도 절대적인 주체입니다. 나 자신을 있게 한 참주인이고 중심이고 핵심입니다. 그 자성의 입장에서 볼 때 마음과 기와 몸은 미망일 수밖에 없습니다. 심기신(心氣身)은 이처럼 미망의 결과로 생겨난 부산물입니다. 따라서 자성을 밝히기 위해서는 미망인 우리의 마음과 기와 몸을 다스려서 이를 초월해야만 합니다. 마음과 기와 몸에 붙잡혀 있는 한 우리는 견성도 성통도 할 수 없습니다. 이 세 가지를 완전히 통제하고 초월해야만 합니다. 그러기 위해서 우리는 마음공부, 기공부, 몸공부를 하는 거죠.

선악, 시비, 고락, 애증, 희비를 대립적인 존재로 보지 않고 서로 통하는 하나로 볼 때 그 대립에서 초월할 수 있습니다. 어느 한쪽만을 고집할 때는 대립에서 영원히 벗어날 수 없습니다. 따라서 선은 악이고 악은 선이고, 고(苦)는 낙(樂)이고 낙은 고이며, 사랑은 미움이고 미움은 사랑이고, 기쁨은 슬픔이고 슬픔은 기쁨이라는 것을 알고 양자를 초월할 때라야 사물의 진상을 파악할 수 있습니다. 코미디언을 생각해 보십시오.

코미디언은 사람을 웃기는 것이 본업입니다. 그런데 가끔 가다가 아마추어 코미디언들을 보면 관중을 웃기기 전에 자기 자신이 먼저 웃어버리는 수가 있습니다. 이래가지고는 관중을 웃길 수 없습니다. 왜냐하면 자기 자신이 웃음 속에 휘말려 버렸기 때문입니다. 직업적인 코미디언은 절대로 이렇게 서투른 짓은 하지 않습니다. 아무리 관중이 허리를 잡고 웃어대도 자기 자신은 절대로 웃지 않습니다. 왜 그럴까요. 그 사람은 웃음을 초월했기 때문입니다. 웃음을 초월해 있기 때문에 관중을 자기 마음대로 웃기기도 하고 울리기도 할 수 있는 것입니다. 선과 악을 완전히 다스리려면 선과 악에서 벗어나야 합니다. 그와 마찬가지로 우리의 마음과 기와 몸을 마음대로 다스리려면 심기신(心氣神)에서 벗어나야 합니다. 이것을 벗어난 곳에 자성은 자리잡고 있습니다."

300

〈18권〉

성명정삼수

1993년 6월 18일 금요일 20~27℃ 흐리고 비

☆ 백회가 열리고 대주천이 이루어지면 갑자기 빙의 현상이 잦아진다. 대개가 인연 있는 길 잃은 영혼들이 과거 생에 못 받은 빚을 받으려 몰려들기 때문이라고 관대하게 생각하면 마음이 편하다. 나에게 도움을 청하려 영혼들이 몰려온다는 것은 나에게 그만한 힘이 있기 때문이다. 일단 식객으로 들어온 이상 깨달음을 얻는 보람을 안고 돌아갈 수 있도록 해야 한다. 이것도 하화중생(下化衆生)하는 것이다.

☆ 샘물은 퍼내면 퍼낼수록 새 물이 많이 고인다. 마음은 비우면 비울수록 만생만물을 포용할 수 있는 능력도 커진다.

☆ 무심(無心)이 깊어질수록 깨달음도 깊어진다.

☆ 단전호흡으로 기운이 단전에 쌓이는 것을 느끼는 것을 보고 호흡문이 열렸다고 한다. 호흡문이 열리면 축기가 시작되고 단전에 기운이

301

가득차면 저수지에 모인 물이 논으로 흘러 들어가듯 기경팔맥과 24정
경을 타고 온몸에 골고루 흐르게 된다. 임독맥이 트이고 전신주천이
강화되다가 드디어 백회가 열리면 천기(天氣) 즉 우주의 생체에너지와
의 활발한 교류가 이루어진다. 이때 비로소 수련자는 우주의 기운과
자신의 기운이 하나로 연결되어 있다는 것을 피부로 느끼게 된다. 이
것을 대주천이라고 한다. 대주천이 깊어지면 운기는 점점 더 활발해지
고 드디어 수련자는 자기 자신의 생명의 본질인 자성이 바로 불생불멸
(不生不滅), 부증불감(不增不減), 불구부정(不垢不淨)의 중심축임을 자
각하게 되면서 이것을 확실히 거머쥐게 된다.

☆ 마음으로 깨닫고, 기운으로 깨닫고, 몸으로 깨달아야 비로소 성명
정삼수(性命精三修)를 완성할 수 있다. 성명쌍수가 아니라 성명정삼수
라야 완전한 깨달음에 도달할 수 있다. 성명정삼수란 마음공부, 기공
부, 몸공부를 말한다.

오후 3시부터 수련자들이 몰려오기 시작하여 10여 명이 빙 둘러앉았
다. 양요한 저, 여강출판사 간, 『음양오행기공』에 기술된 방식을 이용
하여 국내외의 유명한 산의 기운을 불러 보았다. 모인 사람은 전부 다
대주천을 할 수 있었으므로 오행으로 기운을 분간할 수 있었다.

"자아 그럼 제일 먼저 백두산 기운을 불러봅시다" 하고 내가 먼저 입
을 열자, "네에!" 하고 일제히 대답했다.

"백두산 백두산 백두산!"

내가 선창하면 모두들 속으로 백두산 기운을 불렀다.

"무슨 기운인지 감을 잡은 사람은 먼저 말해 보십시오."

내가 이렇게 묻자, "수기입니다." 절대다수가 수기라고 말했다. 이런 방식으로 국내외의 유명한 산의 기운을 불러보았다.

백두산······ 수기

한라산······ 토기와 수기

지리산······ 목기와 토기

후지산······ 수기

희양산······ 화기

설악산······ 수기

수락산······ 수기

선정능······ 목기

수리산······ 수기

가야산······ 목기

희말라야산······ 수기

마리산······ 화기

알프스산······ 수기

록키산맥······ 수기

북한산······ 금기

오대산······ 토기

불암산······ 금기

금강산······ 수기와 화기

계룡산······ 토기

설악산······ 수기와 화기

오행의 기운이 머리 주위에 감지되는 기운의 모양으로 구분할 수 있다.

목기는 머리 주위에 둥근 테두리 같은 기운이 위로 치솟는다.

화기는 머리 위에 약간의 간격을 두고 기운이 구름처럼 덮여 있다.

토기는 머리 위에 빵모자 같은 기운이 밀착되어 있다.

금기는 머리 주위에 둥근 테두리 같은 기운이 아래로 내려온다.

수기는 정수리에 거대한 상투처럼 일직선으로 기운이 곧바로 서 있다.

기는 시간과 공간을 초월하므로 아무리 멀리 떨어져 있어도 생각만 하면 즉시 끌어올 수 있다. 기를 터득한 사람은 누구나 실험해 볼 수 있다. 지구뿐만 아니라 우주에 멀리 떨어져 있는 별의 기운도 같은 방법으로 알아볼 수 있다. 태양에서는 양기, 달에서는 음기, 목성에서는 목기, 화성에서는 화기, 토성에서는 토기, 금성에서는 금기, 수성에서는 수기를 느낄 수 있다.

자신의 체질을 아는 사람은 자기가 어떤 기운이 부족하다는 것을 안다. 나는 금형 체질이므로 금극목하고 화극금 해야 하므로 언제나 목기와 화기가 모자란다. 그래서 시험적으로 목성에서 목기, 화성에서 화기를 불렀다. 두 개의 기운을 일단 부른 다음에 찬찬히 살펴보니까 내 머리 주위에는 이미 그전부터 목기와 화기가 들어오고 있었다. 인체는 소우주이다. 이미 내 자성이 나의 현재 의식보다는 먼저 그것을 알고 목기와 화기를 끌어들이고 있다는 것을 알았다. 따라서 기수련을 일상생활화 하는 수련자는 구태여 자기에게 부족하다고 느끼는 기운을 의식적으로 끌어들일 필요가 없다.

『삼일신고』에 보면 "진망(眞妄)이 대작삼도(對作三途)하니 왈(日) 감식촉(感息觸)이라. 감은 희구애노탐염(喜懼哀怒貪厭)이요, 식은 분란한열진습(芬殳爛寒熱震濕)이요, 촉은 성색취미음저(聲色臭味淫抵)니라" 하는 구절이 있다. 여기서 식은 분란한열진습이라고 했는데 이 말은 기운이 맑고 흐리고, 차고 덥고, 마르고 습기 찬 것을 말한다. 우리가 운기조식 즉 단전호흡을 일상생활화 하면 맑고 흐리고, 차고 덥고, 마르고 습기 찬 기운을 자동적으로 조절하게 된다. 기 수련을 하지 않는 사람들은 이러한 여섯 가지 기운을 제대로 조절하지 못하므로 까딱하면 감기에 잘 걸린다. 그러나 단전호흡이 체질화된 사람은 감기에 걸리는 일이 거의 없다. 왜 그럴까? 여섯 가지 기운을 조식을 통하여 일상적으로 조절하고 있기 때문이다. 대주천을 하고 피부호흡을 하는 사람은 몸에 탁기가 들어오면 금방 배출해 내는 능력을 갖고 있다.

조선 왕조 숙종 때 송시열 같은 도인은 사약을 받았지만, 마셔보았자 죽지 않을 것을 알았다. 사약에 포함되어 있는 독기(일종의 탁기)가 체내에 흡수되자마자 자동적으로 빠져나갈 것이기 때문이었다. 이 사실을 알게 된 금부도사들은 사색이 되었다. 결국 그는 헝겊을 뭉쳐 항문을 틀어막고 사약을 받아야만 했다. 기공부를 제대로 하면 이처럼 맑고 흐리고, 차고 덥고, 마르고 습기 찬 기운이 자동적으로 조절되므로 병기(病氣)나 탁기(濁氣)나 사기(邪氣)가 침입했다가도 배겨나지 못하고 빠져 나가게 되어 있는 것이다. 그뿐 아니라 더울 땐 더위를, 추울 땐 추위를 덜 탄다.

마음공부와 몸공부도 중요하지만 기공부 역시 중요한 이유가 여기에 있다. 그런데도 지금까지 대부분의 종교에서는 마음공부만 해 왔지 기공부, 몸공부를 등한시 해 왔기 때문에 평생을 신앙생활을 해도 어떤 사람은 몸에서 병이 떠나지 않는 기현상을 초래하고 있는 것이다.

『혜명경』에서는 성명쌍수를 강조하고 있지만 나는『삼일신고』의 수련법에 따라 성명정삼수(性命精三修)를 제창하는 바이다. 『삼일신고』

진리훈에 보면 "인물(人物)이 동수삼진(同受三眞)하니 왈(曰) 성명정(性命精)이라. 인(人)은 전지(全之)하고 물(物)은 편지(偏之)니라. 진성(眞性)은 무선악(無善惡)하니 상철(上哲)이 통하고 진명(眞命)은 무청탁(無淸濁)하니 중철(中哲)이 지(知)하고 진정(眞精)은 무후박(無厚薄)하니 하철(下哲)이 보(保)하나니 반진(返眞)하여 일신(一神)이니라" 했다.

이것을 우리말로 옮겨 보면 다음과 같다.

"사람과 물질이 다 같이 세 가지 진리를 받았는데, 이것을 성(性)·명(命)·정(精)이라고 한다. 사람은 이것을 모두 갖추었지만 물질은 전부 갖추지 못했다. 진성(眞性)에는 선과 악이 없어서 상철(上哲)이 통하고, 진명(眞命)은 맑음과 흐림이 없어서 중철(中哲)이 알고, 진정(眞精)은 두터움과 얇음이 없어서 하철(下哲)이 이를 보전하고 있는데, 이것이 세 가지가 진리로 돌아가면 한(하느님)이 된다."

우리가 수련을 하는 목적은 원래부터 우리 자신 속에 완전히 갖추어져 있는 자성으로 돌아가기 위해서이다. 여기서 말한 일신(一神)은 자성을 말한다. 하나, 한, 하느님, 하나님이라고도 표현되고 무심(無心), 무아(無我), 공(空)이라고도 표현된다. 자성에서 어떤 원인으로 사람과 물질이 현상계에 나타날 때 사람은 성·명·정을 완전히 구비하게 되지만 물질과 동식물은 이것을 완전히 구비하지 못하고 태어나게 되었다. 진정한 성(性)에는 선과 악이 없어서 상철이 즉 가장 밝은 사람이 통하고, 진정한 명은 맑음과 흐림이 없어서 중간 밝은이가 알게 되고, 진정한 정은 두터움과 얇음이 없어서 세 번째 밝은이가 보유하게 되는데 이 세 가지가 진리로 돌아가면, 다시 말해서 성·명·정을 완전히 터득하면 진아(眞我)로 돌아간다는 말이다. 하나는 셋으로 나뉘고 셋은 하나로 돌아간다는 것이다. 삼위일체, 회삼귀일(會三歸一)이다.

그런데, 중생들은 이렇게 되지 않는다는 것이다. 즉, "유중(唯衆)은 미지(迷地)에 삼망(三妄)이 착근(着根)하니 왈(曰) 심기신(心氣身)이라. 심은 의성(依性)하여 유선악(有善惡)하니 선복악화(善福惡禍)하고, 기는 의명(依命)하여 유청탁(有淸濁)하니 청수탁요(淸壽濁妖)요, 신은 의정(依精)하여 유후박(有厚薄)하니 후귀박천(厚貴薄淺)이니라."

우리말로 옮겨 보면, "오직 중생들은 배태(胚胎)될 때 세 가지 미망이 뿌리 내린다. 이것을 일컬어 몸, 기, 마음이라고 한다. 마음은 성에 의존하므로 선악이 있어서 착하면 복이 되고 모질면 화가 된다. 기는 명에 의존하므로 청탁이 있어서 맑으면 오래 살고 흐리면 일찍 죽는다. 몸은 정에 의존하므로 후함과 천함이 있어서 후하면 귀하고 박하면 천하게 된다."

위에 나온 진리와 미망이 세 가지 작용을 일으켜 열여덟 가지로 변하여 감(感)에는 희구애노탐염이 있고, 식(息)에는 분란한열진습이 있고, 촉(觸)에는 성색취미음저가 있다. 그런데 무리들은 선악청탁후박을 한데 뒤섞어 제멋대로 날뛰다가 태어나고 자라고 늙고 병들어 죽는 고통에 떨어지지만, 밝은이는 지감·조식·금촉하여 큰 뜻을 행동에 옮기어 미망을 돌이켜 진리를 터득하여 신기(神機)를 크게 발동시키니 성통공완이 바로 이것이라는 것이 『삼일신고』에 나오는 수련법이다.

여기서 중요한 것은 사람은 한에서 성·명·정이라는 세 가지 진리를 받았는데, 상철 중철 하철의 세 가지 밝은이는 이것을 터득하여 원래의 한(진리, 자성, 공, 무심, 무아)으로 돌아가지만, 일반 중생들은 배태(胚胎)시에 이미 마음과 기와 몸을 받는데 마음은 성(性), 기는 명(命), 몸은 정(精)으로 돌아가기 위해서 지감·조식·금촉 수련을 해야 한다는 것이다. 다시 말해서 마음공부, 기공부, 몸공부를 거쳐야만이 성통공완에 이를 수 있다는 것이다.

그렇다면 공부가 어느 정도가 되어야 할까? 기초 도인이 되려면 최소한 다음과 같은 효과는 거두어야 할 것이다.

● 마음공부. 어떠한 사태가 일어나더라도 마음의 중심이 흔들리지 말아야 한다. 기쁜 일이든 슬픈 일이든, 비록 목숨이 위태로운 경지에 도달했다고 해도 마음이 상하거나 동요하는 일이 없다. 기쁨, 두려움, 슬픔, 분노, 탐욕, 혐오를 초월해야 한다.

● 기공부. 대주천을 거쳐 피부호흡이 일상생활화 되어 맑고 탁하고 덥고 차고, 마르고 습기 찬 기운을 마음대로 또는 거의 무의식적으로 자동 조절할 수 있다. 제아무리 강한 독극물이 체내에 들어와도 분해하여 즉각 몸밖으로 내보낼 수 있다. 웬만한 더위나 추위는 극복할 수 있어야 한다. 또 건조한 공기나 습기에도 잘 적응하여 감기 따위와는 영영 이별한다.

● 몸공부. 소주천, 대주천 단계에서 이미 접이불루(接而不漏)하여 연정화기(煉精化氣) 할 수 있어야 성욕과 피부접촉욕을 극복할 수 있다. 또 오행생식을 일상생활화 함으로써 맛의 세계를 조절하여 담배를 피우지 않음으로써 냄새의 유혹을 뛰어넘을 수 있어야 한다. 절 수련, 도인체조, 걷기, 달리기, 등산 등을 생활화하여 항상 몸이 건강해야 한

다. 따라서 소리, 색깔, 냄새, 맛, 성욕, 피부접촉욕을 조절하여 극복할수 있다.

이것이 바로 선도의 핵심적인 수련 요건이다. 마음공부, 기공부, 몸공부 중 어느 하나가 빠져도 제대로 된 수련이라고는 할 수 없다. 마음공부만 장려하는 기성 종교도 몸공부에만 치중하는 어떠한 수련도장들도 올바른 수련을 하고 있다고는 볼 수 없다. 반드시 지감·조식·금촉 즉 마음, 기, 몸 공부가 유기적으로 조화를 이루어야 완성을 기할수 있는 것이다.

1993년 6월 20일 일요일 18∼29℃ 갬

어떠한 이유에서든지 자식이 부모에게 원한을 품거나 형제를 미워하여 발길을 끊고 산다는 것은 불행한 일이다. 삶의 기준을 어디다 두고 살아야 할까? 뭐니 뭐니 해도 마음 편한 쪽을 택해야 한다. 누구든지 부모와 형제에게 원한을 품으면 스스로 독을 품는 것과 같다. 그 독은 젊을 때는 몰라도 조만간 몸 전체로 퍼지게 되어 있다. 그러기 전에 그것을 제거해야 한다. 부모와 형제에게 품었던 원한을 놓아버리면 자연 자기 마음도 편해지고 상대에게도 그 파장이 알게 모르게 전달되게되어 있다.

따라서 가장 중요한 것은 부모 자식과 형제간에 품었던 원한을 먼저 깨달은 쪽이 내려놓는 것이다. 한쪽이 놓으면 상대도 자연히 내려놓게된다. 상대가 제아무리 못되게 군다고 해도 지속적으로 이쪽의 진정이 상대 쪽에 전달이 되도록 해야 한다. 이런 일에는 지치는 일이 없어야 한다. 상대가 어떻게 나오든 상관 말고 이쪽이 할 일만 하면 된다. 너와 나의 경계선을 마음속에서 지워 버리면 자존심 같은 것도 사라지게 된다. 상대가 이쪽을 미워하든 말든 개의치 말고 이쪽의 할일만 꾸준히 밀고 나간다. 그렇게 하면 최소한 형제로서 할 도리는 다했으니까 마음은 편할 것이 아니겠는가?

언제나 마음 편한 쪽을 택하면 된다. 그렇게 되면 달면 삼키고 쓰면 뱉는 이기주의에서는 벗어날 수 있다. 지성이면 감천이라고 했다. 사람의 정성은 하늘도 감동을 시킨다는데 형제의 마음 하나 감동시킬 수 없을까? 우선 이기적인 나를 버리면 해결 못할 일이 없다. 남을 위하는 것이 나를 위하는 것이다. 내 이익만 챙기고 내 자존심만 키우는 한 원한의 골은 계속 깊어진다.

그러나 나를 버릴 때 제아무리 깊은 원한의 골도 당장 메워질 수 있다. 너는 너고 나는 나라고 고집하는 한 화해는 백년하청(百年河淸)이다. 상대가 아무리 못되고 모질고 그악스럽다고 해도 그것이 전부 다 내 모습의 하나임을 자각해야 한다. 희대의 살인마 백백교 교주 전용해도 6백만의 유태인을 학살한 히틀러도 침략한 나라의 애국지사를 생체실험한 일본인도 우리와 같은 인간인 한 그들의 악행도 우리들 각자의 숨겨진 면모들 중의 하나임을 자각해야 한다. 동시에 그러한 살인마도 본질은 신불(神佛)임을 알아야 한다. 이러한 자각이 없으면 우주 전체와 삼천 대천세계를 내 중심 속에 품을 수 없다. 삼라만상을 거리낌 없이 포용할 수 있을 때 인격은 점점 완성을 향하여 접근해간다.

끊임없는 관찰과 감시

1993년 6월 21일 월요일 18~19℃ 구름 조금

백두산이 어떻게 생겼는가 하는 문제를 놓고 그 산에 직접 갔다 온 사람과 전연 가보지도 못한 사람 사이에 토론이 벌어지면 반드시 가보지 못한 사람이 이긴다고 한다. 왜 그럴까? 직접 가 본 사람은 어느 한 시점에 자기가 눈으로 확인한 상황밖에는 모르지만, 가보지 못한 사람은 백두산에 갔다 온 많은 사람의 얘기를 들어도 보고 역사적 문헌과 기록과 사진자료 같은 것을 종합하여 입체적으로 검토해 보았으므로 막히는 구석이 없기 때문이다.

이 경우 육안으로 직접 본 것은 어느 시간대의 백두산의 지극히 작은 일부분에 지나지 않는다. 비록 현장 검증은 못 해 보았다고 해도 백두산의 과거와 현재를 입체적으로 파악한 사람이 우세할 것은 당연한 일이다. 우리는 백두산엘 직접 가보지 않고 도서관 안에서도 얼마든지 백두산의 전모(全貌)를 알아볼 수 있다.

그런데 자기와 늘 침식을 같이 하는 내 몸과 자기 자신에 대해서 우리는 얼마나 알고 있는가 하는 것은 자신에게 얼마나 관심을 가지고 있느냐에 비례한다. 아무리 내 몸이 나와 같이 일거수일투족을 같이한다고 해도 나 자신에 대해서 전연 관심이 없다면 아무것도 알아낼 수 없다. 그러나 자기가 자기 자신에 대해서 지속적인 관심만 가지고 살펴보고 검토하고 지켜본다면 지금까지 자기 자신도 모르고 있던 일들을 무궁무진 밝혀낼 수 있다는 것을 알아야 한다. 우주의 원리를 알고 싶으면 자기 자신의 내부를 살펴보면 된다. 인체는 소우주이므로 대우주와 언제나 일치되고 있고 대응이 되어 있기 때문이다.

내 마음의 움직임, 내 호흡, 그리고 이로 인해서 일어나는 운기현상을 지속적으로 살펴보아야 한다. 백두산이 멀리 떨어져 있으면서도 늘 파악하는 사람은 백두산에 관한 한 전문가가 될 수 있는 것과 같이, 우리는 우리 자신의 몸과 기와 마음에 대해서 잠시도 쉬지 않고 늘 깨어서 관찰하다 보면 우주의 원리가 한눈에 들어올 수 있다. 나 자신의 마음과 기와 몸은 바로 우주의 축소판이기 때문이다. 끊임없이 자기 성찰을 통해서 우리는 얼마든지 진리에 도달할 수 있다는 확신을 가져야 한다.

그러자면 늘 깨어 있어야 한다. 자면서도 깨어 있어야 한다. 수면(睡眠)은 뇌가 쉬는 것일 뿐 자성 자체가 쉬는 것은 아니다. 부대 전체가 취침에 들어가도 보초와 동초와 불침번은 자지 않고 부대를 감시하듯 우리의 중심은 비록 몸이 쉬는 한이 있더라도 늘 깨어서 감시를 해야 한다. 이 깨어 있음과 감시하는 것이 다름 아닌 명상이고 관찰이다. 관찰을 게을리하는 사람은, 길 잃은 영혼들이 자기 몸에 들어오는 것도 나가는 것도 모르는 것과 같고, 전방(廛房)을 차려 놓고도 정신은 엉뚱한 데에 가 있는 것과 같다. 도둑과 얌체꾼들이 번갈아 들어와서 물건을 슬쩍해 가도 모른다.

호흡문이 열리고 임독이 트여서 소주천이 되고 뒤이어 백회가 열려

대주천이 되는 사람은 잠자면서도 중심이 깨어있는 것과도 같다. 꺼져 있던 등불에 불이 켜진 것과 같고 새로 전방을 차린 것과도 같다. 말하 자면 한밑천 장만하여 신장개업을 한 것과 같다. 경사스러운 일이 아 닐 수 없다. 그러나 호사다마(好事多魔)라고 좋은 일에는 반드시 마 (魔)가 끼게 마련이다. 식당이 신장개업했다는 소식을 들으면 갑자기 식객들이 모여들게 된다. 인연 있던 사람도 있지만 지나던 길손이나 거지들이나 도둑이나 강도들도 꼬여든다.

이런 때일수록 가게 주인은 두 눈을 똑바로 뜨고 출입하는 손님들을 일일이 잘 살펴보아야 하는데, 축하 기분에 들떠서 음식값 도둑맞는 것도 모르고 헤헤거리는 수가 허다하다. 이것이 바로 빙의(憑依) 현상 이다. 특히 대주천이 가동되기 시작한 수련자들에게 흔히 있는 일이 다. 이때 가게 주인은 어떻게 해야 할 것인가? 우선 개평꾼들이나 좀도 둑이 얼씬하지 못하도록 감시를 게을리하지 말아야 한다. 그러나 손님 과 물건 흥정하는 사이에 살짝 숨어 들어와 늘어붙은 식객들은 어떻게 할 것인가? 우선 섭섭지 않게 잘 대접해서 내보내야 한다. 그런데 이외 에도 진득이 모양 늘어붙어서 떠날 줄 모르는 찰거머리 같은 식객들도 있다. 사흘이 되어도 일주일이 되어도 떠날 염을 않고 있는 얌채도 있 다. 이런 때는 할 수 없이 잘 구슬르고 달래고 설득해서 떠나도록 해야 한다.

그래도 듣지 않을 때는 어떻게 해야 할 것인가? 그의 거지 근성을 타 일러서 사람이 이 세상을 살아가는 이치를 알아듣기 쉽게 일깨워 주어 야 한다. 그래도 듣지 않고 계속 늘어붙는 경우는 어떻게 해야 하는가?

이때 식당 주인은 자기 능력의 한계를 절감하게 된다. 할 수 없이 자기보다 유능한 고수나 선배나 스승을 찾아가 그 늘어붙는 식객을 개과천선하게 하여 달라고 부탁하게 된다. 고수와 스승은 바로 이런 때 필요한 것이다.

그런데 어떤 식당 주인은 식객이 들어오자마자 대접도 해줄 줄 모르고 설득도 해 보지 않고 겁부터 내는 수가 있다. 겁이 나니까 스스로 해결해 볼 엄두도 내지 못하고 선배나 스승에게 먼저 찾아가 귀찮은 식객을 떼어달라고 호소한다. 이때 그 선배나 스승은 어떻게 나올까? 진정으로 자기 후배나 제자의 장래를 생각하는 선배나 스승이라면 자활 능력을 키워주려고 할 것이다. 우선 며칠 동안 그 식객을 대접하면서 자기 잘못을 깨닫고 스스로 제 발로 떠나게 해보라고 권유할 것이다. 만약에 처음부터 후배나 제자의 귀찮은 식객을 맡아서 처리해 준다면 식객을 다루는 후배나 제자의 능력은 절대로 향상되지 않을 것이다.

빙의된 수련자들은 우선 당황하지 말고 들어 온 영혼을 관찰하라. 계속 살펴보면 무슨 단서든지 반드시 잡게 될 것이다. 그때까지 지치지 말고 관찰을 계속해 주기 바란다. 무슨 단서를 잡았으면 그것을 시발점으로 하여 설득 작업을 벌이든가 어르든가 구스르든가 하여 들어온 영이 스스로 깨달음을 얻어 떠나가도록 최선을 다해야 한다. 이것도 하나의 공부고 수련의 과정임을 알아야 한다. 상구보리(上求菩提)했으니까 하화중생(下化衆生)하는 것임을 자각하여야 한다.

그다음에 유의할 것은 이미 들어온 것은 그렇다 치고 다음부터는 함부로 들어오지 못하도록 감시 감독을 철저히 해야 한다. 그러나 인과 때문에 일단 들어온 영혼에게는 적대감을 갖지 말고 나 자신의 일부로 보고 관찰한다. 원수로 생각하고 어떻게 하든지 내쫓으려고 하는 한 이에 끝까지 대항하려 할 것이다. 그러나 나와 한몸으로 본다면 상대도 적개심을 풀고 나와 하나로 합쳐지려고 한다. 병균도 마찬가지다. 일단 내 몸에 들어온 이상 때려잡으려고만 할 것이 아니라 내 몸의 일부로 간주한다. 그렇게 되면 병균도 독성을 풀고 친근해지지 않을 수 없다. 자기 몸을 해칠 수는 없기 때문이다. 원수가 아니라 내 몸으로 보는 한, 내 몸과 동화되지 않을 수 없다. 독균(毒菌)이 익균(益菌)으로 변하게 된다.

빙의된 영혼도 이처럼 대하면 적어도 주인과 동일한 수준으로 깨달음을 얻어 자기 갈 길을 스스로 찾아가게 된다. 이때 동화(同化)되지 못한 독의 찌꺼기는 숨을 내쉴 때나 배설 시에 밖으로 배출된다. 피부 호흡이 되는 사람은 자동적으로 주요 경혈을 통해서 몸밖으로 빠져 나간다. 항문을 통해서 가스 형태로 빠져 나가기도 한다. 이처럼 마음먹기에 따라서 기와 몸이 동시에 작동을 하게 되는데, 기공부와 몸공부가 되지 않은 사람은 제아무리 마음을 좋게 가져도 잘 따라주지 못한다. 마음은 늙지 않았다는데 몸이 말을 듣지 않는 경우다. 빙의된 영혼도 이러한 과정을 통해서 천도(薦度)가 된다.

잡념과 번뇌

1993년 7월 3일 토요일 19~29℃ 하오 소나기

토요일이라 10여명의 수련생들이 모여 앉아 다음과 같은 얘기들이 오갔다.

"선생님께서는 억울하고 분한 일을 당하면 방하착을 하라고 하셨는데 저는 실제로 해 보니까 잘 안됩니다."

"어떤 사람한테 배신이라도 당했습니까?"

"네."

"어디 구체적으로 한번 말해 보세요. 그래야 방하착하는 방법도 구체적으로 말할 수 있지 않겠습니까?"

"아는 사람이 번역을 좀 해 달라고 해서 공짜로는 안 된다고 했더니 번역료를 주겠으니 해 달라고 하기에 그 말만 믿고 며칠 걸려서 100매나 써주었는데 입 싹 씻고 마는 겁니다."

"뒷간 갈 때 다르고 나올 때 다르다는 말 못 들었습니까? 괘씸한 생각을 하면 할수록 점점 더 괘씸해질 겁니다. 그럴 때는 반드시 역지사지, 입장을 바꾸어 놓고 보는 겁니다. 입장을 바꾸어놓고 볼 때 나 자신은 그렇지 않았을까? 직장의 동료이고 친구라면 상대를 너무나 믿는 가운데 그럴 수 있었을지도 모른다고 생각하십시오. 상대가 저지른 과실의 요인은 나 자신에게도 있다고 보아야 합니다.

개체는 전체이고 전체는 개체이기 때문에 상대가 가지고 있는 약점은 나도 가지고 있게 마련입니다. 이렇게 생각하면 한결 마음이 편해질 겁니다. 상대를 괘씸하게 생각하는 불편한 마음과 함께 상대의 인간적인 약점까지를 전부 다 자신의 중심에 있는 용광로 속에 내려놓고 용해시켜버리는 겁니다.

현상의 세계, 물질의 세계, 상대적인 대립의 세계를 떠나 실상의 세계에서 보면 너와 나는 결국은 하납니다. 생겨나는 것도 없어지는 것도 없습니다. 더러운 것도 깨끗한 것도 불어나는 것도 줄어드는 것도 없습니다. 질량불변의 법칙이 그대로 적용되는 세계에서는 손해도 이익도 없습니다. 이처럼 우주 전체를 포용하는 심정이 되면 괘씸한 생각으로 불편했던 마음도 가라앉을 겁니다. 그래도 자꾸만 괘씸한 생각이 일어나면 석가나 예수 같은 도인들은 이런 경우 어떻게 했을까를 생각해 봅니다. 나처럼 상대를 괘씸하게 생각하지는 않았을 겁니다. 그렇다면 나는 아직도 멀었구나. 이렇게 모든 것을 나 자신의 탓으로 돌립니다. 이래야만이 무심(無心), 무아(無我)의 경지에 들어 참마음의 평화를 얻을 수 있습니다.

이것이 진정한 방하착입니다. 방하착이 정착이 되면 늘 이런 식입니다. 이때 번역료를 떼어먹은 상대는 어떻게 나오는가 관찰해 보십시오. 그 사람도 양심은 있을 테니까 번역료 주지 못한 것을 조금이라도 미안해 할 것입니다. 그는 번역해 준 동료를 제대로 쳐다보지도 못할 겁니다. 그렇다고 해서 이쪽에서 괘씸하다는 표정을 짓지도 않습니다. 평소와 똑같은 표정입니다. 차라리 미워하고 욕이라도 했으면 좋았을 텐데 그렇지 않고 그전처럼 웃는 얼굴로 대하는 겁니다.

이쪽이 방하착 수련이 되어 있는 줄은 꿈에도 모릅니다. 좌우간 정상적이 아닙니다. 그는 여기에 큰 의문을 품게 됩니다. 사람은 욕먹을 때 욕먹고 매맞을 때 매를 맞아야 차라리 마음이 편합니다. 그런데 그와는 반대 현상을 당하게 되면 오히려 거북하고 불안해하게 마련입니다. 상대가 어떻게 나오든지 이쪽에서는 언제나 평온한 얼굴입니다. 정상적인 사람이라면 이때 충격을 받지 않을 수 없을 겁니다. 이쪽에서는 아무렇지도 않은데, 그쪽에서는 오히려 안절부절입니다. 결국은 떼어먹은 돈을 갚지 않을 수 없게 됩니다. 이것을 보고 일석이조(一石二鳥)라고 합니다.

그러나 방하착하는 사람은 꼭 이런 결과를 예상하지는 않습니다. 상대방이 어떻게 나오든 처음부터 오불관언입니다. 후안무치한 사람이라면 오히려 그렇게 나오는 것을 다행으로 여길지도 모릅니다. 어떻게 나오든지 전연 개의치 않습니다. 처음부터 아무런 대가를 바라지 않고 해 준 것으로 치부하면 그만입니다. 이익보다는 마음의 평온 쪽에 더 큰 비중을 두면 됩니다. 회사에서 봉급은 여전히 나오겠다 번역료, 그까짓 거 안 받아도 내 생활에는 하등의 영향도 없다고 마음을 넓게 먹으면 됩니다."

"선생님, 잡념이 수련 중에 자꾸만 일어날 때는 어떻게 하면 좋겠습니까?"

이번에는 다른 수련생이 말했다.

"잡념은 왜 일어나는지 아십니까?"

"글쎄요. 잘 모르겠습니다."

"잡념은 자기가 지금 무엇을 하고 있는지 모르고 있을 때 일어납니다. 만약에 가부좌를 틀고 앉아서 명상을 하고 있다고 하면 명상한다는 것을 알고 자신의 마음, 기, 몸을 살피고 있으면 되는데 그렇지 않고 자기가 지금 무엇을 하는지 잊어버리면 잡념이 끼어들게 됩니다.

행인이 교통사고를 당하는 원인이 어디에 있는지 아십니까? 자기가 길거리를 걸어가면서도 다른 생각을 하고 있기 때문에 차가 오는 것도 미처 못 보고 사고를 당하는 겁니다. 길을 걸어가고 있다는 것을 알고 있으면 차가 오고 가는 것을 언제나 살피고 있으니까 제때에 피합니다. 그런데 정신이 다른 데에 가 있는 사람은 멍청하게도 차가 달려드는 것도 모릅니다. 그러니까 당할 수밖에 없습니다.

이때 중요한 것은 자기가 지금 무엇을 하고 있는가 하는 것을 확실히 아는 겁니다. 잡념이 일어날 때는 잡념이 일어나고 있다는 사실을 아는 것이 제일 중요합니다. 수련하는 사람에게 잡념은 좋은 것일 수 없습니다. 이 사실은 누구나 다 알고 있습니다. 이것을 알아버리는 순간 잡념은 달아나게 되어 있습니다. 길을 걸어가는 사람이 자기가 지금 엉뚱한 환상에 사로잡혀 있다는 것을 아는 순간 어떻게 되겠습니까? 까딱하면 차에 치일 뻔했다는 것을 알게 됩니다.

그 순간 환상에서 깨어납니다. 수련 중에 자꾸만 잡념이 일어난다고 푸념을 하는 사람은 그 당시에 자기 자신이 잡념에 사로잡혀 있다는 사실을 모르고 있었습니다. 그러니까 제일 긴요한 것은 자기가 잡념에 빠져있다는 것을 아는 겁니다. 모르니까 당하지 알고서 당하는 사람이 이 세상천지 어디 있습니까?

따라서 잡념을 퇴치하는 지름길은 잡념에 빠져 있다는 사실을 아는 겁니다. 진상을 알고 나면 대책은 자동으로 떠오르게 되어 있습니다. 그래서 호랑이한테 물려가도 정신만 잃지 않으면 살길이 열린다고 했습니다. '정신만 잃지 않으면' 하는 것이 바로 아는 겁니다.

정신병 환자에게 중요한 것은 자기가 정신병에 걸려 있다는 것을 아는 겁니다. 정신병뿐만이 아니고 무슨 병이든지 자기가 병이 들었다는 것을 아는 것이 치료의 첫걸음입니다. 병이 들었다는 것을 알면 어떻게 하든지 살 궁리를 하게 됩니다. 병원도 찾게 되고 병원서 못 고치면 민간요법이라도 쓰게 되고 그것도 안 들으면 생식이라도 하게 됩니다. 살 사람은 어떻게든지 살게 되어 있습니다. 그러나 자기가 병에 걸린 것을 모르는 사람은 아무런 대책도 세우지 못하고 있으므로 갑자기 길을 가다가도, 대화를 하다가도 식사를 하다가도 운동을 하다가도, 심장마비를 일으켜 황천길을 가게 됩니다.

모르고 당하는 실례입니다. 그래서 『손자병법』에도 '지피지기(知彼知己)는 백전불태(百戰不殆)'라는 말이 있습니다. 이것은 곧 정견(正見), 정어(正語), 정업(正業), 정명(正命), 정념(正念), 정정(正定), 정사유(正思惟), 정정진(正精進)을 말하는데 이 중에서 정견 즉 바로 보는 것이 첫째입니다. 바로 보는 것이야말로 팔정도(八正道)를 한마디로 대표한다고 할 수 있습니다.

왜냐하면 바로 보기만 하면 그 나머지 일곱 가지는 저절로 따라올 것이기 때문입니다. 바로 보는 것이야말로 바로 아는 겁니다.

다시 말해서 정신 차리고 깨어 있다는 말과 같습니다. 정신 차리고 깨어 있는 것이 선도수련의 핵심입니다. 잡념은 언제나 정신이 흐리멍 덩할 때 일어나게 되어 있습니다. 잡념은 응달에 피어나는 곰팡이와 같습니다. 햇볕을 받으면 곰팡이는 없어집니다. 그럼 어떻게 하면 햇 볕을 받을 수 있을까? 그거야 응달을 없애면 됩니다. 응달을 없앨 수 없으면 항상 건조하게 하고 깨끗이 하면 됩니다. 그럼 우리의 마음속 에 피어나는 잡념이라는 곰팡이는 어떻게 하면 없앨 수 있을까요?

그것은 아주 간단합니다. 거듭 말하지만 내가 잡념에 사로잡혀 있다 는 것을 알기만 하면 됩니다. 안다는 것은 정신 차리고 깨어 있다는 것 입니다. 정신 차리고 깨어 있다는 것, 그것이 바로 햇볕입니다. 술주정 뱅이에게 가장 중요한 것은 자기가 지금 술에 취해서 주정을 부리고 있다는 사실을 아는 것입니다. 이것만 알면 어떻게 하든지 알콜 중독 증에서 벗어날 수 있습니다. 줄담배를 피우는 골초 역시 마찬가지입니 다. 자기가 지금 중증 니코틴 중독자라는 것을 알면 어떻게 하든지 거 기에서 벗어나려고 할 것입니다.

그런데 대부분의 흡연자들은 자기가 백해무익한 담배를 피우고 있 다는 사실 자체를 마음속으로 인정하려고 하지 않습니다. 담배는 스트 레스를 해소하고 사교에도 필요하고 처칠이나 맥아더 같은 위인이나 영웅도 골초였다고 변명을 늘어놓으면서 흡연의 해독 자체를 바로 인 정하려고 하지 않습니다. 나쁘다는 것을 알면서도 피우는 것은 진정으 로 흡연의 위험을 인정한 것이 아닙니다. 흡연의 해독을 인정한 것이 아니라 흡연의 이점이라고 스스로 인정한 억지를 승인한 것밖에는 되지 않습니다. 이것은 흡연을 바로 인정한 것이 결코 아닙니다.

마약이 나쁜 것을 알면서도 습관적으로 복용하는 것 역시 사태를 바로 인정한 것은 아닙니다. 바로 아는 사람, 정신 차리고 진실을 깨우친 사람은 흡연이나 마약 중독, 과음 따위는 돈을 주고 하라고 해도 하지 않습니다. 잡념을 없애는 방법은 잡념에 사로잡혀 있다는 것을 바로 아는 것입니다. 더 이상 질문 없습니까?"

"잡념에 대해서는 그만하면 알겠는데요. 그럼 번민은 어떻습니까?"

"번민도 잡념과 비슷합니다. 잡념과는 사촌간이라고 할 수 있습니다. 번민 역시 내가 번민하고 있다는 사실을 바로 아는 것이 제일 중요합니다. 번뇌(煩惱)는 보리(菩提)라는 말이 있습니다. 번민 역시 자기가 지금은 무슨 일로 번민을 하고 있다는 사실을 정확히 아는 것이 지혜를 얻는 열쇠입니다.

어떤 사람은 번민을 하면서도 자기는 심각한 철학적인 사고를 한다고 착각을 일으킬 수도 있습니다. 이것은 사태를 정확히 파악한 것이 아닙니다. 몽당비를 도깨비로 착각을 한 것과 같습니다. 새끼줄 토막을 뱀으로 오인한 것과 다르지 않습니다. 요컨대 정확한 것을 아는 것이 제일 요긴합니다. 무슨 일로 잔뜩 화가 난 사람은 자기가 지금은 화가 나 있다는 사실을 정확히 인식하는 것이 중요합니다. 그 사실만 알고 계속 관찰하고 있으면 화는 사라지게 됩니다. 두려움에 떨고 있는 사람은 그 사실을 정확히 알고 그것을 꾸준히 관찰만 하고 있어도 조만간 두려움은 사라지게 되어 있습니다. 번민이란 희구애노탐염, 성색취미음저에서 나옵니다. 이런 부정적인 감정은 불결한 곳에 기생하는 세균과도 같습니다. 밝은 햇볕만 쏘여도 자취 없이 사라지게 되어 있습니다. 번민하고 있다는 사실을 정확히 아는 것만 가지고도 햇볕의 역할을 다합니다.

음식을 잘못 먹은 사람은 화를 잘 냅니다. 그래서 느닷없이 화내는 사람을 보고 사람들은 흔히 뭘 잘못 먹었나 하고 의심합니다. 그것은 아주 정확한 관찰의 결과입니다. 잘못 먹었다는 것은 흔히 과식을 말합니다. 과식을 하면 속이 거북하고 기분이 좋지 않고 심기가 불편해집니다. 이때 누가 조금이라도 듣기 싫은 소리를 하면 금방 화가 납니다. 아무것도 아닌 일에 벌컥벌컥 성을 냅니다. 이때 어떻게 하면 될까요?"

"먼저 잘못 먹었다는 사실을 아는 것이 아닙니까?"

"맞습니다."

"알고 났을 때는 어떻게 합니까?"

"잘못 먹었다는 것을 알았으니까 그에 대한 대책을 세우면 됩니다. 과식으로 인한 몸의 불편을 해소하기 위해서 어떤 사람은 소화제를 먹기도 하겠지만 선도수련쯤 하는 사람이면 그런 고식적인 방법은 이용하지 않습니다."

"그럼 어떻게 하면 되겠습니까?"

"우선 과식했다는 사실을 알고 그것을 관찰합니다. 분노를 관하듯 과식 자체를 관하는 겁니다. 이렇게만 해도 온몸의 에너지가 위장으로 모여들게 됩니다. 활발한 소화 작용이 일어나게 될 것입니다. 이처럼 과식했다는 사실을 알고 있으면 누가 듣기 싫은 소리를 한다든가 기분

나쁜 소리를 해도 그전처럼 느닷없이 팩 하고 화를 내는 일은 없어질 겁니다. 왜냐하면 과식했을 때는 기분이 언짢고 별것 아닌 일에도 화를 잘 내 왔다는 사실을 잘 알고 있기 때문에 같은 실수를 되풀이하지 않게 될 것이기 때문입니다. 그러니까 문제는 자기가 지금 무슨 일을 당하고 있다는 사실을 정확히 알고만 있으면 그전과 같은 부질없는 마찰 따위는 얼마든지 피할 수 있는 것입니다.

수퍼나 백화점 같은 데서 도난 사건이 흔히 일어납니다. 범인을 잡아놓고 보면 멀쩡한 신사나 숙녀일 수가 있습니다. 어떤 여자는 생리 때만 되면 도벽이 발작하여 자기도 모르게 물건에 손을 댄다고 합니다. 자기도 모르게라는 말에 주의하셔야 합니다. 결국은 도둑질인 줄 모르고 도둑질을 했다는 말이 됩니다. 그러니까 알면 그런 짓을 안 했을 거라는 말이 됩니다. 이런 때는 어떻게 하면 되겠습니까?"

"생리 때가 되면 그런다는 사실을 아는 것이 중요하겠군요."

"그렇겠죠? 생리 때만 되면 정신 바짝 차리고 있으면 도벽이 도질 리가 없습니다. 자기도 모르게 그런 짓을 했다는 변명 따위는 성립되지 않습니다. 나도 모르게 순간적으로 욕심이 생겨서 물건을 슬쩍했다는 말은 수련자에게는 해당되지 않습니다. '나도 모르게' 라는 말은 더 이상 변명거리가 될 수 없으니까요."

"그래도 도벽이 자꾸만 도질 때는 어떻게 합니까?"

"그 사실을 알고 있으면 됩니다. 내가 도둑질을 하고 있다는 사실을 철저히 알고 있는 한, 알고 있다는 사실 자체가 제동장치 역할을 다할 것입니다. 자기 자신의 도벽과의 처절한 싸움이 벌어지는 수도 물론 있겠죠. 수련은 극기력을 키워줍니다. 극기력 향상이 바로 수련의 척도이기도 합니다. 극기력이 향상된 사람은 본능 따위에 놀아나지 않습니다. 제동장치가 완벽한 자동차는 갈 때 가고 설 때 서므로 엉뚱한 사고는 내지 않습니다."

"선생님, 자기가 번민을 하고 있다는 사실을 분명히 알고 있는데도 자꾸만 번민이 일어나면 어떻게 합니까?"

"그 사실을 알고 있으면 됩니다."

"알고만 있으면 됩니까?"

"물론입니다."

"번민이 언제 끝날지 모를 때도 그렇습니까?"

"당연한 일입니다. 우물을 깊이 파야 할 때도 있고 얕게 파야 할 때도 있지 않습니까? 깊이 파도 물이 안 나온다고 금방 포기합니까? 아니면 물이 나올 때까지 파내려 갈 겁니까?"

"바위 같은 게 나와서 도저히 물이 나올 가망이 없을 때는 못 파는 거 아닙니까?"

"그럴 때는 위치 선정을 잘못했으니까 다른 장소를 택할 수는 있어도 우물 파기 자체를 중단할 수는 없는 일이 아니겠습니까? 각자의 업장에 따라 번뇌의 두께가 두꺼울 수도 있고 얇을 수도 있습니다. 두껍다고 해서 번뇌를 여의는 일을 그만둘 수는 없는 일이 아니겠습니까? 우물을 파기로 작정한 이상 어떻게 하든지 물이 나올 때까지 파 들어가야 할 것이 아닙니까? 수련을 하기로 작정을 했으면 진리를 볼 때까지 그리고 진리와 하나가 될 때까지 파 들어가는 일을 중단하지 말아야죠."

"번뇌가 한없이 나올 때도 그렇습니까?"

"물론입니다. 금생에 다 여의지 못하면 내세에라도, 내세에 못하면 그다음 세에라도 기필코 여의겠다는 각오가 없이는 함부로 도의 세계에 뛰어들지 말아야죠. 스승이나 선배는 도 닦는 일을 도와는 줄 수 있을지언정 그 이상은 못합니다. 궁극적으로는 스스로 자기가 해야 합니다.

무슨 기계나 장치 같은 것으로 수련 기간을 단축시킬 수 있다고 생각하면 안 됩니다. 어떤 사람은 기계가 수련을 대신해줄 수 있다고 선전을 하고 사기를 칩니다. 단전호흡을 하는 기계, 명상하는 장치를 만들어 파는 사람도 있습니다. 단전호흡이나 명상은 수련자가 필수적으로 거쳐야 할 과정입니다. 그것을 만약에 기계나 장치가 대행케 한다면 그만큼 수련자는 수행이 늦어집니다. 아무도 죽음을 대행해줄 수 없는 것과 같이 수련을 대행해 줄 사람이나 기계나 장치는 있을 수 없습니다.

누구나 이 세상에 태어날 때 지고 나온 업장은 자업자득의 결과입니다. 결자해지(結者解之)의 원칙에 따라 당사자만이 풀 수 있습니다. 그러나 아무리 번뇌의 층이 두껍다고 해도 너무 걱정은 하지 마십시오. 번뇌를 여의면 깨달음은 한순간에 옵니다. 깨닫는 순간 온갖 번뇌는 일시에 사라지게 되어 있습니다. 번뇌는 어둠이고 깨달음은 빛입니다. 어둠은 아무리 먹장 같다고 해도 빛을 당해낼 수 없기 때문입니다."

"깨달음의 세계와 실상의 세계와는 어떻게 다릅니까?"

"그게 그겁니다. 같은 말인데 표현이 다를 뿐입니다."

"그럼 선생님 실상의 세계는 어떻게 표현할 수 있겠습니까?"

"한의 세계, 공의 세계를 말합니다. 생사, 시공, 유무, 선악, 시비의 상대적인 개념이 탈색된 세계, 『반야심경』에 따르면 불생불멸(不生不滅), 불구부정(不垢不淨), 불증불감(不增不減)의 절대의 경지를 말합니다."

"선생님, 혜해탈(慧解脫)하고 정해탈(定解脫)은 어떻게 다릅니까?"

"사람의 자성은 물론이고 우주 전체가 다 하느님이고 부처님이며 진리임을 깨닫고 믿는 것이 혜해탈이고, 정해탈은 업장이 완전히 해소되어 육신통(천안통, 천이통, 타심통, 신족통, 숙명통, 누진통)이 열려서 석가나 예수처럼 온갖 신통묘용을 다 부릴 수 있는 것을 말합니다. 도인이라면 이 두 가지를 다 겸비한 사람을 말합니다. 그러나 진짜 도인이라면 함부로 초능력을 구사하지는 않습니다."

"선생님 그렇다면 초능력은 어떤 때 구사하는 것이 좋겠습니까?"

"홍익인간하고 하화중생(下化衆生) 할 때 쓰는 것이 좋다고 봅니다. 초능력을 함부로 구사하면 자연의 질서를 파괴하고 중생들이 응당 치뤄야 할 공부에 방해가 되기 때문입니다. 그래서 나는 수련자의 수도에 도움이 되는 한도 내에서 지도해 주는 것이 도인들이 할 몫이라고 봅니다. 공중 부양을 한다든가, 배추씨의 씨앗을 앉은 자리에서 틔우고 숟가락을 꾸부린다든가, 물건을 손도 안 대고 감쪽같이 이동시킨다든가 하는 것은 홍익인간, 하화중생에는 아무런 도움도 되지 못합니다. 관중들의 호기심이나 만족시킨다는 뜻에서 마술이나 환술, 도술의 차원밖에는 안 됩니다. 나을 때가 되지 않은 사람의 중병을 초능력으로 낫게 해 주는 것도 긴 안목으로 보면 반드시 본인에게 유익한 일만은 아닙니다."

"그건 왜 그렇습니까?"

"앓는 것도 업장을 해소하는 과정이니까요. 깨달음을 주어 병이 스스로 낫게 해주는 것은 권장할 만한 일이지만 덮어놓고 병만 고쳐주는 것은 와병을 통해 공부할 수 있는 소중한 기회를 빼앗는 것밖에는 되지 않으니까요. 오늘은 잡념과 번뇌에 대한 얘기를 하다가 보니 시간이 많이 흘렀습니다. 그럼 이만 끝냅시다."

견성과 성통

1993년 7월 8일 목요일 18~23℃ 흐리고 비

오후 3시. 독자 전화.

"선생님, 애독잡니다. 몇 가지 질문을 해도 괜찮겠습니까?"

"좋습니다. 물어보십시오."

"견성하고 성통하고는 어떻게 다릅니까?"

"견성은 진리를 보는 것을 말합니다."

"진리는 무엇인데요?"

"진리는 한, 공(空), 하느님, 부처님, 그리스도, 도(道), 진여(眞如), 실상(實相) 등등을 말합니다. 불교에서는 견성을 혜해탈(慧解脫)이라고도 합니다. 수도를 통하여 진리의 정체를 완전히 파악한 것을 말합니다. 자기 자신과 우주 전체가 사실은 진리 그 자체입니다. 눈에 보일까 말까 하는 먼지 한 알도 예외 없이 진리 그 자체입니다. 이것을 깨달은 것을 견성이라고 합니다."

"그 진리의 정체를 어떻게 하면 볼 수 있습니까?"

"선도, 명상, 참선, 요가, 각종 종교의 수행법, 기도 등 심신수련을 통해서 볼 수 있습니다."

"견성하는 순간을 구체적으로 알려주실 수 있겠습니까?"

"그건 수련자의 근기와 소질과 기질에 따라 다르게 나타날 수도 있습니다. 일률적으로 어떻다고 말할 수는 없습니다."

"선생님의 경우는 어땠습니까?"

"승유지기(乘遊至氣) 속에서 갑자기 내 몸이 안개처럼 흩어지고 완전히 허공으로 바뀌면서 무한한 법열(法悅)을 느꼈습니다. 이것을 기점으로 마음과 몸과 기(氣)가 완전히 바뀌어야 합니다. 자기 자신은 물론이고 남들도 그 바뀐 모습을 인정해 주어야 합니다."

"바뀐다면 어떻게 바뀌는 것을 말합니까?"

"신경질이나 역정을 잘 내던 사람이 갑자기 얌전해지고 침착해진다든가, 경박하게 날뛰던 사람이 지혜로워진다든가 하는 변화를 말합니다. 견성을 했다고 해서 성도 안 내고 역정도 전연 안 내는 것은 아니지만 놀랄 만큼 자제력이 생겨서 습성 때문에 일단 성을 냈다가도 금방 후회하고 반성합니다. 그래서 남과 싸움 같은 것을 하지 않습니다. 그리고 견성한 사람의 주위에는 늘 사람들이 모여듭니다. 향기로운 야생화에 꿀벌과 나비가 모여들듯이 말입니다."

"그럼 성통이니 해탈이니 하는 것은 어떻습니까?"

"견성을 한 사람이 업장을 다 녹여버리면 성통을 하게 되고 진리와 완전히 하나가 되어 석가와 예수처럼 육신통(六神通)을 자유자재로 구사할 수 있습니다. 성통한 사람이나 해탈한 사람을 보고 정해탈(定解脫)을 했다고 합니다. 그렇다고 해서 견성한 사람이나 성통한 사람은 그 사실을 자기 입으로 공공연히 퍼뜨리지는 않습니다. 오곡백과가 익으면 스스로 광고를 하지 않아도 사람이나 곤충이나 짐승들이 먼저 알고 다가오듯 사람도 마찬가지입니다. 견성이니 성통이니 해탈이니 하는 소리를 한마디도 입 밖에 내지 않는데도 수도자들이 먼저 알고 꾸역꾸역 모여들게 되어 있습니다. 그래서 진짜는 진짜임을 스스로 광고할 필요가 전연 없습니다.

　가짜만이 자기 자신을 진짜로 위장하여 광고할 뿐입니다. 그래서 수도자들은 자기 입으로 나는 견성을 했느니 성통을 했느니 득도를 했느니 하는 사람들을 우선 경계하고 의심하게 됩니다. 또 정해탈한 사람은 육신통을 절대로 함부로 구사하지 않습니다. 별것도 아닌 초능력을 자꾸만 과시하려는 사람도 대체로 가짜입니다. 공중 부양을 하고 숟가락을 꾸부리고 물체를 염력 이동하고 일시적으로 병을 고치는 행위는 차력사나 초능력자, 사이비 교주들이나 하는 짓입니다. 도인들은 그런 데 관심이 없습니다. 어떻게 하면 홍익인간하고 하화중생 하는가에 머리를 쓰게 됩니다. 어떻게 하면 많은 사람들에게 진리를 깨닫게 할 수 있는가 하는 데에 주로 주의를 돌립니다. 성통과 해탈은 바로 이런 겁니다."

이유 있는 고해(苦海)

1993년 7월 31일 토요일 20~28℃ 밤에 비 조금

국내에서는 손꼽히는 대기업체의 상무로 있는 박순태 씨가 오래간만에 와서 이런 얘기 저런 얘기 끝에 생식에 대한 얘기가 나오자 말했다.

"선생님, 저는 생식 시작한 지가 벌써 한 6개월 되는데, 저 자신은 끓이고 지지고 볶고 하는 일이 없어서 간편해서 좋은데 아이들 때문에 아무래도 밥도 해야 하고 반찬도 해야 하니 그게 좀 번잡하더군요."

"아니 그럼 박순태 씨가 직접 요리를 한단 말입니까?"

"네, 그렇게 됐습니다."

"그렇게 됐다뇨. 부인께서는 어떻게 되셨는데요?"

"그럴 사정이 있어서 헤어졌습니다."

"아니 헤어지다뇨?"

"사정이 그럴 수밖에 없었습니다."

"자녀분들이 몇인데요?"

"남매가 있습니다."

"그럼 지금 학교에 다니고 있을 텐데."

"두 애 다 중학교에 다니고 있습니다."

마침 10여 명쯤 모였던 수련생들이 전부 귀가하고 서재에는 나와 박순태 씨 둘만이 남아 있었다.

"그럼 가정부도 안 두고 박순태 씨가 손수 식사를 장만한다는 말입니까?"

"그럴 수밖에 있습니까. 요즘은 가정부 하나 붙박이로 두려면 월급을 백만 원 이상 주어야 합니다. 하루에 한 시간씩 나와서 일하는데도 3만원 4만원 하는 판국이니 어떻게 하겠습니까. 천상 제 손으로 끓여 먹이는 수밖에요."

"그럼 빨래는 어떻게 합니까?"

"세탁기가 있으니까 어지간한 것은 저와 아이들이 하고 가끔 가다가 파출부를 부르죠."

"하루 이틀도 아니고 어떻게 그렇게 할 수 있습니까?"

"이렇게 살아 온 지도 어느덧 10년이 넘었습니다. 이젠 길이 들 만큼 들어서 이럭저럭 살아갈 만합니다."

"그럼 그전 부인하고는 가끔 연락이 있는가요?"

"아이들 하고는 이따금 연락이 있는 모양입니다. 아이들 생일 때면 옷가지도 사오고 하는 모양입니다만 저하고는 의사소통이 없습니다."

"그분은 그럼 아직 혼자 몸인가요?"

"잘은 모르겠습니다 만은 아직도 독신으로 있는 것 같습니다."

"그럼 세월이 흐를 만큼 흘렀고 아이들 장래를 생각해서라도 재결합을 하는 것이 어떻겠습니까?"

"어이구 그런 말씀 마십시오. 저는 그 여자가 돈을 삼태기로 들고 와서 살자고 해도 엄동설한에 맨발로 몇백 리라도 달아날 겁니다."

333

"그렇게도 원한이 깊으십니까?"

"말도 마십쇼. 그런 여자는 꿈에라도 다시 볼까봐 겁이 날 지경입니다."

"좌우간 두 분 사이의 벽이 너무나도 높고 두터운 것 같군요. 그분은 지금 뭘 하고 있는데요."

"대학교수로 있습니다. 이혼할 당시에는 고등학교 생물 교사였는데, 그 후에 전임강사를 거쳐서 교수가 되었답니다."

"두 분 다 고등교육을 받으신 지성인들이신데, 어떻게 하다가 그렇게 파탄을 가져오셨는지 모르겠군요."

직설적으로 물어보기도 뭣하고 해서 나는 될 수 있는 대로 우회적으로 유도해 질문을 해 보았다.

"선생님이시니까 다 털어놓고 말씀드리겠습니다. 선생님 제가 이렇게 몸은 자그마하고 좀 까다로운 데는 있지만 마음을 쓸 때는 누구보다도 통이 큰 놈입니다. 그런데 제 전처는 도저히 용납할 수가 없습니다. 선생님 생각해 보십시오. 요즘 신문에 가끔 나는 가정 파괴범들 있지 않습니까? 그 놈들은 남편이 보는 앞에서 여자를 윤간을 한다지 않습니까. 저는 하늘에 맹세코 말씀드리는데요. 아니 가정 파괴범들한테 자기 마누라 성폭행 당했다고 사내가 집을 나가다니 제정신 가진 사람이 할 짓입니까? 미친개한테 물렸다고 해서 자기 마누라를 기피하는 것과 뭐가 다릅니까? 저는 몸집은 이렇게 작지만 그렇게 속이 좁지는 않습니다."

"그렇다면 전 부인이 뭔가 큰 잘못을 저지르신 모양이군요."

"10년 전에 제가 부장으로 있을 때는 제 직책상 어떻게 해외 출장이

잦았던지 어떤 때는 한 달에 집에서 잠자는 날이 닷새 정도밖에 안 되
곤 했습니다. 그때 문제가 생긴 거죠."

"아니 그렇다면 전 부인이 바람이 났다는 말입니까?"

"바람이 나도 보통 난 게 아니죠. 저도 느낌이라는 게 있지 않습니
까? 아무래도 좀 이상하다 생각했었는데, 서방질한다는 소문이 제 귀
에도 들려오는 겁니다. 저 역시 뒷조사를 해 보았더니 모두가 사실이
었습니다. 사람이 살다가 보면 한때 그럴 수도 있는 일이라고 생각하
고 될수록 너그럽게 보아주기로 했죠. 남자는 뭐 바람을 안 피웁니까?
내가 너무 해외 출장을 자주 나가는 바람에 마누라 관리를 잘못해서
그렇게 되었으니, 모든 것을 제 탓으로 돌리고 아내를 달래기 시작했
습니다. 아이들 생각을 해서라도 그러지 말라고 말입니다. 그렇게 간
절하게 말렸는데도 쇠귀에 경 읽기요, 마이동풍(馬耳東風)입니다. 그
렇게 말렸는데도 끝끝내 간통 행위를 그만두지 않으니 어떻게 합니까?
참는 데도 한도가 있는 거 아닙니까? 서방질뿐이라면 또 모릅니다. 나
중에는 정부(情夫)와 짜고 제 재산까지 빼돌리려고 하는 데는 더 이상
참을 수가 있어야죠. 남들 같으면 그대로 내쫓아도 속이 풀리지 않을
텐데 저는 위자료까지 얹어주면서 내보내고 말았습니다."

"그럼 그분은 그 뒤에 재혼한 일은 없었습니까?"

"잘은 모르겠습니다만 그런 일은 없는 것 같습니다."

"아무리 그렇다고 해도 아이들이 보고 싶을 텐데."

"그렇지 않아도 딸애는 자기가 키우겠다고 데려갔었는데, 1년도 못
되어 도로 데려왔습니다."

"왜 그랬을까요?"

"아마도 여러 가지로 불편했겠죠."

"불편하다뇨?"

"아이 때문에 자기가 하고 싶은 일도 맘대로 못 할 때가 있었을 것이고 우선 애 하나 키우기가 보통 힘든 일입니까? 어쨌든 귀찮으니까 도로 데려왔겠지요."

"박순태 씨를 만나자는 말은 없었나요?"

"왜요. 만나자고 여러 번 연락이 온 걸 제가 거절했습니다. 이젠 완전히 정이 떨어졌습니다."

"그래도 아이들 생각을 하셔야죠."

"아이들도 이젠 클 만큼 컸고 눈치가 빠한데 그렇게 부정하고 불성실한 어미가 아이들에게 무슨 도움이 되겠습니까?"

"그래도 언제까지나 그렇게 독신으로 지내실 겁니까?"

"그렇지 않아도 그동안 중매가 몇 번 들어온 일도 있었고 어떤 여자하고는 일이 잘될 뻔한 일도 있었지만 제 성격이 워낙 좀 괴팍스러워서 그런지 여자라면 지긋지긋해서 다시 여자를 맞아들이기가 끔찍합니다."

"어떻습니까. 요즘 수련은 잘되십니까?"

"네에, 제가 결혼생활엔 실패를 했지만 선도수련에만은 그렇지 않은 것 같습니다. 직장에서 의자에 앉아 있기만 해도 항상 맑고 시원한 기운이 백회로 쉬지 않고 술술술 들어오고 있습니다. 더구나 생식을 한 이후로는 기운이 더 잘 들어오고 있습니다. 그 재미로 온갖 시름을 다

잊고 삽니다."

"이건 순전히 제 생각입니다만, 지금이라도 그 전 부인이 자기 잘못을 깊이 뉘우치고 용서를 구한다면 맞아들일 용의는 있습니까?"

"절대로 맞아들이지 않을 겁니다."

"왜요?"

"싫은 걸 어떻게 합니까? 지금도 생각만 하면 소름이 끼칩니다. 뭣 때문에 그런 여자를 다시 집안에 들이겠습니까?"

"박순태 씨가 진정으로 도를 추구하신다면 그러한 아집에서는 벗어나셔야 할 텐데요."

"만약에 그 여자를 맞아들이지 않으려면 선도를 그만두어야 한다면 저는 서슴지 않고 선도를 포기하겠습니다."

"선도를 왜 포기합니까? 선도수련도 계속하고 참회하는 애 어머니도 다시 맞아들여야죠. 사람의 마음이란 좁게 먹기로 든다면 먼지 알갱이보다도 작지만 크게 먹기로 든다면 이 우주 전체를 다 포용할 수도 있는 것 아닙니까? 마음을 넓혀야죠. 우리가 추구하는 도(道)에는 원래 상대 개념이 없습니다. 선도 없고 악도 없습니다. 더러운 것도 없고 깨끗한 것도 없습니다. 옳은 것도 그른 것도 없습니다. 태어남도 없고 멸망도 없습니다. 불어나는 것도 없고 줄어드는 것도 없습니다. 대립과 모순, 갈등에서 벗어나지 못하는 한 진리에 도달하기는 어렵습니다."

"그럼 선생님이 저와 같은 입장이라면 그런 여자를 받아들이겠습니까?"

"당연히 받아들여야죠."

"제 버릇 개 못 줄 텐데요."

"그거야 그때 가서 생각할 일이고 지금 당장은 자기 잘못을 깊이 뉘우치고 있지 않습니까? 예수는 일곱 번씩 일흔 번이라도 용서해 주라고 했는데, 잘못했다고 뉘우치는 사람을 용서 못 해줄 것이 무엇이겠습니까. 그보다 더한 부모와 자식을 죽인 원수도 용서해 주는 판인데."

"차라리 그런 경우라면 용서를 해줄 수 있겠습니다. 그러나 정부와 짜고 재산까지 빼돌리려던 여자를 어떻게 용서해 줍니까?"

"내가 보기엔 그것이 박순태 씨에게 맡겨진 시련인 것 같습니다. 그 시련의 고비를 넘겨야 공부에도 큰 진전이 있을 것입니다."

"아직은 제가 그 경지에까지는 이르지 못한 것 같습니다."

"내가 보기엔 조만간에 그곳에 도달할 것 같은데요."

"그렇게 되자면 자존심이니 체면이니 남편으로서의 권위니 하는 것은 모조리 포기해야 되는 것 아닙니까?"

"그게 전부 다 아상(我相)이고 업장이 아닙니까? 그런 것이 겹겹으로 우리들의 진아(眞我)를 감싸고 있지 않습니까. 벗어던질 것은 벗어던지고 내려놓을 것은 다 내려놓으시고 비울 것은 전부 다 비워버리세요. 비우면 비울수록 새로운 활력이 솟구칠 것입니다. 지금 박순태 씨는 기공부는 상당히 앞서가고 있는데 마음공부가 뒤따르지를 못하고 있습니다. 그리고 자동차만 타고 다니시기 때문에 다리도 무척 약해져 있습니다. 걷기나 달리기나 등산을 일상생활화해 보세요."

"오늘 저 때문에 선생님께서 너무나 많은 시간을 할애해 주시는 건 아닌지요."

"괜찮습니다. 부디 좋은 공부의 기회를 놓치지 마시기 바랍니다. 혹

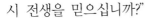

시 전생을 믿으십니까?"

"불교도는 아니지만 전생은 믿습니다. 요즘 서구에서는 전생학(前生學)이란 학문이 자리 잡아 가고 있습니다. 그들은 전생의 사례들을 수만 건씩 전 세계적 규모로 수집하여 조사 연구하고 있다더군요. 이제 전생 문제는 종교 차원이 아니라 과학과 학문의 대상이 되고 있는 추세인 것 같습니다."

"그렇다면 맘 놓고 말하겠는데, 박순태 씨는 삼세 전에 전 부인과 아주 기구한 인연이 있었다는 직감이 옵니다."

"기구한 인연이라뇨?"

"그때 박순태 씨는 한 양반 가문의 주인이었고 전 부인은 그 집의 씨종이었습니다. 주인은 그 여종을 처녀 때 밤에 몰래 덮쳤습니다. 아이를 낳게 되자 본부인에게 들통이 났습니다. 본부인은 여종을 고문하고 잔인하게도 소경으로 만들어 내쫓았습니다. 봉사가 된 여종은 자기가 살던 양반집 주위를 맴돌면서 비럭질을 해 연명을 하다가 숨져 갔건만 당사자인 주인은 본체만체했습니다. 그 기구한 사연의 주인공들이 금생에 다시 만난 것이죠. 원수가 외나무다리에서 만난 격입니다. 이런 일은 흔히 있습니다. 박순태 씨는 자업자득에 발목이 잡혀 있는 겁니다.

깨달음을 얻지 못하는 한 인과의 사슬에서 벗어날 사람은 아무도 없습니다. 나는 이제까지 아무에게도 함부로 전생을 얘기하지는 않았습니다. 왜냐하면 그것은 귀에 걸면 귀걸이요 코에 걸면 코걸이 식으로 오해받을 소지가 너무나 많기 때문입니다. 그래서 가장 좋은 방법을 제시하는 데 그칩니다. 그것이 무엇인지 아십니까?"

"글쎄요?"

"스스로 공부해서 자기 전생을 알아내라는 겁니다. 건강한 몸으로 기운을 타고 자신의 전생을 화두로 잡으면 조만간에 전생의 장면들이 화면으로 뜨게 되어 있습니다. 물론 다 때가 된 사람에게 한한 것입니다. 그러나 내가 박순태 씨에게만은 그 전례를 깨고 오해를 살 소지를 안은 채 이런 말을 하는 것은 전생을 믿는다니까 한번 모험을 시도해 본 겁니다. 믿거나 말거나 그건 순전히 박순태 씨 자신에게 달려 있습니다. 전 부인이 뉘우치고 들어오려고 할 때를 놓치면 언제 또 그런 호기가 돌아올지는 아무도 모릅니다. 아이들을 위해서, 그리고 박순태 씨 자신의 업장을 해소할 수 있는 절호의 기회를 놓치지 말기 바랍니다."

내가 이런 말을 하는 동안 박순태 씨는 전에 없이 진지하게 귀를 기울이고 있었다. 어쩐지 그의 얼굴에서 지금까지 잔뜩 서려 있던 오만과 자존심의 그림자가 서서히 걷혀가는 것 같은 느낌이 들었다.

"과연 제 전생에 그 여자와 그런 사연이 있었을까요?"

"믿어지지 않으면 스스로 공부를 더 해서 직접 보도록 하세요."

"아닙니다. 저는 일단 선생님의 말씀을 믿습니다. 왜냐하면 선생님께서 쓰신 『선도체험기』를 길잡이 삼아 수련을 해본 결과 공부가 제대로 된다는 것을 실제로 확인했으니까요. 그리고 선생님 덕분에 백회도 열리고 날이 갈수록 기운이 점점 더 많이 들어오는 것만 보아도 선생님 말씀을 믿지 않을 수 없습니다. 그런데 확실한 것은 제 전생에 대한 선생님의 얘기를 듣는 순간 어쩐지 제 온몸이 찌르르 감전이라도 된 것 같은 강한 충격을 받은 것은 사실입니다. 그 순간 그 얘기가 어쩌면 사실이었을 것 같은 느낌이 들었습니다."

"그렇다면 계속 그것을 추적해 보십시오. 그리고 스스로 확인해 보시도록 하세요. 사람들은 흔히 인생은 고해(苦海)라고 하지만 이유 없는 고해는 있을 수 없습니다. 다 그럴 만한 인과가 쌓였기 때문에 그런 결과가 나타난 겁니다. 사람들은 흔히 자기 자신의 잘못에는 관대하면서도 남의 잘못을 용납하는 데는 인색합니다. 그것은 인간관계를 상대와의 대립의 개념으로 파악하기 때문입니다. 그런 사고방식은 인생 문제 해결에 전연 효력을 내지 못합니다. 상대와 나를 둘로 갈라서 대립적인 존재로 볼 것이 아니라, 하나로 보아야 합니다. 둘로 보는 한 대립과 갈등에서 벗어날 길은 영원히 막힙니다.

대립과 갈등이야말로 아상(我相)과 이기심에 그 뿌리를 두고 있습니다. 이 이기심만 놓아버리면 둘은 하나가 됩니다. 너와 내가 따로 없는 겁니다. 너와 내가 따로 없는 한둘이 아니고 하나일 수밖에 더 있겠습니까? 너와 내가 따로 없는데 대립이고 갈등이 어디에 있을 수 있겠습니까? 상대의 잘못은 바로 내 잘못인데, 용서고 뭐고 할 것은 또 어디에 있습니까. 건강한 몸으로 기운을 타고 선방에서 쓰는 기본적인 화두인 '이 뭐꼬'를 잡고 불철주야 참구해 보십시오. 조만간 자기 자신의 정체가 확연히 드러나게 되어 있습니다.

인간은 누구나 이 우주에 있는 만물을 거치지 않은 것이 없다는 것을 알게 됩니다. 미생물이었을 때도 있었고 병균이었을 때도 있었고, 물고기였을 때도 양서류였을 때도 곤충이었을 때도 짐승이었을 때, 조류였을 때도 온갖 식물이었을 때도 무생물이었을 때도 있었음을 알게 됩니다. 계속 추구해 나가면 결국은 공(空)으로 돌아갑니다. 남자는 언제나 남자로만 있었던 것은 결코 아닙니다. 여자였을 때도 있었습니다. 좌우간에 이 우주에 있는 온갖 것을 거치지 않은 때가 없었음을 알게 될 것입니다.

그래서 우리는 우주와 한몸이라는 것도 알게 됩니다. 하나는 전체고 전체는 하나고, 색은 공이고 공은 색입니다. 하나의 작은 먼지 알갱이 속에도 우주가 들어 있습니다. 이것이 실상입니다. 실상을 알면 지금 박순태 씨가 안고 있는 업장 따위는 문제도 되지 않습니다. 실상을 못 깨달은 사람은 자기 눈에 있는 대들보는 보이지만 남의 눈에 있는 티는 보이지 않는 법입니다. 아까 박순태 씨는 아내가 바람을 피우는 것을 처음 알았을 때는 전부가 다 내 탓으로 돌렸다고 하지 않았습니까? 왜 그 생각을 좀 더 확대해서 계속 밀어붙이지 못했습니까? 그 인연의 고리를 박순태 씨가 과감하게 끊어버리지 못하면 그 악순환은 언제까지 이어질지 아무도 모릅니다. 결단의 순간은 바로 지금입니다."

"선생님 하찮은 저 때문에 너무 많은 시간을 할애하신 것 같습니다."

"그렇지 않습니다. 생판 남의 일이 아니기 때문입니다. 그럼, 지금까지 내가 떠들어 온 보람이 있군요."

"선생님 고맙습니다. 그럼 안녕히 계십시오."

저자 약력

경기도 개풍 출생
1963년 포병 중위로 예편
1966년 경희대학교 영어영문학과 졸업
코리아 헤럴드 및 코리아 타임즈 기자생활 23년
1974년 단편『산놀이』로《한국문학》제1회 신인상 당선
1982년 장편『훈풍』으로 삼성문예상 당선
1985년 장편『중립지대』로 MBC 6.25문학상 수상

저서로는 단편집『살려놓고 봐야죠』(1978년), 대일출판사, 민족미래소설『다물』(1985년), 정신세계사, 장편『소설 한단고기』(1987년), 도서출판 유림,『인민군』3부작(1989년), 도서출판 유림,『소설 단군』5권(1996년), 도서출판 유림, 소설선집『산놀이』①(2004년),『가면 벗기기』②(2006년),『하계수련』③(2006년), 지상사,『선도체험기』시리즈 등이 있다.

약편 선도체험기 5권

2021년 1월 20일 초판 인쇄
2021년 1월 30일 초판 발행

지 은 이   김 태 영
펴 낸 이   한 신 규
본문디자인 안 혜 숙
표지디자인 이 은 영
펴 낸 곳   글터
주소   05827 서울특별시 송파구 동남로 11길 19(가락동)
전화   070 - 7613 - 9110   Fax   02 - 443 - 0212
등록   2013년 4월 12일(제25100 - 2013 - 000041호)
E-mail geul2013@naver.com

ⓒ김태영, 2021
ⓒ글터, 2021, Printed in Korea

ISBN 979 - 11 - 88353 - 28 - 6   03810   정가 20,000원
ISBN 979 - 11 - 88353 - 23 - 1(세트)